U0632294

中國古典文學基本叢書

辛棄疾集編年箋注

第二册

〔南宋〕辛棄疾 著
辛更儒 箋注

中華書局

辛棄疾集編年箋注卷四

按：本卷所載，爲奏議，共十八篇。起孝宗乾道六年庚寅（一一七〇）夏，迄光宗紹熙四年癸丑（一一九三），仕宦東南及閩地各時期所作。

奏議

論阻江爲險須藉兩淮疏(一)①

臣竊惟自中興以來，駐蹕臨安，阻江爲險。然江之爲險，須藉兩淮。自古南北分離之際，蓋未有無淮而能保江者。然則兩淮形勢，在今日豈不重哉？臣仰惟陛下垂意邊防，規恢遠略，沉幾先物，慮無遺策。然臣偶有管見，慮之甚熟，誠恐有補萬一，惟陛下寬聽。

蓋兩淮緜地千里，勢如張弓。若虜騎南來，東趨揚、楚，西走和、廬，苟吾兵無以斷隔其中，則彼東西往來，其路徑直，如走絃上，蕩然無慮。若吾兵斷隔其中，則彼淮東之兵不能救淮西，而淮西之兵亦不能應淮東。設使勢窮力蹙之際，復由淮北而來，則走弓之背，其路迂遠，懸隔千里，勢不相及，入吾重地②，兵分爲二，其敗可立而待。古之爲兵者，謂其勢如常山之蛇，擊其首則尾應，擊其尾則首應，擊其身則首尾俱應，然後其兵立於不敗之地。今以兩淮地形言之，則淮東爲首，而淮西爲尾，淮之中則其身也，斷其身則首尾不能救，明矣。

三國之時，吴人以瓦梁堰爲身，築壘而守之③，而魏終不能勝吴者，吴保其身，而魏徒能擊淮西之地也〔二〕。五代之時，南唐慮周師之來，蓋嘗求吴人故跡而守之，功未成而周兵至④，然猶遣皇甫暉、姚鳳以精兵十五萬扼定遠縣，負清流關而守⑤，世宗亦以藝祖皇帝神武之兵當之⑥。虜騎之來也，常先以精騎由濠梁破滁州，然後淮東之兵方敢入寇。其去也，惟滁之兵爲最後。由此觀之，自古及今，南兵之守淮，北兵之攻淮，未嘗不先以精兵斷其中也。況今虜人之勢，一犯吾境，其所以忌我者非戰也，忌吾有以兵以出其後耳。一出其後，則淮北之民必亂，而淮北之城亦可乘間而取，如向之海、泗、唐、鄧是也。

今陛下城楚城揚於東，城廬城和於西⑦，金湯屹然，所以爲守者具矣。然臣以謂，兩淮之中，猶未有積甲儲粟，形格勢禁，可以截然分斷虜人首尾之處。以臣愚見：當取淮之地而三分之，建爲三大鎮，擇沉鷙有謀、文武兼具之人，假以歲月，寬其繩墨以守之，而居中者得節制東西二鎮。緩急之際，虜攻淮東，中鎮救之，而西鎮出兵淮北，臨陳、蔡以撓之⑧。虜攻淮西，中鎮救之，而東鎮出兵淮北，臨海、泗以撓之。虜攻中鎮，則建康悉兵以救之，而東西鎮俱出兵淮北以撓之。東西鎮俱受兵，則彼兵分力寡，中鎮悉兵淮北，臨宿、亳以撓之。此蘇秦教六國之所以爲守，而秦人聞之，所以不敢出兵於函谷關也⑨。比之紛紛紜紜⑩，自戰其地者，利害不侔矣。

如臣言可採。乞下兩府大臣並知兵將帥，詳議建立三鎮去處，措置施行。

【校】

〔一〕題，明賀復徵《文章辨體匯選》卷一〇六作《論守淮宜立三鎮疏》，此據《歷代名臣奏議》卷三三六。

〔二〕「地」，《文章辨體匯選》作「尾」。

【箋注】

①題，稼軒右疏論建立兩淮三鎮，以阻江爲險，與下一篇《議練民兵守淮》同爲鞏固兩淮防綫而奏進者。《宋史》卷四〇一《辛棄疾傳》載：「乾道四年通判建康府。六年，孝宗召對延和殿。時虞允文當國，帝鋭意恢復，棄疾因論南北形勢及三國、晉、漢人才，持論勁直，不爲迎合。」據右疏「今陛下城楚城揚於東，城廬城和於西，金湯屹然，所以爲守者具矣」諸語，知作右疏時，四城之修葺必已完成，則其時已入乾道六年之夏。稼軒之召見進對，亦必在其同時。是年春，孝宗用三省言，詔兩淮守帥宜久其任，二年後察其能否，以行賞罰。見《宋史》卷三四《孝宗紀》二。而右疏亦建議建三鎮，擇沉鷙有謀、文武兼具之人，假以歲月，寬其繩墨以守之，可知其應時奏進之意，必不晚於是年夏矣。

②重地，《孫子·九地》：「用兵之法有散地，有輕地，有争地，有交地，有衢地，有重地，有圮地，有圍地，有死地。……入人之地深，背城邑多者爲重地。」

③「三國」句至此，《三國志·吴志》卷二《吴主權傳》：「赤烏十三年十一月，……遣軍十萬，作堂邑、涂塘，以淹北道。」按：堂邑在今江蘇六合北，乃三國時吴魏分界處。涂塘即瓦梁堰，在六合西，爲吴斷涂水所築。王應麟《困學紀聞》卷一三《考史》：「吴築涂塘，晉兵出涂中。涂音除，即六合瓦梁堰，水曰滁河。南唐於滁水上立清流關。《元和郡縣志》：『滁州即涂中。』」

④「南唐」三句，〔光緒〕《滁州志》卷三《營建》：「南唐築瓦梁堰以備北師。」《讀史方輿紀要》卷一

九《江南・涂水》：「五代時，南唐於滁水上立清流關，又立瓦梁堰，爲東西瓦梁城。周顯德二年，南唐何延錫言於其主曰：『六合西二十五里有堰曰瓦梁，水曰涂河，谿河而上數百里，鉅細駢比，輻湊吴堰，中闕横斷，羣山迴環，不止魚三州氓，海四百里，其實據天經而絶地緯之要者，請修築之。』功未就而罷。」南唐築瓦梁堰事，《歷代名臣奏議》卷三三九理宗時中書舍人袁甫上疏云：「昔孫吴築瓦梁堰以抗彊魏，江南恃以爲安者六十年。南唐李氏悉力經營，堰不及成，淮已盡失。」

⑤「然猶」二句，《資治通鑑》卷二九二《周世宗顯德二年》：「唐人聞周兵將至而懼，劉仁贍神氣自若，部分守禦，無異平日，衆情稍安。唐主以神武統軍劉彦貞爲北面行營都部署，將兵二萬趣壽州，奉化節度使、同平章事皇甫暉爲應援使，常州團練使姚鳳爲應援都監，將兵三萬屯定遠。」定遠縣在滁州西北。《滁州志》卷三《營建》：「清流關在州西二十五里，南唐以禦北師，有中軍帳基今存壁。」

⑥神武，神武軍，唐代禁衛十軍之一，五代因之，爲周禁軍之一軍。《宋史》卷一《太祖紀》：「周顯德三年春，從征淮南，首敗萬衆於渦口，斬兵馬都監何延錫等。南唐節度皇甫暉、姚鳳衆號十五萬，塞清流關，擊走之，追至城下。暉曰：『人各爲其主，願成列以决勝負。』太祖笑而許之。暉整陣出，太祖擁馬項直入，手刃暉中腦，並姚鳳禽之。」

⑦「今陛」二句，《宋史》卷三四《孝宗紀》二：「乾道三年五月庚申，修揚州城。……五年三月丁巳

朔，詔趣修廬、和二州城。……六年春正月乙卯，修楚州城。」《宋會要輯稿・方域》九之八至九：「乾道三年十二月，……詔修和州城，來年三月畢工。……乾道五年十二月二十九日詔修廬州城。明年三月二十二日興工，四月畢。是歲詔修楚州城。」按：乾道間修四城事，以楚州爲最晚。據周孚《蠹齋鉛刀編》卷二三《楚州修城記》：「乾道六年春三月，詔城山陽。命守臣左祐董其事。……會左侯以疾卒，天子以事之未集，推擇其可當是任者，於是光州觀察使陳侯敏自高郵往代之。……自侯之至，爲日者百八十有五，用人之力總六十一萬有奇，而城以成。」據《攻媿集》卷九一《直秘閣廣東提刑徐公行狀》，乾道六年四月，徐子寅差知高郵軍，代陳敏，則陳敏之修楚州城，當自是年五月爲始，至是年十月畢。

⑧陳，陳州，即今河南淮陽。蔡，蔡州，即今河南汝陽。兩州北宋屬京西北路，入金後屬南京路。

⑨「此蘇」三句，《史記》卷六九《蘇秦列傳》：「蘇秦既約六國從親，歸趙，趙肅侯封爲武安君。乃投從約書於秦，秦兵不敢闚函谷關十五年。」

⑩紛紛紜紜，《孫子・兵勢》：「紛紛紜紜，鬥亂而不可亂。渾渾沌沌，形圓而不可敗。亂生於治，怯生於勇，弱生於强。治亂數也，勇怯形也。」

議練民兵守淮疏〔一〕①

臣聞事不前定不可以應猝，兵不預謀不可以制勝。臣謂兩淮裂爲三鎮，形格勢禁，足以待敵矣。然守城必以兵，養兵必以民。使萬人爲兵，立於城上，閉門拒守，財用之所資給，衣食之所辦具，其下非有萬家不能供也。往時虜人南寇，兩淮之民常望風奔走，流離道路，無所歸宿，饑寒困苦，不兵而死者十之四五。

臣以謂兩淮民雖稀少，分則不足，聚則有餘。若使每州爲城，每城爲守，則民分勢寡，力有不給。苟斂而聚之於三鎮，則其民將不勝其多矣。竊計兩淮户口不減二十萬②，聚之使來，法當半至，猶不減十萬。以十萬之民供十萬之兵，全力以守三鎮，虜雖善攻，自非掃境而來，烏能以歲月拔三鎮哉？况三鎮之勢，左提右挈，横連縱出，且戰且守，以制其後，臣以謂雖有兀朮之智，逆亮之力，亦將無如之何，况其下者乎？

故臣願陛下分淮南爲三鎮，預分郡縣户口以隸之。無事之時，使各居其上，營治生業，無異平日。緩急之際，令三鎮之將各檄所部州郡，管拘本土民兵户口，赴本鎮保守。老弱妻子，牛畜資糧，聚之城内。其丁壯則授以器甲，令於本鎮附近險要去處，分據寨栅，與虜騎互相出没，彼進吾退，彼退吾進，不與之戰，務在奪其心而耗其氣。而大兵堂堂整整〔二〕，全力以伺其後，有餘則戰，不足則守，虜雖勁，亦不能爲吾患矣。且使兩淮之民，倉卒之際，不致流離奔竄，徒轉徙溝壑就斃而已也。

【校】

〔一〕題，《歷代名臣奏議》卷三三六原無，據《右編》卷一〇補。

〔二〕「堂堂整整」，《辛稼軒詩文箋注》本改「整整」作「正正」。胡次焱《梅巖文集》卷一《嗟乎賦》有「如湯武仁義之兵，堂堂整整」語，則不必改爲「正正」也。

【箋注】

①題，右疏議練民兵守淮，當與《論阻江爲險須藉兩淮疏》同時奏進者。查《朱文公文集》卷九六《少師觀文殿大學士致仕魏國公贈太師謚正獻陳公行狀》：「乾道四年十月，制授尚書右僕射同中書門下平章事兼樞密使。……以兩淮備禦未設，民無固志，萬一寇至，倉卒渡兵，恐不及事，奏於揚州、和州各屯三萬人，預爲定計，仍籍民家三丁者取其一，以爲義兵，授之弓弩，教以戰陳。農隙之日，給以兩月之食，聚而教之。沿江諸郡，亦用其法。……要使大兵屯要害必爭

之地，待敵至而決戰。使民兵各守其城，相爲犄角以壯聲勢。……上意亦以爲然，詔即行之。然竟爲衆論所持，公尋亦去位，不能及其成也。」據《宋史》卷三四《孝宗紀》一，措置兩淮屯田爲乾道五年正月事，至九月罷淮東屯田官兵。至六年五月，則陳俊卿罷相。而《攻媿集》卷九九《朝議大夫秘閣修撰致仕王公墓志銘》載：「知江陰軍。在任得旨，沿江郡籍民爲兵，防江守城，爲大軍聲援。公抗疏，列上徒擾良民無益備禦者七條。……公以此罷，而他郡亦徒擾，如公言。」此《王正己墓志銘》所載。稼軒所上《議練民兵守淮》一事，當與右所載時事有關，而整合其精華，完善其方案，亦欲與建立三鎮説配合，形成一整套固守兩淮之戰略體系而已。

②兩淮户口，《宋史》卷四一《地理志》四：「淮南東路，……紹興三十二年，户一十一萬八百九十七，口二十七萬八千九百五十四。……西路，……紹興三十二年，户一百八十九萬一千三百九十二，口三百二十二萬一千五百三十八。」疑稼軒「兩淮户口不減二十萬」云云，殆僅就淮東路而言。

九議①

某竊惟方今之勢，恢復豈難爲哉？上之人持之堅，下之人應之同，君子曰不事仇讎，小人曰脱有富貴，如是而恢復之功立矣。

雖然，戰者，天下之危事；恢復，國家之大功，而江左所未嘗有也②。持天下之危事，求未嘗有之大功，此搢紳之論，黨同伐異，一唱羣和，以爲不可者歟？於是乎「爲國生事」之説起焉，「孤注一擲」之喻出焉，曰「愛吾君，吾不爲利」，曰「守成、創業不同，帝王、匹夫異事」。天下未嘗戰也，彼之説大勝矣。使天下果戰，戰而又少負焉，則天下之事，將一歸乎彼之説，謀者逐，勇者廢，天下又將以兵爲諱矣。則夫用兵者，諱兵之始也。

某以爲，他日之戰，當有必勝之術，欲其勝也，必先定規模而後從事。故凡小勝不驕，小負不沮者，規模素定也。某謹條具其所以規模之説，以備採擇焉。苟從其説而不勝，與不從其説而勝，其請就誅殛，以謝天下之妄言者。唯無以人而廢其言，使天下之事，不幸而無成功，他日徒以某爲知言，幸甚。

【箋注】

①題，右《九議》，據劉克莊《後村先生大全集》卷九八《辛稼軒集序》所言，乃就恢復大計上宰相虞允文者。《宋史》本傳載：「六年，孝宗召對延和殿。時虞允文當國，帝鋭意恢復，棄疾因論南北形勢及三國晉漢人才，持論勁直，不爲迎合。作《九議》並《應問三篇》、《美芹十論》獻於朝，言逆順之理，消長之勢，技之長短，地之要害甚備。以講和方定，議不行。」本傳所載，於時地次序

皆有顛倒錯亂，不足爲據。《美芹十論》作年，本書已詳論之。《應問三篇》今已不存，無可參據。至「言逆順之理，消長之勢，技之長短，地之要害甚備」則大體與《美芹十論》及《九議》所言符同。今查陳俊卿罷左僕射，虞允文以右僕射獨相，始於乾道六年五月，至八年二月，改左右僕射爲左右丞相，虞允文旋爲左丞相，梁克家右丞相，至九月虞允文罷左丞相，以武安軍節度使出爲四川宣撫使。則《九議》之作，當在乾道六年夏至乾道七年底之間。另以《九議》所涉及之遣使求金陵寢地、諸路都大發運使結局、兩淮廬州、揚州、楚州諸城修建完工各事時間推斷，《九議》之上虞允文，當在乾道七年，惟不知在何月内也。至八年正月，則稼軒出守滁州，與《九議》所論諸事不相及矣。

②「恢復」三句，江左，指秦、漢以後，南北分裂之際，立國於江南之吴、東晉、宋、齊、梁、陳及至五代十國時期之南唐、吴越諸國。參《美芹十論·自治》箋注。

其一

恢復之道，甚簡且易，不爲則已，爲則必成。然而某有大患：天下智勇之士，未可得而使也。人固有以言爲智勇者，有以貌爲智勇者，又有以氣爲智勇者。言與貌爲智勇，是欺其上之人，求售其身者也，其中未必有也。以氣爲智勇，是真足辦天下之事，而不肯以身就人者。叩之而後應，迫之而後動。度其上之人，果足以有爲，於是乎出而任天下之事，其規模素定，不求合於人者。

且恢復之事，爲祖宗，爲社稷，爲生民而已。此亦明主所與天下智勇之士所共也，顧豈吾君吾相之私哉？然而，特怵於天下之士，不樂於吾之説，故切切然議之，遂使小人乘間投隙，持一偏可喜之論，以謀己私利〔一〕。上之人，幸其不狥流俗，而肯爲是論也，亦稍稍而聽之，故施於事者或駭，用於兵者有未可知，此某之所以爲大患歟？

故某以爲，今日之論，不可白於天下。所惡乎白者，爲其泄也。然取天下智勇之士可與共吾事者而泄之，非泄之於天下也。今不泄於吾之共事者，而泄於敵①，其泄之也甚矣。蓋天下有英雄者出，然後能屈羣策而用②。有豪傑者出，然後能知天下之情。

欲乞丞相稍去簿書細務③，爲數十日之閒，舒寫胸臆，延訪豪傑，無問南北。擇其識虛實兵勢者十餘人，置爲樞密院屬官，有大事，則羣議是正而後聞。敢泄吾情者罪之，議論已定，敢泄吾事者罪之。此古人論兵決事之大要也。

【校】

〔一〕「謀」，辛啓泰《稼軒集抄存》卷二原作「媒」，徑改。

【箋注】

①泄於敵，據《宋史》卷三八四《蔣芾傳》，乾道四年，蔣芾任右僕射，孝宗有密旨，欲「今歲大舉」，手詔令廷臣議，終因廷臣意見不一，而蔣芾不能任兵事，遷延未發。五年，虞允文任右僕射，建議遣使求河南陵寢地。六年，宋使赴金。其時，反對遣使之宋臣均認爲，遣使求地，等於求釁。見《宋史》卷三八八《陳良祐傳》。或使金方知宋方進取之意。事實亦果如此。當宋使至金後，金人即「簽發兩河人及生女真」（見《建炎以來朝野雜記》乙集卷二《己酉傳位録》），以備宋方渝盟。故稼軒謂「泄於敵」，蓋即指遣泛使一事。

②「蓋天」二句，《文選》卷五二載班彪《王命論》：「英雄陳力，羣策畢舉。此高祖之大略，所以成帝業也。」

③丞相，指虞允文。乾道五年五月，虞允文以知樞密院事、四川宣撫使除樞密使。八月，爲右僕射。八年二月，爲左丞相，九月罷爲四川宣撫使，封雍國公。《宋史》卷三八三《虞允文傳》：「虞允文字彬甫，隆州仁壽人。……紹興二十四年始登進士第。……淳熙元年薨。」按《宋史》卷四〇一《辛棄疾傳》：「乾道六年，孝宗召對延和殿。時虞允文當國，帝鋭意恢復，棄疾因論南北形勢及三國晉漢人才，持論勁直，不爲迎合。作《九議》及《應問三篇》、《美芹十論》獻於朝，言逆順之理，消長之勢，技之長短，地之要害甚備。」劉克莊《後村先生大全集》卷九八《辛稼軒集序》：「辛公文墨議論尤英偉磊落。……上虞雍公《九議》，……有《權書》、《衡論》之風。」乾道

六年五月，左僕射陳俊卿因議遣使不合罷，閏五月遣使。此後至乾道八年，爲虞允文獨任宰相時期。

其　二

論天下之事者，主乎氣，而所謂氣者，又貴乎平。氣不平，則不足以知事之情，事不知其情則敗。今日之情有三：一曰無欲速，二曰宜審先後，三曰能任敗。

凡今日之弊，在乎言和者，欲終世而諱兵；論戰者，欲明日而亟鬥。終世而諱兵，非真能諱也，其實則内自銷鑠，猝有禍變而不能應。明日而亟鬥，非真能鬥也，其實則恫疑虛喝，反顧其後，而不敢進①。此和戰之所以均無功而俱有敗也。孔子曰：「欲速則不達，見小利則大事不成。」②昔越之謀吴也，二十餘年而後動。燕之謀齊也，謂其臣曰：「請假寡人五年。」對曰：「請假王十年。」③故疾之期年而無功，與遲之數年而決勝，利害相萬也。符離之役斷可見矣。故曰「無欲速」。

凡戰之道，不一而足，大要不過攻城、略地、訓兵、積粟，與夫命使、遣間，可以誑亂敵人耳目者數事而已。然而知所先後則勝，否則敗。譬之弈棋，縱横變化不出於三百六十路之間，巧者用之以常勝者，諺所謂知先後之着耳，敗者反是④。故曰「審先後」。

凡戰之道主乎勝，而勝敗之數不可必。始敗而奮，終則或勝。始勝而驕，終則或敗。故曰：「一勝一負，兵家之常。詎一敗便沮成事乎？」⑤且高祖未嘗勝，項羽未嘗敗，然而興亡若此者，其要在乎忍與不忍而已⑥。不能忍，則不足以任敗，不任敗，則不足以成事。故曰「能任敗」。

此三者，雖非勝負之所以決，然能以是三者處之胸者，則其所施爲措注，氣象宏遠，浮論不能移，深間不能窺矣⑦。

【箋注】

①「其實」二句，《史記》卷六九《蘇秦列傳》：「秦雖欲深入，則狼顧，恐韓魏之議其後也。是故恫疑虚喝，驕矜而不敢進。則秦之不能害齊亦明矣。」《正義》謂「恐懼狼顧，虚作喝罵，驕溢矜誇，不敢進伐齊明矣」。又謂「狼性怯，走常還顧」。

②「欲速」二句，見《論語·子路》。

③「燕之」三句，《戰國策·燕策》二：「客謂燕王曰：『齊南破楚，西屈秦，用韓、魏之兵，燕、趙之衆，猶鞭筴也。使齊北面伐燕，即雖五燕不能當，王何不陰出使，散遊士，頓齊兵，弊其衆，使世

世無患。』燕王曰：『假寡人五年，寡人得其志矣。』蘇子曰：『請假王十年。』燕王説，奉蘇子車五十乘，南使於齊。……齊王曰：『善。』遂興兵伐宋，三覆宋，宋遂舉。燕王聞之，絶交於齊，率天下之兵以伐齊，大戰一，小戰再，頓齊國，成其名。」

④「譬之」五句，費衮《梁溪漫志》卷八《英雄先見》：「古之英雄智略相當，其所以爲勝負者無他，正如弈棋，持争先法耳。」范周士《陵陽室中語》：「『下字法當何如？』曰：『正如弈棋，三百六十路都有好着。』」按：圍棋共三百六十一處交叉點可下子。《續資治通鑑長編》卷二二〇：「上患陝西財用不足。安石曰：『今所以未舉事者，凡以財不足。故臣以理財爲方今先急。未暇理財而先舉事，則事難濟。臣固嘗論天下事如奕棋，以下子先後當否爲勝負。』」

⑤「故曰」三句，《舊唐書》卷一七〇《裴度傳》：「先是，詔羣臣各獻誅吴元濟可否之狀，朝臣多言罷兵赦罪爲便。翰林學士錢徽、蕭俛語尤切，惟度言賊不可赦。及霞寓敗，宰相以上必厭兵，欲以罷兵爲對。延英方奏，憲宗曰：『夫一勝一負，兵家常勢。若帝王之兵不合敗，則自古何難於用兵？累聖不應留此兇賊。今但論此兵合用與否，及朝廷制置當否。卿等惟須要害處置，將帥有不可者去之勿疑，兵力有不足者速與應接，何可以一將不利，便沮成計？』」

⑥忍與不忍，《晉書》卷八一《朱伺傳》：「爲將，遂以謙恭稱。……以功封亭侯，領騎督。時西陽夷賊抄掠江夏，太守楊珉每請督將議距賊之計，伺獨不言。珉曰：『朱將軍何以不言？』伺答曰：『諸人以舌擊賊，伺惟以力耳。』珉又問：『將軍前後擊賊，何以每得勝邪？』伺曰：『兩

敵共對，惟當忍之。彼不能忍，我能忍，是以勝耳。』珉大笑。」

⑦「深間」句，《孫子·虛實》：「故形兵之極，至於無形。無形，則深間不能窺，智者不能謀。」

其三

凡戰之道，當先取彼己之長短而論之。故曰：「知己知彼，百戰不殆。」①今土地不如虜之廣，士馬不如虜之强，錢穀不如虜之富，賞罰號令不如虜之嚴。是數者，彼之所長，吾之所短也。

然天下有急，中原之民，袒臂大呼，潰裂四出，影射響應者，吾之所長，彼之所短也。彼沿邊之兵，不滿十萬②，邊徼遠闊，乘虛守戍，力且不給。一與吾戰，必召沙漠。吾之出兵也，在一月之內，彼之召兵也，在一歲之外，兵未至而吾已戰矣③。此吾之所長，彼之所短也。

吾之出兵也，官任其費，不責之民，緩急雖小取之，不至甚病，雖病，而民未變也。彼之出兵也，一仰給於民，預索租賦④，頭會箕斂⑤，官吏乘時掊克，奪攘其財，斬艾其命，而天下大亂矣。雖有嚴法，不知而禁。此吾之所長，彼之所短也。

彼踰淮而來，長江以限之，舟師以臨之，不過虜吾民，墟吾城，食盡而去耳。吾踰淮而往，民可繦負而至，城可使金湯而守。斷其手足，病其腹心。此吾之所長，彼之所短也。

彼之所長，吾之所短，可以計勝也。吾之所長，彼之所短，是逆順之勢不可易。彼將聽之，以爲無奈此何也⑥。故以形言之，是謂小謀大，寡遇衆，弱擊强。以情言之，則其大可裂也，其衆可蹶也，其强可折也。舉天下之大事，而蔽之以一言，曰：「攻其無備，出其不意。」⑦是謂至計〔一〕。

【校】

〔一〕「至計」，此下辛氏《抄存》本原有「雖然事有適相似者」云云，凡一百三十七字，今移入其四之篇末。

【箋注】

①「知己」二句，《孫子·謀攻》：「故曰：知彼知己，百戰不殆；不知彼而知己，一勝一負；不知彼不知己，每戰必敗。」

②「彼沿」二句，參《十論·詳戰》箋注。

③「二與」七句，《朱子語類》卷一一〇《論兵》：「辛棄疾頗諳曉兵事。云：『……虜人調發極難。元顏要犯塞，整整兩年，方調發到聚。彼中雖是號令簡，無此間許多周遮，但彼中人才逼迫得太急，亦易變。所以要調發甚難。』」按：此稼軒南歸之初告江淮宣撫使張浚之言。

④預索租賦，《建炎以來繫年要録》卷一九二紹興三十一年九月完顏亮自將入寇條：「及將用兵，又借民間税錢五年，民益怨憤。（亮借民税五年，此以金國翰林直學士趙可所撰《户部郎中王基墓志》修入，蓋今年事。）」

⑤頭會箕斂，《史記》卷八九《張耳陳餘列傳》：「頭會箕斂，以供軍費。」

⑥「彼之」八句，彼己之長短，前人如陸贄亦有所論。《翰苑集》卷一九《論緣邊守備事宜狀》：「所謂乘其弊，不戰而屈人之兵，此中國之所長也。我之所長，乃戎狄之所短。我之所易，乃戎狄之所難。以長制短，則用力寡而見功多。以易敵難，則財不匱而事速就。捨此不務，而反爲所乘，斯謂倒持戈矛以鐏授寇者也。」

⑦「攻其」二句，《孫子·始計》：「兵者，詭道也。……攻其無備，出其不意，此兵家之勝，不可先傳也。」

既知彼已之長短，其勝在於「攻其無備，出其不意」而已也，故莫若驕之，不能驕則勞之①。蓋天下之言，順乎耳者傷乎計，利於事者忤於聽。上之人，苟不以逆吾耳而易天下之事，某請效其説：

其　四

智者之作事也，精神之所運動，智術之所籠絡，以失爲得，轉害爲利，如反手耳，天下不得執而議也。日者，兵用未舉而泛使行，計失之早也②。夫用兵之道有名實〔一〕，争名者揚之，争實者匿之。吾惟争名乎？吾將争實乎？吾之勝在於攻無備，出不意，吾則捐金以告之：「吾將與汝戰也。」可乎〔二〕？雖使者輩遣，冠蓋相望，可也。謀不可以言傳。以言而傳，必有可笑者矣。陳平之間楚君臣③，與出高祖於平城者，其事甚淺陋也④。由今觀之，不幾於可笑歟〔三〕？然用之而當其計，萬世之下，功名若是其美也〔四〕。

某聞其使人之來，皆曰：「南北之利莫如和。」某度之，必其兵未集而有是言。使之集，則使者健，而言必勁矣。吾將驕彼，彼顧驕我，不探其情而爲之謀，某未知勝負之所在也。故上策莫若驕之。卑辭重幣，陽告之曰：「吾之請復陵寢也，將以免夫天下後世之議也，而上國實制其可否。上國不以爲可，其有辭於天下後世，顧兩國之盟猶昔也。」彼聞是言，其召兵必緩，緩則吾應之以急，急則吾之志得矣。此之謂驕。

傳檄天下，明告之曰：「前日吾之謂也，今之境内矣。其上國之必從也，今而不從，請絶歲幣以合戰。」彼聞是言也，其召兵必急，急則吾應之以緩，深溝高壘，曠日持久，按甲勿動，待其用度多而賦斂横，法令急而盜賊起，然後起而圖之，是之謂勞。故彼緩則我急，彼急則我緩，必勝之道也。兵法以詐立⑤。

雖然，事有適相似者。里人有報父之仇者，力未足以殺也，則市酒肉以懽之，及其可殺也，懸千金於市，求匕首，又從而辱之。意曰：「汝詈我則鬥。」曾不知父之仇則可殺，以酒肉之懽則可圖，又何以詈爲哉⑥？計虜人之罪，詐之不爲不信，侮之不爲無禮，襲取之不爲不義，特患力不給耳。區區之盟，曾何足云？故凡求用兵之名，而泄用兵之機者，是里人之報仇者也〔五〕。

【校】

〔一〕「夫」，辛氏《抄存》本原誤作「雖」，徑改。

〔二〕「吾將與汝戰也可乎」，原文在其五「其朝廷之上將相則」數字之後，今以意徑移。

〔三〕「可」，原闕，以意徑補。

〔四〕「功名」句，此下原有「某以謂今日陰謀之大者」云云凡二百九十字，今依文意移至其五篇内。

〔五〕本節文字，原文在其三篇末，今依照前後文意徑移至此。

【箋注】

①「故莫」二句，《孫子·始計》：「卑而驕之，佚而勞之，親而離之。」

②「日者」二句，《宋會要輯稿·職官》五一之二四：「乾道六年閏五月九日，詔起居舍人范成大假資政殿大學士、醴泉觀使充奉使金國祈請國信使，權知門事兼權樞密副都承旨康諝假崇信軍節度使副之。」《宋史全文續資治通鑑》卷二五上：「乾道六年五月，左僕射陳俊卿罷。虞允文之始相也，建議遣使金人，以陵寢爲請。俊卿面陳，以爲未可，復手疏言之，事得少緩。允文至是復申前議。一日，上以手札諭俊卿曰：『朕痛念祖宗陵寢淪於北地者四十餘年，今欲遣使往請，卿意以爲如何？』俊卿奏曰：『陛下痛念陵寢，思復故疆，臣雖疲駑，豈不知激昂憤切，仰贊聖謨，庶雪國恥？然性質頑滯，於國家大事，每欲計其萬全，不敢輕爲嘗試之舉。是以前日留班面奏，欲俟一二年間，彼之疑心稍息，吾之事力稍充，乃可遣使，往返之間，又一二年，彼必怒

而以兵臨我，然後徐起而應之。以逸待勞，此古人所謂應兵，其勝十可六七。兹又仰承聖問，臣之所見不過如此，不敢改詞以迎合意指，不敢依違以規免罪戾，不敢僥倖以上誤國事，惟陛下察之。』繼即杜門上疏，以必去爲請，三上乃許，出知福州。陛辭，猶勸上遠佞親賢，修政事以安邊陲，泛使未可輕遣。允文遂遣使，竟不獲其要領。」按：稼軒反對未戰而揚聲於敵，與虞允文見解不合，故本篇所論，均與遣使求陵寢事有關。

③「陳平」句，項羽圍劉邦於滎陽，劉邦用陳平計，出黄金四萬斤反間於楚軍，使項羽疑范增、鍾離昧等，事見《史記》卷五六《陳丞相世家》。

④「與出」二句，《史記·陳丞相世家》：「明年以護軍中尉從攻反者韓王信於代，卒至平城，爲匈奴所圍，七日不得食。高帝用陳平奇計，使單于閼氏，圍以得開。高帝既出，其計秘，世莫得聞。」《集解》謂：「桓譚《新論》或云：『陳平爲高帝解平城之圍，則言其事秘，世莫得而聞也。此以工妙踔善，故藏隱不傳焉。子能權知斯事否？』吾應之曰：『此策乃反薄陋拙惡，故隱而不泄。高帝見圍七日，而陳平往説閼氏，閼氏言於單于而出之，以是知其所用説之事矣。彼陳平必言漢有好麗美女，爲道其容貌天下無有，今困急，已馳使歸迎取，欲進與單于。單于見此人必大好愛之，愛之則閼氏日以遠踈，不如及其未到令漢得脱去，去，亦不持女來矣。閼氏婦女，有妒媢之性，必增惡而觔去之。』」平城，漢置爲縣，在今山西大同東。

⑤「兵法」句，《孫子·軍争》：「故兵以詐立，以利動，以分合爲變者也。」

⑥「里人」句至此，涉及復讎之義，朱熹有一段議論與之相似。《朱子語類》卷一三三《夷狄》：「僩云：『如本朝夷狄之禍，雖百世復之可也。』曰：『這事難説。』久之曰：『凡事貴謀始也，要及早乘勢做，才放冷了，便做不得。如魯莊公之事，他親見齊襄公殺其父，既不能復，又親與之宴會，又與之主婚，築王姬之館於東門之外，使周天子之女去嫁他。所爲如此，豈特不能復而已？既親與讎人如此，如何更責他報齊桓公？況更欲責定公夾谷之會，争那裏去？見讎在面前，不曾報得，更欲報之於其子若孫，非惟事有所不可也，自没氣勢，無意思了。』」然朱熹言復讎自在當時，不欲復讎於後世，稼軒則謂復讎自當以大義報之，所有手段皆可用之，而不當以口舌相争，與朱熹略不同也。

其　五

某聞之：「勝兵先勝而後求戰，敗兵先戰而後求勝。」①故善爲兵者陰謀。陰謀之守堅於城，陰謀之攻慘於兵②。心之精微，出而爲智，行乎陰則謂之謀。

某以謂，今日陰謀之大者，上則攻其腹心之大臣，下則間其州府之兵卒，使之内變外亂，其要領不可不知也。

求非常之事，必有非常之費。非常之費，朝廷所不恤也。然而用之當其計，則費少而功多。不當其計，則費鉅而功寡。何以言之？朝廷所謂經略秘計者，不過招沙漠之酋長，結中原之忠義。其招之者，未必足以爲之固也。假使招之來，擁兵而强，則爲我之師。釋兵而窮，則爲今之蕭鷓巴〔一〕③。不然，使甘聽吾言，而就戰其地，雖嬰兒之智亦不爲此。結之者固非鋤犁無知之民，則椎埋竊發之黨，非有尺寸可藉以爲變，甚則率數十百千人而來耳。勢不足以爲朝廷重，禍不足以制夷狄命，徒費金錢，爲之無益耳。

某以謂，與其招沙漠之酋長〔二〕，不若攻其腹心之大臣；與其結中原之忠義，不若間州縣之兵卒。請言其説：

虜情猜忌，果於誅殺。其朝廷之上，將相則華夷並用而不相安〔三〕，兄弟則嫡庶交争而不相下④。某頃遊北方⑤，見其治大臣之獄，往往以礬爲書，觀之如素楮然，置之水中則可讀⑥。交通内外，類必用此。今之歸明人中，其能通夷言、習夷書者甚多，可啖以利，務得其心。然後精擇上間，先至其廷，多與之金，結其貴酋，族得其用事之主名，孰爲貴，孰爲黨，用事則多怨，又知其怨者。俟得其情，然後詐爲夷狄書畫，若與其黨交結爲反者狀，遺之怨家，事必上聞。嫡庶之間，亦必有黨，將令其争，又復如此。必將黨與交攻，大爲殺戮而後已。如是而其國大亂矣。是之謂「攻其腹心之大臣」。

中原州郡，類以夷狄守之，故其卒伍之長甚貴而用事，然其心亦甚怨而不平。某嘗揣量此曹，間有豪傑，可與共事者，然而計深慮遠，不肯輕發，非比隴上之民，輕聚易散，出没山谷間止耳。若威聲以動之，神怪以誑之，重賞以餌之，若是而未有不變者。彼變則擁兵而起，據城而守，變一兵而陷一城，陷一城而難千里。是之謂「間其州府之兵卒」〔四〕。計無大於此二者。

苟朝廷不以爲不然〔五〕，擇沉鷙有謀、厚重不泄之人，付以沿邊州郡，假以歲月，安坐圖之，虜人之變，可立以待。

今兩淮州郡，朝廷功名地也。蓋河北可以裂天下，山東可以趨河北，兩淮可以窺山東。朝廷不知重此，而太守數易，才否並置，類非可以語此事規模者。某竊譬之，有其器而不知其用者也。

【校】

〔一〕「鵰巴」，原作「遮也」，徑改。

〔二〕「與」，原作「欲」，據文意徑改。其下「與」同此。

〔三〕自本節「某以謂今日陰謀之大者」至「其朝廷之上將相則」，凡二百九十字，原皆錯入其四篇內，今依前後文意徑移至此。又「將相則」句之下，原有「吾將與汝戰也可乎」八字，今移入其四篇内。

〔四〕「是之謂間其州府之兵卒」，原闕，據前文徑補。

〔五〕「不然」之「不」，原闕，據文義徑補。

【箋注】

①「勝兵」二句，《孫子·軍形》：「故善戰者，立於不敗之地，而不失敵之敗也。是故勝兵先勝而後求戰，敗兵先戰而後求勝。」

②「陰謀」二句，慘於兵，《莊子·庚桑楚》：「兵莫慘於志，鏌鋣爲下。」餘參本書卷三《偶作三首》詩箋注。

③蕭鷓巴，已見《美芹十論·審勢》箋注。與蕭鷓巴同時歸宋之耶律适里於乾道三年任建康府駐札御前後軍都統制，見《宋會要輯稿·兵》一七之二九。蕭鷓巴此時應任鎮江府駐札御前某軍都統制。「釋兵而窮」，謂紹興三十二年冬蕭鷓巴率百餘人自金歸宋。

④嫡庶交争，指金世宗嫡子允恭與庶長子永中争權之事，參《十論·審勢》箋注。

⑤頃遊北方，指稼軒少年時在金國之經歷。稼軒《進美芹十論》内自述其曾隨祖父辛贊留京師。而程珌《洺水集》卷一《丙子輪對札子》亦載稼軒語：「北方之地，皆棄疾少年時所經行者。」疑

辛贊曾在汴京金行臺尚書省任職，時稼軒年十一，爲紹興二十年。

⑥「見其」四句，《三朝北盟會編》卷二三三引《神麓記》，載世宗下詔暴揚海陵帝完顏亮之罪，其中有云：「左副元帥國王撒海，累建功勳，止因篡位之初，自懷疑懼，計構遥設，以白礬書假言，宫外拾得，令其誣告，並其子御史大夫沙只並子孫三十餘口，及太祖親弟遼越國王男平章孛急弟兄子孫一百餘口，兵部尚書毛里弟兄子嗣二十餘口，太皇太妃並子任王隈喝，並以無罪，盡行殺戮。」《金史》卷八四《杲傳》：「會海陵欲除遼王斜也子孫及平章政事宗義等，元帥府令史遥設希海陵旨，誣撒離喝父子謀反，並平章宗義、尚書謀里野等。遥設學撒離喝手署及印文，詐爲契丹小字家書，與其子宗安，從右都監奔睹上變。封題作已經開拆者，書紙隱約有白字，作曾經水浸，致字畫分明者，稱御史大夫宗安於宫門外遺下此書，遥設拾得之。……有司鞫問，宗安不服。……宗義被掠笞，不能當，亦自誣服。……使厮魯渾殺撒離喝於汴，族其家。撒離喝親屬坐是死者二十餘人。」按：完顏亮殺撒離喝等重臣，其事在天德二年十月，其年爲紹興二十年，稼軒十一歲，是年稼軒即隨其祖父在汴京，故能親見撒離喝之獄事，而記載於此。

其　六

既謀而後戰，戰之際又有謀焉。吾兵與虜戰，衆寡不相敵也。使衆寡而相敵，人猶以爲虜勝。何者？南北之强弱，素也。蓋天下之勢有虚實，用兵之序有緩急，非天下之至精，不能辨也。

故凡强大之所以見敗於小弱者，强大者分，而小弱者專也。知分之與專，則吾之所與戰者寡矣①。所與戰者寡，則吾之所以勝者必也。故曰：「備前則後寡，備左則右寡，無所不備則無所不寡。寡者備人者也，衆者使人備己者也。」②又曰：「出其所不趨，趨其所不意。」③又曰：「形之所在，敵必從之。」④

今虜人之所備者，山東也，京師也，洛陽也，關中也。其備山東者輕，而京師、洛陽、關中則重也。彼山東者，於燕甚近，而其民好亂。天下有事，虜人常先窮山東之民。天下有變，而山東亦常首天下之禍。計不知此而輕其備，豈真識天下之勢也哉？今夫二人相搏〔一〕，毆其心，則手足無全力。兩陣相持，譟其營，則士卒無鬥志。故某以爲，兵出沭陽，則山東可指日而定。山東已定，則河北可傳檄而下。河北已下，則燕山者，某將使之塞南門而守。請試言其説：

虜人沿邊之兵，不滿十萬。使召兵而來，又必十萬。若乘其不備，則不及召兵。二十萬之衆，較其數則多，然其邊徼闊遠，勢能分之使備我，則寡。將戰之日，大爲虚聲，務使之分。命一使於川蜀，曰「收復關陜」，建以旌旗而布以詔令，彼必聚兵而西，深溝高壘，勿與之戰。如是而兩月，又命一使於荆、襄，曰「灑掃陵寢」，建以旌旗而布以詔令，彼必召山東之兵而俱西，深溝高壘，勿與之戰。如是而兩月，又命一使於淮西，曰「御營宿衛」，聲言直趨京師，若爲羽檄交馳、車馬旁午狀，以竢天子親駕者。彼必竭天下之兵而南，深溝高壘，勿與之戰。又令舟師戰艦，旌旗精明，金鼓備具，遵海而行。四路備兵，勢分備寡，内郡空虚，盗賊羣起。吾之陰謀又行，援我者衆，雖有良、平，不能爲之謀矣。

然四路者，非必以實攻也。以言聳之，使不得去，以勢劫之，使不得休。何則？彼重之吾又重之，其信我者固也。然後以精兵鋭卒，步騎三萬，令李顯忠將之[5]，由楚州出沭陽，鼓行而前。先以輕騎數百，擇西北忠義之士，令王任[6]、開趙[7]、賈瑞等輩領之[8]，前大軍信宿而行，以張山東之盗賊。如是，不十日而至兖、鄆之郊。山東諸郡，以爲王師自天而下，欲戰則無兵，欲守則無援，開門迎降，唯恐後耳。然後號召忠義，教以戰守，傳檄河北，諭以禍福，天下知王師恢復之意堅，虜人破滅之形著，城不攻而下，兵不戰而服，有不待智者然後知者。此韓信之所以破趙而舉燕也。

彼沿邊三路兵，將北歸以自救耶？其勢不得解而去也。抑爲戰與守耶？腹心已潰，人自解體，吾又將突出其背反攻之。當是之時，虜人狼顧其後，知爲巢穴慮而已，惶恤他乎？故曰「燕山者將使塞南門而守也」。

今之論兵者，不知虚實之勢，緩急之序，乃欲以力搏力，以首争首，寸攘尺取以覬下〔二〕，譬之驅羣羊以當餓虎之衝⑨，其敗可立待也。惟詳擇毋忽。

【校】

〔一〕「二」，原作「三」，今據《十論・詳戰》改。

〔二〕「取」，原闕，據《十論・詳戰》「寸攘尺取爲恢復之謀」句補入。「取」字後，仍疑有脱落，致「以覬下」三字與上文無從聯繫。

【箋注】

①「知分」二句，《孫子・虚實》：「故形人而我無形，則我專而敵分；我專爲一，敵分爲十，是以十攻其一也，則我衆敵寡，能以衆擊寡，則吾之所與戰者約矣。吾所與戰之地不可知，不可知則敵所備者多，敵所備者多，則吾所與戰者寡矣。」

②「備前」五句，《孫子・虚實》：「故備前則後寡，備後則前寡，備左則右寡，備右則左寡，無所不備則無所不寡。寡者備人者也，衆者使人備己者也。」

③「出其」二句，語見《孫子・虚實》。

④「形之」二句，《孫子·兵勢》：「故善動敵者，形之，敵必從之；予之，敵必取之。」

⑤李顯忠，綏德軍青澗人，初名世輔。年十七，投效用，出入行陣。金人陷延安，授顯忠父子官，辭而出亡，家屬二百口皆爲金人所害。後至行在，高宗撫勞再三，賜名顯忠。兀朮犯河南，命爲招撫司前軍都統制，與李貴同破靈壁縣。加保信軍節度使、浙東副總管。紹興三十一年，金主亮渝盟，敗於采石，顯忠選鋭士萬人渡江，盡復淮西州郡。隆興元年兼淮西招撫使，欲復河南之地，爲邵宏淵牽制，敗於符離。罷軍職，責筠州安置，復謫潭州安置。乾道改元，復觀察使，爲浙東副總管。五年十二月，除威武軍節度使，七年六月，以主管馬軍司公事復太尉。淳熙四年卒，年六九。《宋史》卷三六七有傳，然頗有疏誤，今參據《宋史》卷三四《孝宗紀》補正。稼軒作此文時，李顯忠正在主管馬軍司公事職任上。另據《宋史》卷三四《孝宗紀》二，乾道七年三月戊寅，徙侍卫馬軍司戍建康。

⑥王任，《宋史》卷三二《高宗紀》九：「紹興三十一年九月，博州民王友直聚兵大名，自稱河北安撫制置使，以其徒王任爲副，遣軍師馮穀入朝奏事。」同書卷三七〇《王友直傳》：「紹興三十一年，金人渝盟，友直結豪傑，志恢復。……乃與王任、馮穀、張昇、牛汝霖列奏於朝，欲領衆南歸。時金人尚在揚州，久不報。友直將由壽春涉淮而濟，道拜敕書，勉以率衆擣敵腹心，掎角應援，除友直檢校少保、天雄軍節度使，王任天平軍節度使。……時三十二年正月一日也。旋與敵遇，相拒淮北。敵兵來益衆，友直即率所部渡淮。既而審金主亮已斃，所遇乃歸師，悔不襲擊

之。」按：王任在加入王友直起義軍前已在太行山起義，人號任契丹。《建炎以來繫年要録》卷一九五：「紹興三十一年十二月丁卯，河北安撫制置使王任、天雄軍節度使王友直，自壽春渡淮來歸。任，東平人，嘗以罪亡命，敵重賞捕之急，友直方聚衆，任往大名歸之。友直喜，假任契丹以舉事，遂破大名。」然《三朝北盟會編》卷二四八作「任契丹男三郎君」，與此不同。周麟之《海陵集》外集有《中原民謡》組詩，内有《任契丹》一首，小序曰：「燕趙間有豪傑任契丹者，居太行山，心懷本朝，誓滅强虜。時從數十騎出入，所過郡邑，靡然向風，莫有能當之者。」王任南歸後仍在軍中任職，爲果州團練使，見《建炎以來繫年要録》卷一九六紹興三十二年正月丁亥記事，他事史料無具體記載。

⑦開趙，已見《十論·審勢》箋注。開趙於乾道四年叙復武略大夫，充浙西兵馬鈐轄，臨安府駐札。七年，依前兵馬鈐轄平江駐札，未赴，改平江府兵馬總管。稼軒作此文時，開趙應在平江府任職。

⑧賈瑞，《三朝北盟會編》卷二四九：「蔡州賈瑞者，亦有衆數十人，歸京，京甚喜，瑞説京以其衆分爲諸軍，各令招人，自此漸盛，俄有衆數十萬。……京以瑞爲諸軍都提領。……完顔亮犯淮甸，京遣瑞渡江詣朝廷。……上大喜，皆命以官。……瑞敦武郎、閤門祗候，皆賜金帶。」按：賈瑞南歸後，應仍舊任軍職。然《宋會要輯稿》及其他史料未載其姓名及所任軍職。

⑨「譬之」句，《戰國策·楚策》一：「張儀爲秦破從，連横説楚王曰：『秦地半天下，兵敵四國，被

山帶河，四塞以爲固。……雖無出兵甲，席捲常山之險，折天下之脊，天下後服者先亡。且夫爲從者，無以異於驅羣羊而攻猛虎也。』」

其七

正取之計已定，然後謀所以富國强兵者。除戎器，練軍實，修軍政，習騎射，造海艦，凡此所以强兵也。其要在於爲之以陰，行之以漸，使敵人莫吾覺耳。

至於富國之術，民無餘力，官無餘利矣，國不得而富也。兵待富而舉，則終吾世而兵不得舉矣。

雖然，某有富國之術，不在乎聚斂，而在乎惜費。苟從其可惜者而惜之，則國不勝富矣。何以言之？自朝廷規恢遠略以來，今三年矣①。其見於施設者，費不知其幾也。城和，城廬，城揚，城楚②，築堰③，募兵④，建康之寨⑤，京口之寨⑥，江陰之寨⑦，與夫泛使賂遺⑧，發運本錢⑨，其他便宜造次〔一〕，恩澤賞給，不可得而紀者，合千有餘萬緡矣。一歲之幣，三年而郊，又二千萬矣〔二〕⑩。歲幣、郊祀之費是不得已而爲之者，其他得已而不已者，爲恢復計也，然而於恢復之功，非有萬分一也。非有恢復之萬一而費之，則費爲可惜矣。

若規模既定，斷以三歲而興兵，未戰之歲，取是數費而聚之，當戰之歲，歲幣可絶也，郊祀可展也，如是而得三千萬緡矣。今帑藏之儲又僅二千萬⑪，合五千萬緡而一戰，豈不綽綽然有餘裕哉？

其次則寬民力。可以息民者息之，可以予民者予之。蓋恢復大事也，能一戰而勝乎？其亦曠日持久而後决也。曠日持久之費，緩急必取之民。凡民所以供吾緩急，財盡而不怨，怨甚而不變者，以其素養者厚也〔三〕。古之人君，外傾其敵，内厚其民，其本末先後，未有不如此者。不然，事方集而財已竭，財已竭而民不堪，雖有成功而不敢繼也。

今世之所病者，深根固本，則指爲迂闊不急之論，從事一切，則目爲治辦可用之才。國用既虚，民力又竭，求强其手足而元氣先弱，是猶未病而進烏喙⑫，及其既病也，則無可進之藥，使扁鵲、倉公望之而去者是也⑬。

【校】

〔一〕「宜」、「次」，原誤作「業」、「是」，據文意徑改。

〔二〕「千」，原脱，據下文「如是而得三千萬緡」句意補。

〔三〕「其」，原誤作「某」，徑改。

【箋注】

①三年，當指乾道五年至七年。《宋史》卷三八三《虞允文傳》：「上嘗謂允文曰：『丙午之恥，當與丞相共雪之。』」可知孝宗蓋倚允文以圖恢復。允文入相在乾道五年八月。下文列舉修城築堰以至泛使等事項，皆虞允文任宰相期間之所爲。其時間最晚者，亦大都在乾道五六年内。

②「城和」四句，見《論阻江爲險須藉兩淮疏》箋注。楚州築城完工於乾道六年十月，爲四城之最晚竣工者。

③築堰，當指築瓦梁堰事，其事在修揚州城之後。蔡戡《定齋集》卷一五《故朝議大夫直寶文閣學士胡公墓志銘》：「公諱堅常，字秉彝，姓胡氏。其先家豫章，今爲常之晉陵人。……徙滁州。值增築維揚古城，調瓴甋，傍郡騷然，獨滁賦不加，民先期而集。有請調夫真、滁、和，築六合瓦梁堰以備敵。朝廷下其議，公抗論以爲非策，且作未必即成，成未必能久，久未必可用，而何以勞民殫財爲事？寢不行。提舉江西常平。」按：胡堅常守滁州，在乾道三年，見《宋會要輯稿·選舉》三四之一九。據右文，似築瓦梁堰經胡堅常反對，雖曾動工興建，半途而廢。胡因反對其事遷江西提舉。

④募兵，《宋史》卷三四《孝宗紀》二：「乾道五年十一月癸丑朔，復置淮東萬弩手，名神勁

軍。……六年十一月乙未，復置神武中軍。……七年九月壬申朔，以江西、湖南旱，命募民爲兵。」

⑤建康之寨，《景定建康志》一四《建康表》：「乾道五年二月四日，詔令殿前馬步軍司同江東帥漕於本府近便寬閑去處，踏逐牧放馬五千匹，並牧馬官兵寨屋地段，措置修蓋。」卷二二《江東安撫司親兵寨》：「乾道五年，史公正志建，在府治東，後廢。」其下載慶元元年十月游九言之《重建寨記》：「江東安撫司置親兵千人，本乾道五年侍郎史公奏，建康留鑰之地，控制淮甸，雖宿重師，而帥閫弗容弛備。乞通選本路禁兵至建康，期一更戍。遂建寨北門外。」虞集《道園學古録》卷四〇《題先丞相寨屋親帖》：「右先丞相雍國忠肅公五月十日寨屋札子真跡，當是故宋乾道七年在相位時，與洪公遵之書也。按《家傳》，是年五月丁亥，後殿進呈文字次，上曰：『洪遵近日職事甚留意。』公奏云：『遵言建康寨屋間有木植小者，若欲覆瓦，須當抽換。臣昨因問李澤，乃知蕪湖、當塗兩寨木植甚小，不能勝瓦，此皆太平管下縣也，故遵以爲言。』上曰：『遵樸實不欺如此。』適有中使自海上還，言馬司人至新寨，無不歎喜。皆云：『官家愛惜士卒，它日調發，止過一水，便可接戰，免得臨時道途之勞。』公奏：『士卒却知陛下聖意。朝臣喜爲紛紛之論者，聞此能無愧乎？』上曰：『然。』札子中有『紛紛』之説，正與此同，故知此帖與洪公無疑。丁亥正其時也。阜陵無一念不在復其先業，丞相左右之，雖微細經畫，内外之志相通如此，尺素流傳人間，而家乘所載脗合，誠之不可揜如此夫。」以上所載，未知與《建康志》所載是否爲

一事。

⑥京口之寨，未見。《至順鎮江志》卷一三：「宋諸軍之屯於京口者，俱有寨屋以處之，動以千計。歸附之際，薦經兵火，所餘無幾。」雖其載如此，而至元時所存寨屋亦闕文。

⑦江陰之寨，《吴都文粹》續集卷二載吴英《申增顧徑水軍利便》：「比年以來敵寇侵擾兩淮州郡，累蒙朝廷調遣本司兵船，前去建康，直至江、池、鄂渚應援，防護江面。本司兵額雖曰萬人，除分屯顧徑、黄魚垛、江陰寨，及楚州管下淮海等處捍禦，出江下海，巡捕盜賊，諸雜輪流差使，逃亡名闕外，許浦在寨人數無幾。」按：此爲寶慶元年所奏，其中涉及江陰寨，然未載築寨於何時。

⑧泛使賂遺，《永樂大典》卷一二九二九載周必大《親征録》：「紹興三十二年四月辛未，聞泛使禮物，例用金器二千兩，銀器二萬兩，合十具，腦子、龍涎香、心字香、丁香各二合之類，匹物二千，綿拈金綫緊絲茸背，以上各二百練，羅、㯭蒲縷、清絲綾，已上各四百。」按：《益國文忠公集》卷一六三所載《親征録》自「腦子」以下俱闕。據《宋史》卷三二《高宗紀》九，紹興三十二年三月丁巳，遣洪邁賀金主即位。由右所載禮物明細，可考知乾道間遣泛使之禮物亦大致如此。《朱子語類》卷一三三《夷狄》：「每常往來人事禮數，皆用金銀器腦子貴藥物之類，所費不貲。……大數一百二十萬緡。」

⑨發運本錢，《宋史》卷三四《孝宗紀》二：「乾道六年三月乙卯，復置江浙京湖淮廣福建等路都大發運使，以新知成都府史正志爲之。夏四月辛巳朔，罷鑄錢司歸發運司。……乙未，賜發運使

史正志緡錢二百萬爲均輸、和糴之用。吏部尚書汪應辰三上疏論發運司。戊戌，以應辰知平江府。……冬十月，詔發運使置司行在。……十二月癸酉，罷發運司，以史正志奏課不實，責爲楚州團練副使、永州安置。」《宋史全文》卷二五上所載同。按：史正志任發運使，反對者衆。員興宗《九華集》卷一三《上丞相論置發運書》且痛詆史之爲人。汪應辰所上疏，《宋史》本傳及《文定集》均不載。《朱文公文集》卷八九《右文殿修撰張公神道碑》載：「召爲尚書吏部員外郎兼權左右司侍立官。時廟堂方用史正志爲發運使，名爲均輸，而實但盡奪州郡財賦以惑上聽，遠近騷然，人不自安。……公對曰：『今日州郡財賦大抵劫劫無餘，若取之不已而經用有闕，則不過巧爲名色而取之於民耳。』上聞之矍然，顧謂公曰：『……如卿之言，是朕假手於發運使以病吾民也。』」

⑩「三年」二句，《建炎以來朝野雜記》甲集卷一七《渡江後郊賞數》，載建炎元年郊祀用錢二十萬緡，金三百七十兩，銀十九萬兩，帛六十萬匹，絲綿八十萬兩。又謂「其後日有增益，……不可復廢矣」。以同書甲集卷五《乾道郊祀》條所載虞允文言相參，乾道六年每千匹兩值現錢七八千緡，則一次郊祀賞賜用錢必已一千餘萬緡，與稼軒所言二千萬大體相近。

⑪「今帑」句，《建炎以來朝野雜記》甲集卷一七《左藏庫》：「左藏庫者，國家經賦所貯也。淳熙中，左藏庫封過三衙百官請給成，歲爲錢一千五百五十八萬餘緡，銀二百九十三萬餘兩，金八千四百餘兩，絲綿一百十八萬餘兩，絹一百四十八萬餘疋。以直計之，金銀錢帛，共約計三千餘萬

緡。而宗廟宫禁，與非泛之費不與焉。」此爲淳熙間庫藏數，乾道間爲二千萬大致可信。

⑫烏喙，又名天雄、附子，性温有毒，用於通經活絡。

⑬「使扁」句，《史記》卷一〇五《扁鵲倉公列傳》：「扁鵲過齊，齊桓侯客之。入朝見曰：『君有疾在腠理，不治將深。』桓侯曰：『寡人無疾。』……後五日，扁鵲復見曰：『君有疾在血脈，不治恐深。』……後五日，扁鵲復見，望見桓侯而退走。桓侯使人問其故，扁鵲曰：『疾之居腠理也，湯熨之所及也。在血脈，鍼石之所及也。其在腸胃，酒醪之所及也。其在骨髓，雖司命無奈之何，今在骨髓，臣是以無請也。』後五日，桓侯體病，使人召扁鵲，扁鵲已逃去，桓侯遂死。」倉公，即淳于意，漢代名醫，任齊太倉長。

其八

方今之論，以爲將有事於中原，必先遷都建業①。某以爲，有不得已而必遷者〔一〕，有既遷而又當遷者，又有不可得而遷者，及未可得而遷者〔二〕，不可不知也。

不遷則不足以示天下之必戰，中原之變也必緩，吾軍之鬥也必不力〔三〕，深居端處，以待輿地之來，是謂却行而求前②，此不得已而必遷者也〔四〕。

所謂戰者，將姑爲是名耶，其亦果有志於天下耶？ 姑爲是名，雖遷都建業，徒費無益。 志於天下，雖遷建業，猶以爲近。 何則？ 人主破天下庸常之論，圖天下難能之事，而又陰得其所以必勝之權，不躬犯艱難而決之，天下有不信吾心而殆吾事者矣。 向之城揚，城廬，費累百萬③，其實甚無益也。 腐縑敗素，染而紫之，價必十倍④。 異時有急，敕廬、揚爲車駕東西巡幸地，以決三軍勝負之數，則城廬、城揚真恢復大計也。 此既遷而又當遷者也。

天下無事，搢紳之論，人人得以自盡： 「主上方以孝養治天下，北内晨昏之問⑤，不可得而遠也。」「國用方虚，民力方困，千乘萬騎，百司庶府，一動而百費出，遲留歲月，無從而給也。」苟搢紳之論，以是而相持，上之人必無説而却此。 此不可得而遷者也。

兩敵相持，見之以弱，猶恐爲强； 示之以怯，猶恐爲勇。 見强示勇，敵必疑懼。 敵既疑懼，吾事必去。 故先事而遷，是見之强而示之勇也。 兩敵相持，士未致死，天子順動，親御鞍馬，隆名重勢，猝壓其上，三軍思奮，鬥必十倍。 虜勢驚亂〔五〕，變必内起。 此古英雄之君御將決勝之奇術。 故先勢而遷，是兵未戰而術已盡也。 吾未戰而遷建業，萬一虜因是而遷京師，逆亮是也⑥，此事之不可知者也。 凡吾所以未戰而求勝者，以中原之變爲之助也。 虜遷京師，脅以兵力，中原之民，必不敢變。 中原不變，則戰之勝負未可知也〔六〕。故先事而遷，是趣虜人制中原之變也。此未可得而遷者也。

參四者而論之，則大計見矣。某以爲宜明降約束，以禁傳言遷都建業者，姑少待之。異時兵已臨淮，則車駕即日上道，駐蹕建業以張聲勢。兵已渡淮，則親幸廬、揚以決勝負。如是，則搢紳之論，不見持於無事之際，敵國之重，不及慮於已戰之後，最爲得計。

【校】

〔一〕「必」，原誤作「不」，今據前後文義徑改。

〔二〕「及未可得而遷者」，此七字原闕。按本文論遷都建業有四，此處闕其一，故徑補。

〔三〕「軍」，原誤作「君」，徑改。

〔四〕「必」，原誤作「不」，今據前後文義徑改。

〔五〕「虜」，原誤作「國」，據前後文義徑改。

〔六〕「則」，原誤作「者」，徑改。

【箋注】

①建業，即建康。吳大帝孫權曾建都於此。其後東晉及南朝之宋、齊、梁、陳及十國中之南唐，亦

均都此。

②却行而求前，《後漢書》卷九一《周舉傳》：「陛下所行，但務其華，不尋其實。猶緣木求魚，却行求前。」

③「向之」三句，《宋史》卷三九〇《莫濛傳》：「出知揚州。陛辭。上以城圯，命濛增築。濛至州，規度城闉，分授諸將，各刻姓名甃堞間，縣重賞激勸，閲數月告成。」未言費用。《宋會要輯稿·方域》九之九載乾道六年正月二十四日侍衛親軍馬軍都指揮使奉國軍承宣使淮南西路安撫使郭振言「廬州城修築整備，……用錢浩翰」，亦未言具體數目。

④「腐縑」三句，《戰國策·燕策》一：「齊伐宋，宋急，蘇代乃遺燕昭王書曰：『……臣聞智者之舉事也，轉禍而爲福，因敗而成功者也。齊人，紫敗素也，而賈十倍。越王勾踐棲於會稽，而後殘吴霸天下。此皆轉禍而爲福，因敗而爲功者也。』」

⑤北内，《建炎以來朝野雜記》乙集卷三《南北内》：「今南北内，本杭州州治也，紹興初創爲之。……德壽宫乃秦丞相舊第也，在大内之北，氣象華勝，宫内鑿大池，引西湖水注之。」《咸淳臨安志》卷二：「北宫德壽宫，在望仙橋東，高宗皇帝將倦勤，即秦檜第築新宫，紹興三十二年六月戊辰詔……退處德壽宫。」

⑥「萬一」句及小注，金主完顔亮於正隆六年六月遷都南京（即汴京），九月率軍南侵。

其九

事有甚微而可以害成事者，不可不知也。朝廷規恢遠略〔一〕，求西北之士，謀西北之事，西北之士固未用事也，東南之士必有悻然不樂者矣。緩急則南北之士必大相爲鬥。南北之士鬥，其勢然也。西北之士又自相爲鬥，有才者相娼，有位者相軋，舊交怨其新貴〔二〕，同黨化爲異論，故西北之士又自相爲鬥。私戰不解則公戰廢①，亦其勢然也。武王曰：「紂有臣億萬，惟億萬心。予有臣三千，惟一心。」②勝商殺紂，誠在於此。某欲望朝廷，思有以和輯其心者，使之合志併力，協濟事功，則天下幸甚。

右某所陳，皆恢復大計，其詳可次第講聞也。獨患天下有恢復之理，而難爲恢復之言。蓋一人醒而九人醉，則醉者爲醒，而醒者爲醉矣；十人愚而一人智，則智者爲愚，而愚者爲智矣。不勝愚者之多，而智者之寡也。故天下有恢復之理，而難爲恢復之言。

雖然，某嘗爲之説曰：今之議者皆言：「南北有定勢，吴楚之脆弱，不足以争衡於中原。」某之説曰：「古今有常理，夷狄之强暴，不可以久安於華夏。」夫所謂南北定勢者，粤自漢鼎之亡，天下離爲南北，吴不能以亂魏，而晉卒以併吴。晉不能取中原，而陳亦終斃於隋。與夫藝祖皇帝之取南唐，取吴越，天下之士，遂以爲東南地薄兵脆，將非命士之雄，其勢故至於此。而蔡謨亦謂：「度今諸人，必不能辦此，吾見韓盧、東郭俱斃而已。」

某以謂，吴不能取魏者，蓋孫氏之割據，曹氏之雄猜，其德本無以相過，而西蜀之地又分於劉備，雖欲以兵窺魏，勢不可得也。晉之不能取中原者，一時諸戎，皆有豪傑之風，晉之强臣，方内自專制，擁兵上流，動輒問鼎，自治如此，何暇謀人？宋、齊、梁、陳之間，其君臣又皆以一戰之勝，蔑其君而奪其位，其心蓋僥倖於人之不我攻〔三〕，而所以攻人者，皆自固也。至於南唐、吴越之時，適當聖人之興，理固應爾，無足怪者。由此觀之，所遭者然，非定勢也。

且方今南北之勢，較之彼時，亦大異矣。南北萬里，而劫於夷狄之一姓。彼其國大而上下交征〔四〕，政龐而華夷相怨。平居無事，亦規規然摹倣古聖賢太平之事，以誑亂其耳目。是以其國可以言静，而不可以言動，其民可以共安，而不可與共危。非如晉末諸戎，四分五裂；若周秦之戰國，唐季之藩鎮，皆家自爲國，國自爲敵，而貪殘吞噬、剽悍勁魯之習，純用而不雜也。且六朝之君，其祖宗德澤涵養浸漬之難忘，而中原民心眷戀依依而不去者，又非得爲今日比。臣故曰：「較之彼時，南北之勢大異矣。」

當秦之時，關東强國莫楚若也。而秦、楚相遇，動以十數萬之衆見屠於秦，君爲秦虜而地爲秦墟。自當時言之，是南北勇怯不敵之明驗。而項梁乃能以吴、楚子弟驅而之趙，救鉅鹿，破章邯，諸侯之軍十餘壁，皆莫敢動，觀楚之戰士，無不一當十，諸侯之兵，皆人人惴恐，卒以阬秦軍，入函谷，焚咸陽，殺子嬰，是又不可以南北勇怯論也。方懷王入秦時，楚人之言曰：「楚雖三户，亡秦必楚。」夫彼豈能逆知其事之必至於此耶〔五〕？蓋天道好還，亦以其理而推之耳。故某直取古今常理而論之。

夫所謂古今之常理者，逆順之相形，盛衰之相尋，如符契之必合，寒暑之必至。今夷狄所以取之者至逆也，然其所居者亦盛矣。以順居逆，猶有衰焉，以逆居盛，固無衰乎？某之所謂理者此也。不然，裔夷之長，而據有中夏，子孫又有泰山萬世之安，古今豈有是事哉！今之議者，皆痛懲曩時之事，而劫於積威之後，不推項籍之亡秦，而猥以蔡謨之論晉者以藉其口，是猶懷千金之璧，不能斡營低昂，而俛首於販夫；懲蝮蛇之毒，不能詳覈真僞，而褫魄於雕弓，亦已過矣。

昔越王見怒蛙而式之，曰：「是猶有氣。」[③]蓋人而有氣，然後可以論天下。

【校】

〔一〕「規」，原闕，徑補。

〔二〕「怨」，原誤作「願」，徑改。

〔三〕「於」，原闕，以意徑補。

〔四〕「交征」，原誤作「不征」，據《十論》之四《自治》改。

〔五〕「於」，原闕，據《十論》之四《自治》補。

【箋注】

①「私戰」句，《史記》卷六八《商君列傳》：「行之十年，秦民大説。道不拾遺，山無盜賊，家給人足。民勇於公戰，怯於私鬬，鄉邑大治。」

②「紂有」四句，見《尚書·泰誓》上。

③「昔越王」三句，《韓非子·内儲説》上：「越王慮伐吴，欲人之輕死也，出見怒鼃，乃爲之式。從者曰：『奚敬於此？』王曰：『爲其有氣故也。』……一曰：越王勾踐見怒鼃而式之，御者曰：『何爲式？』王曰：『鼃有氣如此，可無爲式乎？』士人聞之曰：『鼃有氣，王猶爲式，況士人有勇者乎？』」

【附録】

鄧廣銘書輯本辛稼軒《九議》後

由於輾轉傳寫之故，見於《稼軒集抄存》中的《九議》，其中便存在了很多的問題。今姑舉其大者言之：

一、其中有幾篇，特别是第九篇，只簡簡單單的幾句，很像是殘篇斷簡，不可能原來就是這樣子的。第六篇末「今之論兵者」一節當中「以首争首」句下也必有大段脱落。

二、《九議》各篇的彼此之間，章節的錯亂也很厲害。其中最顯著的一例，是第四、第五兩篇中叙述金國情況的一段。《稼軒集抄存》在第四篇中有一段是：

虜情猜忌，果於誅殺，其朝廷之上將相則「吾將與汝戰也，可乎？」某聞其使人之來皆曰……

而在第五篇中又有這樣的一段：

心之精微，出而爲智，行乎陰則謂之謀。華夷並用而不相安，兄弟則嫡庶交争而不相下。很明顯，第四篇中的「將相則」是應當和第五篇中的「華夷並用而不相安」相連爲文的，而「吾將與汝戰也，可乎」一句在這裏也是錯出，是應該安排到另外一個適當的段落中去的。

《稼軒集》既已失傳，《永樂大典》的絶大部分也都已散佚，天壤間已不可能再有别本可與《稼軒集抄存》中的《九議》互相參校了，因此，對於前面所提及的第一類問題，今天實已無可奈何，只可任其「抱殘守闕」了。對於第二類的問題，我便依照前後的文意和邏輯的關聯，對幾段文字作了一些移動，

使它成爲上面所排印的那個樣子。我希望我所已經移徙的這幾個章節，不至有不應移徙而誤被移徙了的。（《辛稼軒詩文箋注》）

論行用會子疏〔一〕①

臣竊見朝廷行用會子以來，民間争言物貨不通，軍伍亦謂請給損減。以臣觀之，是大不然。蓋會子本以便民，其弊之所以至此者，蓋由朝廷用之自輕故耳。

何謂「本以便民」？世俗徒見銅可貴而楮可賤②，不知其寒不可衣，饑不可食，銅楮其實一也。今有人持見錢百千以市物貨，見錢有般載之勞，物貨有低昂之弊。至會子，卷藏提攜，不勞而運，百千之數亦無虧折，以是較之，豈不便於民哉？

何謂「朝廷用之自輕」？往時應民間輸納，則令見錢多而會子少；官司支散，則見錢少而會子多③。以故民間會子一貫，换六百一二十足。軍民嗷嗷，道路嗟怨。此無他，輕之故也。近年以來，民間輸納，用會子見錢中半，比之向來，則會子自貴，蓋换錢七百有奇矣④。江陰軍换錢七百四十足，建康府换錢七百一十足〔二〕⑤。此無他，稍重之故也。古謂「將欲取之〔三〕，必固與之」，豈不信哉？

臣以謂，今諸軍請給微薄，不可復令虧折。故願陛下重會子，使之貴於見錢。若平居得會子一貫，可以變轉一貫有餘，所得雖微，物情自喜。緩急之際，不過多印造會子，以助支散，百萬財賦，可一朝而辦也。

臣嘗深求其弊：夫會子之所以輕者，良以印造之數多，而行使之地不廣。今所謂行使會子之地，不過大軍之所屯駐⑥，與畿甸之内數郡爾。至於村鎮鄉落，稍遠城郭之處，已不行使，其他僻遠州郡又可知也。

臣愚欲乞姑住印造⑦，止以見在數泄之諸路。先明降指揮，自淳熙二年以後，應福建、江、湖等路，民間上三等户租賦⑧，並用七分會子、三分見錢輸納。僻遠州郡未有會子，先令上三等户輸納，免致中下户受弊〔四〕。民間買賣田産價錢，悉以錢會中半，仍明載於契。或有違戾，許兩交易，並牙人陳訴，官司以準折受理。僧道輸免丁錢⑨，亦以錢會中半。以臣計之，各路所入會之數，雖不知其多寡，姑以十萬爲率論之，其已輸於官者十萬，藏之於家，以備來年輸納者又十萬，商賈因而以會子興販、往來於路者又十萬。是因遠方十萬之數，而泄畿内會子三十餘萬之數也，況其數不止於此哉？

會子之數有限，而求會子者無窮，其勢必求買於屯駐大軍去處，如此，則會子之價勢必踴貴，軍中所得會子，比之見錢反有贏餘，顧會子豈不重哉？行一二年，諸路之民，雖於軍伍市井收買，亦且不給，然後多行印造，令諸路置務給賣，平其價直，務得見錢而已，則民間見錢將安歸哉？此所謂「將欲取之，必固與之」之術也⑩。

然臣所患者，法行之初，僻遠州郡會子尚少，高其會子之價，紐作見錢⑪，令人户準折輸納。及其解發，却以見錢於近裏州郡收買，取其贏餘，以資妄費，徒使民間有增賦之名，而會子無流通之理。臣愚欲乞責之諸道總領、轉運，立爲條目，以察内部之不法者。誒得其人，嚴置典憲，以示懲戒。如此，則無事之時，軍民無會子之弊，緩急之際，朝廷無乏興之憂，其利甚大。

【校】

〔一〕題，辛氏《抄存》作「淳熙乙未登對札子」。羅抄本作「上光宗疏」，誤。此據《歷代名臣奏議》卷二七二。

〔二〕小注「江陰」二句，《奏議》本、羅抄本原闕，據兩《抄存》本補。

〔三〕「欲」，《奏議》本、兩《抄存》本原作「固」。此語原出《韓非子·喻老》，今據羅抄本改。後文同此。

〔四〕小注「僻遠」三句，《奏議》本、羅抄本原闕，據兩《抄存》本補。

【箋注】

①題，會子，爲南宋政府發行之紙幣。《宋史》卷一八一《食貨志》下三：「紹興三十年，户部侍郎錢端禮被旨造會子，儲見錢，於城内外流轉，其合發官錢，並許兑會子輸左藏庫。明年，詔會子務隸都茶場。三十二年，定僞造會子法。當時會紙取於徽、池，續造於成都，又造於臨安。會子初行，止於兩浙，後通行於淮、浙、湖北、京西，除亭户鹽本用錢，其路不通舟處上供等錢，許盡輸會子。其沿流州軍，錢會中半，民間典賣田宅、馬、牛、舟車等如之，全用會子者聽。」此疏辛啓泰《稼軒集抄存》題作《淳熙乙未登對札子》，乙未即淳熙二年。右札子當作於淳熙二年秋之前。時辛棄疾任倉部郎中，至六月辛酉，即出爲江西提刑矣。按：是年四月，宋孝宗曾與宰相葉衡討論會子問題，孝宗言及「何幸得會子重，但更思所以闕用之因」。且宣諭葉衡等：「卿等子細講求本末，思所以爲善後之計。」見《皇宋中興兩朝聖政》卷五四。稼軒此疏，應即在四五月間爲應對孝宗善後之計而作。

②銅，指所鑄錢，即下文之見錢。楮，指用紙印造之會子。

③「往時」四句，《宋史全文》卷二四下：「乾道三年正月，度支郎唐掾言：『自紹興三十一年即造會子，至乾道二年七月，共印造二千八百餘萬貫。在乾道三年正月六日以前，措置收换外，尚有八百餘萬貫在民間未收。今來諸路綱運，依近降指揮，並要十分見錢，故州縣不許民户輸納會子，致流轉不行。商賈低價收買，輻湊行在，所以六務支取，擁併喧鬨。』」

④「則會」二句，《容齋三筆》卷四《省錢百陌》條：「太平興國二年，始詔民間緡錢，定以七十七爲百，自是以來，天下承用，公私出納皆然，故名省錢。」南宋行省陌錢，以七百七十文爲一貫。故稼軒文中謂會子一貫換銅錢七百有奇爲「會子自貴」。下文一貫可以變换一貫有餘，亦指會子一貫换錢七百七十餘文。

⑤小注，據《宋會要輯稿·職官》七二之二，淳熙二年知江陰軍嚴焕，爲稼軒乾道四年通判建康府時舊僚友，故據以得知江陰軍會價。而建康府乃稼軒仕宦之地，淳熙元年尚在江東安撫司參議官任上，故亦能知其地會價也。

⑥大軍之所屯駐，指臨安府之三衙兵及鎮江府、建康府、鄂州、江州等所謂江上諸軍。

⑦姑住印造，《皇宋中興兩朝聖政》卷五八淳熙七年九月癸亥載：「上宣諭宰執曰：『近來會子與見錢等。』趙雄等奏：『曩時會子輕矣，聖慮深遠，不復增印，民間難得之，自然貴重。……』上曰：『朕若不愛惜會子，散出過多，豈能如今日之重耶？』」知宋廷後來停印會子措施已收成效。

⑧上三等户，宋以民户財産多寡劃分户等，農村分五等，一二三等户稱上等户，四五等稱中下等户。坊郭户分十等，前五等爲上等户。

⑨免丁錢，《宋會要輯稿·食貨》六六之一二：「紹興十五年正月二十七日，臣僚言：『州縣坊郭鄉村人户既有身丁，即充應諸般差使，雖官户、形勢之家，亦各敷納免役錢，惟僧道例免丁役，别

無輸納，坐享安閒，顯屬僥倖。乞令僧道隨等級高下，出免丁錢，庶得與官户事體均一。』……詔依。」

⑩「此所」句，清人王瑬《錢幣芻言》之《先正名言》引稼軒此疏，自開篇起，至此句止，中間字句略有刪節，篇末加按語則云：「此疏洞達民情，深明物理，稼軒真奇士也。」

⑪紐作見錢，《宋名臣奏議》卷一一一陳襄《上神宗論青苗》：「或將陳舊之物，紐作貴價，兑换支散。」《朱文公文集》卷一八《奏台州免納丁絹狀》：「本州自紹興四年以後，却將第五等人户合納一半丁錢七十文五分足，紐納絹三尺五寸。照得第五等人户計一十九萬九千八十四丁，合納丁鹽錢二萬八千七百貫八百四十四文，除一半納本色外，有一半止合納丁錢一萬四千三十五貫四百二十二文足。本州却將上件丁錢，紐作本色絹三尺五寸催納。」據以上所言，知所謂紐作者，謂折算也。

【附録】

李心傳微之記事

東南會子

東南舊無會子。……紹興六年春，張忠獻爲都督，張如瑩澂主管行府財用，請依四川法造交子，與見緡並行。先造二十萬緡，行於江淮，既又造二十萬緡爲糴本，遂置行在交子務。二月甲辰。

將悉行之東南。趙公時霈爲諫官，爲上言官無本錢，懼民不信，其不便者五。胡内翰交修亦言姦民僞造，抵罪必多，朝廷遂改爲關子，自十千至五百，凡五等，紹興末頗舉行焉。當時臨安之民，復私置便錢會子，豪右主之。錢處和爲臨安守，始奪其利以歸於官。既而處和遷户部侍郎，乃於户部爲之。三十一年春，遂置行在會子務。二月丙辰。後隸都茶場，悉視川錢引法，行之東南諸路。凡上供、軍需，並同見錢，仍賜左帑錢十萬緡爲本。乾道初，户部以財匱，增印會子二百萬緡，李侍郎若川因請兵官廩給減支見錢，歲中可省緡錢二百四十萬，上以其動衆，難之。二年二月辛未。時會子初行，軍中多以爲不便。鎮江都統制郭振與總領趙公稱有隙，奏乞公稱易見緡付本軍。上以諭輔臣洪丞相曰：「楮幣在處可行，但須得本錢稱提乃可。」遂命行之淮東。三月辛亥。然楮券所出既多，而有司出納皆用見錢，民不以爲便。陳天與良祐在諫院，爲上言之。先是，已增榷貨務入納會子二分，上諭輔臣：「不可失信於民。」二年三月癸卯。三年，遂出南庫錢二百萬緡，收回所增會子，而命三衙全支銀錢。時會子已造者二千八百餘萬，已用者一千五百六十餘萬，而在民間者九百八十萬緡。始命盡收之，已降内藏、南庫銀各百萬兩矣。曾欽道爲户部侍郎，乞存民間見在者五百十九萬，上從之。然銀直既抵，軍士患其折閲，殿帥王琪因爲執政言之。欽道復請以分數支會子，上不欲。魏丞相曰：「今會子已非前日比。」上乃許之。七月己亥。先是，諫官陳天與嘗言不可失信於民，乞復置會子務，蔣參政行丞相事，力主之。其冬，復印新會子五百萬。十一月己酉。……五年春，詔以一千萬緡爲一界。時欽道已遷版書，而陳季若以兵部侍郎提領，共奏乞如川錢引例，兩界相還行使，許之。正月己酉。六年春，言者謂：「楮幣可行於無事之時，不可行於有事之際。今銀直抵平，宜廣收買，或以度牒折納，非泛交用，悉以楮幣。」乃令諸道監司別庫積銀，以備緩急。奏雖下，後不克行。二月丙戌。七年春，詔州郡上貢許用七分會子、三分見錢，正月。然有司取於民悉以見鏹。上命約束之。六月辛酉。淳熙十三年秋，詔今後再犯僞造會子，雖印文不全成，但已經行用，論如律。九月乙巳。今江浙會子一千，率得銅錢七百五十。湖北會子一千，率得錢五六百。其法自一貫、五百、三百至二百凡四等，民甚便之。自會子創造，至今四十年，遂與現緡並行，不可復廢矣。凡會子亦兩界並行，總三千六百萬。第七界又增印五百二十三萬八千八百有奇，實爲四千一百二十餘萬。（《建炎以來朝野雜記》甲集卷一六）

淳熙己亥論盜賊札子（一）①

臣竊惟方今朝廷清明，法令備具，雖四方萬里之遠，涵泳德澤，如在畿甸。宜乎盜賊不作，兵寢刑措，少副陛下厲精求治之意。而比年以來，李金之變②，賴文政之變③，姚明敖之變④，陳峒之變⑤，及今李接、陳子明之變⑥，皆能攘臂一呼，聚衆千百，殺掠吏民，死且不顧，重煩大兵，翦滅而後已，是豈理所當然者哉？臣竊伏思念，以爲實臣等輩，分閫持節，居官亡狀，不能奉行三尺⑦，斥去貪濁，宣布德意，牧養小民，孤負陛下使令之所致。責之臣輩，不敢逃罪。

臣聞，唐太宗與羣臣論盗，或請重法以禁。太宗哂之，曰：「民之所以爲盗者，由賦繁役重，官吏貪求，饑寒切身，故不暇顧廉耻爾。當輕徭薄賦，選用廉吏，使民衣食有餘，則自不爲盗，安用重法耶？」大哉斯言！其後海内升平，路不拾遺，外户不閉，卒致貞觀之治⑧。以是言之，罪在臣輩，將何所逃？

臣姑以湖南一路言之。自臣到任之初，見百姓遮道，自言嗷嗷困苦之狀。臣以謂，斯民無所愬，不去爲盗，將安之乎？臣一一按奏，所謂「誅之則不可勝誅」⑨。臣試爲陛下言其略：

陛下不許多取百姓斗面米，今有一歲所取，反數倍於前者⑩；陛下不許將百姓租米折納見錢⑪，今有一石折納至三倍者。併耗言之⑫，横斂可知。陛下不許科罰人户錢貫，今則有旬日之間，追二三千户而科罰者。又有已納足租税，而復科納者⑬。有已納足，復納足，又誣以違限而科罰者。有違法科賣醋錢，寫狀紙、由子、户帖之屬⑭，其錢不可勝計者。軍興之際，又有非軍行處所，公然分上中下户而科錢，每都保至數百千⑮；有以賤價抑買，貴價抑賣百姓之物，使之破蕩家業、自縊而死者；有二三月間，便催夏税錢者。其他暴征苛斂，不可勝數。

然此特官府聚斂之弊爾。流弊之極，又有甚者：州以趣辦財賦爲急，縣有殘民害物之政，而州不敢問；縣以並緣科斂爲急，吏有殘民害物之狀，而縣不敢問；吏以取乞貨賂爲急，豪民大姓有殘民害物之罪，而吏不敢問。故田野之民，郡以聚斂害之，縣以科率害之，吏以取乞害之，豪民大姓以兼併害之，而又盜賊以剽殺攘奪害之。臣以謂「不去爲盜，將安之乎」，正謂是耳。

且近年以來，年穀屢豐，粒米狼戾⑯，而盜賊不禁乃如此。一有水旱乘之，臣知其弊有不可勝言者。

民者，國之根本，而貪濁之吏迫使爲盜。今年剿除，明年掃蕩。譬之木焉，日刻月削，不損則折。臣不勝憂國之心，實有私憂過計者。欲望陛下，深思致盜之由，講求弭盜之術，無恃其有平盜之兵也。

臣孤危一身久矣，荷陛下保全，事有可爲，殺身不顧。況陛下付臣以按察之權⑰，責臣以澄清之任。封部之内⑱，吏有貪濁，職所當問。其敢瘝曠，以負恩遇！自今貪濁之吏，臣當不畏强禦，次第按奏，以俟明憲。庶幾荒遐遠徼，民得更生，盜賊衰息，以助成朝廷勝殘去殺之治⑲。但臣生平，剛拙自信，年來不爲衆人所容，顧恐言未脱口，而禍不旋踵，使他日任陛下遠方耳目之寄者，指臣爲戒，不敢按吏，以養成盜賊之禍，爲可慮耳。伏望朝廷，先以臣今所奏，申敕本路州縣：自今以始，洗心革面，皆以惠養元元爲意。有違棄法度，貪冒亡厭者，使諸司各揚其職，無徒取小吏按舉，以應故事，且自爲文過之地而已也。臣不勝幸甚。

【校】

〔一〕題，《名臣奏議》卷三一九原冠以「任湖南諸州安撫辛棄疾上疏曰」十三字，今按此疏並非稼軒任湖南安撫使時所上，故依辛氏《抄存》改標此題。

【箋注】

①題，己亥，即淳熙六年。據《宋史全文》記載，稼軒奏進此札子，當在是年夏秋之間，其時稼軒尚在湖南轉運副使任上。

②李金之變，《建炎以來朝野雜記》甲集卷一五《市舶司本息》：「所謂乳香者，户部常以分數下諸路鬻之。郴州當湖湘窮處，程限頗急。宜章吏黄谷、射士李金數以此事受笞，不堪命矣。乾道元年春，因嘯聚峒民作亂，遂陷桂陽軍。上命劉恭父爲帥，調鄂州兵討平之。」《宋史》卷三八六

《劉珙傳》：「湖南旱，郴州宜章縣李金爲亂。朝廷憂之，以珙知潭州湖南安撫使。入境聲言，發郡縣兵討擊，而移書制使沈介，請以便宜出師，曰：『擅興之罪，吾自當之。』介即遣田寶、楊欽以兵至。珙知其暑行疲怠，發夫數程外迎之，代其負任，至則犒賜過望。軍士感奮，珙知欽可用，檄諸軍皆受節制。下令募賊徒相捕斬詣吏者，除罪受賞。欽與寶連戰破賊，追至莽山，賊黨曹彦、黄珙執李金以降。」李金於當年八月初七日被擒，見《宋會要輯稿·兵》一三之二四。

③賴文政之變，《宋史》卷三四《孝宗紀》二：「淳熙二年夏四月，茶寇賴文政起湖北，轉入湖南、江西，官兵數爲所敗。……六月，以倉部郎中辛棄疾爲江西提刑，節制諸軍，討捕茶寇。……閏九月，辛棄疾誘賴文政殺之，茶寇平。」《建炎以來朝野雜記》甲集卷一四《江茶》條：「江南産茶既盛，民多盗販，數百爲羣，稍詰之則起而爲盗。淳熙二年，茶寇賴文政反於湖北，轉入湖南、江西，侵犯廣東，官軍數爲所敗。辛棄疾幼安時爲江西提刑，督諸軍討捕，命屬吏黄倬、錢之望誘致，既而殺之。江州都統制皇甫倜，因招降其黨隸軍。」

④姚明敖之變，《宋史》卷四九四《西南溪峒諸蠻傳》：「淳熙三年，靖州界猺人姚明教等作亂，詔荆鄂駐札明椿，選將率精鋭千人，會屯戍官合擊之，能立功者有厚賞。八月，詔平溪峒，互市鹽米價聽民便，毋相抑配。」按：教，一作敖。同書卷三四《孝宗紀》二：「淳熙三年八月戊戌，靖州猺寇平。」周必大《益國文忠公集》卷一三九《乞申嚴謀入溪峒人法》：「近聞有武岡軍客人郭三，逃入中洞，誘引小夷姚明敖，據有一洞田産，不遵王度。正月末，聚衆燒毁來威、零溪兩寨，

殺戮人民，官司説諭，尚未聽服。」

⑤陳峒之變，陸游《渭南文集》卷三四《尚書王公墓志銘》：「公諱佐，字宣子，會稽山陰人。……知潭州。……淳熙六年正月，郴州宜章縣民陳峒竊發，俄破道州之江華、桂陽軍之藍山、臨武，連州之陽山縣。旬日有衆數千，郴、道、連、永、桂陽軍皆警。公奏乞荆鄂精兵三千，未報。公度不可待，而見將校無可用者。流人馮湛適在州，公召與語，……遂檄湛帶元管權湖南路兵馬鈐轄，統制軍馬，即日令湛自選潭州厢禁軍及忠義寨凡八百人，即教場誓師遣行。……湛以四月二十三日，移屯何卑山。……五月朔日詰旦，分五路進兵。賊……狼狽出戰，既敗，又退失所憑，乃皆潰。走是日。奪空岡寨，駐兵十二渡。……湛遂誅陳峒，函首來獻。」有關王佐誅殺陳峒事，可參本書卷七《滿江紅·賀王宣子平湖南寇》詞（笳鼓歸來鬨）箋注。

⑥李接、陳子明之變，李接，陸川人，淳熙六年五月起事，陷容、雷，破鬱林、博白凡八縣，當年秋，部下叛降官軍，以李接獻。見魏了翁《鶴山大全集》卷八《敷文閣直學士贈通議大夫吴公行狀》。周必大《益國文忠公集》卷一四二《乞廣西二事入敕札子》：「臣久聞廣西官吏奉行鹽法未善，致李接扇惑愚民，起爲盜賊。」蔡戡《定齋集》卷一《禦盜十事札子》：「臣聞李接本一弓手，奮臂而起，嘯聚數千人，劫掠州縣，迫殺官吏，勢便猖獗。又陳子明、陳南容、徐鐵條、楊壽、彭四十、蘇生、陳方寄、謝寧、周國生等各以衆應之。……爲首作過惟李接一人，陳子明等皆是後來相應。」

⑦三尺，《史記》卷一二二《酷吏列傳》：「君爲天子決平，不循三尺法。」《集解》：「以三尺竹簡書法律。」

⑧「臣聞」句至此，《資治通鑑》卷一九二唐紀武德九年冬十月丙午記事：「上與羣臣論止盜，或請重法以禁之。上哂之，曰：『民之所以爲盜者，由賦繁役重，官吏貪求，饑寒切身，故不暇顧廉耻耳。朕當去奢省費，輕徭薄賦，選用廉吏，使民衣食有餘，則自不爲盜，安用重法邪？』自是數年之後，海内升平，路不拾遺，外户不閉，商旅野宿焉。」

⑨「所謂」句，《孟子·梁惠王》下：「鄒與魯鬨，穆公問曰：『吾有司死者三十三人，而民莫之死也。誅之，則不可勝誅；不誅，則疾視其長上之死而不救，如之何則可也？』」

⑩「陛下」三句，《宋會要輯稿·食貨》一〇之一九：「乾道元年正月一日南郊赦：『應夏秋二税，催科自有省限，州縣官吏多不遵奉條法，受納之際，多端作弊，倍加斗面，或非理退换，縱容專斗揀子計會乞取，方行了納。或先期預借，重疊人催理，不與除豁。既已納足，阻節銷鈔之類，甚爲民害。仰守令嚴加覺察，如有違戾，仰監司按劾申奏，重行黜責，仍許人户越訴。』」按：所謂斗面米，又稱斛面米，指徵收面米時高出斛斗之部分。《建炎以來繫年要録》卷一八〇：「卸綱處乞取太重，斗面太高，不除擲颺折耗，所以失陷數多。」

⑪「陛下」句，《宋史》卷一七四《食貨志》上二：「淳熙五年八月，詔曰：『比年以來，五穀屢登，蠶絲盈箱。嘉與海内，共用阜康之樂。尚念耕夫蠶婦，終歲勤動，價賤不足以償其勞。郡邑兩税，

除折帛、折變自有常制，當輸正色者，毋以重價强之折錢。若有故違，重置於法。臨安府刻石，偏賜諸路。』」

⑫耗，指徵收税米時於正數外加收之數而言，亦謂加耗。乃自五代後唐之雀鼠耗沿襲而來。後唐原定每税米一石加收二升，但由北宋而至南宋，州縣貪暴者因以斂民，至於倍蓰，以其正數上供及應監司之求，而留出剩米以自給（據葉夢得《石林燕語》卷三所載）。《皇宋中興兩朝聖政》卷四七載：「乾道五年冬十月庚子，臣僚言：『陛下臨御之初，約束州縣受納苗米，多收加耗，法禁嚴甚。而近年以來，所收增多。……乞申戒州縣杜絶弊幸，以寬民力。』從之。」

⑬「又有」二句，《建炎以來繫年要録》卷一六二：「紹興二十一年正月癸巳，將作監丞范彦輝面對，言州縣凡遇科催，急於星火。……中下之户，不與朱鈔，故已納税賦，勒令再納。」可知反復科納租税事，不僅湖南如此，淳熙間如此，紹興時即普遍存在矣。

⑭「有違」二句，宋代無造醋之禁，民户可自行釀造沽賣。而湖南州縣有徵收賣醋錢者，故稼軒論劾及之。《建炎以來繫年要録》卷一八三載紹興二十九年七月己酉，湖南提刑彭合入對，言湖南州縣違法征斂事，有「受納官物，收領詞狀之際，則取醋息錢」之語。《文獻通考》卷一九《征榷考》六：「江浙轉運趙汝愚上言：『臣伏自到任以來，不住詢訪民間利害。及今來巡歷所至，有可以寬裕民利者，本司已隨事斟酌輕重，次第罷行。獨有諸縣措置月樁錢物，其間名色類多違法，最爲一方細民之害。臣試舉其大者，則有曰麴引錢、白納醋錢、賣紙錢、户長甲帖錢、保正

牌限錢、折納牛皮筋角錢，兩訟不勝則有罰錢，既勝則令納歡喜錢，殊名異目，在處非一。』」狀紙，《羣書考索》後集卷六三《月椿》：「其名色錢隸截用之外，類皆有名而無實。邊事既寧，重爲州縣之病。敷麴引，鬻狀紙，隨事科罰，以足其數。」由子又稱憑由。宋代徵收賦稅，縣署先給民户憑由，開列應繳税目及數額，作爲納税通知單。户帖爲縣署發與每户居民之憑證，具載該户所有土地、房舍之土色、步畝、間架、方位及其所應輸納租税數額。《建炎以來繫年要録》卷九五載：「紹興五年十一月庚午，詔諸路州縣出賣户帖，令民間自行開具所管地宅田畝間架之數，而輸其直，仍立式行下。時諸路大軍多移屯江北，朝廷以調度不繼，故有是請焉。」其小注又謂：「賣户帖事，以《日曆》考之，全不見其始。」同書卷一六七：「紹興二十七年六月丁酉，户部侍郎林覺言，民間納税錢、丁鹽紬絹，乞以第五等所輸，自一文以上令折見錢，仍共鈔，庶以便民。上謂宰執曰：『朕嘗思之，合零就整，此固甚善。十户共鈔，官司先給由子與鈔頭，若即時鈔入，則十户無擾。不然恐鈔頭收藏由子，不肯齎出，比至官催緊急，衆户不免再納，此貧民所以重困。』」《宋史》卷一七四《食貨志》上：「詔諸路州縣，出賣户帖，令民具田宅之數而輸其直。」南宋各縣官府每藉民户告狀填寫狀紙，或更換發放由子、户帖之時機，對民户多所勒索。

⑮都保，《宋史》卷一七八《食貨志》上：「保正長之立也，五家相比，五五爲保，十大保爲都保，有保長，有都、副保正，餘及三保亦置長，五大保亦置都保正，其不及三保、五大保者，或爲之附庸，或爲之均併，不一也。」

⑯粒米狼戾，《孟子・滕文公》上：「樂歲粒米狼戾。」趙岐注：「狼戾猶狼藉也。」

⑰按察之權，《宋史》卷一六七《職官志》七：「都轉運使、轉運使、副使、判官，掌經度一路財賦，而察其登耗有無，以足上供及郡縣之費。歲行所部，檢察儲積，稽考帳籍，凡吏蠹民瘼，悉條以上達，及專舉刺官吏之事。」

⑱封部，謂所轄之地，指荆湖南路。

⑲勝殘去殺，《論語・子路》：「善人爲邦百年，亦可以勝殘去殺矣。」《集解》：「勝殘，殘暴之人使不爲惡也。去殺，不用刑殺也。」

【附録】

一、淳熙六年八月壬辰記事一則

上宣諭辛執：「批答辛棄疾文字，可札下諸路監司帥臣遵守施行。」先是，湖南漕臣辛棄疾奏：「官吏貪求，民去爲盜。乞先申飭，續具按奏。」御筆付辛棄疾：「卿所言在已病之後，而不能防於未然之前。其原蓋有三焉：官吏貪求，而帥臣監司不能按察，一也。方盜賊竊發，其初甚微，而帥臣監司漫不知之，坐待猖獗，二也。當無事時，武備不修，務爲因循，將兵不練，例皆占破，纔聞嘯聚，而帥臣監司倉皇失措，三也。夫國家張官置吏，當如是乎？且官吏貪求，自有常憲，無賢不肖，皆共知之，亦豈待喋喋申諭之耶？今已除卿帥湖南，宜體此意，行其所知，無憚豪强之吏，當具以聞。朕言不再，第有誅賞而已。」

上又曰：「亦欲少警諸路監司郡守也。」（《宋史全文》卷二六）

二、蔡戡定夫有關記事

禦盗十事札子

臣近準尚書省札子，備坐湖南轉運副使辛棄疾札子，奏官吏貪求，民去爲盗事。恭奉聖旨指揮，札下諸路監司帥臣遵守施行。臣猥以非才，亦預陛下臨遣一人之數。臣祇役三時，尸素無補，不能布宣德意，勤求民瘼，屏斥貪吏，撫循遠人，少寬陛下南顧之憂。至勤戒敕如此，臣聞命震恐，無所逃死。臣敢不精白一心，上體聖意，遵守施行外，臣有禦賊事宜，冒昧聞奏。

臣所部封、恩州，德慶、肇慶府，與廣西高、容、藤、梧接境，諸州探報日至，大抵妖賊李接，深入山林，擁衆自衛，驅迫平民，以抗官軍。凡所殺獲，無非脅從之人，終未得其首領。容、化、鬱林等州，大半爲盗。其餘或禦寇，或運糧，戰亦死，遁亦死，數州之民，墜於塗炭，深可痛傷。臣聞李接本一弓手，奮臂而起，嘯聚數千人，劫掠州縣，迫殺官吏，勢便猖獗。又陳子明、陳南容、徐鐵條、楊壽、彭四十、蘇生、陳方奇、謝寧、周國生等，各以衆應之。自五月至今，首尾半年，未就翦撲。

臣竊謂向來陳峒憑據險阻，結集姻黨，急之則入巢穴，緩之則出抄掠，似未易圖。一旦朝廷專委帥臣，分撥大軍，出其不意，直擣巢穴，曾未旬月，賊徒授首。今李接乃偶起之賊，其徒亦烏合之衆，非陳峒比，勢亦易於平殄，積日累月，未聞成功。蓋陳峒志在抄掠，不敢徑犯城邑，力抗官軍，尚有招降之望。李接狂僭，萬死有餘，自知不復生全，在朝廷亦無招降之理，所以誑誘其徒，致死拒捕，僥倖一勝，計窮勢蹙，必須奔竄入海。借使李接就戮，其餘首領尚多，陳南容有衆數千，亦非小盜，若不速爲之所，不惟此賊得以假息，深慮生靈苦於荼毒，軍士疲於征戍，州縣困於供億。緣邊溪洞，瀕海蠻蜑，萬一扇動，豈不可憂？

臣身在遠外，不當言事，念盜發鄰境，密邇封部，先事而言，亦臣之職。竊惟廟謨自有長算，廷臣豈無忠言，何取疏逖小臣千慮之微？然廣西去朝廷五千里，臣置司處，去廣西不過數百里，所得探報爲甚詳，傳聞爲甚審。臣久辱陛下教養，又膺陛下委寄，憂國之心不能自已。（以下略）（《定齋集》卷一）

論湖南鄉社節要①

鄉社皆雜處深山窮谷中，其間忠實狡詐，色色有之，但不可一切盡罷。今欲擇其首領，使大者不過五十家，小者減半，屬之巡尉，而統之縣令。所有兵器，官爲之印押焉。

【箋注】

①題，《建炎以來朝野雜記》甲集卷一八《湖南鄉社》：「湖南鄉社者，舊有之，領於鄉之豪酋。或

曰彈壓，或曰緝捕。大者所統數百家，小者三二百。自長沙以及連、道、英、韶，而郴、桂、宜章尤盛。乾道七年春，知衡州王琰者，言湖南八郡三丁取一，可得民兵一萬五千人。帥臣沈德和不可，乃止。淳熙七年春，言者奏鄉社之擾，請盡罷之。事下安撫司，已而帥臣辛幼安言，……上從之。」《宋史》卷一九二《兵志》六：「湖南鄉社，舊制以鄉豪領之。大者統數百家，小者亦二三百家。後言者以其不便，淳熙中擇其首領，使大者不過五十家，小者減半。」

請創置湖南飛虎軍疏節要①

軍政之敝，統率不一，差出占破②，略無已時。軍人則利於優閑窠坐，奔走公門，苟圖衣食。以故教閱廢弛，逃亡者不追，冒名者不舉。平居則姦民無所忌憚，緩急則卒伍不堪征行。至調大軍，千里討捕，勝負未決，傷威損重，爲害非細。

乞依廣東摧鋒③、荆南神勁④、福建左翼例⑤，別創一軍，以湖南飛虎爲名，止撥屬三牙密院⑥，專聽帥臣節制調度，庶使夷獠知有軍威，望風懾服。

【箋注】

①題，《宋史》卷三五《孝宗紀》三：「淳熙七年八月丁酉，置湖南飛虎軍。」《宋史全文》卷二六下：

「淳熙七年八月，是月置湖南飛虎軍，帥臣辛棄疾所創也。尋詔撥隸步軍司，遇盜賊竊發，專聽帥司節制，仍以一千五百人爲額。」《建炎以來朝野雜記》甲集卷一八《湖南飛虎軍》條：「湖南飛虎軍者，潭州土軍也。淳熙四年春，樞密院言：『江西、湖南多盜，諸郡廂禁軍單弱，乞令諸路帥司各選人配隸，如置一軍，並以敢勇爲名，以一千人爲額。』其後帥臣王佐、吕企中以爲亡命之徒，恐聚集作過，遂不行。七年，辛幼安爲潭帥，始募一千八百人訓練之。其冬，賜名，遥隸步軍司（十一月八日降旨）。十年夏，改隸御前江陵軍額，從副都統郭杲請也（五月十四日降旨）。明年，趙衛公爲帥，奏乞移其軍屯江陵。周益公在樞院，以爲小人重遷，恐生變，不可。趙公力請，迄不行（飛虎軍歲用錢七萬八千貫，糧斛二萬四千石，並以步司闕額錢糧支用者。益公云：湖南、湖北近年來多有傜人强盗，藉此軍者先聲彈壓，不可移也。）」朱熹《朱文公文集》卷二一《乞撥飛虎軍隸湖南安撫司札子》：「欲望朝廷考究元來創置此軍一宗本末。照辛棄疾當時所請，特賜敷奏，别降指揮，仍舊以湖南飛虎軍爲額。其陞差節制，一切事務，並委帥臣專制，只令荆鄂副都統司每歲十月關湖廣總領所，同共差官按拍事藝，覺察有無闕額虚券雜役之類，庶幾互相防檢，緩急可恃。」綜此記述，可知稼軒創立湖南飛虎軍，賜名時已在淳熙七年八月，而經始之時史書未載，當在其年夏季之前。

②差出占破，即受各級將校差使，爲其私人服役。占破，猶役使。周必大《益國文忠公集》卷一四三《論步軍司多差撥將佐往潭州飛虎軍疏》（淳熙七年十月十三日）：「臣竊見湖南帥臣辛棄

疾，以本路地接蠻猺，時有盜賊，創置飛虎一軍，免致緩急調發大兵。截自七月，已有步軍一千餘人，馬軍一百六十八人，起蓋營寨，製造軍器，約至來秋可辦。預先撥屬三衙，專聽帥臣節制，庶免他時潭州占破差使。」

③廣東摧鋒，《建炎以來朝野雜記》甲集卷一八《殿前司摧鋒軍》條：「殿前司摧鋒軍者，舊以廣東多盜，使統制官韓京戍梅、循以彈壓。紹興末，移其半三千人戍荆渚。隆興二年，王宣、鍾玉作亂，復命摧鋒往捕。其半今存（凡三千四百人，分屯廣東諸州縣鎮，共二十處）。」

④荆南神勁，同上書甲集卷一八《京西湖北神勁軍（淮東强勇軍）》條：「京西、湖北神勁軍、淮東强勇軍，皆帥司兵也，數各有千人，而湖北有騎軍三百，乃淮東所無，蓋錢之望所創。」

⑤福建左翼，同上書甲集卷一八《殿前司左翼軍》條：「殿前司左翼軍者，本陳敏、周虎臣家丁也。紹興十五年，薛待制弼爲閩帥，時劇賊管天下者，攻剽郡邑，薛命提轄李貴討之，爲管生得。薛前爲虔守，有成忠郎石城陳敏、武翼郎開封周虎臣，各有家丁數百人，皆驍捷善戰，乃奏敏爲汀漳巡檢，虎臣本路將官，即選二人家丁千人，日給錢米，責以捕盜，謂之奇兵。於是虔、梅草寇不復入境，諸盜悉平。十八年閏八月，遂改奇兵謂之殿前左翼軍，即以敏爲統制，留戍其地。後以時招填，增倍其數，今屯泉州。」

⑥三牙，即三衙，亦即殿前司、侍衛親軍馬軍司、侍衛親軍步軍司。密院，即樞密院。《宋史》卷一六二《職官志》二：「樞密掌兵籍虎符，三衙管諸軍。」

論經界鈔鹽札子節要①

天下之事，因民所欲行之，則易爲功。漳、泉、汀三州皆未經界②，漳、泉民頗不樂行，獨汀之民，力無高下，家無貧富，常有請也。且其言曰：「苟經界之行，其間條目，官府所慮謂將害民者，官不必慮也，吾民自任之。」其言切矣。故曰「經界爲上」。

其次莫若行鈔鹽。鈔鹽利害，前帥臣趙汝愚論奏甚詳③，臣不復重陳。獨議者以向來漕臣峴固嘗建議施行，尋即廢罷④。朝廷又詢廣西更改鹽法之弊⑤，重於開陳。其實不然。廣西變法，無人買鈔，因緣欺罔。福建鈔法，纔四閲月，客人買鈔，幾登遞年所賣全額之數。止緣變法之初，四州客鈔輒令通行，而汀州最遠，汀民未及搬販，而三州之販鹽已番鈔入汀，侵奪其額，汀鈔發洩，以致少緩。官吏取以藉口，破壞其法。今日之議，正欲行之汀之一州，奈何因噎而廢食耶？故曰「鈔鹽次之」。

【箋注】

①題，經界，《建炎以來朝野雜記》甲集卷五《經界法》：「經界法，李椿年仲永所建也。紹興十三

年，仲永爲兩浙轉運副使，上疏言經界不正有十害，……疏奏，上納其言。……其法，令民以所有田各置坫基簿，圖田之形狀及其田畝數目、四至，土地所宜，永爲照應。即田不如簿者，雖有契據可執，並拘入官。諸縣各爲坫基簿三，一留縣，一送漕，一送州，凡漕臣若守令交承，悉以相付。詔專委仲永措置，遂置局於平江。……十三年六月，詔頒其法於天下。」《建炎以來繫年要録》卷一六一：「紹興二十年七月己丑，左朝散郎福建路提點刑獄公事孫汝翼言，泉、漳、汀三州，近經草寇，民多逃移，乞將三州諸縣不以已未打量均税，一切權行住罷。」自注：「三州免經界元降指揮不甚詳，此據淳熙中王回奏議修入。淳熙十四年四月丙申，汀州經界。」鈔鹽，宋代舊行鹽法，由官自搬運，置務拘賣，禁民私販。仁宗時范祥創鈔鹽法，令客商以錢買鈔，請鹽自賣。袁燮《絜齋集》卷一八《運判龍圖趙公墓志銘》：「臨汀擇守，光宗命公爲之。閩帥趙忠定公議置莊倉，公以爲此固甚善，後有逋負，未免追擾，何如冬儲粟，春糶，略收一分之息，糴本稍增而民食無闕，經久之利也。帥大然之。朝旨欲行經界，俾公籌之。公謂汀税産雖多，而所收十纔六七，自足郡計。若行經界，則省額一定不容擅減，必於民輸，將重於曩時，必有流離失業之患。條陳利害甚悉，平生好古，而隨時處事不膠古制者類如此。」按：此《墓志銘》之「公」謂趙充夫，據《永樂大典》卷七八九三汀字韻引《臨汀志》之《郡守題名》，知趙充夫於紹熙二年四月二十七日以朝散郎知汀州，三年五月二十二日除知秀州。其議汀州經界事，當在稼軒奏進《論經界鈔鹽札子》之前。《永樂大典》卷七八九五汀字韻引《臨汀志》，稱此札子爲：「紹熙四年，福建提刑辛公棄疾論經界鈔鹽札子(節要)。」則爲紹熙四年正月召見時,以閩憲身份所奏進者。

②漳、泉、汀三州,皆屬宋福建路,即今福建之漳州、泉州、長汀。

③「前帥」句,《臨汀志》録淳熙十三年趙汝愚《乞行鈔鹽札子》(節要):「臣照檢嘉祐時,本路鹽法,並係自差官兵般運。……至建炎紹興間,汀、劍盜賊,商旅不行,其後弊物日甚。至乾道八年,本路漕臣陳峴建議行客鈔,當時不數日間,轉運司已賣鈔鹽幾遞年所賣全額之數,而汀州客鈔遍賣緩滯者,蓋是四郡通行客鈔,互相侵奪,實非鈔法之弊。今若用四方之策,專行鈔法於汀州一郡,則無前日互相侵奪之弊。」按:趙汝愚字子直,淳熙九年五月以集英殿修撰帥福建,十二年制置四川兼知成都府。

④「獨議」二句,《宋會要輯稿·食貨》二七之三八、三九:「乾道八年正月二十五日,新提舉福建路市舶陳峴奏言:『福建路……自元豐三年轉運使王子京建般運鹽綱之法,後來州縣奉行,積漸生弊。一則侵盗而損公,二則科賣而擾民,至今猶甚。且天下州縣皆行鈔法,於官可計所入而無侵漁之弊,於民則便於興販而免科買之患,公私之利甚博。今獨福建受此運鹽之害,豈可不行鈔法以革之乎?』」《宋史》卷三四《孝宗紀》二載福建於乾道八年五月行鈔法,至九年正月又復行官賣。峴,陳峴,字端仁,福州閩縣人。按:周必大《益國文忠公集》卷一〇〇有《右朝散郎陳峴除福建路轉運判官填見闕制》,題下注爲乾道八年正月二十五日。福建路漕使例兼提舉常平。

⑤「朝廷」句，《宋史》卷四一三《應孟明傳》：「初，廣西鹽易官般爲客鈔，客户無多，折閱逃避，遂抑配於民。行之六年，公私交病。追逮禁錮，民不聊生。孟明條具驛奏，除其弊，詔從之。」同書卷一八三《食貨志》下五：「紹興十六年，經略應孟明言：『廣中自行鈔法，五六年間，州縣率以鈔抑售於民，其害有甚於官般。』詔孟明、朱晞顔與提舉廣南鹽事王光祖從長措置，經久利便，毋致再有科抑。」

論荆襄上流爲東南重地疏〔一〕①

臣竊觀自古南北之分，北兵南下，由兩淮而絶江，不敗則死②。由上流而下江，其事必成③。故荆、襄上流爲東南重地，必然之勢也。雖然，荆、襄合而爲一，則上流重；荆、襄分而爲二，則上流輕。上流輕重，此南北之所以爲成敗也。六朝之時，資實居揚州，兵甲居上流。由襄陽以南，江州以西④，水陸交錯〔二〕，壤地千里，屬之荆州，皆上流也。故形勢不分而兵力全，不事夷狄而國勢安。其後荆襄分而梁以亡⑤，是不可不知也。今日上流之備，亦甚固矣。臣獨以爲緩急之際，猶泛泛然未有任陛下之責者〔三〕。臣試言之：

假設虜以萬騎由襄陽南下，衝突上流，吾軍倉卒不支，陛下將責之誰耶？責襄陽軍帥，則曰：「虜以萬騎衝突，臣以步兵七千當之，襄陽戍兵，入隊可戰之人，猶未滿此數。大軍在鄂，聲援不及。臣欲力戰，衆寡不敵，是非臣之罪也。」責鄂諸軍，則曰：「臣朝聞警，夕就道，卷甲而趨之，日且百里，未至而襄陽不支矣，是非臣之罪也。」責襄陽守臣，則曰：「臣守臣也，知守城而已，軍則有帥。戰而不支，虜騎衝突，是非臣之罪也。」責荆南守臣⑥，則曰：「荆與襄兩路，道里相去甚遠。襄陽之不支，虜騎衝突，是非臣之罪也。」彼數人者以是辭來〔四〕，朝廷固無辭以罪之也。然則上流之重，果誰任其責乎？

陛下胡不自江以北，取襄陽諸郡，合荆南爲一路，置一大帥以居之。使壤地相接，形勢不分，首尾相應，專任荆、襄之責。自江以南，取辰、沅、靖、澧、常德，合鄂州爲一路⑦，置一大帥以居之，使上屬江陵，下連江州，樓艦相望，東西聯亘，可前可後，專任鄂渚之責〔五〕。屬任既專，守備自固。緩急之際，彼且無辭以逃責。如此〔六〕，上流之勢固不重哉！外不失兩路之名〔七〕，內可以爲上流之重，陛下何憚而不爲？

雖然，臣聞之：天下之勢有離合⑧，合必離，離必合。一離一合，豈亦天地消息之運乎〔八〕？周之離也，周不能合〔九〕，秦爲驅除，漢故合之。漢之離也，漢不能合，魏爲驅除，晉故合之。晉之離也，晉不能合，隋爲驅除，唐故合之。唐之離也，唐不能合，五季驅除，吾宋合之。然則已離者不必合，豈非盛衰相乘，萬物必然之理乎？厥今夷狄，物夥地大，德不足，力有餘。過盛必衰，一失其御，必將豪傑並起，四分五裂。然後有英雄者出，鞭笞天下⑨，號令海内，爲之驅除。當此之時，豈非天下方離方合之際乎〔十〕？以古準今，盛衰相乘，物理變化。聖人處之，豈非慄慄危懼，不敢自暇之時乎？故臣敢以私憂過計之切，願陛下居安慮危，任賢使能，修車馬，備器械，使國家屹然有金湯萬里之固，天下幸甚，社稷幸甚。

【校】

〔一〕題，《永樂大典》卷八四一三兵字韻、辛氏《抄存》均作「紹熙癸丑登對札子」，此從《名臣奏議》。按：《永樂大典》於題前書出處爲《辛稼軒奏議》。按：《稼軒奏議》一卷，見載於《宋史》卷二〇八《藝文志》七，此爲惟一載録《稼軒奏議》者。

〔二〕「交錯」，《大典》本作「相交」。

〔三〕「者」，《大典》本原無。

〔四〕「彼數人者」，《大典》本作「爲虜人者」。

〔五〕「可前可後專任鄂渚之責」，《大典》本無後「可」字及「責」字。

〔六〕「如此」，《大典》本作「知」。

〔七〕「外不失兩路之名」，《大典》本「失」作「憂」，「名」作「害」。

〔八〕「亦」，《大典》本作「非」。

〔九〕「不」，《大典》本作「之」。

〔十〕「方離」，《大典》本闕。

【箋注】

①題，據《永樂大典》卷八四一三兵字韻所載右疏，原題爲《紹熙癸丑登對札子》。癸丑爲紹熙四年。《宋史》本傳載：「紹熙二年起福建提點刑獄，召見，遷大理少卿。」按：稼軒於紹熙四年召見，除太府卿，本傳作大理少卿，誤。查稼軒於紹熙三年底被召，四年正月經從建安，見本書卷一一《西江月》詞（風月亭危致爽閣）題。因知其被召進右疏，及其後除太府卿，亦必在四年正月。

②「由兩」二句，三國時魏屢次越淮而攻吳，皆因長江限隔而無所成。東晉孝武帝太元八年，前秦苻堅南侵，爲晉軍阻擊，大敗於淝水，苻堅敗亡。宋文帝元嘉二十七年，北魏太武帝伐宋，亦不克而還。紹興三十一年，金主完顏亮大舉南侵，兵敗於采石，自斃於揚州，此皆史書所載由兩淮

絶江不敗必死事。

③「由上」二句，晉武帝咸寧五年，晉自益州順流而下伐吴，六年三月滅吴。隋滅陳，亦自蜀由水路下荆襄。而宋太祖開寶七年，宋軍由荆南東下攻南唐，連戰皆捷，進克潤州，八年十一月滅南唐。此皆由上流下江事。南宋末年，蒙古屢攻兩淮不克，後自鄂州南渡，臨安失守，南宋滅亡。可知稼軒不但總結歷史經驗極爲精闢，亦可知其預見之準確也。

④江州，宋屬江南西路，即今之江西九江。

⑤「其後」句，謂自梁武帝太清二年侯景之亂，西魏取梁之襄陽，江陵（荆州）以北皆爲魏有，魏因得以在梁承聖三年攻破江陵，殺梁元帝，後二年而梁亡。

⑥荆南，即荆州，又稱江陵府，爲宋荆湖北路首府，即今湖北江陵。

⑦辰、沅、靖、澧，宋州名，皆荆湖北路所屬。辰州即今湖北沅陵，沅州即今湖南沅江，靖州即今湖南靖縣，澧州即今湖南澧縣。常德，宋府名，即朗州，亦屬湖北路，即今湖南常德。

⑧天下之勢有離合，陸佃《埤雅》卷一五：「《本草經》曰：尋萬物之性，皆有離合。虎嘯風生，龍吟雲起，磁石引針，琥珀拾芥。……多如此類，其理不可得而思也。」梁釋僧祐《弘明集》卷五引宋羅含《更生論》：「神之與質，自然之偶也。偶有離合死生之變也，質有聚散往復之勢也，人物變化，各有其往。往有本分，故復有常。物散雖混淆，聚不可亂其往，彌遠故其復彌近。」寶慶二年，樓昉《陰符經講義序》，亦有「天地之間，一陰一陽而已矣。權謀則有縱閉矣，形勢則有離

合矣，技巧則有翕張矣。而所以爲之縱閉離合翕張者，陰陽之變化也」語。而論天下大勢之離合者，惟稼軒此文也。

⑨鞭笞天下，《文選》卷五一賈誼《過秦論》上：「履至尊而制六合，執敲樸以鞭笞天下。」

辛棄疾集編年箋注卷五

按：本卷所載，爲雜文，共十六篇。起孝宗乾道八年壬辰（一一七二），迄寧宗嘉泰四年甲子（一二〇四），仕宦及家居期間所作。

雜文

謝免上供錢啓〔一〕①

比陳危懇，方竊戰兢；仰荷至慈，特加閔可。民免追呼之苦，吏逃稽緩之愆。戴德無窮，感恩有自。

伏念某偶以一介，得領偏州。較之兩淮，實爲下郡。地僻且險，民瘠而貧。兵革薦更，慨莫如其近歲；舟車罕至，歎有甚於昔時。忍於瘡痍之餘，督以承平之賦？符檄相仍而至，官吏莫知所爲。雖載在有司，當謹出納之數；然驗之近制，尚有蠲免之文。云不斂民，實爲罔上。不避再三之瀆，庶期萬一之從。逮被湛恩，實逾始望。

某官仁不間遠，明可燭微。伊尹佐君，恥一夫之不獲；周公在内，期四國之是皇②。故令窮陋之區，亦在憐憫之數。向愁與歎，今舞且歌③。某恪承德意，遵奉詔條。仰惟鈞石之平，不遺小物；敢有毫釐之擾，以速大尤！

【校】

〔一〕題，此啓爲周孚代作。《蠹齋鉛刀編》卷一九於題下著「代辛滁州作」五字。

【箋注】

①題，《文獻通考》卷二三《國用考》一：「上供之名，始於唐之中葉。蓋以大盗擾亂之後，賦入失陷，國家日不暇給，不能考覈。加以强藩自擅，朝廷不能制，是以立爲上供之法，僅能取其三之一。宋興，既已削州鎮之權，命文臣典藩，奉法循理，而又承平百年，版籍一定。大權在上，既不敢如唐之專擅以自私，獻入有程，又不至如唐之隳亂而難考。則雖按籍而索，錙銖皆入朝廷，未爲不可。然且猶存上供之名，取酌中之數，定爲年額，而其遺利則付之州縣樁管。蓋有深意，一

則州郡有宿儲，可以支意外不虞之警急；　二則寬於理財，蓋陰以恤民承流宣化者。幸而遇清介慈惠之人，則上供輸送之外，時可寬假以施仁。不幸而遇貪饕縱侈之輩，則郡計優裕之餘，亦不致刻剥以肆毒，所謂損上益下者也。」滁州上供錢，以紹興隆興間屢經兵燹，蓋屢曾展免。《宋會要輯稿・食貨》三五之三八：「紹興二十六年八月十二日，詔滁州合起上供錢，權以六分爲額起發，以本路轉運司言，本州上供已發八萬，委無所出，乞蠲免故也。」《建炎以來繫年要録》卷一八四：「紹興三十年二月，詔滁州上供錢依濠州、盱眙軍例，更展免一年。上優假淮民，自休兵至今，未嘗起税也。」滁州所酌定上供錢之額，據《會要》所載，其八萬之數或與元額之十分之六相差無幾，其元額則或爲十五萬左右。此應即稼軒所申乞蠲免者。按：據《宋史》本傳載，稼軒知滁州，寬征薄賦，右啓可以爲證。周孚代作此啓，未言所致何人。據啓「仰惟鈞石之平」句，知即致謝宰相虞允文者。而其代作時間當在乾道八年。其時周孚受稼軒之聘權爲滁州教授。《容齋四筆》卷一五《教官掌箋奏》條載：「所在州郡，相承以表奏書啓委教授，因而餉以錢酒。」故此啓由周孚代作。查宋人代作與所代者之作大都分别收入各人文集。如史浩有《論未可用兵山東札子》，載《鄮峰真隱漫録》卷七，此札子爲陸游所代作，改題目爲《代乞分兵取山東札子》，收入《渭南文集》卷三，二者文字全同。故周孚權滁州教授期間代稼軒所作三文，今依例亦載入本卷雜文中，《辛稼軒詩文箋注》置於附録，今改正。

②「伊尹」四句，《尚書・説命》下：「昔先正保衡，作我先王。乃曰：予弗克俾厥后惟堯舜，其心

愧耻，若撻於市。一夫不獲，則曰時予之辜。」注：「阿衡，伊尹也。……伊尹見一夫不得其所，則以爲己罪。」《詩·豳風·破斧》：「周公東征，四國是皇。」注：「四國，管蔡商奄也。皇，匡也。」箋云：「周公既反攝政，東伐此四國，誅其君罪，正其民人而已。」

③今舞且歌，《太平御覽》卷四六七引《尚書大傳》：「惟丙午，王逮師，師乃鼓譟，師乃慆，前歌後舞。」

跋太祖皇帝賜王嵓帖〔一〕①

淮南道營左厢排陣使王嵓：

防虞寨將闕，合差補王嵓充寨將勾當者。右具如前事。須帖補王嵓，準此指揮勾當者。

顯德四年十二月三十日帖，使、檢校太尉趙押〔二〕。

臣守滁之十月，全椒縣僧智淳以《王嵓帖》來獻，且言向嘗刻石天慶觀中。臣召道士王中勤問之，信然②。臣又詢諸州人，得嵓之六世孫進士大亨〔三〕③，言嵓晉陽人，柴周之攻淮南，嵓適隸太祖皇帝麾下。顯德四年，太祖皇帝攻楚、泗，嵓實被命來④。此帖本藏其家，政和八年始取歸禁中，後以石本賜天慶觀，乃刻而龕之端命殿之壁⑤。

臣以周史考之，世宗攻楚、泗歲月，與帖所載合。臣竊惟滁雖僻郡〔四〕，而司馬光嘗以謂太祖皇帝禽馘姦桀，肇開王跡者，實在此土⑥。較其難易，與周之伐崇、唐之下霍邑等⑦。當此之時，凡執羈紲奔走從命者，皆一時之傑。嵩行事雖不可考，然以其時儕輩推之，蓋亦以材選者。臣懼其湮没，故備載於下方〔五〕，且使嵩得託以不朽云。

乾道八年十一月十日，右宣義郎、權發遣滁州軍州、主管學事兼管内勸農營田事、臣辛棄疾稽首謹書〔六〕。

【校】

〔一〕題，此跋亦周孚所代作。《蠹齋鉛刀編》卷三〇作《跋王嵩帖》，題下小注：「乾道八年十一月十日代作。」此從辛啓泰《稼軒集抄存》卷三。

〔二〕原帖，《鉛刀編》失載。

〔三〕「六」、「大亨」，「六」字《抄存》原闕，據《蠹齋鉛刀編》補。「大亨」二字前《鉛刀編》本有「王」字。

〔四〕「滁」，《抄存》作「淮」，據《鉛刀編》改。

〔五〕「方」，《抄存》原闕，據《鉛刀編》補。

〔六〕署名，《鉛刀編》原闕。

【箋注】

①題，據右跋所載，知宋太祖《賜王嵓帖》乃顯德四年十二月於攻克南唐淮南之地後所書，後帖收取禁中，石本賜天慶觀，刻於端命殿壁上者。而稼軒於乾道八年十一月守滁時，屬縣全椒僧智淳以帖來獻，乃命周孚代作此跋文。帖中王嵓行事無考。

②「臣守」五句，全椒縣，《輿地紀勝》卷四二《淮南東路·滁州》：「全椒縣，在州南五十里。……武德二年始屬滁州。」智淳無考。其所來獻之帖本或即端命殿刻石，殆靖康之變後流落民間者歟？天慶觀，《輿地紀勝》同卷載：「天慶觀，在羅城外河岸東，祥符中建，兼管端命殿。」道士王中勤，雍正《江南通志》卷一七五《滁州》：「宋王中勤，來安人，淳熙中爲道正，戒行峻潔，遇異人授秘法，每歲旱及疾疫，有禱立應。」

③進士大亨，周必大《益國文忠公集》卷九七有《修製奉上册寶主管所行遣書寫奏報文字承信郎權貨務檢法使臣王大亨轉一官減二年磨勘制》。

④「顯德」三句，《資治通鑑》卷二九三：「顯德四年十月壬申，帝發大梁。十一月丙戌，至鎮淮軍。是夜五鼓，濟淮。……乙巳，至泗州城下，太祖皇帝先攻其南，因焚城門，破水寨及月城。帝居於月城樓，督將士攻城。……十二月乙卯，唐泗州守將范再遇舉城降。……戊午，上自將親軍自淮北進，命太祖皇帝將步騎自淮南進，諸將以水軍自中流進，共追唐兵。……辛酉，至楚州西北，大破之。唐兵有沿淮東下者，帝自追之，太祖皇帝爲前鋒，行六十里，擒其保義節度使濠泗

楚海都應援使陳承昭以歸。所獲戰船燒沉之餘，得三百餘艘，士卒殺溺之餘，得七千餘人，唐之戰船在淮上者，於是盡矣。」

⑤端命殿，《輿地紀勝》四二《淮南東路・滁州》：「端命殿，《圖經》云：皇祐五年，因通判王靖建言，始創端命殿於天慶觀之西，以安奉太祖御容。」《宋史》卷一〇九《礼志》一二：「神御殿，古原廟也，以奉安先朝之御容。……滁州大慶寺端命殿。」《三朝北盟會編》卷一三二《建炎三年十月十五日庚寅李成陷滁州》條載「龍興寺與端命殿基去城纔數十步」。《玉海》卷一六〇：「皇祐五年三月，仁宗宣諭曰：『恭惟太祖擒皇甫暉於滁州，是受命之端也。』……甲子，乃詔滁州因舊寺建殿，命曰端命，命宰相龐籍奉安太祖御容。」按：據（光緒）《滁州志》卷一〇，龍興寺在滁城中，本興壽院，周顯德中改爲龍興，元豐間重修。紹興二十年郡守魏安行重修。

⑥「臣竊」三句，司馬光《傳家集》卷一七《進古文孝經指解表》（嘉祐元年作）：「皇帝陛下純孝之性，發於自然，動静云爲，必咨訓典，起居出入，不忘先烈。以爲滁州者，太祖皇帝所以禽馘姦桀，肇開王迹。并州者，太宗皇帝所以芟夷僭亂，混一九圍。澶州者，真宗皇帝所以攘却貪殘，億寧華夏。皆大勳懿業，威靈所存。遂命有司，分建原廟，圖繢聖容，躬題扁榜，嚴奉之禮備盡。」

⑦周之伐崇、唐之下霍邑，《尚書大傳》卷二：「太公之羑里，見文王，散宜生遂至犬戎氏，取美馬駮身朱鬣雞目者，……之有參氏取美女，之江淮之浦，取大貝如車渠，陳於紂庭。紂悦曰：『非

子罪也，崇侯也。』遂遣西伯伐崇。」唐趙蕤《長短經》卷四：「大業十三年五月甲子，唐公舉義兵，遥尊煬帝爲太上皇，立代王侑爲天子，行伊霍故事。傳檄天下，聞之響應。秋七月，唐公將西圖長安，……義師次霍邑，隋武牙郎將宋老生拒義師，時連雨不霽，粮運不給，又訛言突厥將襲太原，唐公懼，命旋師，用秦王諫乃止。老生背城一戰，斬之，平霍邑。」

瑯琊山開化寺清風洞題名①

乾道癸巳正月三日，大雪。後二日，辛棄疾、燕世良②、陳弛弼、周孚③、楊森④、慕容輝、□恕、戴居仁、丁俊民、李揚⑤、王□、李浦來遊⑥。

【箋注】

①題，《明一統志》卷一八《滁州》：「瑯琊山在州城南一十里。晉瑯琊王嘗駐此，因名。其山谷深七八里，自城南行六七里至溪，溪之源出兩山間，爲釀泉。唐顧况詩：『東晉王家在此溪，南山樹色隔窗低。碑沉字滅昔人遠，谷鳥猶向寒花啼。』」稼軒於乾道八年正月以右宣教郎出守滁州。癸巳爲乾道九年，右題名在瑯琊山開化寺清風洞側，石刻今存，然近十餘年風化嚴重，幾不

辨字形矣。〔光緒〕《滁州志》卷一〇：「開化禪寺，在州南十里瑯琊山，唐大曆中刺史李幼卿與僧法琛建，賜號寶應，周顯德中廢。王著重建。宋乾德二年郡守胡琉令僧德嵩重建，太平興國三年賜今額。」

②燕世良，周孚《蠹齋鉛刀編》卷一一有《題滁倅燕丈文伯蘧廬》詩。而〔光緒〕《滁州志》卷四之二《通判》載：「范昂，乾道六年任。燕世良，乾道八年任。」據知文伯蓋即世良之字。燕世良籍貫不詳，據《宋會要輯稿·選舉》二一之一，其淳熙四年任大理正。據《咸淳臨安志》卷五〇，淳熙七年任兩浙運判。據《宋會要輯稿·職官》七二之七，淳熙九年在太府少卿兼權吏部侍郎任。

③周孚，字信道。《京口耆舊傳》卷三：「周孚，世濟北將家，避亂南徙。……博聞强記，尤邃於楚騷、遷史、唐韓、杜氏之詩文，而博以本朝諸公名世之作。爲詩始以黄、陳爲法，而卒歸於杜。屬思高遠，鍊句精穩。少而工，壯而新，晚而平淡。爲文長於叙事，簡潔而峻厲，不喜襞積雕繪，循理而言，理盡而止。辛棄疾少壯時兄事之。擢乾道丙戌進士第，爲真州教授，在任以疾卒。有《蠹齋集》三十卷。」按：乾道八年，周孚以待闕教授遊滁州，爲稼軒招入幕下，故與滁州屬官均有往來。

④楊森，字繼甫，爲滁州判官。《蠹齋鉛刀編》卷一一有《次韻奉答楊判官繼甫》詩，内有「向君官昇今官滁，十年兩地無此儒。……君才如魯我則邾，氣味莫間沂與洙。甲辰雖俱那得如？蒼髯直幹霜不枯。歸來破屋從繩樞，飛騰付君吾敢諛」句，而《景定建康志》卷二五《江東安撫司名

表》中則有主管機宜文字楊森，未標在任年月。

⑤李揚，《蠹齋鉛刀編》卷一三有《送李清宇因寄滁陽舊遊》詩，有句云：「君行還過永陽郡，忽憶老夫嘗賦詩。庶子泉頭納涼處，醉翁亭上送秋時。」永陽即滁州郡名。本書卷六有題爲「滁州旅次登奠枕樓作和李清宇韻」之《聲聲慢》詞，疑清宇即李揚之字，蓋取「激濁揚清」義也。李揚時任何官無考。

⑥李浦，據〔雍正〕《江西通志》卷五〇載，紹興二十年解試有廬陵人李浦，不知即此人否。

賀葉留守啓〔一〕①

伏自頃者易鎮南荆，抗旌西蜀②。相望百舍，緬惟跋涉之勞③；欲致一書，少效寒暄之問。適以筋骸之疚，退安閭里之居④。既乏使令，莫附置郵。雖攀援之意未始少變，而弛曠之罪其何以逃？非大德之普容，豈細故之可略！兹承使節，歸尹别都。新命一聞，孤悰增抃。

恭惟某官，以伊皋之業，值唐虞之時。智略足以燭微，器識足以任重。出臨方面，靡容毫髮之姦；入佐經常，不益錙銖之賦。爰總戎於武部，旋承命於樞廷。睿眷彌隆，輿情攸係。惟此保釐之任，實爲柄用之階。以理而推，數日可待。路車乘馬，少淹南土之居；衮衣繡裳，遄俟東都之逆⑤。

自惟菅蒯，嘗侍門牆。拯困扶危，韜瑕匿垢⑥。不敢忘提耳之誨，何以報淪肌之恩？兹以卑身，復托大府。雖循牆以省，昔虞三虎之疑；然引袖自憐，今有二天之覆⑦。佇待熒煌之坐，少陳危苦之辭。

【校】

〔一〕題，右啓亦係周孚所代作者，故《蠹齋鉛刀編》卷一九於題上有「代」字，今既依例置於《稼軒集》中，徑删去此字。

【箋注】

①題，葉留守，即葉衡。《宋史》卷三八四《葉衡傳》：「葉衡字夢錫，婺州金華人。紹興十八年進士第。……丁母憂，起復知廬州，未行，除樞密都承旨……知荆南、成都、建康府。」《紹興十八年同年小録》：「第五甲第百十八人葉衡，字夢錫，小名俊哥，小字邦彦。年二十七，正月十九日生。……本貫婺州金華縣大雲鄉安期里，兄庭堅爲户。」《景定建康志》卷一四《建康表》：「淳熙元年正月二十六日，敷文閣學士左朝散大夫葉衡知府事、提舉學事兼管内勸農營田使。……

二月召赴行在。」按：知建康府例兼行宫留守，故有此稱。查《宋會要輯稿·選舉》三四之二九，知葉衡於乾道九年八月十六日，以敷文閣待制樞密都承旨知成都府，然同書《兵》五之二九載，乾道九年九月二十八日，有樞密都承旨權知荆南府葉衡言事，則其雖有知成都府之命，然尚未起赴蜀地。至其何時再改知建康府兼行宫留守，仍未查知起始之月日，不過，川路迢遥，以其到任建康府之時日推考，知其未必能在蜀郡東下耳，可以斷言者，其並未赴任成都即有改知建康之命，其徑自從荆南府赴建康，乃事理之必然。則右啓之作當在稼軒於乾道九年冬已退歸京口，聞知葉衡改知建康府之後。另可斷言者，據右啓「兹以卑身，復托大府」語，知稼軒爲江東安撫司參議官，又必在申呈此啓之前，非葉氏之辟明矣。

②「伏自」二句，即葉衡知荆南府、改知成都府之事。

③「相望」二句，傅寅《禹貢説斷》卷四：「然而四海之内，夷險不齊。如荆河淮濟之間，百舍坦夷，萬頃一瞬。」唐陸德明《經典釋文》卷二七：「百舍，司馬云：『百日止宿也。』」

④「適以」二句，謂以病退歸閭里。此事史書無載。《稼軒歷仕始末》謂稼軒「初寓京口」，所謂初，非南渡之初，稼軒初寓京口之時，當在乾道末年。其再娶范氏，即在其時，則稱病者，或别有他情，亦未可知也。

⑤「路車」四句，《詩·小雅·采菽》：「君子來朝，何錫予之？雖無予之，路車乘馬。」箋：「賜諸侯以車馬。」《詩·大雅·崧高》：「王遣申伯，路車乘馬，我圖爾居，莫如南土。」注：「乘馬，四

馬也。」《詩・陳風・九罭》：「我覯之子，衮衣繡裳。」注：「所以見周公也。衮衣，卷龍也。」箋：「王迎周公，當以上公之服往見之。」

⑥「自惟」四句，《後漢書》卷七八《應劭傳》：「《左氏》實云：『雖有姬姜絲麻，不棄憔悴菅蒯。』蓋所以代匱也。」注：「《左傳》曰：『詩云：雖有絲麻，無棄菅蒯。雖有姬姜，無棄蕉萃。凡百君子，莫不代匱。』杜預云：『逸詩也。』」菅蒯同類，皆茅屬。鄧廣銘增訂本《辛稼軒年譜》：「知稼軒於乾道四五年内任建康府通判時，處境蓋多舛迕，甚至時遭誣枉與謗毀。其時葉氏以總領江東錢糧而治所亦在建康，對稼軒甚多『拯困扶危』之舉措，故稼軒深感其有『淪肌之恩』。此可證知稼軒渡江初年，雖尚沉淪下僚，而已屢遭擯擠，惜其具體事節莫可考知耳。」

⑦「雖循」四句，《左傳・昭公七年》：「及正考父佐戴武宣，一命而僂，再命而傴，三命而俯，循牆而走。」注：「言不敢安行，亦莫余敢侮。」三虎，《東軒筆録》卷一三：「舊制，轉運使官銜帶按察二字，……王達、楊紘、王鼎，皆爲轉運按察，尤苛暴虐時，謂之江東三虎。仁宗知其事，下詔戒敕，削去按察二字，後澆風漸革，而士大夫務崇寬厚，無復暴察之名矣。」韓愈《寒食日出遊夜歸張十一院長見示病中憶花九篇因此投贈》詩：「豈料生還得一處，引袖拭淚悲且慶。各言生死兩追隨，直置心親無貌敬。」

與臨安友人札子〔一〕①

棄疾自秋初去國②，倏忽見冬。詹詠之誠，朝夕不替。第緣馳驅到官，即專意督捕，日從事於兵車羽檄間，坐是倥偬，略亡少暇。起居之問，缺然不講。非敢懈怠，當蒙情亮也。指吴會雲間③，未龜合併，心旌所向，坐以神馳。右謹具呈。

宣教郎、新除秘閣修撰、江南西路提點刑獄公事辛棄疾札子④。

【校】

〔一〕題，鄧氏《抄存》原名「啓札」。按：南宋初出現之札子，蓋古之尺牘也。駢散兼用，有别於啓，不宜標以「啓札」。右札子所致者爲臨安友人，故據以改標此題。

【箋注】

①題，趙彦衛《雲麓漫抄》卷四載：「當秦忠獻當國，有投以札子者。其制前去『頓首再拜』，而後加『右謹具申呈』、月日、具官姓名。札子多至十餘幅，平交則去『申』字。」據此，知稼軒此札子必

不止此一幅，因前數幅皆佚，故失所與之姓名。右札子爲稼軒自倉部郎中出爲江西提刑之後所作，即淳熙二年十月致行在友人之札子也。

②秋初去國，淳熙二年四月，茶商賴文政起事於湖北，其後轉入湖南、江西，數敗官軍。六月十一日，新任江西提刑方師尹別與差遣，十二日，稼軒出爲江西提點刑獄，節制諸軍，進擊茶商軍。此蓋謂稼軒離臨安赴任時已在初秋七月。

③「指吴」句，王勃《王子安集》卷五《滕王閣序》：「望長安於日下，指吴會於雲間。」吴會，《漢書》卷三五《吴王濞傳》考證：「按吴會猶言吴之都會也。胡三省《通鑑辨誤》已嘗論之。」胡三省《通鑑釋文辨誤》卷一二：「史炤釋文曰：江水東至會稽山陰而折，故吴會之地，因以稱浙。」可知吴會不專指吴郡，元陸友仁《吴中舊事》亦載：「吴會當是吴郡與會稽，猶言吴越也。蓋不獨謂姑蘇。今坊名吴會，未知何據而然。前漢吴王濞傳：『上患吴會輕悍。』即吴郡會稽也。」此其説也。按：南宋人之吴會，多指臨安。周必大《益國文忠公集》卷一一八《修蓋射殿門上梁文》：「兒郎偉，我國家南巡吴會，北望汴都。」程珌《洺水集》卷七《休寧縣修學記》：「國家昭德恢儒，今二百五十年。聲容文明，匹休三代。自移蹕吴會，新安在甸服三百里。」韓淲《送耿宣贊》詩：「西湖水月兩峰高，吴會東臨日夜潮。」以上吴會皆指臨安而言，稼軒所指，亦臨安友人。蓋稼軒所與者，必在行在，惟不知所致何人，時任何官也。

④宣教郎，據《宋史》卷一二二《職官志》九《紹興以後階官》，爲文官第二十六階。秘閣修撰，職名，

《宋史》卷一一五《職官》二謂此職係待館閣之資深者。《宋會要輯稿·兵》一九之二六：「淳熙二年閏九月二十四日，上謂輔臣曰：『江西茶寇已剿除盡。……辛棄疾已有成功，當優與職名以示激勸。』」同書《兵》一三之三一：「九月二十八日，詔江西提刑辛棄疾除秘閣修撰。」

新居上梁文①

百萬買宅，千萬買鄰②，人生孰若安居之樂？一年種穀，十年種木③，君子常有静退之心。久矣倦遊，兹焉卜築。

稼軒居士④，生長西北，仕宦東南。頃列郎星，繼聯卿月⑤。兩分帥閫，三駕使軺⑥。不特風霜之手欲龜，亦恐名利之髪將鶴。欲得置錐之地，遂營環堵之宫⑦。雖在城邑闤闠之中，獨出車馬囂塵之外。青山屋上，古木千章；白水田頭，新荷十頃⑧。亦將東阡西陌，混漁樵以交歡；稚子佳人，共團欒而一笑⑨。夢寐少年之鞍馬，沉酣古人之詩書。雖云富貴逼人⑩，自覺林泉邀我。望物外逍遥之趣，「吾亦愛吾廬」⑪；語人間奔競之流：「卿自用卿法。」⑫始扶修棟，庸慶抛梁⑬：

抛梁東，坐看朝暾萬丈紅。直使便爲江海客，也應憂國願年豐⑭。

抛梁西，萬里江湖路欲迷。家本秦人真將種⑮，不妨賣劍買鋤犁⑯。

抛梁南，小山排闥送晴嵐⑰。繞林烏鵲棲枝穩〔一〕⑱，一枕薰風睡正酣。

抛梁北，京路塵昏斷消息。人生直合住長沙⑲？欲擊單于老無力⑳！

抛梁上，虎豹九關名莫向㉑。且須天女散天花〔二〕，時於維摩小方丈㉒。

抛梁下，雞酒何時入鄰舍㉓？只今居士有新巢，要輯軒窗看多稼㉔。

伏願上梁之後，早收塵跡，自樂餘年。鬼神呵禁不祥㉕，伏臘倍承自給。座多佳客，日悦芳尊㉖。

【校】

〔一〕「棲枝穩」，辛氏《抄存》作「安枝後」，此從《五百家播芳大全文粹》卷九三。

〔二〕「天花」，《抄存》作「人花」。

【箋注】

①題，此帶湖新居稼軒之《上梁文》也。據文中「兩分帥閫，三駕使軺」句，知稼軒此文作於湖南轉運副使任上。稼軒於淳熙六年七月改知潭州兼湖南安撫使，若作於其後，則不可云「兩分帥閫」

矣。帶湖新居之卜築，經始於前，與洪邁《稼軒記》所言「侯名棄疾，今以右文殿修撰再安撫江南西路」並非同時。此則淳熙六年夏，爲帶湖新居之稼軒落成而撰寫也。

②「百萬」二句，《南史》卷五六《吕僧珍傳》：「初，宋季雅罷南康郡，市宅，居僧珍宅側。僧珍問宅價，曰：『一千一百萬。』怪其貴，季雅曰：『一百萬買宅，千萬買鄰。』」

③「一年」二句，《管子·權修》：「一年之計，莫如樹穀；十年之計，莫如樹木；百年之計，莫如樹人。一樹一獲者，穀也；一樹十獲者，樹也；一樹百獲者，人也。」

④稼軒居士，《宋史》卷四〇一《辛棄疾傳》：「嘗謂：『人生在勤，當以力田爲先。北方之人，養生之具不求於人，是以無甚富甚貧之家。南方多末作以病農，而兼併之患興，貧富斯不侔矣。』故以稼名軒。」

⑤「頃列」二句，指淳熙元年十一月葉衡拜右丞相兼樞密使，薦稼軒爲倉部郎中，及淳熙五年，稼軒以江西安撫入爲大理少卿事。

⑥「兩分」二句，兩分帥閫，指稼軒淳熙四年知江陵府兼湖北安撫使，是年冬遷知隆興府兼江西安撫使事。三駕使軺，指稼軒淳熙三年任京西轉運判官，五年任湖北轉運副使，六年改湖南轉運副使事。

⑦環堵之宫，《禮記·儒行》：「儒有一畝之宫，環堵之室。」

⑧「青山」四句，蘇軾《司馬君實獨樂園》詩：「青山在屋上，流水在屋下。」《游道場何山》詩：「白

水田頭問行路，小溪深處是何山。」

⑨「稚子」二句，《五燈會元》卷三《襄州居士龐蘊》：「乃留駐參承二載，有偈曰：『有男不婚，有女不嫁。大家團欒頭，共説無生話。』自爾機辯迅捷，諸方嚮之。」

⑩富貴逼人，《北史》卷四一《楊素傳》：「帝嘉之，謂曰：『善相自勉，勿憂不富貴。』素應聲曰：『臣但恐富貴來逼臣，臣無心圖富貴。』」

⑪「吾亦」句，陶潛《讀山海經》詩：「衆鳥欣有托，吾亦愛吾廬。」

⑫「卿自」句，《世説新語·方正》：「王太尉不與庾子嵩交，庾卿之不置。王曰：『君不得爲爾。』庾曰：『卿自君我，我自卿卿。我自用我法，卿自用卿法。』」

⑬抛梁，徐師曾《文體明辨附録》卷一三：「上梁文者，工師上梁之致語也。世俗營構宫室，必擇吉上梁，親賓裹面（今呼饅頭），雜他物稱慶，而因以犒匠人。於是匠人之長，以面抛梁而誦此文以祝之。其首尾皆用儷語，而中陳六詩，詩各三句，以按四方上下，蓋俗體也。」文中所言抛梁之俗，蓋自宋代以來皆如此也。

⑭「直使」二句，杜甫《洗兵馬》詩：「張公一生江海客，身長九尺鬚眉蒼。」《吾宗》詩：「在家常早起，憂國願年豐。」

⑮「家本」句，楊惲《報孫會宗書》：「家本秦也，能爲秦聲。」按：稼軒始祖辛維叶，始由甘肅狄道

遷濟南。狄道乃秦地，故云。又《漢書》卷六九《辛慶忌傳》：「秦漢以來，山東出相，山西出將。……狄道辛武賢、慶忌，皆以勇武顯聞。」

⑯「不妨」句，《漢書》卷八九《循吏・龔遂傳》：「民有帶持刀劍者，使賣劍買牛，賣刀買犢。」

⑰小山排闥，王安石《書湖陰先生壁》詩：「一水護田將緑繞，兩山排闥送青來。」

⑱「繞林」句，曹操《短歌行》：「月明星稀，烏鵲南飛。繞樹三匝，何枝可依？」

⑲住長沙，《史記》卷八四《賈生列傳》：「絳、灌、東陽侯、馮敬之屬盡害之，乃短賈生曰：『洛陽之人，年少初學，專欲擅權，紛亂諸事。』於是天子後亦疏之，不用其議，乃以賈生爲長沙王太傅。……賈生既辭往行，聞長沙卑濕，自以壽不得長，又以適去，意不自得。……賈生既以適居長沙，長沙卑濕，自以爲壽不得長，傷悼之，乃爲賦以自廣。」

⑳欲擊單于，《後漢書》卷五六《馬援傳》：「援曰：『方今匈奴、烏桓尚擾北邊，欲自請擊之。男兒要當死於邊野，以馬革裹屍還葬耳，何能卧牀上，在兒女子手中邪？』」

㉑虎豹九關，《楚辭・招魂》：「魂兮歸來，君無上天些。虎豹九關，啄害下人些。」

㉒「且須」二句，《維摩詰所説經・觀衆生品》：「時維摩詰室有一天女，見諸天人，聞所説法，便現其身，即以天花散菩薩大弟子身上。」

㉓「雞酒」句，陶潛《歸田園居》詩：「漉我新熟酒，隻雞招近局。」《雜詩》：「得歡當作樂，斗酒聚

比鄰。」

㉔多稼，《詩・小雅・大田》：「大田多稼，既種既戒，既備乃事。」

㉕「鬼神」句，韓愈《送李愿歸盤谷序》：「鬼神守護兮呵禁不祥。」

㉖「座多」二句，《藝文類聚》卷二六人部引張璠《漢紀》：「孔融拜太中大夫，雖居家失勢，賓客日滿其門。愛才樂士，常若不足。每歎曰：『坐上賓常滿，尊中酒不空，吾無憂矣。』」

祭呂東萊先生文①

維淳熙八年，歲次辛丑，十一月癸酉朔，初二日甲戌，奉議郎充右文殿修撰、知隆興軍府事兼管内勸農營田事、主管江南西路安撫司公事、馬步軍都總管辛棄疾②，謹以清酌庶羞之奠，致祭於近故宮使、直閣大著呂公之靈〔一〕③：

惟公〔二〕，天質之美，道學之粹。操存之既固，而充養之又至。一私欲未始萌於心，極萬變不足以移其志。故不力而勇，甚和而毅。泯愛憎以無跡，更毀譽而一致。宜君上益信其賢，而同異者莫得窺其際也。任重道遠，發軔早歲④。遺外形體，輟寢忘味。事物之來，若未始經吾意；迨夫審是決疑，則精微正大，中在物之理而盡處物之義。私淑諸人⑤，固已設科不拒，聞者心醉。道行志得，抑將使羣才並用，而衆志咸遂也。乃若生長見聞，人物門第，高文大册，博覽强記，雖皆過絶於人，要之蓋其餘事。厥今上承伊、洛⑥，遠泝洙、泗⑦，僉曰朱、張⑧、東萊，屹鼎立於一世。學者有宗，聖傳不墜。又皆齒壯而力强，夫何南軒亡而公病廢⑨？上方付公以斯文，謂究用其猶未。傳聞有瘳⑩，士夫增氣。忽反袂以相弔，驚郵傳於殄瘁⑪。

嗚呼，壽考之不究，德業之未試。室無人而子幼⑫，何福善而如是⑬？然而天所畀與者，其得抑多矣，又奚有於喬松之年⑭，趙孟之貴⑮！

棄疾半世傾風，同朝託契。嘗從遊於南軒，蓋於公而敬畏⑯。玆物論之共悼，寧有懷於私惠？緘忱辭於千里，寓哀情於一酹。尚饗。

【校】

〔一〕小序，辛氏《抄存》闕。

〔二〕「惟公」，《抄存》作「某官」，據《東萊集附録》改。

【箋注】

①題，右祭文爲吕東萊逝世所作。吕祖謙字伯恭，祖居婺州，以祖弼中致仕恩補將仕郎，監潭州南嶽廟、嚴州桐廬縣尉。未上，登隆興元年進士第，又中博學宏詞科，改南外敦宗院宗學教授，添差嚴州州學教授。復除太學博士兼國史院編修官、實録院檢討官。召試館職，除秘書省正字。召爲秘書郎兼國史院編修官、實録院檢討官，遷著作佐郎、著作郎兼權禮部郎官。淳熙五年冬得疾，八年卒，卒年四十五。學者稱東萊先生。《宋史》卷四三四《儒林》四有傳。據《東萊集》附録一所載吕祖儉作《吕東萊年譜》，吕祖謙卒於淳熙八年七月二十九日，葬於十一月三日，右祭文作於臨葬前一日。

②「奉議」句，稼軒於淳熙七年加右文殿修撰，差知隆興府兼江西安撫使。淳熙八年秋七月，以荒政修舉，轉奉議郎。

③近故宫使，《東萊集》所附吕祖儉作《吕東萊年譜》：「淳熙七年庚子，……十一月二十二日，主管亳州明道宫。」吕東萊卒於淳熙八年七月二十九日，故稱「近故」。直閣大著，指東萊於淳熙五年十月十七日除著作郎，六年二月三日除直秘閣。

④「任重」二句，《論語·泰伯》：「士不可以不弘毅，任重而道遠。」《漢書》卷八七上《揚雄傳》：「既發軔於平盈兮，誰謂路遠而不能從？」注：「軔，止車之木，將行，故發去平盈之地，無高下也。」

⑤私淑諸人，《孟子・離婁》下：「予未得爲孔子徒也，予私淑諸人也。」

⑥伊洛，北宋程頤，世稱伊川先生，與其兄顥久居洛陽，故世以伊洛稱二程之學。

⑦洙泗，《禮記・檀弓》：「我與汝事夫子於洙泗之間。」

⑧朱張，朱指朱熹，字元晦，號晦庵，爲南宋理學宗師，《宋史》卷四二九《道學》三有傳。張指張栻，字敬夫，號南軒，張浚之子，南宋理學家，《宋史・道學》三有傳。

⑨南軒亡，朱熹《朱文公文集》卷八九《右文殿修撰張公神道碑》：「淳熙七年春二月甲申，秘閣修撰荆湖北路安撫廣漢張公，卒於江陵之府舍。……卒時年四十有八。」公病廢，《吕東萊年譜》：「淳熙五年十二月十四，夜感末疾。……淳熙六年己亥，公自歲前感疾請祠，正月十一日，詔與州郡差遣。十六日，又詔與添差參議官差遣，免謝辭。」《東萊集》卷三《再除著作郎史官辭免札子》：「伏念某頃者備數著庭，以病自免。……實以右支風痺，久成廢疾。戴大恩而莫報，顧薄命而自憐。」

⑩傳聞有瘳，《吕東萊年譜》：「淳熙六年三月二十四日，出修門。公末疾至是始可扶持就輿，四月七日買舟東歸，十三日至婺。」

⑪「忽反」二句，反袂，《公羊傳・哀公十四年》：「西狩獲麟。……有以告者，曰：『有麕而角者。』孔子曰：『孰爲來哉？孰爲來哉？』反袂拭面，涕沾袍。」殄瘁，《詩・大雅・瞻卬》：「人

之云亡，邦國殄瘁。」東萊於淳熙八年七月二十九日卒於家。

⑫「室無」句，據吕祖儉所作《吕東萊壙記》及《年譜》，東萊原配夫人係韓南澗元吉之女，卒後續娶亦南澗之女，又卒於乾道七年。二夫人所生子女，除長女華年已長大適人，餘均早夭。再續娶芮氏，亦卒於淳熙六年，而芮氏所生子延年，至東萊淳熙八年卒時年甫三歲。

⑬福善，《尚書·湯誥》：「天道福善禍淫。」

⑭喬松，謂仙人王子喬與赤松子。《戰國策·秦策》三：「世世稱孤，而有喬松之壽。」

⑮趙孟，春秋時晉國正卿趙盾謚宣孟，其子孫世專晉國國政，故《左傳》皆稱之爲趙孟。《孟子·告子》上：「人之所貴者，非良貴也，趙孟之所貴，趙孟能賤之。」

⑯「棄疾」四句，稼軒乾道六年任司農寺簿，時祖謙前一年除太學博士，而南軒張栻亦召爲吏部員外郎、左司員外郎，稼軒與二人同朝共事，友誼甚篤。

與楊夢錫小簡（一）①

棄疾伏承垂示詞集②，珠璧焜耀，乃以瓦礫□□其間，讀之令人皇恐。且知左右之愛，忘不獨□日也，又以爲感。

【校】

〔一〕題，《諸老先生和惠答客亭書啓編》原爲《稼軒辛大卿帖》，今改此題。

【箋注】

①楊夢錫，名冠卿，著有《客亭類稿》。《四庫全書總目》卷一六〇《客亭類稿提要》謂其「江陵人，《宋史》不爲立傳，陳振孫《書録解題》載有此集，而亦不詳冠卿之始末，故事跡無可考見」。按：楊冠卿一生未仕，流落江湖以終。所著《客亭類稿》，有宋殘本，《諸老先生和惠答客亭書啓編》即附書中，今又有四庫館臣録自《永樂大典》本，爲十四卷。右致冠卿小簡即載於《諸老先生和惠答客亭書啓編》中，其作年不晚於淳熙末年。

②垂示詞集，楊冠卿編有《羣公樂府》。《客亭類稿》卷七《羣公樂府序》：「自紹興迄於今，閲歲浸久，賢豪述作，川增雲興，絶妙好辭，表表在人耳目者，不下數十百家。湮没於時，豈不甚可惜？余漂流困躓，久客諸侯間，氣象萎薾，時有所攖拂，則取酒獨酌，浩歌數闋，怡然自適，似不覺天壤之大，窮通之爲殊塗也。羈旅新豐，既獲其助，遂掇拾端伯《雅詞》未登載者，釐爲三秩，名曰《羣公詞選》，鋟木寓室，以廣其傳。丁未中秋，楊冠卿夢錫序。」按：曾慥字端伯，撰《樂府雅詞》共五卷，編成於紹興十六年。楊冠卿《羣公樂府》乃繼曾氏之續編，故收當代詞人之作。據稼軒右書中自謙之語，知其必收入稼軒之詞作，故有此致謝小簡。丁未爲淳熙十四年，稼軒右

書，應作於稍後，然猶在帶湖家居期間也。

與曾無玷札子〔二〕①

棄疾坎壈之跡，奔走半天下。二三十年間，名公鉅卿，碩生鴻儒，棄疾不佞，皆獲伏下風而接餘論，獨一世偉人，每有惄如調饑之歎②。初春入都③，得望温厲，遂降此心，且蒙顧睞接納，如平生歡，其何幸如之！猝猝南征，八月間始交賤事④，求訪故事，當以吏櫝，上罷任不勝任之謝⑤。然區區庸敬，豈所以施諸達人大觀之前？棄疾則陋矣，言之汗下。

載惟察院⑥，問學之富，踐履之實，忠肝義膽，可以貫日月而沮金石者，固已見之議論之餘矣。海内學士，日俟廷告，由禁林而上政塗。鹽梅霖雨之事⑦，不於門下，將誰屬乎？棄疾泚筆，以俟修慶。

棄疾求閑得劇，衰病不支。冠蓋如雲，朝求夕索。少失其意，風波洶湧，平陸江海⑧。吁，可畏哉！棄疾至日前⑨，欲先遣孥累西歸，單騎留此，即上祠請。或者謂送故迎新，秏蠹屬耳，理有未安。少俟來春，當伸此請，故應有望於門下宛轉成就之賜也。

三山歲事得中熟，然亦不敢不爲救荒之備⑩。弟才薄力腐，任大責重，未知濟否，尚幸警誨。引睇賓榮，伏紙不勝依歸之劇。右謹具呈。

朝奉大夫、集英殿修撰、權知福州軍州辛棄疾札子⑪。

【校】

〔一〕題，曾宏父《鳳墅帖》卷一七《南渡文藝帖》原僅作「辛稼軒」，今徑標此題。

【箋注】

①題，曾無玷，《宋史》卷四一五《曾三復傳》：「曾三復字無玷，臨江人。乾道六年進士，淳熙末爲主管官告院，遷太府寺簿，歷將作太府丞。登朝數年，安於平進，搢紳稱之。紹熙初，出知池州，改常州，召爲御史檢法，拜監察御史。轉太常少卿，進起居舍人，遷起居郎兼權刑部侍郎。以疾告老，詔守本官職致仕。三復性耿介，耻奔競，故位不速進。在臺餘兩年，持論正平，不隨不激，其没也，士論惜之。」按：《鳳墅帖》爲無玷子宏父所編，宏父字幼卿，自稱鳳墅逸客，廬陵人。《鳳墅帖》多收曾宏父其父故交之尺牘，右札子有「載惟察院」語，知即與無玷者。右札子應爲稼軒紹熙四年底知福州所作，引自南京圖書館藏葉氏八卷本《鳳墅殘帖釋文》。此札子釋文之後，

有清人程恩澤短跋如下：「前賢稱辛稼軒有陶士行、温太真之風。南渡欲恢復，非此等才無以濟也。幼卿寓褒貶於彙帖，似宜以知人論世爲第一義。世有忠義慷慨如稼軒者，顧可以文藝列之哉？道光甲午春日古歙程恩澤。」

②惄如調饑，《詩·周南·汝墳》：「未見君子，惄如調饑。」傳：「惄，饑意也，調朝也。」箋云：「惄，思也，未見君子之時，如朝饑之思食。」

③「初春」句，稼軒自紹熙三年底在福建提刑任被召。本書卷一一《水調歌頭》題云：「壬子，三山被召。」《西江月》題云：「正月四日和建安陳安行舍人，時被召。」韓淲《澗泉集》卷一二《送陳同甫丈赴省》詩有「又見稼軒趨召節，却隨舉子赴南宮」句。原注：「癸丑正月十六日。」則其抵行在，當在紹熙四年正月。

④「猝猝」二句，《淳熙三山志》卷二二《郡守》載辛棄疾紹熙四年八月知福州。猝猝，猶卒卒，匆遽狀。交者，謂與前任交割郡事。

⑤「求訪」三句，宋代慣例，郡守到任，當有謝表。

⑥察院，監察御史之稱。《宋會要輯稿·崇儒》一之四六：「紹熙三年六月二十四日，……侍御史林大中、右正言胡琢、監察御史何異、曾三復言。」同書《選舉》二一之六：「紹熙五年二月二十五日，銓試公試類試，命監察御史曾三復監試。」據知自紹熙三年至五年，曾三復均在監察御史任内。

⑦鹽梅霖雨，《尚書·説命》上：「若濟巨川，用汝作舟楫；若歲大旱，用汝作霖雨。」《説命》下：「若作和羹，爾惟鹽梅。」

⑧「冠蓋」五句，據《淳熙三山志》卷二六，宋代設西外宗正司，管理在外宗室事。紹興三年，西外司移福州。福州既多宗室，而且宗室居官位高者甚衆，因有稼軒此數句所云「朝求夕索」事。《朱子語類》卷一一一《論民》：「宗室俸給，一年多一年，駸駸四五十年後，何以當之？事極必有變。如宗室生下便有孤遺請給，初立此條，止爲貧窮，全無生活計者，那曾要得恁地泛及？」可參。

⑨至日，指紹熙四年冬至。據《宋會要輯稿·運曆》一之三〇，紹熙四年冬十一月二十日冬至。

⑩「三山」二句，三山，福州有越王山、九仙山、烏石山。故郡稱三山。救荒之備，《宋史》卷四〇一《辛棄疾傳》：「知福州兼福建安撫使。棄疾爲憲時嘗攝帥，每歎曰：『福州前枕大海，爲賊之淵，上四郡民，頑獷易亂，帥臣空竭，緩急奈何？』至是，務爲鎮静。未期歲，積鏹至五十萬緡，榜曰備安庫。謂閩中土狹民稠，歲儉則糴於廣，今幸連稔，宗室及軍人入倉請米，出即糶之。候秋賈賤，以備安錢糴二萬石，則有備無患矣。」

⑪「朝奉」句，《淳熙三山志》卷二二《郡守》：「辛棄疾，紹熙四年八月以朝散大夫、集英殿修撰知。」據《宋史》卷一六九《職官志》九《紹興以後階官》，朝散大夫爲文階第十八級，朝奉大夫爲第十九級。札子署朝奉大夫，而《三山志》則爲朝散大夫，後者應爲稼軒在福州任内所遷轉。

祭陳同父文①

嗚呼，同父之才，落筆千言。俊麗雄偉，珠明玉堅。人方窘步〔一〕，我則沛然。莊周李白，庸敢先鞭②！同父之志，平蓋萬夫。横渠少日③，慷慨是須〔二〕。擬將十萬，登封狼胥④。彼臧馬輩⑤，殆其庸奴。天於同父，既豐厥稟。智略横生，議論風凛。使之早遇，豈愧衡伊〔三〕⑥？行年五十，猶一布衣。間以才豪，跌宕四出。要其所厭，千人一律。不然少貶，動顧規檢。夫人能之，同父非短。至今海内，稱誦三書〔四〕⑦。世無楊意，孰主相如⑧？中更險困，如履冰崖。人皆欲殺，我獨憐才⑨。脱廷尉繫⑩，先多士鳴。耿耿未沮〔五〕，厥聲浸宏。蓋至是而世之未知同父者〔六〕，益信其爲天下偉人矣！

嗚呼，人才之難，自古而然。匪難其人，抑難其天。使乖崖公而不遇，安得征吴入蜀之休績⑪？代州决勝〔七〕，即異時落魄之齊賢⑫。方同父之約處，孰不怨望夫上之人〔八〕，謂握瑜而不宣？今同父發策大廷，天子親寘之第一，是以不憂其不用〔九〕。以同父之才與志，天下之事，孰不可爲？所不能自爲者：天假之年〔十〕！

閩浙相望，信問未絶⑬。子胡一病，遽與我訣！嗚呼同父，而止是邪？而今而後，欲與同父憩鵝湖之清陰，酌瓢泉而共飲⑭，長歌相答⑮，極論世事，可復得邪？千里寓辭，知悲之無益，而涕不能已。嗚呼同父，尚或臨鑑之否〔十一〕？

【校】

〔一〕「方」，方頤孫《太學黼藻文章百段錦》卷下作「之」，此從李幼武《宋名臣言行録》外集卷一六《龍川先生節判陳文毅公亮傳》下。

〔二〕「是」，《百段錦》作「時」。

〔三〕「衡」，《百段錦》作「傳」。

〔四〕「稱」，《言行録》作「能」，此從《百段錦》改。

〔五〕「沮」，《言行録》作「阻」，此從《百段錦》改。

〔六〕「之」，《言行録》原在「天下」之後，此據《百段錦》移至「世」後。

〔七〕「代州」，《言行録》原作「太原」，據《百段錦》改。

〔八〕「怨」，原闕，據《百段錦》補。

〔九〕「以」，原闕，據《百段錦》補。

〔十〕「假」，《言行録》原作「斬」，據《百段錦》改。

〔十一〕「鑑」，《言行録》原作「監」，據《百段錦》改。

【箋注】

①陳同父，陳亮字同父，婺州永康人，才氣超邁，喜談兵。隆興與金人約和，獨持不可，上中興五論。退益力學著書，淳熙間更名同，數詣闕上書。光宗策進士，問以禮樂刑政之要，亮以君道師道對，御筆擢第一。授簽書建康府判官，未至官卒。《宋史》卷四三六《儒林》六有傳。《永樂大典》卷三一五六陳字韻引韓淲《澗泉日記》：「陳亮字同父，婺州人。……紹熙四年作第一人，今年正月遂死。」知陳亮卒於紹熙五年正月，時稼軒正在福建安撫使任上，乃有此祭文。方頤孫《太學黼藻文章百段錦》卷下於文後注「時辛幼安帥三山」。

②「莊周」二句，楊慎《升庵集》卷六五《璅語》：「莊周李白，神於文者也，非工於文者所及也。文

非至工，則不可爲神，然神非工之所可至也。」

③横渠，張載字子厚，長安人。少喜談兵，至欲結客取洮西之地。後專力於學，爲關中士人宗師。世稱横渠先生。《宋史》卷三九四《道學》一有傳。

④登封狼胥，《史記》卷一一一《衛將軍驃騎列傳》：「元狩四年春，上命大將軍青、驃騎將軍去病，……度幕人馬凡五萬騎，與驃騎等咸擊匈奴。……驃騎將軍去病，率師躬將，所獲葷粥之士，約輕齎，絶大幕，涉獲章渠，以誅比車耆，轉擊左大將，斬獲旗鼓，歷涉離侯，濟弓閭，獲屯頭王、韓王等三人，將軍相國當户都尉八十三人，封狼居胥山，禪於姑衍，登臨翰海。」

⑤臧馬，謂臧宫、馬武，《後漢書》卷四八《臧宫傳》：「建武二十七年，宫乃與楊虚侯馬武上書曰：『匈奴貪利，無有禮信。窮則稽首，安則侵盗。……虜今人畜疫死，旱蝗赤地，疫困之力，不當中國一郡。萬里死命，縣在陛下。福不再來，時或易失。……北虜之滅，不過數年。臣恐陛下仁恩不忍，謀臣狐疑，令萬世刻石之功，不立於聖世。』」

⑥衡伊，《史記》卷三《殷本紀》：「伊尹名阿衡。阿衡欲干湯而無由，乃爲有莘氏媵臣，負鼎俎，以滋味説湯，致於王道。……湯舉任以國政。……遂伐桀。……於是諸侯畢服，湯乃踐天子位，平定海内。」

⑦稱誦三書，指增訂本《陳亮集》卷一所載《上孝宗皇帝》三書。

⑧「世無」二句，《史記》卷一一七《司馬相如列傳》：「蜀人楊得意爲狗監，侍上。上讀《子虚賦》而

善之，曰：『朕獨不得與此人同時哉？』得意曰：『臣邑人司馬相如自言爲此賦。』上驚，乃召問相如。」

⑨「人皆」二句，杜甫《不見》詩：「不見李生久，佯狂真可哀。世人皆欲殺，吾意獨憐才。」

⑩脱廷尉縶，陳亮平生兩度入獄。第一次在淳熙十一年，《陳亮集》卷三六《陳春坊墓碑銘》：「甲辰之春，余以藥人之誣，就逮棘寺，更七八十日不得脱。」第二次在紹熙元年十二月，以家僮殺人案，繫獄年餘。葉適《水心集》卷二四《陳同甫王道甫墓志銘》謂「少卿鄭汝諧直其冤，得免」。

⑪「使乖」二句，張詠字復之，自號乖崖，濮州鄄城人。太平興國進士，曾兩知益州，終官吏部尚書。《宋史》卷二九三有傳。釋文瑩《湘山野録》卷上：「乖崖公太平興國三年科場試不陣成功賦，……自謂擅場，欲奪大魁。夫何有司以對偶顯失，因黜之，選胡旦爲狀元。公憤然毁裂儒服，欲學道於陳希夷摶，趨豹林谷，以弟子事之，决無仕志。希夷有風鑑，一見之，謂曰：『子當爲貴公卿，一生辛苦，譬猶人家張筵，方笙歌鼎沸，忽中庖火起，座客無奈，惟賴子滅之。然禄在後年，此地非棲憩之所。』乖崖堅乞入道，陳曰：『子性度明躁，安可學道？』果後二年及第於蘇易簡榜中。希夷以詩遺之云：『征吴入蜀是尋常，鼎沸笙歌救火忙。乞得江南佳麗地，却應多謝腦邊瘡。』初不甚曉，後果兩入蜀，定王均、李順之亂，又急移餘杭，翦左道僧紹倫妖蠱之叛，至則平定，此征吴入蜀之驗也。」

⑫「代州」二句，《宋史》卷二六五《張齊賢傳》：「張齊賢曹州冤句人……太祖幸西都，齊賢以布衣

獻策馬前，召至行宫，齊賢以手畫地，條陳十事：曰下并汾，曰富民，……内四説稱旨，齊賢堅執以爲皆善。上怒，令武士拽出之。及還，語太宗曰：『我幸西都，唯得一張齊賢爾。我不欲爵之以官，異時可使輔汝爲相也。』太宗擢進士。……會親征晉陽，齊賢上謁，遷秘書丞。……四踐兩府，九居八座，以三公就第。」曾敏行《獨醒雜志》卷八：「昔張齊賢上取河東之策，太祖裂其奏，擲之於地。及左右既退，乃取其奏歸以授太宗曰：『他日取河東，當用齊賢策。』太宗後平河東，用齊賢爲相。」

⑬「閩浙」二句，稼軒於紹熙三年末自閩憲任召赴行在，途次訪同父於浙東。四年秋稼軒出任閩帥，五年同父卒時，稼軒尚未離任。

⑭「欲與」二句，淳熙十五年冬，同父訪稼軒於上饒，稼軒與之同遊鉛山之鵝湖、瓢泉，本書卷一〇《賀新郎》詞有序記此事云：「陳同父自東陽來過余，留十日，與之同遊鵝湖，且會朱晦庵於紫溪，不至，飄然東歸。」

⑮長歌相答，指稼軒詞中贈同父之《賀新郎》二首，《龍川詞》中奉和稼軒之《賀新郎》三首。

祭朱晦庵文

所不朽者，垂萬世名。孰謂公死①？凜凜猶生②！

【箋注】

①公死，王懋竑纂訂之《朱子年譜》卷四下：「慶元六年庚申，七十一歲，三月甲子先生卒。冬十一月壬申，葬於建陽縣唐石里之大林谷。」《宋史》稼軒本傳云：「熹殁，僞學禁方嚴，門生故舊，至無送葬者，棄疾爲文往哭之。」右祭文僅引此數語，當作於慶元六年十一月送葬時。

②凜凜猶生，《世説新語·品藻》：「庾道季云：『廉頗、藺相如，雖千載上死人，懔懔恒如有生氣。』」

賀袁同知啓①

疇咨兵本②，眷用老成。清乎尚書之言，久受知於南面；任以天下之重，爰正位於中樞。明良慶千載之逢，宗社增九鼎之重③。事關國體，喜溢輿情。共惟某官，渾璞難名④，清明共睹。在朝則美政，在位則美俗⑤，見謂通才；若旱用作雨，若川用作舟⑥，益儲瓌望。特舉其大，可知其餘。笑比河清，無孝肅尹京之嚴令⑦；行惟鶴伴，有清獻入蜀之流風⑧。錫驛軺以端歸，長天官而率屬⑨。維時宥密，並注安危。智勇若子房，乃能決勝於千里⑩；文武非吉甫，孰當爲憲於萬邦⑪？今而付之真儒，上將屬以大事。盡發所藴，聿觀厥成⑫。復鄆、讙、龜陰之田⑬，請從今日；致唐、虞、成周之治，何待來年？爰立之期⑭，可拱以俟。

某瓜廬屏跡，藥裹關心⑮。屬柄任之得人，與士類而增氣。竿牘小夫之智⑯，莫抒誦言；巖石具民之瞻⑰，徒皆僉矚。毫端易窘，底裹難傾。

【箋注】

①袁同知，袁説友《東塘集》卷二〇附録《家傳》：「公諱説友，字起巖，建安人。生於紹興庚申歲，治《周易》。年二十有四，登隆興進士丙科，調建康府溧陽縣主簿，主管刑工部架閣文字，國子正，宗正寺主簿，改太常寺主簿，樞密院編修官。……侍左郎中，兼右司郎官。假顯謨閣學士、萬壽觀使兼侍讀，充接送伴金國賀生辰使。右司郎中，直顯謨閣知臨安府。太府少卿兼知臨安府。假顯謨閣學士、萬壽觀使兼侍讀，充館伴金國賀正旦使。權尚書户部侍郎兼修玉牒館。過歲爲真，兼侍講，權户部尚書。華文閣學士、四川制置使兼知成都府。加徽猷閣學士，因任吏部尚書兼侍讀，充崇陵覆按使。復以寶文閣學士提舉江州太平興國宫。知紹興府、浙東路安撫使，吏部尚書兼侍讀，兼實録院修撰，兼修國史，同知樞密院事，參知政事。……嘉泰甲子歲，薨於德清寓第，享年六十有五。……累贈太師、魏國公。初，公寓居湖城，號東塘居士。」按：《宋

史》卷二一三《宰輔表》四載：「嘉泰二年八月丙子，袁説友自吏部尚書除同知樞密院事。」於時稼軒正家居鉛山，與啓中「瓜廬屏跡，蘗裹關心」相符，因知袁同知即袁説友。袁説友《宋史》無傳。

②疇咨，訪求。《尚書·堯典》：「疇咨若時登庸。」

③九鼎之重，《史記》卷七六《平原君虞卿列傳》：「毛先生一至楚，而使趙重於九鼎大吕。」

④渾璞難名，《晉書》卷四三《王戎傳》：「戎有人倫鑑識，常目山濤如璞玉渾金，人皆欽其寶，莫知名其器。」

⑤「在朝」二句，《荀子·儒效》：「儒者在本朝則美政，在其位則美俗。」

⑥「若旱」二句，注已見本卷《與曾無玷札子》箋注。

⑦「笑比」二句，《宋史》卷三一六《包拯傳》：「拯立朝剛毅，貴戚宦官爲之斂手，聞者皆憚之。人以包拯笑比黄河清，童稚婦女亦知其名，呼曰包待制。京師爲之語曰：『關節不到，有閻羅包老。』」按：包拯謚孝肅。又據《東塘集》之《家傳》，袁説友於紹熙中曾加直顯謨閣知臨安府，亦猶包拯之尹京也。

⑧「行惟」二句，《宋史》卷三一六《趙抃傳》：「趙抃字閱道，衢州西安人，進士及第。……改益州。……加龍圖閣直學士知成都，以寬爲治。……神宗立，召知諫院。故事：近臣還自成都

者將大用，必更省府，不爲諫官。大臣以爲疑，帝曰：『吾賴其言耳，苟欲用之，無傷也。』及謝，帝曰：『聞卿匹馬入蜀，以一琴一鶴自隨，爲政簡易，亦稱是乎？』」按：趙抃謚清獻。據《東塘集》之《家傳》，袁説友於寧宗慶元二年曾除華文閣學士，出爲四川制置使兼知成都府，故啓中以趙抃入蜀相比擬。

⑨長天官，指袁説友任吏部尚書。

⑩「智勇」二句，《漢書》卷一《高帝紀》：「運籌帷幄之中，决勝千里之外，吾不如子房（張良）。」

⑪「文武」二句，《詩・小雅・六月》：「薄伐玁狁，至於大原。文武吉甫，萬邦爲憲。」鄭箋：「吉甫，尹吉甫，有文有武。憲，法也。」

⑫觀厥成，《詩・周頌・有瞽》：「永觀厥成。」

⑬「復鄆」句，《左傳・定公十年》：「十年夏，公會齊侯於夾谷。……齊人來歸鄆、讙、龜陰之田。」注：「三邑皆汶陽田也。泰山博縣北有龜山，陰田在其北也。會夾谷，孔子相，齊人服義而歸魯田。」

⑭爰立，《尚書・説命》上：「説築傅巖之野，惟肖，爰立作相，王置諸左右。」

⑮藥裹關心，杜甫《酬郭十五判官》詩：「藥裹關心詩總廢，花枝照眼句還成。」

⑯「竿牘」句，《莊子・列禦寇》：「小夫之知，不離苞苴竿牘。」司馬彪注：「竿牘謂竹簡爲書，以

相問遺。」

⑰「巖石」句，《詩・小雅・節南山》：「節彼南山，維石巖巖。赫赫師尹，民具爾瞻。」孔穎達疏：「尹氏爲太師，既顯盛，處位尊貴，故下民俱仰汝而瞻之。」

與劉改之小簡〔一〕①

夜來見示送王簡卿詩②，偉甚！真所謂「橫空盤硬語，妥帖力排奡」者也③。健羨，健羨！

【校】

〔一〕題，《詩人玉屑》卷一九引呂炎《近録》之《龍洲道人》條引此小簡，無題，僅謂「辛稼軒簡云」，徑補。

【箋注】

①劉改之，名過，廬陵人，一生屢試不第，以詩名江湖間。陸游、陳亮及稼軒均與之爲友。劉過於開禧元年春過京口，於時稼軒正在知鎮江府任上，因相識。岳珂《桯史》卷二《劉改之》條：「廬

陵劉改之過以詩鳴江西。厄於韋布，放浪荆楚，客食諸侯間。開禧乙丑，過京口，余爲饟幕庾吏因識焉。」蔣子正《山房隨筆》亦載：「稼軒守京口，時大雪，帥僚佐登多景樓，改之敝衣曳履而前，辛令賦雪。」右小簡當作於是時。

②送王簡卿詩，劉過《龍洲集》卷五有《送王簡卿歸天台》詩云：「枚數人才難倒指，有如公者又東歸。班行失士國輕重，道路不言心是非。載酒青山隨處飲，談詩玉麈爲誰揮？歸期趁得東風早，莫放梅花一片飛。」其二云：「千巖萬壑天台路，一日分爲兩日程。事可語人酬對易，面無慚色去留輕。放開筆下閒風月，收斂胸中舊甲兵。世事看來忙不得，百年到手是功名。」按：據《宋史》卷四〇五《王居安傳》，王簡卿原名居敬，後改名居安，改字資道。淳熙十年進士。《宋會要輯稿·職官》七三之二載：「嘉泰二年閏十二月十一日，司農寺丞王居安、太學博士解邦俊各與祠禄。以臣僚言居安考校私試，所取必占頭等，同列莫敢與争。邦俊横經廣坐，乃謂今時之士急於進取，耻談《中庸》。」據此，知改之《送王簡卿》詩作於嘉泰二年之後。

③「真所」句，韓愈《薦士》詩：「横空盤硬語，妥帖力排奡。」

跋紹興辛巳親征詔草①

使此詔出於紹興之初〔一〕，可以無事讎之大耻②；使此詔行於隆興之後，可以卒不世之大功〔二〕。今此詔與此虜猶俱存也，悲夫！
嘉泰四年三月，門生辛棄疾拜手謹書〔三〕③。

【校】

〔一〕「出」，《宋史》本傳、謝枋得《文章規範》卷六、《文章辨體匯選》卷三六九均作「見」。「初」，三書則作「前」。

〔二〕「大」，《陳文正公集》卷一三載此跋作「伐」。

〔三〕「嘉泰」二句，本傳、《規範》、《匯選》均無。「辛」字原本闕，據《陳文正公集》補。

【箋注】

①《紹興辛巳親征詔》，《三朝北盟會編》卷二三二於紹興三十一年十月四日癸卯載《親征詔》：「朕履運中微，遭家多難。八陵廢祀，可勝抔土之悲；二帝蒙塵，莫贖終天之痛。皇族尚淪於沙漠，神京猶汙於腥羶。銜恨何窮？待時而動。未免屈身而事小，庶期通好以弭兵。屬戎虜之無厭，曾信盟之弗顧。怙其篡奪之力，濟以貪殘之兇。流毒徧於華夷，視民幾如草芥。赤地千里，謂殘暴而無傷；蒼天九重，以高明爲可侮。頃因賀使，公肆嫚言。指求將相之臣，坐索淮漢之壤。吠堯之犬，謂秦無人。朕姑務於含容，彼尚飾其姦詐。嘯厥醜類，驅吾善良。胡氛

浸結於中原，烽火遂交於近甸。皆朕威不足以震疊，德不足以綏懷，負爾萬邦，於今三紀！撫心自悼，流涕無從。方將躬縞素以啓行，率貔貅而薄伐。取細柳勞軍之制，考澶淵却狄之規。詔旨未頒，歡聲四起。歲星臨於吴分，冀成淝水之勳；鬥士倍於晉師，當决韓原之勝。尚賴股肱牙爪之士，文武大小之臣，戮力一心，捐軀報國。共雪侵淩之耻，各肩恢復之圖。播告邇遐，明知朕意。」〔同治〕《弋陽縣志》卷一二於《親征詔草》後附按語云：「按《達賢録》云：『金亮渝盟，天子北伐，一時詔檄，多出陳魯公筆。忠義激烈，讀者流涕。』《鶴林玉露》載《辛巳親征詔》：『惟天惟祖宗，既共扶於昌運；有民有社稷，敢自逸於偏安。』及『歲星臨於吴分』一聯，並内禪赦文『凡今者發政施仁之日，皆得之問安視膳之餘』，云此洪容齋筆也。《容齋三筆》自録其四六亦及之。而陳氏《家集》，公之孫景思輩刻其原草，有陳以初叙，慶元時何澹、謝深甫、嘉泰時陳讜、葉適、辛棄疾諸人跋，殆容齋呈稿，公親點竄與？乃邑乘家集暨近人宋四六各選本，此詔皆無『天祖』四語，何也？」按：《弋陽縣志》所載《親征詔》文字與《會編》所載間有異同。《縣志》於「恢復之圖」後有「朕以某月某日親臨軍前，撫勞士卒」十四字，爲《會編》所無。關於《親征詔》作者，《朱子語類》卷一二七《本朝》一載：「問：『庚辰《親征詔》（按：《宋史・高宗紀》與《建炎以來繫年要録》均作十月一日庚子，此作庚辰，《會編》作癸卯，皆誤），舊聞出於洪景盧之手。近施慶之云，劉共甫實爲之。乃翁嘗從共甫見其草本，未知孰是？』曰：『是時陳魯公當國，命二公人爲一詔，後遂合二公之文而一之。前段用景盧者，後段用共甫者。』」可參。景盧即洪邁，作詔時任樞密院檢詳文字。共甫即劉珙，時兼權中書舍人。陳魯公即陳康伯。今按：此親征詔草，乃慶元六年陳康伯之孫景參得於何氏，陳氏子以爲此詔即其祖父所草，故遍請王公大人爲跋，稼軒即其弟景思請作跋文之一，其餘諸跋皆見存於《陳文正公集》中。詳可參《年譜》嘉泰四年記事。現録《陳文正公集》卷一三陳景參《讀親征草詔跋》：「仰惟高宗紹開中興，歲在辛巳，逆虜渝盟，爰下親征之詔，讀者感憤流涕，雖奉天澤潞之作，弗能及也。曾不逾時，戕其元惡，禍亂以平。時先祖魯國公實爲首祠，廟堂帷幄，受命摛詞，人莫得聞，公亦未嘗一語告於家，迄今四十年，始得遺稿於中表何氏，塗改點竄，手澤具存。乃知敷述上意，一出於公，信而有證也。謹勒諸琬琰，以及闕文，抑見區區不忘之意。慶元庚申孟夏既望，孫朝請大夫試將作監兼金部郎官景參再拜謹書。」《宋史》卷三八四《陳康伯傳》：「陳康伯字長卿，信之弋陽人。……紹興三十一年三月，拜光禄大夫尚書左僕射。……九月，金犯廬州，王權敗歸，中外震駭，朝臣有遺家豫避者。康伯獨具舟迎家入浙，……人恃以安。……上意既堅，請下詔親征。」

②事讎之大耻，謂紹興十一年宋金和議成，宋高宗奉《誓表》於金人事。《金史》卷七七《宗弼傳》：「皇統二年二月，宗弼朝京師，兼監修國史。宋主遣端明殿學士何鑄等進《誓表》。其表曰：『臣構言：今來畫疆，合以淮水中流爲界，西有唐、鄧州，割屬上國。自鄧州西四十里並南四十里爲界，屬鄧州，其四十里外並西南，盡屬光化軍，爲敝邑沿邊州城。既蒙恩造，許備藩方，世世子孫，謹守臣節。每年皇帝生辰並正旦，遣使稱賀不絶。歲貢銀絹二十五萬兩匹，自壬戌年爲

首，每春季差人般送至泗州交納。有渝此盟，神明是殛。墜命亡氏，踣其國家。臣今既進《誓表》，伏望上國早降誓詔，庶使敝邑永有憑焉。』宗弼進拜太傅。乃遣左宣徽使劉筈使宋，以衮冕圭寶珮璲玉册，册康王爲宋帝。其册文曰：『皇帝若曰：咨爾宋康王趙構不弔，天降喪於爾邦。亟瀆齊盟，自貽顛覆。俾爾越在江表，用勤我師旅，蓋十有八年於兹。朕用震悼，斯民其何罪！今天其悔禍，誕誘爾衷，封奏狎至，願身列於藩輔。今遣光禄大夫左宣徽使劉筈等，持節册命爾爲帝，國號宋，世服臣職，永爲屏翰。嗚呼欽哉，其恭聽朕命。』」按：皇統二年即紹興十二年。宋高宗於紹興十一年十一月庚申遣何鑄使金進奉《誓表》，翌年二月方至金廷，故《金史》書於皇統二年。而進《誓表》及降册文事爲宋人深耻，故全文不書於宋人國史，賴《金史》節録其文。

③門生，趙升《朝野類要》卷三《改官》條載：「承直郎以下選人在任……改官謝恩，則换承務郎以上官序，謂之京官，方有顯達。且舉主各有格法限員，故求改官奏狀最爲艱得，如得，則稱門生。」按：據《三朝北盟會編》卷二四九載，稼軒南渡之初，於建康府召見，先授儒林郎，改右承務郎。儒林郎爲選人官階，而承務郎則爲京官。其時陳康伯爲左僕射，當主稼軒改官事，故稼軒於康伯自稱門生。

賀錢同知啓①

光膺制策，進貳樞庭②。知賁儒科，入本兵柄。覺廟堂之增重，慶軍國以交懽。

共惟某官，開物成務之姿③，登峰造極之論。至誠無息，悠遠博厚而高明④；其德日新，篤實光輝而剛健⑤。人知偉器，自奮亨途。慷慨功名，有謀必盡；周旋内外，靡勞不宣。刻建鄴之麟⑥，忽興懷於泉石；曳尚書之履，旋亟上於星辰⑦。蓋必有非常之人⑧，乃可當不次之舉。惟樞機運動之地，須帷幄謀畫之才。精神折千里之衝，文武爲萬邦之憲。久積蒼生之望，果聞涣號之揚⑨。雖周伯仁悵望神州，共當戮力⑩；然管夷吾復生江左，此復何憂⑪？

某風雨孤蹤，山林晚景。候西清之對⑫，疏淺奚堪？分北顧之憂⑬，切逾已甚。所托萬間之芘，殆成一己之私。富貴功名之及時，行快風雨之會；王侯將相之有種⑭，更增茅土之傳。

【箋注】

①錢同知，《嘉定赤城志》卷三三《人物》：「錢象祖，臨海人，字伯同，以祖端禮恩澤補官，歷太府寺主簿、丞、刑部郎官，知處、嚴、信、撫四州，江東運判、侍右郎官、樞密院檢詳、左司郎中、權工部侍郎知臨安府，吏部侍郎、工部尚書，改兵部。華文閣學士知建康府。再除兵部尚書，進吏部。同知樞密院、參知政事。俄以諫用兵謫信州，起知紹興府，以資政殿學士兼侍讀再除參知政事，知樞密院，進右丞相，兼樞密使。俄進左丞相。乞歸，終少保、成國公，贈少師。事見國史。」按：《宋史》卷二一三《宰輔表》四載：「嘉泰四年四月，錢象祖自吏部尚書除同知樞密院事。」本年稼軒被召赴行在，三月差知鎮江府。啓中有「候西清之對、分北顧之憂」諸句與之切合，因知稼軒所賀之錢同知即錢象祖。

②進貳樞庭，《宋史》卷三八《寧宗紀》二：「嘉泰四年夏四月乙巳，吏部尚書錢象祖賜出身，同知樞密院事。」

③開物成務，《易·繫辭》上：「夫《易》，開物成務，冒天下之道，如斯而已者也。」孔穎達疏：「言《易》能開通萬物之志，成就天下之務。」

④「至誠」二句，《禮記·中庸》：「故至誠無息，不息則久，久則征，征則悠遠，悠遠則博厚，博厚則高明。」

⑤「其德」二句，《易·大畜》：「大畜剛健，篤實輝光，日新其德。」

⑥「刻建」句,《古今事文類聚》外集卷七《别造玉符》:「傳符之制,京都留守曰麟符。隋煬帝幸遼東,命樊子蓋東都留守,屬楊玄感作逆攻城,子蓋備禦有功。車駕至高陽,追詣行在所,帝勞之,比蕭何、寇恂。且謂曰:『公宜持重。戈甲五百人而後出,此亦勇夫重閉之義,無賴不軌者便誅鋤之。凡可施行,無勞形跡。今爲公别造玉麟符,以代銅獸。』」建鄴,晉太康間改建業爲建鄴,愍帝又避諱改爲建康。建康府爲南宋行宫留守司所在,故用刻符典故。此蓋指錢象祖守建康府事。

⑦「曳尚」二句,《漢書》卷七七《鄭崇傳》:「鄭崇字子遊,……哀帝擢爲尚書僕射,數求見諫争,上初納用之,每見曳革履,上笑曰:『我識鄭尚書履聲。』」

⑧「蓋必」句,《史記》卷一一七《司馬相如列傳》:「蓋世必有非常之人,然後有非常之事。有非常之事,然後有非常之功。非常者,固常之所異也。」

⑨涣號,《易·涣》:「涣汗其大號。」《正義》:「人遇險阨,驚怖而勞,則汗從體出。……能行號令,以散險阨者也。」

⑩「雖周」二句,《晉書》卷六五《王導傳》:「過江人士,每至暇日,相要出新亭飲宴。周顗中坐而嘆曰:『風景不殊,舉目有江山之異。』皆相視流涕,惟導愀然變色曰:『當共戮力王室,剋復神州,何至作楚囚相對泣邪?』」周顗字伯仁。

⑪「然管」二句,《世説新語·言語》:「温嶠初爲劉琨使來過江,於時江左營建始爾,綱紀未舉。

温新至，深有諸慮。既詣王丞相，陳主上幽越，社稷焚滅，山陵夷毀之酷，有黍離之痛。温忠慨深烈，言與泗俱。丞相亦與之對泣。叙情既畢，便深自陳結，丞相亦厚相酬納。既出，懽然言曰：『江左自有管夷吾，此復何憂！』」夷吾，管仲字。

⑫候西清之對，指稼軒嘉泰四年正月進見寧宗事。

⑬分北顧之憂，稼軒於嘉泰四年差知鎮江府。鎮江有北固樓，南朝宋文帝改名北顧。故稼軒以守鎮江爲分北顧之憂。

⑭「王侯」句，《史記》卷四八《陳涉世家》：「壯士不死即已，死即舉大名耳，王侯將相寧有種乎？」

啓佚句三則

青雲器之天姿①，黑頭公之物望②。

貔貅沸萬竈之煙③，甲胄增一鼓之氣④。

五單于争立，屢當虜運之衰⑤；一居州獨賢，亟畀使華之重。

【箋注】

①青雲器，《太平御覽》卷八《青雲器》：「阮咸性曠達不拘，顔延年《五君詠》曰：『仲容青雲

器。』」

②黑頭公，《晉書》卷六五《王珣傳》：「珣字元琳，弱冠與陳郡謝玄爲桓温掾，俱爲温所敬重。嘗謂之曰：『謝掾年四十必擁旄杖節，王掾當作黑頭公，皆未易才也。』」按：以上二句，出《橋山四六》卷二《賀俞右史》「趁此黑頭，作三公而亦肯」句之注。《翰苑新書》前集卷六六亦引二句，未注作者。

③「貔貅」句，蘇軾《次韻穆父尚書侍祠郊瞻望天光退而相慶引滿醉吟》詩：「令嚴鐘鼓三更月，野宿貔貅萬竈煙。」

④一鼓之氣，《左傳·莊公十年》：「夫戰，勇氣也。一鼓作氣，再而衰，三而竭。」按：以上二句，出《橋山四六》卷四《賀梁總領》「貔貅萬竈，方當宿飽之時」句之注。《翰苑新書》前集卷四〇亦引此二句，甲作介，未注作者。

⑤「五單」二句，《漢書》卷七〇《陳湯傳》：「先是，宣帝時，匈奴乖亂，五單于爭立。呼韓邪單于與郅支單于，俱遣子入侍，漢兩受之。」按：謂金國内亂，乃開禧北伐之前南宋境内之輿論，因知稼軒此四句啓文，當作於其晚年。四句出於《橋山四六》卷八《賀鄧侍御》「矧廟謨爲規恢之舉」之注，《翰苑新書》前集卷四〇亦引此四句而未書作者姓名。

辛棄疾集編年箋注卷六

按：本卷爲詞作，共四十八首。起紹興三十二年壬午（一一六二），迄淳熙二年乙未（一一七五），爲南渡後仕宦東南之作。

長短句

漢宮春

立春日〔一〕①

春已歸來，看美人頭上，裊裊春幡②。無端風雨，未肯收盡餘寒。年時燕子，料今宵夢到西園③。渾未辨黄柑薦酒，更傳青韭堆盤④？ 却笑東風從此，便薰梅染柳，更没些閑⑤。閑時又來鏡裏，轉變朱顔⑥。清愁不斷，問何人會解連環⑦？生怕見花開花落⑧，朝來塞雁先還。

【校】

〔一〕「日」，廣信書院本此字闕，此據四卷本丙集補。

【箋注】

①題，右詞爲辛稼軒南渡開篇之作。鄧廣銘先生定爲稼軒詞之首篇，且言因詞中有「年時燕子，料今宵夢到西園」句，「知其違别故鄉濟南僅及一年，知即作於其南渡之第一個立春日」（見增訂本《稼軒詞編年箋注·增訂三版題記》）。今以其言甚當，從之。《宋會要輯稿·運曆》二之二七載，紹興三十二年十二月二十四日立春。此應即稼軒南渡所遭逢之第一個立春日，尚在隆興元年元日之前。因係早春，故春雖已歸來，却僅可從細君插頭之春幡上看出，而寒氣依舊，惟料去年之燕子，或已擬故鄉西園之歸。然鄧先生又謂：「稼軒南歸之後，與較早來歸之范邦彦同寓京口，且與范邦彦之女成婚。因係燕爾新婚，故家中設備簡陋，餐桌上只能是草草杯盤，既無黄柑酒，也無五辛盤。」（此大意，原文見《辛稼軒歸附南宋的初衷和奏進美芹十論的主旨》，收《鄧廣銘治史叢稿》中）然按詞中所言，稼軒之未辦立春之酒肴，與春歸之匆遽有關，即因其自身南歸之匆遽有關，不能因此謂之新婚伊始所致。故不取此説。蓋因鄧先生生前未能見到《菱湖辛氏族譜》，不知范氏與稼軒之成婚，爲乾道末至淳熙改元時之事。當稼軒南渡之初，受命爲江陰軍簽判之時，其在北方之髮妻趙氏與其二子辛稹、辛秬皆已先期抵達江陰軍。趙氏原即江陰人

也。則作此詞時，稼軒固早已有妻有子，與范氏並無任何瓜葛也。

②「看美」二句，《歲時風土記》：「立春之日，士大夫之家，剪裁爲小旛，或懸於家人之頭，或綴於花枝之下。」旛者，小綵旗。按宋人習俗，立春日，朝廷皆賜文武百官春旛勝。《建炎以來繫年要録》卷四〇：「建炎四年十有二月己巳朔，……詔自今立春日賜百官春旛勝權免，俟邊事寧息如舊。」另據同書卷一四八，紹興十三年始復賜百官春旛勝。《武林舊事》卷二《立春》：「是日，賜百官春旛勝。宰執、親王以金，餘以金裹銀，及羅帛爲之。係文思院造進，各垂於襆頭之左入謝。」右詞中之「美人」，應指稼軒之妻趙氏。

③「年時」二句，「年時」謂年前，指去年。西園，應指稼軒濟南歷城之家園。

④「渾未」二句，黄柑薦酒，青韭堆盤，蘇軾《立春日小集呈李端叔》詩：「辛盤得青韭，臘酒是黄柑。」王十朋注引趙次公曰：「故事：立春日作五辛盤。黄柑以釀酒，乃洞庭春色也。」《荆楚歲時記》謂五辛盤即大蒜、小蒜、韭菜、雲臺、胡荽是也。《古今合璧事類備要》前集卷一五：「東晉李鄂，立春日命以蘆菔、芹菜爲菜盤相饋貺。唐立春日，春餅春菜號春盤。」《南史》卷三四《周顒傳》：「文惠太子問顒：『菜食何味最勝？』顒曰：『春初早韭，秋末晚菘。』」黄柑薦酒，謂進以黄柑所造酒。蘇軾《洞庭春色》詩序曰：「安定郡王以黄柑釀酒，謂之洞庭春色，色香味三絶。」渾未辨，還不能。未辨，即未能，宋人常用語。《世説新語·假譎》載：「愍度道人過江，與一傖道人爲侶。謀曰：『用舊義，在江東恐不辨得食。』便共立心無義。」謂以佛家舊説傳法

江東，恐不能混飯。不辨即未辨。更傳，更，豈能，何況。傳，傳送。此二句言，既未能以黄柑釀酒，又豈能傳送堆滿青韭之春盤？

⑤「便薰」二句，薰梅染柳，李賀《瑶華樂》詩：「瓊鍾瑶席甘露文，玄霜絳雪何足云？薰梅染柳將贈君。」吴正子注云：「瓊鍾，酒鍾也。《漢武内仙傳》：『上藥有玄霜絳雪。』」更没些，更，再也。

⑥「閑時」二句，白居易《醉歌》詩：「腰間紅綬繫未穩，鏡裏朱顔看已失。」秦觀《千秋歲·謫虔州作》：「日邊清夢斷，鏡裏朱顔改。」

⑦會解連環，《莊子·天下》：「今日適越而昔來，連環可解也。」《戰國策·齊策》六：「秦昭王嘗遣使遺君王后玉連環，曰：『齊多智，而解此環不？』君王后以示羣臣，羣臣不知解。君王后引錐椎破之，謝秦使曰：『謹以解矣。』」君王后，即齊襄王之后，太史敫之女。見《史記》卷四六《田敬仲完世家》。會，能。

⑧生怕見，只怕，最怕。見，語助。

滿江紅①

點火櫻桃，照一架荼蘼如雪②。春正好見龍孫穿破，紫苔蒼壁③。乳燕引雛飛力弱④，流鶯唤友嬌聲怯⑤。問春歸不肯帶愁歸？腸千結⑥。層樓望，春山疊。家何在？煙波隔。把古今遺恨，向他誰説⑦？蝴蝶不傳千里夢，子規叫斷三更月⑧。聽聲聲枕上勸人歸，歸難得。

【箋注】

①題，右詞無題，廣信書院本置於同調詞之第四首，然作年甚早，實爲渡江之後同調詞之首。蓋詞中充滿難以平息之春愁，無可傾訴之懷念家山之怨，而其所面臨，又是一條煙波浩淼之大江，似此，皆與其居官江陰之境況看看相近。因知右詞，或係隆興元年春間之作，故謹次於《漢宫春》詞之後，以表明稼軒南渡之初兩次條奏恢復大計之際，其心胸之間，愛國熱情之高漲，乃其自北來南素所藴含之理想信念所使然，非因景生情，偶爾激發者也。

②一架荼蘼如雪，王安石《池上看金沙花數枝過酴醾架盛開二首》：「酴醾一架最先來，夾水金沙次第栽。濃緑扶疏雲對起，醉紅撩亂雪争開。」李壁注：「謂花可以比雪之輕盈，非專指其色也。」

③「春正」二句，龍孫，謂笋。僧贊寧《笋譜雜説》：「俗聞呼笋爲龍孫。若然者，龍未聞化竹，竹化爲龍，豈宜言龍孫？今詳理，實竹爲龍，龍且不生笋，故嘉言巧論，呼爲龍孫耳。」紫苔蒼壁，《海

録碎事》卷二二下《緑錢》：「賓階緑錢滿，客位紫苔生。」緑錢、紫苔，皆謂苔蘚。僧惠洪《冷齋夜話》卷六《僧清順十竹林下詩》：「西湖僧清順怡然清苦，多佳句。嘗賦《十竹》詩云：『城中寸土如寸金，幽軒種竹只十个。春風慎勿長兒孫，穿我階前緑苔破。』」稼軒二句亦謂竹笋生命力極强，穿破青壁紫苔而生。

④乳燕引雛，杜甫《少年行二首》詩：「巢燕引雛渾去盡，江花結子也無多。」白居易《東南行一百韻寄通州元九侍御等》詩：「幾見林抽笋，頻驚燕引雛。」

⑤「流鶯」句，李之儀《踏莎行》詞：「紫燕啣泥，黄鶯喚友，可人春色暄晴晝。」按：右二句中，飛力弱，嬌聲怯，皆尋常口語入詞。

⑥腸千結，郭祥正《憶别》詩：「佳人萬里别，一念腸千結。」康與之《滿江紅・杜鵑》詞：「聲一喚，腸千結。閩嶺外，江南陌。」

⑦「向他」句，他誰，張相《詩詞曲語辭匯釋》謂「他誰，猶云誰人也」。並舉稼軒此詞爲例。按：「他」者，語助也。故向他誰説，即向誰説，用誰義。

⑧「蝴蝶」二句，蝴蝶夢，《莊子・齊物論》：「昔者莊周夢爲蝴蝶，栩栩然蝴蝶也。自喻適志與，不知周也。俄然覺，則蘧蘧然周也。不知周之夢爲蝴蝶與，蝴蝶之夢爲莊周也？」崔塗《春夕旅懷》詩：「水流花謝兩無情，送盡東風過楚城。蝴蝶夢中家萬里，杜鵑枝上月三更。故園書動經年絶，華髮春唯兩鬢生。自是不歸歸便得，五湖煙景有誰争？」子規，即杜鵑。羅願《爾雅翼》

卷一四《子巂》：「子巂出蜀中，今所在有之。其大如鳩，以春分先鳴，至夏尤甚，日夜號深林中，口爲流血，至章陸子熟乃止。……其鳴聲若歸去，故《爾雅》爲巂，《説文》爲子雟，《太史公書》爲秭鳺，《高唐賦》爲秭歸，《禽經》爲子規，……亦曰望帝，亦曰杜宇，亦曰杜鵑。」

又

暮春〔一〕

家住江南，又過了清明寒食①。花徑裏一番風雨，一番狼藉。紅粉暗隨流水去〔二〕，園林漸覺清陰密②。算年年落盡刺桐花〔三〕，寒無力③。　庭院静，空相憶。無説處，閒愁極。怕流鶯乳燕，得知消息。尺素如今何處也④？彩雲依舊無蹤跡⑤。謾教人羞去上層樓⑥，平蕪碧⑦。

【校】

〔一〕題，廣信書院本原無，兹據四卷本乙集補。

〔二〕「紅粉暗隨流水去」，四卷本作「流水暗隨紅粉去」，此從廣信書院本。

〔三〕「刺」，廣信書院本作「拆」，此據四卷本。

【箋注】

①「家住」二句，稼軒自紹興三十二年正月奉表南歸，閏二月深入北方，擒叛徒張安國再次南渡，獻俘行在，宋廷改授稼軒江陰軍簽判（清明爲三月節，應即在是年閏二月中）。其到江陰軍任上，必已至是年夏季，遂即家於江陰。其南歸第一個清明，當爲次年即隆興元年。右詞暮春，蓋稼軒在江陰軍簽判任上所作。鄧廣銘先生曾言：「隆興元年夏，宋孝宗採納張浚之建議，對金發動軍事進攻，在初戰小捷之後，金方以重兵反擊，符離之役，宋師全軍潰退。據此詞前片起句，知其作於南歸後之第二個暮春。其下之『一番風雨，一番狼藉』，蓋即暗指符離之慘敗而言。」按：符離之役，起於隆興元年五月七日李顯忠復靈壁，迄於是月二十一日李顯忠、邵宏淵軍大潰於符離。失利後，主持此戰之張浚惶懼不知所措，而宋孝宗此後恢復之志亦大爲衰減。滿地落花，遭人踐踏，一片狼藉淩亂景象，若以爲暗喻時局，此解釋不爲無理。故引用如上，所言應從之。因知此詞的應作於隆興二年之暮春也。

②「紅粉」二句，紅粉謂紅白兩色落花，暗隨流水，〔雍正〕《江西通志》卷一六〇《雜記》二載：「萍鄉縣宣風鎮驛壁間有留題曰：『奴本蜀郡越王之裔，一年良人登第，二年邵陽獄吏，三年輒學衛世子之夭，遂挈遺孤還故里。舉目無親，投此何地？作小詩以書於壁，士君子莫誚焉。清和季華書，男秀郎捧硯。』其詩曰：『淚痕拭盡懶梳妝，遥倚西風憶故鄉。昨夜夢魂留不住，暗隨流水下錢塘。』」按：此卷所載均爲宋代事，惟不知題詩者爲何時人也。秦觀《望海潮・洛陽懷

古》詞：「無奈歸心，暗隨流水到天涯。」清陰密，王安中《進和御製芸館二詩》：「清陰密覆林間石，翠色寒摇水底雲。」

③「算年」二句，刺桐花，吴處厚《青箱雜記》卷六：「刺桐花，深紅，每一枝數十蓓蕾，而葉頗大，類桐，故謂之刺桐。」謝維新《古今合璧事類備要》別集卷三三：「刺桐皆夏初開花也。……其樹高大而枝葉蔚茂，初夏開花，極鮮紅。如葉先萌芽而其花後花，則五穀豐熟。丁謂《刺桐花》詩：『聞説鄉人説刺桐，花如後發始年豐。我今到此憂民切，只愛青青不愛紅。』」按：各書均謂刺桐夏初開花，而稼軒詞却言刺桐花於清明日已落盡，蓋傷刺桐花之早開，以喻諸事不如意也。

④尺素，古樂府詩《飲馬長城窟行》：「客從遠方來，遺我雙鯉魚。呼童烹鯉魚，中有尺素書。」

⑤彩雲，李白《古風》詩：「天空彩雲滅，地遠清風來。」白居易《簡簡吟》：「大都好物不堅牢，彩雲易散琉璃脆。」

⑥謾，空也。

⑦平蕪，平原荒草。江淹《江文通集》卷一《去故鄉賦》：「窮陰匝海，平蕪帶天。於是泣故關之已盡，傷故國之無際。」

又①

倦客新豐②，貂裘敝征塵滿目③。彈短鋏青蛇三尺，浩歌誰續④？不念英雄江左老⑤，用之可以尊中國⑥。歎詩書萬卷致君人⑦，翻沉陸〔一〕⑧！

休感慨〔二〕，澆醽醁〔三〕⑨。人易老，歡難足。有玉人憐我，爲簪黄菊⑩。且置請纓封萬户⑪，竟須賣劍酬黄犢⑫。甚當年寂寞賈長沙〔四〕，傷時哭⑬？

【校】

〔一〕「翻」，四卷本乙集作「番」，此從廣信書院本。

〔二〕「慨」，四卷本作「歎」。

〔三〕「澆醽醁」，四卷本作「年華促」。

〔四〕「甚」，四卷本作「歎」。

【箋注】

①題，右詞無題，作年甚早，無可確考。然以詞中激烈振盪、悲憤呼天之情緒觀之，似當作於符離之戰後宋金再次議和或南北再簽和約之際。稼軒於紹興三十二年曾向張浚進言極論恢復，又於隆興二年秋進奏《美芹十論》，力主攻金，皆不爲君相所用，而朝廷遂與金人結盟罷兵，置恢復大業於不顧，傷害愛國志士之心，故作此詞以抒悲憤。時稼軒蓋江陰簽判任滿，尚未任廣德軍通判，因以棄官之馬周、進言不從之蘇秦、初爲幕賓之馮諼自擬，疑此詞爲隆興二年秋冬所作。

②倦客新豐，《舊唐書》卷七四《馬周傳》：「馬周字賓王，清河茌平人也。少孤貧，好學，尤精詩傳，落拓不爲州里所敬。武德中補博州助教，日飲醇酎，不以講授爲事。刺史達奚恕屢加咎責，周乃拂衣遊於曹、汴，又爲浚儀令崔賢所辱。遂感激，西遊長安，宿於新豐。逆旅主人唯供諸商販，而不顧待。周遂命酒一斗八升，悠然獨酌，主人深異之。至京師，舍於中郎將常何之家。貞觀五年，太宗令百寮上書言得失，何以武吏不涉經學，周乃爲何陳便宜二十餘事，令奏之，事皆合旨。太宗怪其能，問何，何答曰：『此非臣所能，家客馬周具草也。每與臣言，未嘗不以忠孝爲意。』太宗即日召之，未至，間遣使催促者數四。及謁見，與語甚悦，令直門下省。」按：新豐，地在臨潼縣東十五里。

③「貂裘」句，《戰國策·秦策》：「蘇秦始將連横説秦惠王。……説秦王書十上，而説不行。黑貂之裘敝，黄金百斤盡，資用乏絶。去秦而歸，羸縢履蹻，負書擔橐，形容枯槁，面目黧黑，狀有愧

色。」鮑彪注：「貂，鼠屬，大而黄黑，出丁零國。」

④「彈短」二句，《戰國策・齊策》四：「齊人有馮諼者，貧乏不能自存，使人屬孟嘗君，願寄食門下。孟嘗君曰：『客何好？』曰：『客無好也。』曰：『客何能？』曰：『客無能也。』孟嘗君笑而受之，曰：『諾。』左右以君賤之也，食以草具。居有頃，倚柱彈其劍，歌曰：『長鋏歸來乎，食無魚！』左右以告，孟嘗君曰：『食之，比門下之客。』」《吴郡圖經續記》卷下：「長鋏巷一名彈鋏巷，在吴縣東北二里。巷有馮煖宅。煖客在齊孟嘗君之門，彈長鋏而歌者也。」鋏謂劍之柄也。青蛇三尺，郭元振《古劍歌》：「精光黯黯青蛇色，文章片片緑龜鱗。」白居易《鵶九劍》詩：「劍成未試十餘年，有客持金買一觀。誰知閉匣長思用，三尺青蛇不肯蟠。」

⑤江左，謂江東。東晉建都建康，以建康之東爲江左。

⑥「用之」句，尊中國，宋儒論《左傳》之旨，皆一以尊中國而攘外夷爲言。如孫覺《春秋經解》卷六：「中國諸侯相滅亡，有能救之者，則《春秋》善之。齊威會盟侵伐四十餘年，攘夷狄，尊中國，存亡繼絶者，不可勝數。死未逾年，而諸侯伐之，戰至於敗，狄不忍而救之，《春秋》書曰：狄救齊，蓋傷中國爾。」吕本中《春秋集解》卷三〇：「故内京師外諸夏，尊天王也；内諸夏外外裔，尊中國也。」中國，上古華夏民族生存活動於黄河流域，以其地爲天下中心，故稱爲中國，外有四方四夷，故以中國爲我國之稱。

⑦詩書萬卷致君人，范仲淹《寄安素高處士》詩：「吏隱南陽味日新，幕中文雅盡交賓。滿軒明月

清譚夜，共憶詩書萬卷人。」致君，杜甫《奉贈韋左丞丈二十二韻》詩：「致君堯舜上，再使風俗淳。」

⑧沉陸，《莊子・則陽》：「孔子之楚，舍於蟻丘之漿。其鄰有夫妻臣妾登極者。子路曰：『是稯稯何爲者耶？』仲尼曰：『是聖人僕也。是自埋於民，自藏於畔，其聲銷，其志無窮，其口雖言，其心未嘗言。方且與世違，而心不屑與之俱，是陸沉者也。』」郭象注：「所言者皆世言，心與世異，人中隱者，譬無水而沉也。」

⑨澆醽醁，李劉《四六標準集》卷二五《通湖南楊提刑楫啓》之「不知醽醁之前有賈生否」句下，孫雲翼注：「《説文》：『酃，長沙縣也，从邑霝聲。今衡州。』按字書，醽醁，湘東地名，有酃渌酒。又醽醁，酒名。郭仲堅《湘中記》：『衡陽縣東二十里有酃湖，周二十里，深八尺，湛然緑色。土人取以釀酒，其味醇美。晉武帝吴，始薦酃酒於太廟。』《吴録》：『湘東有酃水酒，有名。』左思《吴都賦》：『飛輕軒而酌渌酃。』盛弘之《荆州記》：『渌水出豫章康樂縣，其間烏程鄉有酒官，取水爲酒，極甘美。與湘中醽湖酒，年嘗獻之，世稱酃渌酒。』」澆，飲也。《世説新語・任誕》：「阮籍胸中壘塊，故須酒澆之。」

⑩「有玉」二句，蘇軾《千秋歲・湖州暫來徐州重陽作》詞：「美人憐我老，玉手簪黄菊。」

⑪「且置」句，《漢書》卷六四《終軍傳》：「終軍字子雲，濟南人也。……當發使使匈奴，軍自請曰：『軍無横草之功，得列宿衛。食禄五年，邊境時有風塵之警。臣宜被堅執鋭，當矢石，啓前

行。』……上奇軍對，擢爲諫大夫。南越與漢和親，迺遣軍使南越，説其王，欲令入朝，比内諸侯。軍自請，願受長纓，必羈南越王而致之闕下。軍遂往説越王，越王聽許，請舉國内屬，天子大説。」按：此句謂暫且擱置請纓擊敵而封萬户侯之事，亦即放棄功名之念。

⑫「竟須」句，《漢書》卷八九《龔遂傳》：「龔遂字少卿，山陽南平陽人也。以明經爲官。……上以爲勃海太守，時遂年七十餘。……乘傳至勃海界，郡聞新太守至，發兵以迎。遂皆遣還，移書敕屬縣，悉罷逐捕盜賊吏。諸持鉏鉤田器者，皆爲良民，吏毋得問。持兵者乃爲盜賊。……民有帶持刀劍者，使賣劍買牛，賣刀買犢，曰：『何爲帶牛佩犢？』」竟須，就應當。

⑬「甚當」二句，《漢書》卷四八《賈誼傳》：「賈誼，洛陽人也。年十八，以能誦詩書屬文稱於郡中。……文帝召以爲博士。是時，誼年二十餘，最爲少，每詔令議下，諸老先生未能言，誼盡爲之對。……天子議以誼任公卿之位，絳、灌、東陽侯、馮敬之屬盡害之。……天子後亦疏之，不用其議，以誼爲長沙王太傅。……爲梁懷王太傅。……是時匈奴彊，侵邊。天下初定，制度疏闊，諸侯王僭儗，地過古制。淮南、濟北王皆爲逆誅。誼數上疏陳政事，多所欲匡建。其大略曰：『臣竊惟事勢，可爲痛哭者一，可爲流涕者二，可爲長太息者六。』……梁王勝墜馬死，誼自傷爲傅無狀，常哭泣。後歲餘，亦死。」甚，此或可作正解，謂此正是賈誼當年爲時局而痛哭者也。又或可爲疑問語，謂何以賈誼當年爲時局而痛哭？

【附録】

岳珂肅之記事一則

稼軒論詞

是時，潤有貢士姜君玉瑩中，嘗與余遊，偶及此。次日，攜康伯可《順庵樂府》一袠相示，中有《滿江紅》作於婺女潘子賤席上者，如「歎詩書萬卷致君人，番沉陸」、「且置請纓封萬户，徑須賣劍酬黄犢」、「慟當年寂寞賈長沙，傷時哭」之句，與《稼軒集》中詞全無異。伯可蓋先四五十年。君玉亦疑之。然余讀其全篇，則它語却不甚稱，似不及稼軒出一格律。所攜乃板行，又故本，殆不可曉也。（《桯史》卷三）

又

中秋寄遠〔一〕①

快上西樓，怕天放浮雲遮月〔二〕。但平聲。唤取玉纖横管〔三〕，一聲吹裂②！誰做冰壺涼世界〔四〕③？最憐玉斧修時節④。問嫦娥孤令有愁無〔五〕⑤？應華髮。雲液滿⑥，瓊杯滑。長袖舞〔六〕⑦，清歌咽。歎十常八九⑧，欲磨還缺。但願長圓如此夜〔七〕⑨，人情未必看承别⑩。把從前離恨總成歡〔八〕，歸時説。

【校】

〔一〕題，四卷本甲集原闕，茲從廣信書院本。

〔二〕「放」，《六十名家詞》本作「教」。

〔三〕「但喚」句及小注，廣信書院本小注闕，此據四卷本甲集補。「管」，四卷本作「笛」。

〔四〕「涼」，四卷本作「浮」，此從廣信書院本。

〔五〕「令」，四卷本作「冷」，《六十名家詞》本作「處」。

〔六〕「舞」，四卷本作「起」。

〔七〕「但願」，四卷本作「若得」。

〔八〕「成歡」，王詔校刊《稼軒長短句》本與《六十名家詞》本作「包藏」。

【箋注】

①題，右《滿江紅》詞於廣信書院本居同調詞第二首，知作年甚早。詞題謂「寄遠」者，即寄内也。稼軒南歸，於隆興二年江陰軍簽判任滿，繼即改任廣德軍通判。而其夫人趙氏，原爲江陰軍人，南渡後歸其故里，後即卒於江陰軍。稼軒官廣德時，趙氏或未及同時赴任，故稼軒因中秋思家，遂有《寄遠》之作，則右詞或即作於乾道元年之秋。

②「快上」四句，放，即教也，任也。《莊子·馬蹄》：「一而不覺，命曰天放。」《疏》：「若有心治物，則乖彼天然，直置放任，則物皆自足，故名曰天放也。」放教連用，宋人常語。《宋名臣言行録》外集卷九《尹焞》：「語人曰：『放教虛閑，自然見道。』」黄庭堅《次韻李士雄子飛獨遊西園折牡丹憶弟子奇二首》詩：「更欲開花比京洛，放教姚魏接山丹。」玉纖謂纖纖玉手，横管謂笛。一聲吹裂，蘇軾《同柳子玉遊鶴林招隱醉歸呈景純》詩：「巖頭匹練兼天静，泉底真珠濺客忙。安得道人攜笛去，一聲吹裂翠崖岡。」王十朋注引趙次公曰：「按《國史補》載，李舟好事，嘗得村舍煙竹，截以爲笛，堅如鐵石，以遺李謩。謩吹笛天下第一，月夜泛江吹之。俄有客立於岸，呼船共載。既至，請笛而吹，其聲精壯，山石可裂。謩未嘗見也。」按：右記事見《唐國史補》卷下。又，蘇軾《與梁左藏會飲傅國博家》詩：「試教長笛傍耳根，一聲吹裂階前石。」何薳《春渚紀聞》卷七《穿雲裂石聲》：「東坡先生《和崗字》詩云：『一聲吹裂翠崖崗。』薳家藏公墨本，詩後注云：『昔有善笛者，能爲穿雲裂石之聲。』別不用事也。」

③冰壺涼世界，杜甫《寄裴施州》詩：「金鍾大鏞在東序，冰壺玉鑑懸清秋。」蘇軾《贈潘谷》詩：「布衫漆黑手如龜，未害冰壺貯秋月。」涼世界，禪宗有清涼世界説，見《五燈會元》卷五《道吾智禪師法嗣》。

④「最憐」句，段成式《酉陽雜俎》前集卷一：「太和中，鄭仁本表弟，不記姓名，嘗與一王秀才遊嵩山，捫蘿越澗，境極幽夐，遂迷歸路。將暮，不知所之，徙倚間忽覺叢中鼾睡聲，披榛窺之，見一

人布衣甚潔白，枕一襆物，方眠熟。即呼之曰：『某偶入此徑迷路，君知向官道否？』其人舉首，略視不應，復寢。又再三呼之，乃起坐，顧曰：『來此。』二人因就之，且問其所自。其人笑曰：『君知月乃七寶合成乎？月勢如丸，其影日爍其凸處也。常有八萬二千户修之，予即一數。』因開襆，有斤鑿數事，玉屑飯兩裹，授與二人曰：『分食此，雖不足長生，可一生無疾耳。』乃起二人，指一支徑：『但由此自合官道矣。』言已不見。」王安石《題畫扇》詩：「玉斧修成寶月團，月邊仍有女乘鸞。」最憐，謂最愛也。

⑤嫦娥孤令，《海録碎事》卷一：「嫦娥奔月，是爲蟾蜍。張衡《靈憲記》。」李白《把酒問月》詩：「白兔搗藥秋復春，嫦娥孤棲與誰鄰？」孤令，同孤零。

⑥雲液，元盛如梓《庶齋老學叢談》卷下：「《整暇集》：『思酒舊名雲液。』坡詩：『揚州雲液却如酥。』後名瓊花露。」白居易《對酒閑吟贈同老者》詩：「雲液灑六腑，陽和生四肢。」陸蒙龜《自遣》詩：「醖得秋泉似玉容，比於雲液更應濃。」

⑦長袖，《韓非子・五蠹篇》：「鄙諺曰：『長袖善舞，多錢善賈。』此言多資之爲工也。」

⑧十常八九，黄庭堅《用明發不寐有懷二人爲韻寄李秉彝德叟》詩：「人生不如意，十事常八九。」

⑨「但願」句，蘇軾《水調歌頭》詞：「但願人長久，千里共嬋娟。」

⑩「人情」句，看承，宋人常用語，猶如看重、照管。陳直《壽親養老新書》卷一：「老人衰倦，無所用心，若只令守家孤坐，自成滯悶。今見所好之物，自然用心於物上，日自看承戲玩，自以爲

樂。」陳自明《婦女大全良方》卷一八《産後將護法》：「不可令多卧，如卧多，看承之人宜頻唤醒。」《獨醒雜志》卷四亦謂「有疾病者，立使差人看承醫療」。稼軒句之「看承」，有照管義。二句言，只願夜夜月圓如此，因知人們未必特照管離别也。郭應祥《鷓鴣天·中秋後一夕宴修成之富正甫作》詞：「萬里澄空没點雲，素娥依舊駕冰輪。自緣人意看承别，未必清輝減一分。」言雖至中秋後一夕，而月圓依舊，乃因特别看重人間離别也。張相《詩詞曲語辭匯釋》解稼軒此二句云：「此看待意，言月能長圓，人情看待未必與中秋有異也。」鄧廣銘先生釋此云：「看承别，别樣看待。」作「看待」解，均未能確解詞意，故不取也。

又

中秋①

美景良辰，算只是可人風月②。况素節揚輝長是③，十分清徹。着意登樓瞻玉兔④，何人張幕遮銀闕？倩飛廉得得爲吹開〔一〕⑤，憑誰説？弦與望，從圓缺。今與昨，何區别？羨夜來手把〔二〕，桂花堪折⑥。安得便登天柱上⑦？從容陪伴酬佳節。更如今不聽麈談清⑧，愁如髮⑨。

【校】

〔一〕「得得」，《六十名家詞》本作「特得」，此從廣信書院本。按：特得，特地。與「得得」意同。

〔二〕「手把」，《六十名家詞》本作「把手」。

【箋注】

①題，右詞置於廣信書院本同調詞前列，知作年甚早，疑亦乾道元年秋季所作，故附於《中秋寄遠》詞之後。

②「美景」二句，《文選》卷三〇載謝靈運《擬魏太子鄴中集詩序》：「建安末，余時在鄴宮。朝遊夕讌，究歡愉之極。天下良辰美景，賞心樂事，四者難並。今昆弟友朋，二三諸彦共盡之矣。」《北史》卷五四《段孝言傳》：「孝言雖黷貨無厭，恣情酒色，然舉止風流，招致名士，美景良辰，未嘗虛棄。」算，作應當解。可人，合人。可人風月，風月令人滿意。

③「況素」句，素節，秋節。《初學記》卷三《秋》：「節曰素節、商節。」按：此條又出自《太平御覽》卷二五，謂引自梁元帝《纂要》。

④玉兔，《太平御覽》卷四：「傅玄《擬天問》曰：『月中何有？玉兔搗藥。』」

⑤「倩飛」句，魏張揖《廣雅》卷九《異聞》：「風師謂之飛廉。」《漢書》卷六《武帝紀》：「二年冬十

月，行幸雍祠。……還作甘泉通天臺、長安飛廉館。」應劭注：「飛廉，神禽，能致風氣者也。」得得，特地。僧貫休《入蜀》詩：「一瓶一鉢垂垂老，萬水千山得得來。」

⑥手把桂花堪折，葉夢得《避暑録話》卷下：「世以登科爲折桂，此謂郤詵對策東堂，自云：『桂林一枝也。』自唐以來用之。温庭筠詩云：『猶喜故人新折桂，自憐羈客尚飄蓬。』其後以月中有桂，故又謂之月桂，而月中又言有蟾，故又改桂爲蟾，以登科爲登蟾宫。」

⑦登天柱，唐皇甫枚《三水小牘》卷上《趙知微雨夕登天柱峰玩月》條：「九華山道士趙知微，乃皇甫玄真之師。……好奇之士多從之。……玄真曰：自吾師得道，人不見其惰容。常云：分杯結霧之術，化竹釣鯔之方，吾久得之，固耻爲耳。去歲中秋，自朔霖霪，至於望夕。玄真謂同門生曰：『甚惜良宵而值苦雨。』語頃，趙君忽命侍童曰：『可備酒果。』遂遍召諸生，謂曰：『能昇天柱峰，翫月否？』諸生雖强應，而竊議以爲濃陰駃雨如斯，若果行，將有墊巾角折屐齒之事。少頃，趙君曳杖而出，諸生景從，既闢荆扉，而長天廓清，皓月如晝。捫蘿援篠，及峰之巔。趙君處玄豹之茵，諸生藉芳草列侍，俄舉巵酒，詠郭景純遊仙詩數篇。諸生有清嘯者、步虛者、鼓琴者，以至寒蟾隱於遠岑，方歸山舍。既各就榻，而淒風苦雨，暗晦如前，衆方服其奇致。」

⑧麈談清，《世説新語·容止》：「王夷甫容貌整麗，妙於談玄。恒捉白玉柄麈尾，與手都無分別。」

⑨愁如髮，黄庭堅《招戴道士彈琴》詩：「春愁如髮不勝梳，酒病懕懕困未蘇。」

綠頭鴨　七夕①

歎飄零，離多會少堪驚②。又争如天人有信？不同浮世難憑③。占秋初桂花散彩，向夜久銀漢無聲④。鳳駕催雲⑤，紅帷卷月，泠泠一水會雙星⑥。素杼冷臨風休織，深訴隔年誠⑦。飛光淺青童語款，丹鵲橋平⑧。看人間争求新巧⑨，紛紛女伴歡迎。避燈時采絲未整，拜月處蛛網先成⑩。誰念監州⑪，蕭條官舍，燭摇秋扇坐中庭！笑此夕金釵無據，遺恨滿蓬瀛⑫。攲高枕梧桐聽雨，如是天明⑬。

【箋注】

①題，右詞作年雖難詳考，然詞中有「誰念監州，蕭條官舍，燭摇秋扇坐中庭」語，當作於稼軒通判廣德軍之時。廣德地僻事簡，正與官舍蕭條相符。厥後再通判建康，則同官友朋甚多，與此七夕獨坐情景不相侔矣。以無法確定在乾道元年或二年，故附次於《滿江紅·寄遠》詞之後。

②離多會少，張耒《七夕歌》詩：「但令一歲一相逢，七月七夕橋邊渡。别多會少知奈何？却憶從前歡愛多。」

③「又争」二句，謂牛、女雖一年一會，然終有憑準，不似人世之反覆無常。

④銀漢無聲，蘇軾《陽關詞三首·中秋月》詩：「暮雲收盡溢清寒，銀漢無聲轉玉盤。」

⑤鳳駕，梁何遜《七夕》詩：「仙車駐七驤，鳳駕出天潢。」

⑥泠泠一水，蘇軾《臂痛謁告作三絶句示四君子》詩：「祇愁戲瓦閒童子，却作泠泠一水看。」

⑦「素杼」二句，陳耀文《天中記》卷二：「小説云：天河之東有織女，天帝之子也。年年機杼勞役，織成雲錦天衣，容貌不暇整理。天帝憐其獨處，許嫁河西牽牛郎。嫁後遂廢織絍，天帝怒焉，責令歸河東，但使其一年一度相會。」

⑧「飛光」二句，《風俗通》：「織女七夕當渡河，使鵲爲橋。《爾雅翼》：涉秋七日，鵲首無故皆髡。相傳是日河鼓與織女會於漢東，役烏鵲爲梁以渡，故毛皆脱去。」劉鑠《七夕詠牛女》詩：「沉情未申寫，飛光已飄忽。」青童，謂牽牛。

⑨争求新巧，《荆楚歲時記》：「是夕人家婦女結綵縷，穿七孔針，或以金銀鍮石爲針，陳几筵酒脯時菓於庭中，以乞巧。有蟢子網於瓜上則以爲符應。」周處《風土記》：「七月七日，其夜灑掃於庭，露施几筵，設酒脯時果，散香粉於河鼓織女。言此二星神當會。守夜者咸懷私願，或云見天漢中有奕奕正白氣，有耀五色，以此爲徵應。見者便拜，而願乞富乞壽，無子乞子，唯得乞一，不得兼求。」

⑩「避燈」二句，陶宗儀《元氏掖庭記》：「九引堂臺七夕，乞巧之所。至夕，宮女登臺，以五綵絲穿九尾鍼，先完者爲得巧，遲完者謂之輸巧。各出資以贈得巧者焉。」《開元天寶遺事·蛛絲卜巧》：「帝與貴妃每至七月七日夜，在華清宮遊宴，時宮女輩陳瓜花酒饌，列於庭中，求恩於牽牛織女星也。又各捉蜘蛛於小合中，至曉開視蛛網稀密，以爲得巧之候。密者言巧多，稀者言巧少，民間亦效之。」

⑪監州，謂諸州通判。《文獻通考》卷六三《職官考》：「按藝祖之設通判，本欲懲五季藩鎮專擅之弊，而以儒臣臨制之，號稱監州。蓋其官雖郡佐，而其人間有出於朝廷之特命，不以官資之崇庳論，如野處所言是也。其與後來之泛泛以半刺稱者不侔矣。」

⑫「笑此」二句，白居易《長恨歌》：「含情凝涕謝君王，一別音容兩渺茫。昭陽殿裏恩愛絶，蓬萊宮中日月長。回頭下望人寰處，不見長安見塵霧。唯將舊物表深情，鈿合金釵寄將去。釵留一股合一扇，釵擘黄金合分鈿。……七月七日長生殿，夜半無人私語時。在天願作比翼鳥，在地願爲連理枝。天長地久有時盡，此恨綿綿無絶期。」

⑬「欹高」二句，温庭筠《更漏子》詞：「梧桐树，三更雨，不道離情正苦。一葉葉，一聲聲，空階滴到明。」

念奴嬌

謝王廣文雙姬詞①

西真姊妹，料凡心忽起，共辭瑤闕②。燕燕鶯鶯相並比，的當兩團兒雪③。合韻歌喉，同茵舞袖，舉措脱體別〔一〕④。江梅影裏⑤，迥然雙蕊奇絶。還聽別院笙歌，倉皇走報，笑語渾重疊。拾翠洲邊攜手處，疑是桃根桃葉⑥。並蒂芳蓮，雙頭紅藥⑦，不意俱攀折。今宵鴛帳，有同對影明月⑧。

【校】

〔一〕「脱體」，《彊村叢書》本《稼軒詞補遺》作□□，朱孝臧謂作此二字誤。此從《稼軒集抄存》。

【箋注】

①題，王廣文，名未詳。稼軒簽判江陰軍、通判廣德軍時兩地教授今見載於地方志者，未有王姓者，〔光緒〕《廣德州志》卷二五且不載宋代教授名表，故不得而考知。然此詞作年甚早，故附於通判廣德軍之後。

②「西真」三句，曾慥《類説》卷四六引《續清瑣高議》之《賢雞君傳》：「賢雞君魯敢，西城道上遇青衣曰：『君東齋客伺久矣。』歸步庭除，見女子揉英弄蕊，映身花陰，君疑狐妖，正色遠之。女亦徐去，月餘飛空而來曰：『奴西王母之裔，家於瑶池西真閣。』恍如夢中，引君同跨彩麟，在寒光碧虚中，臨萬丈絶壑，陟蟠桃嶺，西顧瓊林，爛若金銀世界，曰：『此瑶池也。』……命君升西真閣曰：『嘗見紫雲娘誦君佳句。』語未畢，見千萬紅妝，珠珮丁當，星眸丹臉，霞裳人面，特秀麗，豔發其旁。西真曰：『此吾西王母也。』……須臾，觥籌遞舉，霞衣吏請奏《鸞鳳和鳴曲》，又奏《雲雨慶先期曲》。酒酣，復入一洞，碧桃豔杏，香凝如霧。西真曰：『他日與君人間還，雙棲於此。』君乃辭歸。」

③「燕燕」二句，王楙《野客叢書》卷二九：「張子野晚年多愛姬，東坡有詩曰：『詩人老去鶯鶯在，公子歸來燕燕忙。』正均用張家故事也。按：唐有張君瑞遇崔氏女於蒲，崔小名鶯鶯。元稹與李紳語其事，作《鶯鶯歌》。漢童謡曰：『燕燕尾涎涎，張公子時相見。』又曰：『張祜妾名燕燕。』其事跡與夫對偶精切如此。鶯鶯對燕燕，已見於杜牧之詩曰：『綠樹鶯鶯語，平沙燕燕飛。』」的當，恰當。

④脱體，猶言裸體。向子諲《採桑子》詞：「人如濯濯春楊柳，徹骨風流，脱體温柔，牽繫多情儘未休。」

⑤江梅，范成大《梅譜》：「江梅，遺核野生不經栽接者，又名直脚梅。或謂之野梅。凡山間水濱，荒寒清絶之趣，皆此本也。花稍小而疏瘦，有韻，香最清，實小而硬。」

⑥「拾翠」二句，拾翠洲，歐陽炯《花間集序》：「今衛尉少卿字弘基，以拾翠洲邊，自得羽毛之異；織綃泉底，獨殊機杼之功。廣會衆賓，時延佳論。因集近來詩客曲子詞五百首，分爲十卷。」按：弘基即趙崇祚。拾翠洲在南海縣南三十里，見〔雍正〕《廣東通志》卷一〇。桃根桃葉，李商隱《燕臺詩四首・冬》：「當時歡向掌中銷，桃葉桃根雙姊妹。」張敦頤《六朝事跡編類》卷上《桃葉渡》條：「桃葉者，晉王獻之愛妾名也，其妹曰桃根。」

⑦「並蒂」二句，並蒂芳蓮，杜甫《進艇》詩：「俱飛蛺蝶元相逐，並蒂芙蓉本自雙。」雙頭芍藥，甚常見，稼軒即有《和趙茂嘉雙頭芍藥二首》，見本書卷二。

⑧對影明月，李白《月下獨酌》詩：「舉杯邀明月，對影成三人。」

生查子　和夏中玉①

一天霜月明，幾處砧聲起？客夢已難成，秋色無邊際。　旦夕是重陽，菊有黃花蕊②。只怕又登高，未飲心先醉③。

【箋注】

①夏中玉，楊冠卿《客亭類稿》卷一四《水調歌頭・贈維揚夏中玉》詞：「形勝訪淮楚，騎鶴到揚

州。春風十里簾幕，香靄小紅樓。樓外長江今古，誰是濟川舟楫？煙浪拍天浮。喜見紫芝宇，儒雅更風流。氣吞虹，才倚馬，爛銀鈎。功名年少餘事，鵰鶚幾横秋。行演絲綸天上，環侍玉皇香案，仙袂揖浮丘。落筆驚風雨，潤色焕皇猷。」夏中玉既爲維揚士子，僅見於此，其名、事跡若何，俱無可考。楊詞有「功名年少餘事」句，未知夏氏是否已登進士第。右詞作年無考，然稼軒南渡之初，於江陰軍簽判、廣德軍通判任滿皆在秋季，又嘗遊吴地。稼軒詞中，屢見吟詠。以下諸詞，或均賦於此一時期。然其時甚早。其兩和夏中玉詞或即廣德軍罷任時所作。

②「菊有」句，《禮記・月令》：「季秋之月，……鞠有黄花。」鄭氏注：「鞠，木，又作菊。」

③「只怕」二句，《荆楚歲時記》：「九月九日，四民並藉野飲宴。按：杜公瞻云：『九月九日宴會，未知起於何代。然自漢至宋未改。今北人亦重此節，佩茱萸，食餌，飲菊花酒云。』……《續齊諧記》云：『汝南桓景隨費長房游學，長房謂之曰：九月九日，汝家中當有災厄，急令家人縫囊，盛茱萸，繫臂上，登山飲菊花酒，此禍可消。景如言，舉家登山，夕還，見雞犬牛羊一時暴死。長房聞之曰：此可代也。今世人九日登高飲酒，婦人帶茱萸囊，蓋始於此。』」

菩薩蠻　和夏中玉①

與君欲赴西樓約，西樓風急征衫薄。且莫上蘭舟，怕人清淚流。臨風横玉管，聲散江天滿。一夜旅中愁，蛩吟不忍休。

【箋注】

①題，右二詞雖詞調不同，然皆和夏中玉，見法式善自《永樂大典》所輯者，四卷本及廣信書院本俱未收入。其作年當依上闋所考。

念奴嬌

贈夏成玉①

妙齡秀發，湛靈臺一點②，天然奇絶。萬壑千巖歸健筆③，掃盡平山風月④。雪裏疏梅，霜頭寒菊，迥與餘花別。識人青眼⑤，慨然憐我疏拙。　遐想後日蛾眉，兩山横黛，談笑風生頰⑥。握手論文情極處，冰玉一時清潔⑦。掃斷塵勞，招呼蕭散，滿酌金蕉葉⑧。醉鄉深處，不知天地空闊。

【箋注】

①夏成玉，事跡無考。應爲揚州夏中玉之昆仲。

②「妙齡」二句，妙齡秀發，蔡松年《望月婆羅門·送陳詠之自遼陽還汴水》詞：「妙齡秀發，韻清冰玉洗羅紈。」靈臺，《莊子·庚桑楚》：「不足以滑成，不可内於靈臺。靈臺者有持，而不知其所持，而不可持者也。」郭注：「靈臺者，心也。清暢故憂患不能入。」《古今事文類聚》前集卷四一載裴度《自題寫真贊》：「爾才不長，爾貌不揚。胡爲將？胡爲相？一片靈臺，丹青莫狀。」《唐文粹》卷二三引此文，一片作一點。

③萬壑千巖，《世説新語·言語》：「顧長康從會稽還，人問山川之美，顧云：『千巖競秀，萬壑争流，草木蒙籠其上，若雲興霞蔚。』」

④平山風月，《方輿勝覽》卷四四《淮東路·揚州》：「平山堂在州城西北大明寺側。慶曆八年二月，歐陽公來牧是邦，爲堂於大明寺庭之坤隅。江南諸山拱列簷下，若可攀取，因目之曰平山堂。沈括爲記。洪邁撰《平山堂後記》云：『揚爲州最古，……迷樓九曲，珠簾十里。二十四橋風月，登臨氣概，政以突兀今古。兹堂最後出，前志謂江南諸峰植立簷户，且肩摩領接，若可扳取。山川既佳，而又歐陽實張之，故聲壓宇宙，如揭日月。』」

⑤識人青眼，《晉書》卷四九《阮籍傳》：「籍又能爲青白眼。見禮俗之士，以白眼對之。及嵇喜來弔，籍作白眼，喜不懌而退。喜弟康聞之，乃齎酒挾琴造焉。籍大悦，乃見青眼。由是禮法之士，疾之若讎。」

⑥風生頰，鄭俠《賦公悦席上事送周如京》詩：「坐中賓客皆豪傑，凜凜清風生頰舌。」

⑦「冰玉」句，《晉書》卷三六《衛玠傳》：「玠字叔寶，年五歲，風神秀異。……總角乘羊車入市，見者皆以爲玉人。……玠妻父樂廣，有海内重名，議者以爲婦公冰清，女婿玉潤。」

⑧「掃斷」三句，掃斷塵勞，《佛祖歷代通載》卷一一玄奘《奉謝表》：「衣以降煩惱之魔，佩以斷塵勞之網。」金蕉葉，酒杯。可參本書卷一〇《謁金門》詞（山吐月関）箋注。

漁家傲

湖州幕官作舫室①

風月小齋模畫舫，緑窗朱户江湖樣②。酒是短橈歌是槳。和情放，醉鄉穩到無風浪③。

自有拍浮千斛釀，從教日日蒲桃漲④。門外獨醒人也訪⑤。同俯仰，賞心却在鴟夷上⑥。

【箋注】

①題，湖州，《輿地紀勝》卷四《兩浙西路·安吉州》：「上，舊曰湖州，吴興郡昭慶軍節度。……唐於烏程縣置湖州。……皇朝錢氏納土地歸版圖，改昭慶軍，屬兩浙西路，改湖州爲安吉軍（寶慶二年）。」湖州幕官爲誰不詳。舫室，室肖舫，因號舫室。稼軒平生未嘗在湖州爲官，右詞之作，

當在吴地時爲湖州幕官所賦，因附次於此。

②緑窗朱户，蘇軾《大雪青州道上有懷東武園亭寄交代孔周翰》詩：「蓋公堂前雪，緑窗朱户相明滅。」

③「醉鄉」句，李煜《烏夜啼》詞：「醉鄉路穩宜頻到，此外不堪行。」

④「自有」二句，拍浮，《世説新語·任誕》：「畢茂世云：一手持蟹螯，一手持酒杯，拍浮酒池中，便足了一生。」蒲桃漲，宋祁《蝶戀花》詞：「雨過蒲萄新漲緑。」蘇軾《武昌西山》詩：「春江緑漲蒲萄醅，武昌官柳知誰栽？」從教，任使。

⑤獨醒，《楚辭·漁父》：「舉世皆濁我獨清，衆人皆醉我獨醒。」

⑥鴟夷，揚雄《揚子雲集》卷六《酒箴》：「子猶瓶矣，觀瓶之居。居井之眉。處高臨深，動常近危。……身提黄泉，骨肉爲泥。自用如此，不如鴟夷。鴟夷滑稽，腹大如壺。盡日盛酒，人復借酤。」

一剪梅①

塵灑衣裾客路長②。霜林已晚，秋蕊猶香。别離觸處是悲涼。夢裏青樓，不忍思量③。

天宇沉沉落日黃。雲遮望眼，山割愁腸④。滿懷珠玉淚浪浪。欲倩西風，吹到蘭房⑤。

【箋注】

①題，右詞及下闋無題，蓋早年仕宦名利場中之作，因次於此。

②客路長，程俱《送蔣主簿入都赴試一首》詩：「東南貢吏紫髯郎，一馬駸駸客路長。」

③「夢裏」二句，陶翰《柳陌聽早鶯》詩：「玉勒留將久，青樓夢不成。」

④「雲遮」二句，雲遮望眼，王安石《登飛來峰》詩：「不畏浮雲遮望眼，自緣身在最高層。」山割愁腸，柳宗元《與浩初上人同看山寄京華親故》詩：「海畔尖山似劍鋩，秋來處處割愁腸。」

⑤蘭房，《藝文類聚》卷一五載陳江總《爲陳六宮謝表》：「乃可桂殿迎春，蘭房侍寵。」詩詞中，非僅後宮，凡婦女所居，皆可謂爲蘭房。

又

歌罷尊空月墜西。百花門外，煙翠霏微。絳紗籠燭照于飛①。歸去來兮，歸去來兮。酒入香顋分外宜。行行問道：「還肯相隨？」嬌羞無力應人遲：「何幸如之，何幸如之②！」

【箋注】

①于飛，《詩·邶風·燕燕》：「燕燕于飛，差池其羽。之子于歸，遠送于野。」

②何幸如之，《文苑英華》卷五七〇許敬宗《百官賀朔旦冬至表》：「臣等生屬壽昌，累逢祉福。至於今慶，曠古無儔，何幸如之？」如之，如此也。

水調歌頭　壽趙漕介庵①

千里渥洼種，名動帝王家②。金鑾當日奏草，落筆萬龍蛇③。帶得無邊春下，等待江山都老，教看鬢方鴉④。莫管錢流地，且擬醉黄花⑤。　喚雙成，歌弄玉，舞麗華⑥。一觴爲飲千歲，江海吸流霞⑦。聞道清都帝所，要挽銀河仙浪，西北洗胡沙⑧。回首日邊去，雲裏認飛車⑨。

【箋注】

①題，趙漕介庵，韓元吉《南澗甲乙稿》卷二一《直寶文閣趙公墓志銘》：「吾友趙德莊將葬於饒州餘干縣某山之原。……德莊諱彦端，德莊其字也。於宣祖皇帝爲八世孫。……年十七應進士舉，南城亦鎖其廳，試進士，父子俱爲國子監第一，遂同登紹興八年禮部第。主臨安府錢塘縣簿，公卿貴人争識之，聲名藉甚，爲建州觀察推官。丁外艱，釋服，得軍事判官於秀州。……從吏部選，知饒州餘干縣。爲政簡易而辦治，故德莊謀居邑中，而邑人至今稱之。……隆興改元召對。……權樞密院檢詳諸房文字。……請外，除知江州。不數月召爲檢詳文字，遷右司員外郎。而葉公既相，德莊爲言人材巨細，可用不可用，大抵稱人之善，以助朝廷之選。始德莊父子甚貧，客四方，祖妣與其昆弟及妻子喪皆藁葬未厝。德莊曰：『吾得去畢此，幸矣。』既諸公留之不可，除直顯謨閣，爲江南東路計度轉運副使。……移福建路計度轉運副使。過闕，請久任淮南郡守，休興築以安邊民，乞放池州被水人户夏税，故徽州折帛錢俾輸本色，皆極一路利害。上遣中貴人諭旨，留爲左司郎中。……其所爲文，類之爲十卷，自號《介庵居士集》云。」《景定建康志》卷二六《轉運司題名》：「趙彦端，左朝散郎直顯謨閣，副使，乾道三年十一月一日到任。王秬，右通直郎直寶文閣，副使，乾道四年十月初四日到任。」另據丘崈爲趙彦端所賦壽詞《水調歌頭》，下片有云：「記長庚，曾入夢，恰而今。根黄橘緑，可人風物是秋深。九日明朝佳節，得得天教好景，供與醉時吟。從此壽千歲，一歲一登臨。」（見《丘文定公詞》）則知趙氏生辰當在九

月九日之前，此與右詞「且擬醉黄花」句所記符同。稼軒於乾道四年底通判建康府，此詞之作，必在乾道五年九月初，蓋稼軒作此詞未久，趙氏即因疾奉祠歸饒州餘干矣。

②「千里」二句，千里馬出自渥洼，《漢書》卷六《武帝紀》：「元鼎四年六月，得寶鼎后土祠旁。秋，馬生渥洼水中，作《寶鼎天馬之歌》。」李斐注：「南陽新野有暴利長，當武帝時遭刑，屯田燉煌界，數於此水旁見羣野馬中有奇異者，與凡馬異，來飲此水。利長先作土人持勒靽於水旁，後馬玩習，久之，代土人持勒靽收得其馬獻之，欲神異此馬，云從水中出。」杜甫《遣興》詩：「君看渥洼種，態與駑駘異。」名動帝王家，謂其得宋孝宗賞識。《直寶文閣趙公墓志銘》：「隆興改元，召對，上迎謂曰：『聞卿俊才久矣。』」

③「金鑾」二句，金鑾殿，唐代長安龍首山坡有殿曰金鑾，在學士院之左，見程大昌《雍録》卷四。當日奏草，指趙彦端於隆興元年符離之役後召見言事，見《直寶文閣趙公墓志銘》。落筆萬龍蛇，温庭筠《秘書省有賀監知章草題詩筆力遒健風尚高远拂塵尋玩因此有此作》詩：「出羣鸞鶴辭遼海，落筆龍蛇滿壞牆。」

④「帶得」三句，言趙氏自右司員外郎出爲江東運副，江山已老而人未老。帶得，猶言帶來。《朱子語類》卷二九《論語》：「如老者安之，是他自帶得安之理來；朋友信之，是他自帶得信之理來；少者懷之，是他自帶得懷之理來。」得與來對舉，意亦同。教看，此處作應看解。

⑤「莫管」二句，莫管句謂休管公事。唐劉晏字士安，曹州南華人，代宗時領東都、河南、江淮轉運

租庸鹽鐵常平使，善理財。《新唐書》卷一四九《劉晏傳》：「諸道巡院皆募駛足，置驛相望。四方貨殖低昂，及它利害，雖甚遠，不數日即知，是能權萬貨重輕，使天下無甚貴賤，而物常平。自言『如見錢流地上』。每朝謁，馬上以鞭算，質明視事，至夜分止，雖休澣不廢事。」醉黄花，趙氏生日在重陽之前。

⑥「喚雙」三句，雙成，西王母侍女。《漢武帝内傳》：「命侍女董雙成吹雲和之笙。」弄玉，《列仙傳》卷上：「蕭史者，秦穆公時人也，善吹簫，能致孔雀白鶴於庭。穆公有女字弄玉，好之，公遂以女妻焉。日教弄玉作鳳鳴，居數年，吹似鳳聲，鳳凰來止其屋，公爲作鳳臺，夫婦止其上不下數年，一旦皆隨鳳凰飛去。」緑華，陶弘景《真誥》卷一：「萼緑華者，自云是南山人，不知是何山也。女子年可二十，上下青衣，顔色絶整。以升平三年十一月十日夜降羊權，自此往來，一月之中輒六過來耳。」按：此以三仙女喻趙氏諸家姬。趙彦端有《鷓鴣天》十首，前有小序云：「羊城天下最號都會，風軒月館，豔姬角妓，倍於他所，人以羣仙目之，因賦十闋。」其後每姬各賦一詞，見其汲古閣本《介庵詞》。然趙氏平生仕宦足跡未至羊城廣州，清人葉申薌作《本事詞》，則改爲京口，亦不知出處。惟趙氏家中歌妓必多，以此三句可得而知。

⑦吸流霞，王充《論衡·道虚》：「曼都好道學仙，委家亡去，三年而返。家問其狀，曼都曰：『去時不能自知，忽見若卧形，有仙人數人將我上天，離月數里而止，見月上下幽冥。幽冥不知東西，居月之旁，其寒悽愴，口飢欲食，仙人輒飲我以流霞一杯。每飲一杯，數月不饑。』」

⑧「聞道」三句，清都帝所，《列子・周穆王》：「以爲清都紫微，鈞天廣樂，帝之所居。」挽銀河仙浪，杜甫《洗兵馬》：「安得壯士挽天河，浄洗甲兵長不用。」洗胡沙，李白《永王東巡歌》：「但用東山謝安石，爲君談笑浄胡沙。」按：宋孝宗於隆興二年與金議和之後，心生悔意，遂於乾道二三年間積極備戰，意在再舉以圖恢復。乾道四年，蔣芾拜左僕射，《宋史》卷三八四《蔣芾傳》：「明年拜右僕射，同中書門下平章事兼樞密使。會母疾卒，詔起復，拜左僕射。芾力辭。有密旨：『欲今歲大舉。』手詔廷臣議，或主和，或主恢復，使芾決之。」可知本年宋廷備戰已非秘密，故右詞有「聞道」云云。

⑨「回首」二句，日邊謂行在所。飛車，《博物志》卷二：「奇肱民善爲拭扛，以殺百禽。能爲飛車，從風遠行。湯時西風至吹其車至豫州。」

浣溪沙

贈子文侍人，名笑笑①

儂是嶔崎可笑人，不妨開口笑時頻②。有人一笑坐生春③。　歌欲顰時還淺笑，醉逢笑處却輕顰。宜顰宜笑越精神④。

【箋注】

①題，本書卷八有《水調歌頭・嚴子文同傅安道和前韻因再和謝之》詞，子文即嚴焕，稼軒通判建康府時同官。《琴川志》卷八：「嚴焕字子文，縣人，嘗與同里錢南試，聖人以人占天賦出場問，破題押何字。南押占字，焕曰：『余奪魁，君第二。』果以首薦登紹興十二年進士第。調徽州、臨安教官，通判建康府，知江陰軍，遷太常丞，出爲福建市舶。終於朝奉大夫。焕長於書，筆法尤精。」《景定建康志》卷二四《通判廳東廳壁記》：「嚴焕，左承議郎，乾道三年六月十八日到任，五年六月二十五日任滿。」同志卷三二《建康府貢院記》，有乾道四年十一月「左承議郎通判建康府事姑蘇嚴焕書，左朝請郎直顯謨閣權發遣江南東路計度轉運副使公事浚儀趙彦端書額」之題署。笑笑既爲嚴子文侍女，故稼軒所贈詞每句皆着一笑字。

②「儂是」二句，嶔崎可笑人，《晉書》卷七四《桓彝傳》：「桓彝字茂倫，譙國龍亢人。……少與庾亮深交，雅爲周顗所重。顗嘗歎曰：『茂倫嶔崎歷落，固可笑人也。』」開口笑，《莊子・盗跖》：「人上壽百歲，中壽八十，下壽六十，除病瘦死喪憂患，其中開口而笑者，一月之中，不過四五日而已矣。」杜牧《九日齊山登高》詩：「塵世難逢開口笑，菊花須插滿頭歸。」《重修玉篇》卷三：「儂，奴冬切，吴人稱我是也。」按：琴川即常熟，嚴焕爲平江府常熟縣人，笑笑當亦吴人，故以吴語爲詞。

③一笑坐生春，韓愈《醉中留別襄州李相公》詩：「銀燭未消窗送曙，金釵半醉座添春。」蘇軾《贈

蔡茂先》詩：「赤腳長鬚俱好事，新詩軟語坐生春。」

④宜顰宜笑，李白《玉壺吟》：「西施宜笑復宜嚬，醜女效之徒累身。」

滿江紅

建康史帥致道席上賦〔一〕①

鵬翼垂空②，笑人世蒼然無物。又還去九重深處〔二〕，玉階山立③。袖裏珍奇光五色，他年要補天西北④。且歸來談笑護長江，波澄碧。　佳麗地，文章伯。金縷唱，紅牙拍⑤。看尊前飛下，日邊消息。料想寶香黄閣夢〔三〕，依然畫舫青溪笛〔四〕⑥。待如今端的約鍾山，長相識⑦。

【校】

〔一〕「史帥致道」，四卷本甲集作「史致道留守」，兹從廣信書院本。

〔二〕「又還」，四卷本作「還又」。

〔三〕「黄」，《六十名家詞》本作「薰」。

〔四〕「青」，廣信書院本原作「清」，據四卷本改。

【箋注】

①題，史致道即史正志。《嘉定鎮江志》卷一九：「史正志字志道，丹陽人，賦籍揚之江都。紹興二十一年趙逵榜，歷徽州歙縣東尉，差監行在省倉上界。丞相陳康伯薦於朝，除樞密院編修官兼樞密院檢詳諸房文字，兼措置浙西海道所主管文字。高宗視師江上，命扈從至鎮江，改宣教郎，尋除司農寺丞。以扈從勞績轉奉議郎。孝宗即位，覃恩轉承奉郎，命往江上計議軍事，催築塢，置轉般倉，還朝除度支員外郎。隆興初，元遷吏部員外郎，求補外，除江西運判，召爲户部員外郎，尋除福建運判，再召户部員外郎。丐外，除江東運判，未赴改江西。秩滿召赴行在，除左司兼權檢正。轉朝奉郎，除檢正兼權吏部侍郎。明年，權刑侍兼吏侍，又兼兵侍，改吏侍。請郡，除集英殿修撰知建康府。轉朝散郎，以職事修舉，進敷文閣待制，賜金帶，除知成都府。改除户侍、江浙京湖淮廣福建等路都發運使，檢察諸路財賦。未幾，乞守本官致仕，詔答不允，仍舊巡歷。遣中使宣諭，再入户侍，忤時相意，以散官謫永州。尋復原官，提舉隆興府玉隆萬壽觀。除右文殿修撰知静江府，未赴而罷。再奉祠，轉朝請大夫，賜爵文安縣開國男，轉朝議大夫。知寧國府，改贛州，又知廬州。既至數月，以疾終，年六十。正志自初被命計議軍事，及爲大漕，不受饋遺。其奉祠家居也，治圃所居之南，號樂閑居士、柳溪釣翁，藏書至數萬卷。正志議論精確，切中事機。受知兩朝如此，而或者乃以口才訾之，過矣。」《景定建康志》卷一四：「乾道三年九月二十四日，左朝奉郎充集英殿修撰史正志知府事，兼沿江水軍制置使兼提舉學

事。……五年六月二十六日，正志除敷文閣待制。六年二月二十二日，正志改知成都府。」《宋史全文》卷二五上：「乾道六年三月，詔復都大發運使，以史正志爲户部侍郎、江浙京湖淮廣福建等路都大發運使，江州置司。……十二月癸酉，詔史正志職專發運，奏課誕謾，廣立虚名，徒擾州郡。責授楚州團練副使，永州安置。其發運司可立近限結局。」右詞爲稼軒乾道五年所作。

②「鵬翼」句，《莊子・逍遥遊》：「北冥有魚，其名爲鯤。鯤之大，不知其幾千里也。化而爲鳥，其名爲鵬。鵬之背，不知其幾千里也，怒而飛，其翼若垂天之雲。」

③「又還」二句，九重，《楚辭・九辯》：「豈不鬱陶而思君兮？君之門以九重。」《禮記・玉藻》：「立容辨卑，毋諂，頭頸必中，山立。」注：「不摇動也。」《正義》：「以山立者，若住立則嶷如山之固，不摇動也。《樂記》云：『總干而山立。』不動摇也。」

④「袖裏」二句，《補史記・三皇本紀》：「諸侯有共工氏，任智刑以强，霸而不王，以水乘木，乃與祝融戰，不勝而怒，乃頭觸不周山崩。天柱折，地維缺。女媧乃鍊五色石以補天，斷鼇足以立四極，聚蘆灰以止淫水，以濟冀州。於是地平天成，不改舊物。」《淮南子・天文訓》：「昔者共工與顓頊争爲帝，怒而觸不周之山，天柱折，地維絶，天傾西北，故日月星辰移焉；地不滿東南，故水潦塵埃歸焉。」《晉書》卷一二《天文志》：「惠帝元康二年二月，天西北大裂。」賀鑄《載病東歸山陰酬别京都交舊》詩：「可須印綬懷中出？幸有珠璣袖裏擕。」按：史正志素有大志，其居朝時屢上奏疏，極論當今急務，及防秋、沿江守禦，曾進《兵鑑》十篇，《恢復要覽》五篇。高宗

視師江上時，曾論三國六朝形勢與今不同，要當無事則都錢塘，有事則幸建康爲東西都，其議論多與稼軒合，皆見《嘉定鎮江志》傳中小注。

⑤「佳麗」四句，謝朓《入朝曲》：「江南佳麗地，金陵帝王州。」杜甫《暮春陪李尚書李中丞過鄭監湖亭汎舟得過字》詩：「海内文章伯，湖邊意緒多。」金縷唱，杜牧《金縷衣曲》：「勸君莫惜金縷衣，勸君惜取少年時。」紅牙拍，《宋史》卷四八〇《吴越錢氏世家》：「俶貢……紅牙樂器二十二事。」俞文豹《吹劍續録》：「東坡在玉堂日，有幕士善謳，因問：『我詞比柳詞何如？』對曰：『柳郎中詞，只好十七八女孩兒，按執紅牙拍，唱楊柳外曉風殘月。學士詞，須關西大漢，執鐵板，唱大江東去。』公爲之絶倒。」

⑥「料想」二句，黄閣，《漢舊儀》卷上：「丞相……聽閣曰黄閣。」黄朝英《靖康緗素雜記》卷一《黄閣》：「天子禁門曰黄闥，……天子之與三公禮秩相亞，故黄其閣以示謙。《漢舊儀》云：『丞相聽事門曰黄閣。』」青溪笛，《晉書》卷八一《桓伊傳》：「王徽之赴召京師，泊舟青溪側。素不與徽之相識，伊於岸上過，船中客稱伊小字曰：『此桓野王也。』徽之便令人謂伊曰：『聞君善吹笛，試爲我一奏。』伊是時已貴顯，素聞徽之名，便下車，踞胡床爲作三調，弄畢便上車去，客主不交一言。」《景定建康志》卷一八：「青溪，吴大帝赤烏四年鑿。東渠名青溪，通城北塹潮溝，闊五丈，深八尺，以洩玄武湖水，發源鍾山而南流，經京，出今青溪閘口，接於秦淮。及楊溥城金陵，青溪始分爲二。在城外者自城壕合於淮，今城東竹橋西北接後湖者，青溪遺跡固在。但在

城内者，悉皆堙塞，惟上元縣治南迆邐而西，循府治東南出至府學牆下，皆青溪之舊曲。水通秦淮，而鍾山水源久絶矣。」

⑦「待如」二句，鍾山，《景定建康志》卷一七：「鍾山一名蔣山，在城東北一十五里，周迴六十里，高一百五十八丈。東連青龍山，西接青溪，南有鍾浦，下入秦淮，北接雉亭山。漢末有秣陵尉蔣子文逐盜死事於此，吴大帝爲立廟，封曰蔣侯。大帝祖諱鍾，因改曰蔣山。按《丹陽記》：京師南北並連山嶺，而蔣山岧嶤嶷異，其形象龍，實作揚都之鎮。諸葛亮云：『鍾山龍盤。』蓋謂此也。」端的，真的。

念奴嬌

登建康賞心亭，呈史留守致道〔一〕①

我來弔古，上危樓贏得〔二〕，閒愁千斛②。虎踞龍盤何處是③？只有興亡滿目〔三〕。柳外斜陽，水邊歸鳥，隴上吹喬木。片帆西去，一聲誰噴霜竹④？却憶安石風流，東山歲晚，淚落哀箏曲。兒輩功名都付與，長日惟消棋局⑤。寶鏡難尋，碧雲將暮，誰勸杯中緑⑥？江頭風怒，朝來波浪翻屋⑦。

【校】

〔一〕題，「史留守致道」，四卷本甲集作「史致道留守」，此從廣信書院本。《中興絶妙詞選》卷三作「登賞心亭」。

〔二〕「贏」，廣信書院本原作「嬴」，此從四卷本改。

〔三〕「興亡」，王詔校刊本作「江山」。

【箋注】

①題，賞心亭，《景定建康志》卷二二：「賞心亭在下水門之城上，下臨秦淮，盡觀覽之勝。丁晉公謂建。」《方輿勝覽》卷一四《江東路·建康府》：「白鷺亭在府城上，與賞心亭相接，下瞰白鷺洲。」陸游《渭南文集》卷四四《入蜀記》：「下至建康，故江左有變，必先固守石頭，真控扼要地也。自新河入龍光門，城上舊有賞心亭、白鷺亭，在門右。」右詞亦進史正志者，頗論及南宋時局，知在乾道五年。

②「我來」三句，弔古，蘇軾《是日至下馬磧憩於北山僧舍有閣曰懷賢南直斜谷西臨五丈原諸葛孔明所從出師也》詩：「客來空弔古，清淚落悲笳。」閒愁千斛，徐俯《念奴嬌》詞：「對影三人聊痛飲，一洗閒愁千斛。」一斛十斗。

③「虎踞」句，《太平御覽》卷一五六《吴主遷都建業》條引《吴録》：「蜀主曾使諸葛亮至京口，覩秣

陵山阜，歎曰：『鍾山龍盤，石頭虎踞，帝王之宅。』」李商隱《詠史》詩：「北湖南埭水漫漫，一片降旗百尺竿。三百年間同曉夢，鍾山何處有龍盤？」

④「一聲」句，黄庭堅有《念奴嬌》詞，題云：「八月十七日，同諸生步自永安城樓，過張氏小園待月。偶有名酒，因以金荷酌衆客。客有孫彦立，善吹笛，援筆作樂府長短句，文不加點。」其詞下片有云：「老子平生，江南江北，最愛臨風曲。孫郎微笑，坐來聲噴霜竹。」

⑤「却憶」五句，《南齊書》卷二三《王儉傳》：「儉常謂人曰：『江左風流宰相，唯有謝安。』蓋自比也。」《晉書》卷七九《謝安傳》：「謝安字安石……寓居會稽，與王羲之及高陽許詢、桑門支遁游處，出則漁弋山水，入則言詠屬文，無處世意。……安雖放情丘壑，然每游賞必以妓女從。既累辟不就，……及萬黜廢，安始有仕進志，時年已四十餘矣。……時苻堅强盛，疆埸多虞，諸將敗退相繼。安遣弟石及兄子玄等應機征討，所在剋捷。拜衛將軍、開府儀同三司，封建昌縣公。堅後率衆號百萬，次於淮肥，京師震恐，加安征討大都督。……玄等既破堅，有驛書至，安方對客圍棊，看書既竟，便攝放牀上，了無喜色，棊如故。客問之，徐答云：『小兒輩遂已破賊。』……安雖受朝寄，然東山之志，始末不渝，每形於言色。及鎮新城，盡室而行，造泛海之裝，欲須經略粗定，自江道還東。雅志未就，遂遇疾篤。」同書卷八一《桓伊傳》：「伊字叔夏，……善音樂，盡一時之妙，爲江左第一，有蔡邕柯亭笛，常自吹之。……時謝安女婿王國寶專利無檢行，安惡其爲人，每抑制之。及孝武末年，嗜酒好内，而會稽王道子昏醟尤甚，惟狎昵謟邪，於是

國寶讒諛之計稍行於主相之間。而好利險詖之徒，以安功名盛極而構會之，嫌隙遂成。帝召伊飲讌，安侍坐，帝命伊吹笛，伊神色無忤，即吹爲一弄。乃放笛云：『臣於箏分乃不及笛，然自足以韻合歌管，請以箏歌，並請一吹笛人。』帝善其調達，乃敕御妓奏笛。伊又云：『御府人於臣必自不合，臣有一奴，善相便串。』帝彌賞其放率，乃許召之。奴既吹笛，伊便撫箏而歌怨詩曰：『爲君既不易，爲臣良獨難。忠信事不顯，乃有見疑患。周旦佐文武，金縢功不刊。推心輔王政，二叔反流言。』聲節慷慨，俯仰可觀。安泣下沾衿，乃越席而就之，捋其鬚曰：『使君於此不凡。』帝甚有愧色。」唐張固《幽閒鼓吹》：「宣宗坐朝，次對官趨至，必待氣息平均，然後問事。令狐相進李遠爲杭州，宣宗曰：『比聞李遠詩云：長日唯銷一局棋。豈可以臨郡哉？』對曰：『詩人之言不足有實也。』」

⑥「寶鏡」三句，寶鏡，當指明月。《太平廣記》卷二三〇王度《古鏡記》：「胡僧謂勣曰：『檀越家似有絶世寶鏡也，可得見耶？』勣曰：『法師何以得知之？』僧曰：『貧道受明録秘術，頗識寶氣。檀越宅上每日常有碧光，連日絳氣，屬月，此寶鏡氣也。』」吕從慶《對月有感》詩：「天開懸寶鏡，皓魄滿欄杆。」碧雲將暮，江淹《擬休上人怨别》詩：「日暮碧雲合，佳人殊未來。」柳永《洞仙歌》詞：「傷心最苦，竚立對碧雲將暮。」誰勸杯中緑，白居易《和夢得遊春詩一百韻》：「行看鬚間白，誰勸杯中緑？」

⑦「江頭」二句，杜甫《觀李固請司馬弟山水圖》詩：「高浪垂翻屋，崩崖欲壓牀。」蘇軾《次韻劉景

文登介亭》詩：「濤江少醖藉，高浪翻雪屋。」龍衮《江南野史》卷八：「史虛白者，山東人。……嗣主幸南昌，既至星子渚，復使召至，問曰：『處士隱居，必有所得乎？』對曰：『近得漁父一聯。』乃命誦之。虛白曰：『風雨揭却屋，全家醉不知。』嗣主聞之，爲之變色，賜粟帛遣還。」按：翻，意指江水泛濫。程俱《秋雨三首》詩：「邇來未旬浹，三見急雨寒。黄流抹河草，連檣度平瀾。良苗有佳色，未覺千畝寬。時暘亦須早，無使江湖翻。」自注：「頃年吴江大水斷長橋，吴人相傳爲太湖翻。」周密《癸辛雜識》續集卷上《湖翻》：「庚寅五月，連雨四十日，浙西之田盡没無遺，農家謂尤甚於丁亥歲，雖景定辛酉亦所不及也。幸而不没者，則大風駕湖水而來，田廬頃刻而盡，村落名之曰湖翻。」

千秋歲

金陵壽史帥致道。時有版築役〔一〕①

塞垣秋草，又報平安好②。尊俎上，英雄表③。金湯生氣象，珠玉霏譚笑④。春近也，春花得似人難老⑤。　莫惜金尊倒，鳳詔看看到⑥。留不住，江東小⑦。從容帷幄去〔二〕，整頓乾坤了⑧。千百歲，從今盡是中書考⑨。

【校】

〔一〕題，四卷本甲集作「爲金陵史致道留守壽」。《中興絶妙詞選》卷三作「建康壽史致道」。

〔二〕「去」，《中興絶妙詞選》、《六十名家詞》本作「裏」。

【箋注】

①題，稼軒同官兼友人丘崈有《水龍吟·爲建康史帥志道壽》詞，下片有云：「新築沙堤，暫占熊夢，恰經長至。過佳辰獻壽，雙旌便好，作朝天計。」據知史正志生日在冬至之後。右題稱「時有版築役」，查史正志任留守期間，於建康府興役建造事甚多，其重要者皆見於《景定建康志》，如卷一六載：「飲虹橋一名新橋，在鳳臺坊。……乾道五年史公正志重建，上爲大屋數十楹，極其壯麗，與鎮淮橋並新。」卷二〇《建康府城》：「乾道五年留守史正志因城壞復加修築，增立女牆。」卷二二：「忠孝亭在天慶觀西，……乾道四年，史公正志與轉運判官韓公元吉益新之。」同卷：「二水亭在下水門城上，下臨秦淮，……乾道五年秋，留守史公正志，因修築城壁重建。」右詞既有「塞垣秋草」句，又有「金湯生氣象」語，知所謂「時有版築役」，即指起於乾道五年秋之修築城壁事。《宋會要輯稿·運曆》二之二八載：「乾道五年……十一月二十五日冬至。」則右詞作於乾道五年十一月當無疑義。

②「又報」句，唐段成式《酉陽雜俎》續集卷一〇《童子寺竹》：「衛公言，北都惟童子寺有竹一窠，

纔長數尺，相傳其寺綱維每日報竹平安。」按：平安好，唐宋敕書書尾常用語，如「卿比平安好，遣書指不多及」之類。張九齡《曲江集》卷八《敕西州都督張待賓書》：「夏初漸熱，卿及將士官寮百姓已下，並平安好，遣書指不多及。」宋人敕書亦多套用此語。

③英雄表，蘇軾《張安道樂全堂》詩：「我公天與英雄表，龍章鳳姿照魚鳥。」

④「珠玉」句，此謂言談如吐珠玉。《莊子·秋水》：「子不見夫唾者乎？噴則大者如珠，小者如霧。」《晉書》卷五五《夏侯湛傳》：「咳唾成珠玉，揮袂出風雲。」又，同書卷四九《胡毋輔之傳》：「彦國吐佳言如鋸木屑，霏霏不絶。」李白《妾薄命》：「咳唾落九天，隨風生珠玉。」

⑤得似，怎似。

⑥「莫惜」二句，金尊倒，歐陽修《漁家傲》詞：「是處瓜華時節好。金尊倒，人間綵縷爭祈巧。」鳳詔，《白孔六帖》卷五八：「鳳詔，丹鳳封五色詔。」看看，猶俗語轉眼也，即將也。

⑦江東小，《史記》卷七《項羽本紀》：「烏江亭長檥船待，謂項王曰：『江東雖小，地方千里，衆數十萬人，亦足王也。』」

⑧「從容」二句，從容帷幄，《後漢書》卷八七《謝弼傳》：「不知陛下所與從容帷幄之内，親信者爲誰？」張孝祥《水調歌頭·凱歌上劉恭父》詞：「聞道璽書頻下，看即沙堤歸路，帷幄且從容。」整頓乾坤了，杜甫《洗兵馬》：「二三豪傑爲時出，整頓乾坤濟時了。」

⑨中書考，《宋史全文》卷三：「雍熙四年三月庚辰，詔天下知州通判，先給御前印紙，令書課績。

凡決大獄幾何，凡政有不便於時，改而更張，人獲其利者幾何，及公事不治，曾經殿罰，皆具書其狀，令同僚共署，毋得隱漏，罷官日上中書考校。」按：主中書考者乃宰相職也。《舊唐書》卷一二〇《郭子儀傳》謂天下「以其身爲安危者殆二十年，校中書令考二十有四」。蘇軾《聞林夫當徙靈隱寺寓居戲作》詩：「能與冷泉作主一百日，不用二十四考書中書。」

太常引

建康中秋夜爲吕叔潛賦〔一〕①

一輪秋影轉金波，飛鏡又重磨②。把酒問姮娥：被白髮欺人奈何③？乘風好去，長空萬里，直下看山河。斫去桂婆娑，人道是清光更多④。

【校】

〔一〕題，廣信書院本「叔潛」作「潛叔」，據四卷本丙集乙正。四卷本「夜」字闕。

【箋注】

①題，吕叔潛，名大虬。陳巖肖《庚溪詩話》卷下：「所至驛舍旅邸，留題壁間，亦多有可取者。見

李南仲丙言，臨安旅邸壁間一絶，……又言建州崇安分水驛壁一絶，……又吕叔潛大虬言，鎮江丹陽玉乳泉壁間一絶云：『騎馬出門三月暮，楊花無奈雪漫天。客情最苦夜難度，宿處先尋無杜鵑。』三詩皆可喜，然皆不著名氏。」汪應辰《文定集》卷一五《與吕叔潛書》：「魏公再相，雖出獨斷，不知能行其志否？……兩月之間，並未見其施設，必有所甚重者，徒令善類歎息瞻仰而已。季文竟去，亦失於見幾不早爾。舍人恩澤事，僅得季文書，魏公欣然以爲當還，切須及時料理也。伯恭今安在？兩日前作書託韓無咎附便，亦只是報此。」張魏公再相，指張浚隆興元年十二月拜右僕射事。而汪書作於隆興二年二月，則爲張浚視師至鎮江時。按：吕大虬始末，周煇《清波雜志》卷六《元祐諸公日記》條載「向於吕申公之後大虬家，得曾文肅子宣日記數巨帙」語，申公即夷簡，《宋史》卷三一一有傳。另據吕祖謙《東萊集》卷一四《東萊公家傳》及吕祖儉所作《祖謙壙記》，大虬乃夷簡之曾孫好問之孫，好問五子，即本中、揆中、弸中、用中、忱中，九孫，大虬爲其中之一，惟不知爲何人之子。而祖謙則弸中之孫，大器之子，大虬當爲其從父也。前引書「舍人恩澤」，當指將以吕好問恩澤蔭補大虬也。據金華武義縣明招山發現之吕氏家族墓地，新近出土之墓志，有《吕用中壙志》載云：「宋故右朝奉大夫直秘閣主管台州崇道觀吕公諱用中，字執智，世爲東萊人。……曾祖公著。……祖諱希哲。……父諱好問。……以［紹興］三十二年六月二十八日終於男大麟常州武進令治所。……男四人，長大鳳，右從事郎監潭州南嶽廟，未授室而卒。次大原，早夭。次大麟，右宣教郎知常州武進縣。次大虬，右從政郎充措置兩浙節制軍馬準備差遣。」另有《吕用中妻韓氏壙志》載云：「夫人韓氏，……年十八，歸我先君。子男四人，長大鳳，從事郎。次大原，皆早世。次大麟，右承議郎江南東路轉運司主管文字。次大虬，右文林郎總領淮西江東軍馬錢糧所準備差遣。……乾道六年十一月二十一日，以疾終於建康府江東轉運司主管文字官舍，享年七十。」據此二《壙志》，知吕大虬乃好問之孫，用中之四子。當乾道六年稼軒通判建康府時，其正在治所在建康府之淮西總領任幕職官，故能與稼軒相識且於中秋日相與唱和。至是年十一月，則以丁内艱而去官矣。大虬平生仕歷僅見如上，故得與稼軒新近相識且獲賦詞相贈也。

②「一輪」二句，一輪秋影轉金波，晏殊《中秋月》詩：「一輪霜影轉庭梧，此夕羈人獨向隅。」楊億《上元夜會慎大詹西齋分題得歌字》詩：「坐聽禁城傳玉漏，起看河漢轉金波。」徐寅《日月無情》詩：「三足靈烏金借耀，一輪飛鏡水饒清。」飛鏡重磨，謂月再圓也。

③「把酒」二句，把酒問姮娥，李白有《把酒問月》詩。姮娥即月也。白髮欺人，薛能《春日使府寓懷二首》詩：「青春背我堂堂去，白髮欺人故故生。」黄庭堅《出城送客過故人東平侯趙景珍墓》詩：「朱顔苦留不肯住，白髮政爾欺得人。」

④「斫去」二句，杜甫《一百五日夜對月》詩：「斫却月中桂，清光應更多。」韓愈《月蝕詩效玉川子作》詩：「依前使兔操杵臼，玉階桂樹閑婆娑。」

賀新郎　和吴明可給事安撫①

世路風波惡②。喜清時邊夫袖手，猛將帷幄〔一〕。正值春光二三月，兩兩燕穿簾幕。又怕箇江南花落。與客攜壺連夜飲，任蟾光飛上闌干角。何時唱，從軍樂③？　歸歟已賦居巖壑。悟人世正類春蠶，自相纏縛。眼畔昏鴉千萬點，猶欠歸來野鶴④。都不戀黑頭黄閣⑤。一詠一觴成底事⑥？慶康寧天賦何須藥？金盞大，爲君酌。

【校】

〔一〕「猛」字原闕，徑補。下文「猶欠」之「猶」亦以意補。

【箋注】

①題，吴明可給事安撫，《宋史》卷三八七《吴芾傳》：「吴芾字明可，台州仙居人。舉進士第，遷秘書正字，與秦檜舊故，至是，檜已專政，芾退然如未嘗識。公坐旅進，揖而退，檜疑之，風言者論罷，通判處、婺、越三郡，知處州。……何溥薦芾材中御史，除監察御史。時金將敗盟，芾勸高宗

專務修德，痛自悔咎。……遷殿中侍御史。……知婺州。孝宗初即位，陛辭。……權刑部侍郎，遷給事中，改吏部侍郎。以敷文閣直學士知臨安府。……遷禮部侍郎，力求去，提舉太平興國宫。時芾與陳俊卿俱以剛直見忌，未幾，俊卿亦引去。中書舍人閻安中爲孝宗言，二臣之去，非國之福。起知太平州，……知隆興府。芾前後守六郡，各因其俗爲寬猛，吏莫容姦，民懷惠利。再奉太平祠，屢告老，以龍圖閣直學士致仕。後十年卒，年八十。……晚退閑者十有四年，自號湖山居士。」按：《宋會要輯稿·選舉》三四之一七：「乾道元年六月十九日，詔尚書禮部侍郎吴芾除敷文閣直學提舉江州太平興國宫。」同書《選舉》三四之二二：「乾道五年四月九日，詔敷文閣直學士知太平州吴芾除徽猷閣直學士，差知隆興府。」右詞作於乾道五年春，當爲吴芾自知太平州被召赴行在途中過建康府時所賦。《姑蘇志》卷二一：「府院在子城内東南廳事西，有簡孚堂。紹興十一年録事參軍吴芾作。乾道五年，芾入對過吴，題詩廳壁。録參王康彦以入石，並刻前記爲此廳盛事。」可知吴芾確於乾道五年春自太平州經建康府過平江入對。吴芾《湖山集》卷六有《元夕用胡經仲所寄韻呈辛倅及諸僚友》詩：「星斗潛移下九天，滿城如晝酒如泉。當時行樂陪千騎，今日重來恰十年。燈燭光中春更好，綺羅叢裏月争妍。諸君莫惜長鯨量，要向尊前中聖賢。」可知其與稼軒蓋於紹興三十二年春間相識，至再與稼軒於臨安相逢，蓋已十年，因有「千騎」、「十年」語，則吴詩於乾道七年正月作，於時稼軒建康府通判任滿，在司農寺簿任上。

②世路風波惡，白居易《除夜寄微之》詩：「家山泉石尋常憶，世路風波子細諳。」宋祁《僑居二首》：「世路風波惡，天涯日月遒。」

③從軍樂，《藝文類聚》卷五九：「梁劉孝儀《從軍行》詩曰：『冠軍親挾射，長平自合圍。木落彫弓燥，氣秋征馬肥。賢王皆屈膝，幕府復申威。何謂從軍樂？往反速如飛。』」《太平御覽》卷一七：「隋薛道衡《歲窮應教》詩曰：『故年隨夜盡，初春逐晚生。方驗從軍樂，飲至入西京。』」

④「眼畔」二句，《漁隱叢話》後集卷三三《秦太虚》條引《藝苑雌黄》云：「『寒鴉萬點。流水繞孤村』之句，人皆以爲少游自造此語，殊不知亦有所本。予在臨安，見《平江梅知録》云：隋煬帝詩云：『寒鴉千萬點，流水繞孤村。』少游用此語也。」杜甫《野望》詩：「獨鶴歸何晚，昏鴉已滿林。」

⑤黑頭黄閣，《世説新語・識鑑》：「諸葛道明初過江左，自名道明，名亞王庾之下。先爲臨沂令，丞相謂曰：『明府當爲黑頭公。』」即黑頭爲公之意。黄閣，見前《滿江紅》詞（鵬翼垂空闋）箋注。

⑥「一詠」句，《晉書》卷八〇《王羲之傳》引《蘭亭序》：「一觴一詠，亦足以暢叙幽情。」

品　令①

迢迢征路，又小舸金陵去。西風黄葉，淡煙衰草②，平沙將暮。回首高城③，一步遠如一步。

江邊朱户。忍追憶分攜處。今宵山館，怎生禁得，許多愁緒？辛苦羅巾，搵取幾行淚雨。

【箋注】

①題，右詞無題，乃官建康府時送别所愛者之作，故繫於通判建康府諸作之後。

②淡煙衰草，唐無名氏詩：「今日江邊容易别，淡煙衰草馬頻嘶。」

③「回首」句，高城，當指建康府城。陸游《老學庵筆記》卷一：「建康城，李景所作，其高三丈，因江山爲險固。」韓駒《十絶爲亞卿作》詩：「妾願爲雲逐畫檣，君言十日看歸航。恐君回首高城隔，直倚江樓過夕陽。」

江城子　戲同官①

留仙初試砑羅裙②，小腰身，可憐人。江國幽香，曾向雪中聞③。過盡東園桃與李，還見此，一枝春。　庾郎襟度最清真④，挹芳塵，便情親。南館花深，清夜駐行雲。拚却日高呼不起，燈半滅，酒微醺。

【箋注】

①題，右詞及下一首《惜奴嬌》詞，疑皆作於建康。其時建康府同僚如嚴煥、丘崈輩皆風流不羣，故多行樂之作。以不得确切作年，乃均附於此。

②「留仙」句，伶玄《趙飛燕外傳》：「帝於太液池作千人舟，號合宫之舟。起瀛洲廣榭，后歌《歸風送遠之曲》。……帝令左右持其裙，久之風止，裙爲之皺。后曰：『帝恩我，使我仙去不得。』他日宫姝或襞裙爲縐，號留仙裙。」《類説》卷二九引《麗情集》：「薛瓊瓊，開元宫中第一箏手。清明日，上令宫妓踏青，狂生崔懷寶竊窺瓊瓊，悦之，因樂供奉楊羔潛班中得之，羔令崔小詞，方得見薛。崔作詞云：『平生無所願，願作樂中箏。得近玉人纖手子，砑羅裙上放嬌聲。便死也爲

榮。』」此合二典爲一。

③「江國」二句，鄧注謂諸句均指梅言，或同官之侍者以梅爲姓或以梅爲名也，此所言是。

④庾郎，南齊之庾杲之也。《南齊書》卷三四《庾杲之傳》：「庾杲之字景行，新野人也。……杲之少而貞立，學涉文義，起家奉朝請，巴陵王征西參軍。郢州舉秀才，除晉熙王鎮西外兵參軍、世祖征虜府功曹、尚書駕部郎。清貧自業，食唯有韭葅、瀹韭、生韭雜菜。或戲之曰：『誰謂庾郎貧？食鮭常有二十七種。』言三九也。」三九，謂三種韭也。

惜奴嬌

戲同官

風骨蕭然，稱獨立，羣仙首。春江雪一枝梅秀。小樣香檀，映朗玉纖纖手①。未久，轉新聲泠泠山溜。曲裏傳情，更濃似，尊中酒。信傾蓋相逢如舊②。別後相思，記敏政堂前柳③。知否？又拚了一場消瘦。

【箋注】

①「小樣」二句，《十國春秋》卷五六《歐陽炯傳》：「則有綺筵公子，繡幌佳人。遞葉葉之花牋，文

抽麗錦；舉纖纖之玉指，拍按香檀。不無清絶之辭，用助嬌嬈之態。」此香檀指樂器。虞世南《琵琶賦》有「剖文梓而縱分，割香檀而横列」語。小樣，小型。

②「信傾」句，《史記》卷八三《鄒陽列傳》：「白頭如新，傾蓋如故。」

③敏政堂，《永樂大典》卷七二三六堂字韻引《温州府志》及《撫州羅山志》，謂兩地皆有敏政堂，然二地恐皆非此處所言之敏政堂。

念奴嬌

三友同飲，借赤壁韻①

論心論相，便擇術滿眼，紛紛何物②？踏碎鐵鞋三百緉③，不在危峰絶壁。龍友相逢，窪尊緩舉，議論敲冰雪④。何妨人道。聖時同見三傑⑤？　自是不日同舟⑥，平戎破虜⑦，豈由言輕發？任使窮通相鼓弄，恐是真□難滅⑧。寄食王孫，喪家公子，誰握周公髮⑨？冰□皎皎，照人不下霜月。

【箋注】

①題，疑此三友，乃稼軒通判建康府時友人丘崈、嚴焕。赤壁韻即蘇軾所賦「大江東去」。

②「論心」三句，《荀子・非相》：「故相形不如論心，論心不如擇術。形不勝心，心不勝術。術正而心順之，則形相雖惡而心術善，無害爲君子也；形相雖善而心術惡，無害爲小人也。」按，術，謂道術也。何物，什麽。詳參本書卷九《蝶戀花》（何物能令公怒喜閿）箋注。

③「踏碎」句，《宋詩紀事》卷九〇載夏元鼎《絶句》有云：「崆峒訪道至湘湖，萬卷詩書看轉愚。踏破鐵鞋無覓處，得來全不費功夫。」其後注云：「《蓬萊鼓吹》附録：『元鼎博極羣書，屢試不第。應賈、許二帥幕，出入兵間，至上饒，夜感異夢，棄官入道。至南岳祝融峰，過赤城周真人，求其指示，乃大悟，因題詩云云。所著有《陰符經講義》三卷、《圖説》一卷、《崔公藥鏡箋》一卷，今永嘉有夏仙里云。』」按：元方回《桐江續集》卷三一《送汪復之歸小桃源序》，謂「元鼎温州人，寶慶中以小武官歷事山陽應純之五帥，僞撰《西江月》十二首，爲平叔作，其後死於色欲，近人尚或識之」。則其年輩晚於稼軒，所謂「踏破鐵鞋無覓處，得來全不費功夫」諸語，當非右詞出處。然稼軒既有此句，則知是語必早流傳於民間，故爲稼軒所採用耳。

④「龍友」三句，龍友，《三國志・魏志》卷一三《華歆傳》注引《魏略》：「歆與北海邴原、管寧俱遊學，三人相善，時人號三人爲一龍。歆爲龍頭，原爲龍腹，寧爲龍尾。」窪尊，《嘉泰吴興志》卷一八《烏程縣》：「石罇在烏程縣峴山。唐開元中，李適之爲湖州别駕，每視事之餘，攜所親登山恣飲，望帝鄉時有一醉。後適之爲相，土人因呼爲李相石罇。大曆中刺史顔真卿及門生弟姪多攜壺櫼楫以浮，乃作《李相石罇晏集聯句》。」顔真卿《登峴山觀李左相石尊聯句》：「李公登飲

處，因石爲窪尊。」

⑤三傑，司馬貞《史記索隱》卷二九《漢興已來將相名臣年表》：「高祖初起，嘯命羣雄。天下未定，王我漢中。三傑既得，六奇獻功。」三傑謂張良、韓信、蕭何。

⑥「自是」句，同舟，《後漢書》卷九八《郭太傳》：「游於洛陽，始見河南尹李膺，膺大奇之，遂相友善，於是名震京師。後歸鄉里，衣冠諸儒送至河上，車數千兩，林宗唯與李膺同舟而濟，衆賓望之以爲神仙焉。」

⑦平戎破虜，平戎，《左傳・僖公十二年》：「冬，齊侯使管夷吾平戎於王。」注：「平，和也。前年晉救周伐戎，故戎與周晉不和。」破虜，韓嬰《韓詩外傳》卷四：「今有堅甲利兵，不足以施敵破虜。」

⑧「任使」二句，《莊子・外物》：「古之得道者，窮亦樂，通亦樂，所樂非窮通也。道德於此，則窮通爲寒暑風雨之序矣。」鼓弄，猶鼓動也。

⑨「寄食」三句，寄食王孫謂韓信。《史記》卷九二《淮陰侯列傳》：「信釣於城下，諸母漂，有一母見信饑，飯信，竟漂數十日。信喜，謂漂母曰：『吾必有以重報母。』母怒曰：『大丈夫不能自食，吾哀王孫而進食，豈望報乎？』」喪家公子謂張良。《史記》卷五五《留侯世家》：「留侯張良者，其先韓人也。大父開地，相韓昭侯、宣惠王、襄哀王，父平相釐王、悼惠王。悼惠王二十三年平卒，卒二十歲，秦滅韓，良年少，未宦，事韓，韓破，良家僮三百人，弟死不葬，悉以家財求客，刺

秦王，爲韓報仇，以大父、父五世相韓故。」「誰握」句指蕭何，蓋何能薦韓信，以成漢業，故用周公語。《史記》卷三三《魯周公世家》：「周公戒伯禽曰：『我文王之子，武王之弟，成王之叔父，我於天下亦不賤矣。然我一沐三握髮，一飯三吐哺，起以待士，猶恐失天下之賢人。』」

好事近

西湖①

日日過西湖，冷浸一天寒玉②。山色雖言如畫，想畫時難邈③。前絃後管夾歌鐘，纔斷又重續。相次藕花開也，幾蘭舟飛逐④。

【箋注】

①題，乾道六年稼軒自建康府通判任上被召，其被召之月份雖不可考，然據右詞所寫時序，當在是年夏季，疑其被召在五六月間。右詞記夏夜之西湖，因次於此。

②「冷浸」句，秦觀《臨江仙》詞：「微波澄不動，冷浸一天星。」周紫芝《念奴嬌·秋月》詞：「素光如練，滿天空掛寒玉。」

③「想畫」句，難邈，即難描畫。杜甫《丹青引贈曹將軍霸》詩：「先帝天馬玉花驄，畫工如山貌不

同。……即令漂泊干戈際，屢貌尋常行路人。」清胡鳴玉《訂譌雜録》卷四《貌一讀莫》：「貌音漠，描畫人物，類其狀也，與形貌音義不同。」韓愈《楸樹》詩：「不得畫師來貌取，定知難見一生中。」《别本韓文考異》卷九注：「貌或作邈。方云：此猶少陵『貌得山僧及童子』之『貌』。今按貌音邈。」

④「相次」二句，相次，依次、陸續也。幾蘭舟飛逐，謂有多少蘭舟之追逐。幾，多少也。李頻《出送新安少府》詩：「日亂看江樹，身飛逐楚檣。」

青玉案　元夕①

東風夜放花千樹②。更吹落，星如雨③。寶馬雕車香滿路④。鳳簫聲動，玉壺光轉，一夜魚龍舞⑤。　蛾兒雪柳黄金縷⑥，笑語盈盈暗香去。衆裏尋他千百度，驀然迴首，那人却在，燈火闌珊處。

【箋注】

①題，右詞爲稼軒都城元夕觀燈所作。宋人元夕放燈，自正月十四日夜始，十六日夜結束，皇宫、

官署、貴臣府第皆得製鼇山，懸燈火，雜陳百戲，縱遊人士女觀賞。《説郛》卷一一七上引曾忭《靈異小録》載：「正月十五日夜，許三夜夜行，金吾巡禁，察其寺觀及前後街巷。……盛造燈籠燒燈，光明若晝。山堂高百餘尺，神龍已後，復加嚴飭。士女無不夜遊，罕有居者。車馬塞路，有足不躡地，被浮行數十步者。王公之家，皆數百騎行歌。」此詞乃稼軒賦於乾道七年正月司農寺簿任上者。

②「東風」句，王仁裕《開元天寶遺事》卷四《百枝燈樹》：「韓國夫人置百枝燈樹，高八十尺，豎之高山，上元夜點之，百里皆見，光明奪月色也。」蘇味道《正月十五日夜》詩：「火樹銀花合，星橋鐵鎖開。」

③「更吹」二句，如雨之落星，謂燈毬。孟元老《東京夢華録》卷六《十六日》：「諸營班院，於法不得夜遊，各以竹竿出燈毬於半空，遠近高低，望之如飛星然。」吴自牧《夢粱録》卷一《元宵》：「諸酒庫亦點燈毬，喧天鼓吹。……諸營班院，於法不得與夜遊，各以竹竿出燈毬於半空，遠覩若飛星。」《左傳·莊公七年》：「四月辛卯夜，恒星不見，夜中，星霣如雨。」

④「寶馬」句，秦韜玉《天街》詩：「寶馬競隨朝暮客，香車多輾古今塵。」郭利貞《上元》詩：「九陌連燈影，千門度月華。傾城出寶騎，匝路轉香車。」《東京夢華録》自序：「雕車競駐於天街，寶馬争馳於御路。」駱賓王《詠美人在天津橋》詩：「美女出東鄰，容與上天津。整衣香滿路，移步襪生塵。」

⑤「鳳簫」三句，簫史吹簫引來鳳凰，故稱鳳簫。玉壺，燈也。《武林舊事》卷二《元夕》：「燈之品極多，每以蘇燈爲最。……其後福州所進，則純用白玉，晃耀奪目。如清冰玉壺，爽徹心目。」魚龍謂百戲。《漢書》卷九六《西域傳贊》：「設酒池肉林，以饗四夷之客。作巴俞都盧海中碭極漫衍、魚龍角抵之戲，以觀視之。」注：「魚龍者，爲含利之獸，先戲於庭極畢，乃入殿前，激水化成比目魚，跳躍漱水，作霧障日。畢，化成黄龍八丈，出水敖戲於庭，炫燿日光。」

⑥「蛾兒」句，《武林舊事》卷二《元夕》：「元夕節物，婦人皆帶珠翠、鬧蛾、玉梅、雪柳、菩提葉、燈毬、銷金合，蟬貂袖，項帕，而衣多尚白，蓋月下所宜也。遊手浮浪輩，則以白紙爲大蟬，謂之夜蛾。」《大宋宣和遺事》亨集：「宣和六年正月十四日夜，去大内門直上一條紅綿繩上，飛下一個仙鶴兒來，口内銜一道詔書，有一員中使得展開：『奉聖旨宣萬姓。』有快行家，手中把着金字牌，喝道宣萬姓。少刻，京師民有似雲浪，盡頭上帶着玉梅、雪柳、鬧蛾兒，直到鼇山下看燈。」黄金縷，疑亦頭飾。李商隱《謔柳》詩：「已帶黄金縷，仍飛白玉花。」又可作歌舞衣解。李白《贈裴司馬》詩：「翡翠黄金縷，繡成歌舞衣。」

滿江紅

題冷泉亭〔一〕①

直節堂堂，看夾道冠纓拱立②。漸翠谷羣仙東下〔二〕，珮環聲急③。誰信天鋒飛墮地〔三〕？

傍湖千丈開青壁④。是當年玉斧削方壺⑤，無人識。 山水潤，琅玕濕。秋露下，瓊珠滴。向危亭横跨，玉淵澄碧⑥。醉舞且搖鸞鳳影，浩歌莫遣魚龍泣⑦。恨此中風物本吾家〔四〕，今爲客⑧。

【校】

〔一〕題，廣信書院本原無，據四卷本甲集補。

〔二〕「東」，《六十名家詞》本作「來」。

〔三〕「誰信」，四卷本甲集作「聞道」。

〔四〕「物」，四卷本作「月」。

【箋注】

①題，《咸淳臨安志》卷二三：「冷泉亭在飛來峰下，唐刺史河南元萸建，刺史白居易記，刻石亭上。」〔萬曆〕《杭州府志》卷四四：「冷泉亭在靈隱寺外，面飛來峰石門澗之上，唐刺史元萸建，舊在水中，今依澗而立，亭扁冷泉二字，乃唐白居易書，亭字乃蘇軾續書，字亦無矣。」白居易《白氏長慶集》卷四三《冷泉亭記》：「東南山水，餘杭郡爲最。就郡言，靈隱寺爲尤。由寺觀言，冷

泉亭爲甲。亭在山下水中央，寺西南隅。高不倍尋，廣不累丈，而撮奇得要，地搜勝概，物無遁形。……山樹爲蓋，巖石爲屏，雲從棟生，水與階平。」《錢塘遺事》卷一《冷泉亭》：「冷泉亭正在靈隱寺之前，一泓極爲清泚，流出飛來峰下，過九里松而入西湖。」右詞爲乾道七年秋所賦，據下闋作於乾道八年正月可知。

②「直節」二句，直節謂竹，冠纓爲松。王安石《華藏院此君亭》詩：「人憐直節生來瘦，自許高材老更剛。」此言冷泉亭前道旁所植松竹，至今猶存古貌，舊跡彷彿可見。然古今以來以冠纓拱立喻松者，未見。

③「漸翠」二句，柳宗元《柳河東集》卷二九《至小丘西石潭記》：「從小丘西行百二十步，隔篁竹，聞水聲，如鳴珮環。心樂之，伐竹取道，下見小潭，水尤清冽。」趙彥衛《雲麓漫鈔》卷五：「張君房辨錢塘，引《十三州記》云：『杭州武林山，高九十二丈，周回三十里，在錢塘縣西南十二里，靈隱寺正坐其山。寺之東西，瀵二水，東龍源，横過寺前，即龍溪也。冷泉亭在其上。西曰錢源，其流洪大，下山二里八十步，過横坑橋，入於錢湖，蓋錢源之聚滀也。』」〔萬曆〕《杭州府志》卷二三：「冷泉在靈隱寺外，面飛來峰，即石門澗浦。先時深廣可通舟楫。……紹興間有善堪輿之術者，言靈隱火山也，得水可以禳災，乃建石閘以蓄水。」按：據白居易《冷泉亭記》及地方志記載，唐宋以來，冷泉亭建在飛來峰下溪流中，此溪或稱龍溪，或稱石門澗浦，今稱冷泉溪。憑欄遠眺，則溪流自山中奔湧而出，丁冬作響如鳴環佩，頗似羣隊女仙自空谷而下，故有此二句及

「向危亭横跨，玉淵澄碧」諸語。舊亭遺址久無存者，明萬曆之前移建道旁，已失却當年稼軒所見之景觀矣。

④「誰信」二句，《咸淳臨安志》卷二三《飛來峰》條引晏元獻公《輿地志》云：「晉咸和元年，西天僧慧理登兹山，歎曰：『此是中天竺國靈鷲山之小嶺，不知何年飛來。佛在世日，多爲仙靈所隱，今此亦復爾邪？』因掛錫造靈隱寺，號其峰曰飛來。」《西湖遊覽志》卷一〇《北山勝跡》：「飛來峰界乎靈隱天竺兩山之間，蓋支龍之秀演者。高不踰數十丈，而怪石森立，青蒼玉削。若駭豹蹲獅，筆卓劍植。衡從偃仰，益玩益奇。上多異木，不假土壤。根生石外，矯若龍蛇。鬱鬱然丹葩翠蕤，蒙羃聯絡。冬夏常青，煙雨雪月，四景尤佳。其下巖扃窈窕，屈曲通明。壁間布鐫佛像，皆元嘉木揚喇勒智所爲也。晉咸和元年，西僧慧理登而歎曰：『此乃中天竺國靈鷲山之小嶺，不知何以飛來？仙靈隱窟，今復爾否？』因樹錫結庵名曰靈隱，命其峰曰飛來。」

⑤方壺，《列子·湯問》：「渤海之東，不知幾億萬里，有大壑焉。實惟無底之谷，其下無底名曰歸墟。……其中有五山焉，一曰岱輿，二曰員嶠，三曰方壺（一曰方丈），四曰瀛洲，五曰蓬萊。」

⑥「向危」二句，此指冷泉亭。蓋亭在水中，横跨溪澗，即白居易《記》所謂「水與階平」者也。

⑦「醉舞」二句，唐人《驪山感懷》詩：「鸞鳳影沉歸萬古，歌鐘聲斷夢千秋。」陳師道《大風梁山泊》詩：「摧殘蒲葦盡，簸蕩魚龍泣。」莫遣，應使也。莫不當作不解。

⑧「恨此」二句，稼軒故鄉濟南，有大明湖之勝概，風景不減此地。惜稼軒萬里南渡，竟成客寓江南

之勢，故見冷泉亭風物，而發此慨歎也。

又　再用前韻①

照影溪梅，悵絶代佳人獨立〔一〕②。便小駐雍容千騎〔二〕，羽觴飛急③。琴裏新聲風響珮，筆端醉墨鴉棲壁④。是使君文度舊知名〔三〕⑤，今方識〔四〕。　高欲卧，雲還濕。清可漱，泉長滴〔五〕⑥。快晚風吹贈〔六〕⑦，滿懷空碧。寶馬嘶歸紅旆動，龍團試水銅瓶泣〔七〕⑧。怕他年重到路應迷，桃源客⑨。

【校】

〔一〕「佳」，四卷本甲集作「幽」，此從廣信書院本。

〔二〕「便」，四卷本作「更」。

〔三〕「使」，廣信書院本作「史」，此從四卷本。「度」，王詔校刊本、《六十名家詞》本、四印齋本俱作「雅」。

〔四〕「今方」，四卷本作「方相」。

〔五〕「高欲」四句，四卷本後兩句與前兩句顛倒。

〔六〕「贈」，廣信書院本原作「帽」，此從四卷本改。

〔七〕「龍團」句，「龍團」，四卷本作「團龍」。「水」，四卷本作「碾。」

【箋注】

①題，右詞用前臨安冷泉亭詞韻，然絶非作於一時者。蓋前詞作於乾道七年秋，有「秋露下，瓊珠滴」語，而此詞首句便爲「照影溪梅」，其後又有「小駐雍容千騎」句，顯爲明年即乾道八年正月自司農寺簿出守滁州途經某地之語。知稼軒自和之作，有非作於同時者，因次於滁州諸作之前。《稼軒詞編年箋注》編次於淳熙五年，顯誤。

②「照影」二句，《漢書》卷九七上《外戚傳》：「孝武李夫人，本以倡進。初，夫人兄延年性知音，善歌舞。……延年侍上起舞，歌曰：『北方有佳人，絶世而獨立。』」杜甫《佳人》詩：「絶代有佳人，幽居在空谷。」

③「便小」二句，雍容千騎，《樂府詩集》卷二八載古詩《陌上桑》，載秦氏女羅敷自誇其夫，以拒五馬使君共載之邀，其詩云：「使君自有婦，羅敷自有夫。東方千餘騎，夫婿居上頭。……三十侍中郎，四十專城居。」按：古者諸侯千乘，後之太守即古之諸侯也，故太守出擁千騎，後皆以千騎喻指專城居之郡守。按：宋代郡守赴州郡，均有侍從儀仗甚盛。羽觴飛急，《李太白文集》

卷二六《春夜宴從弟桃花園序》：「開瓊筵以坐花，飛羽觴而醉月。不有佳詠，何伸雅懷？」方干《陪王大夫泛湖》詩：「密炬燒殘銀漢昃，羽觴飛急玉山傾。」按：《明一統志》卷一二載：「辛棄疾爲淮東帥，以吏事聞。每出，於車前張二旗，書云：『撫軍恤民，斬賊配吏。』」查稼軒一生未爲帥淮東，惟一一次出仕淮東，即此次知滁州。右志謂稼軒出於車前張旗，頗與稼軒性格相合，又正與稼軒出知滁州時意氣風發適相符合，因附次其事於此，以爲參考。

④「琴裹」二句，新聲，前引《漢書·外戚傳》：「延年性知音，善歌舞。武帝愛之，每爲新聲變曲，聞者莫不感動。」響珮，見前闋箋注。鴉棲壁，蘇軾《次韻王鞏南遷初歸二首》詩：「平生痛飲處，遺墨鴉棲壁。」蘇轍《高郵別秦觀三首》詩：「筆端大字鴉棲壁，袖裹新詩句琢冰。」

⑤使君文度舊知名，《晉書》卷七五《王坦之傳》：「坦之字文度，弱冠與郗超俱有重名，時人爲之語曰：『盛德絶倫郗嘉賓，江東獨步王文度。』嘉賓，超小字也。……温薨，坦之與謝安共輔幼主，遷中書令，領丹陽尹。俄授都督徐、兖、青三州諸軍事，北中郎將，徐兖二州刺史，鎮廣陵。」

⑥「高欲」四句，杜甫《游龍門奉先寺》詩：「天闕象緯逼，雲卧衣裳冷。」蘇軾《棲賢三峽橋》詩：「垂瓶得清甘，可嚥不可漱。」

⑦晚風吹贈，孟郊《楚竹吟酬盧虔端公見和湘絃怨》詩：「握中有新聲，楚竹人未聞。識音者謂誰？清夜吹贈君。」

⑧「寶馬」二句，寶馬嘶歸，許渾《同韋少尹傷故衛尉李少卿》詩：「香街寶馬嘶殘月，暖閣佳人哭

曉風。」黄庭堅《送蘇太祝歸石城》詩：「僕夫結束底死催，馬翻玉勒嘶歸鞅。」秦觀《金明池·春遊》詞：「縱寶馬嘶風，紅塵拂面，也則尋芳歸去。」按：右詞既作於乾道八年，上距稼軒南歸僅十一年，以情理推之，當年跟隨稼軒起義南歸之老馬猶應存活，知主人北上而喜，以爲歸鄉有日，故而長嘶不已，此詞遂有「寶馬嘶歸」云云，乃以紀實抒寫詞人終身不渝之恢復情節，因知此處不當以尋常語看待也。龍團試水銅瓶泣，熊蕃《宣和北苑貢茶録》：「慶曆中，蔡君謨將漕，創造小龍團以進，旨仍歲貢之。」葉夢得《石林燕語》卷八：「建州歲貢大龍鳳團茶各二斤，以八餅爲斤。仁宗時，蔡君謨知建州，始別擇茶之精者，爲小龍團十斤以獻。」蘇軾《岐亭五首》詩：「醒時夜向闌，唧唧銅瓶泣。」《記纂淵海》卷八二：「銅瓶爲飲器。」

⑨「怕他」二句，《陶淵明集》卷五有《桃花源記》，寫晉太元中，武陵人捕魚，至桃花源，遇不知有漢、無論魏晉之人，乃當年避秦亂至其地者。既出，雖處處志之，再往則遂迷，不復得路。其題下注謂：「桃源山在縣南一十里，西北乃沅水，曲流而南，有障山，東帶鈔鑼溪，周回三十有二里，所謂桃花源也。」

感皇恩

滁州壽范倅〔一〕①

春事到清明，十分花柳②。唤得笙歌勸君酒。酒如春好，春色年年依舊〔二〕。青春元不老，君知否？　席上看君，竹清松瘦。待與青春鬥長久③。三山歸路，明日天香襟袖④。更持金盞起〔三〕，爲君壽〔四〕。

【校】

〔一〕題，四卷本甲集作「爲范倅壽」，此從廣信書院本。

〔二〕「依」，四卷本作「如」。

〔三〕「更持」句，「持」，《詩淵》第四五七四頁引此詞作「待」。「金」，四卷本作「銀」。

〔四〕「爲」，《詩淵》作「祝」。

【箋注】

①題，周孚《蠹齋鉛刀編》卷二三《滁州奠枕樓記》：「乾道八年春，濟南辛侯幼安自司農寺簿來守滁。」〔光緒〕《滁州志》卷四之二：「辛棄疾字幼安，齊歷城人，乾道八年正月以右宣教郎出知滁州。」同書卷四之一《通判》：「范昂，乾道六年任。燕世良，乾道八年任。」《宋會要輯稿·職官》一〇之九：「乾道八年正月十四日，詔滁州州縣官到任任滿，依次邊舒州州縣官推賞。先是，權通判滁州范昂陳請，故有是詔。」此范倅必范昂無疑，惟其字籍生平皆無可考。而〔雍正〕《廣

西通志》卷三七載：「灌陽縣學，隋大業十三年建在縣治東，宋崇寧中，以其地隘，遷於西門外，去城一里許。建炎三年，司教范昂仍遷於縣治東，熊詢有記。」《咸淳毗陵志》卷一〇《知武進縣》：「范昂，紹興三十二年八月，右通直郎。」此二處出現之范昂，或與此爲倅之范昂同爲一人。

②十分花柳，花柳皆開，已至極盛，此謂之十分。

③「竹清」二句，鬥，比也。此二句謂松與竹之清瘦，與范昂有一比也。何所比？比青春之長久也。

④「三山」二句，三山謂海上蓬萊、方壺、瀛洲。《東觀漢紀》卷一〇《竇章》：「竇章時謂東觀爲老氏藏室。按：《范書》本傳：太僕鄧康聞其名，請欲與交，章不肯往，康以此益重焉。是時學者稱東觀爲老氏藏室、道家蓬萊山。康遂薦章入東觀爲校書郎。」此以蓬萊等三仙山喻指館閣之始也。唐宋人語言皆如此。劉禹錫《鶴歎》詩小序：「友人白樂天，去年罷吴郡，挈雙鶴雛以歸余，相遇於揚子津閒。……今年春，樂天爲秘書監，不以鶴隨，置之洛陽第。一旦予入門，問訊其家人，鶴軒然來睨。……因作《鶴歎》以贈樂天。」詩云：「一院春草長，三山歸路迷。主人朝謁早，貪養汝南雞。」此詞所言三山歸路，蓋謂范昂將來歸朝，應以館閣爲其歸宿也。天香襟袖，蘇軾《和子由除夜元日省宿致齋三首》詩：「朝回兩袖天香滿，頭上銀幡笑阿咸。」又，《浣溪沙·有贈》詞：「上殿雲霄生羽翼，論兵齒頰帶風霜。歸來衫袖有天香。」

又

壽人七十〔一〕①

七十古來稀，人人都道，不是陰功怎生到②？松姿雖瘦，偏耐雪寒霜曉〔二〕。看君雙鬢底〔三〕，青青好。　樓雪初晴，庭闈嬉笑。一醉何妨玉壺倒？從今康健，不用靈丹仙草。更看一百歲〔四〕，人難老③。

【校】

〔一〕題，四卷本乙集、《詩淵》第四五七四頁作「壽范倅」，廣信書院本無題。《永樂大典》卷二一六一八老字韻作「壽人七十」，因據改。

〔二〕「偏耐」句，四卷本、《永樂大典》卷二一六一八引《壽親養老新書》「雪寒霜曉」作「雪寒霜冷」，《詩淵》此句作「偏奈歲寒霜操」。

〔三〕「看君」句，《詩淵》作「但看雙髮底」。

〔四〕「看」，《詩淵》、《壽親養老新書》作「有」。

【箋注】

①題，四卷本此詞以「壽范倅」爲題，不知何據。右詞有「雪寒霜曉」、「樓雪初晴」諸語，知所壽者生辰在冬季，與「滁州壽范倅」之同調詞「春事到清明」者季節時令明顯不合，知二者絶非一人。因知此詞所與者已無可考知，廣信本作無題蓋得之矣。元鄒鉉續編之《壽親養老新書》卷二引此詞，謂「辛稼軒『壽人七十』感皇恩」云云，亦不作「壽范倅」，因作年無考，故附於前詞之後。

②「七十」三句，杜甫《曲江二首》詩：「酒債尋常行處有，人生七十古來稀。」《分門古今類事》卷一九《元植及物》：「陳元植者，粗有家道，好行陰隲。……一日晝坐，袖中一物，投地化爲緋衣人，長二尺，謂之曰：『君壽本不逾四十，爲有陰功，是以倍延。』」

③人難老，《詩・魯頌・泮水》：「既飲旨酒，永錫難老。」王嘉《拾遺記》卷一〇：「瀟湘洞庭之樂，聽者令人難老，雖咸池九韶，不得比焉。」

聲聲慢

滁州旅次，登奠枕樓作，和李清宇韻〔一〕①

征埃成陣，行客相逢，都道幻出層樓②。指點簷牙高處③，浪湧雲浮〔二〕。今年太平萬里，罷長淮千騎臨秋④。憑欄望，有東南佳氣，西北神州⑤。千古懷嵩人去，還笑我身在〔三〕，楚尾吴頭⑥。看取弓刀陌上〔四〕，車馬如流⑦。從今賞心樂事，剩安排酒令詩籌⑧。華胥夢，願年年人似舊游⑨。

【校】

〔一〕題，四卷本甲集、《六十名家詞》本作「旅次登樓作」，《中興絶妙詞選》卷三作「滁州作奠枕樓」。此從廣信書院本。

〔二〕「湧」，四卷本作「擁」。

〔三〕「還」，四卷本作「應」。

〔四〕「看取」，《中興絶妙詞選》作「見説」。

【箋注】

①題，奠枕樓，《宋史》卷四〇一《辛棄疾傳》：「遷司農寺主簿，出知滁州。州罹兵燼，井邑凋殘。棄疾寬征薄賦，招流散，教民兵，議屯田，乃創奠枕樓、繁雄館。」崔敦禮《宫教集》卷六《代嚴子文滁州奠枕樓記》：「郡之酤肆，舊頽廢不治，市區寂然，人無以爲樂。侯乃易而新之，曰：『凡邸館所以召和氣，作民之歡心也，非直曰程課入云爾。』即館之傍，築逆旅之邸。宿息屏蔽，罔不

畢備。……既又揭樓於邸之上，名之曰奠枕，使其民登臨而歌舞之。面城邑之清明，俯闤闠之繁夥，荒陋之氣一洗而空矣，樓成而落之。」周孚《蠹齋鉛刀編》卷二三《滁州奠枕樓記》：「侯乃以公之餘錢，取材於西南山，役州之閒兵，創客邸於其市，以待四方之以事至者。既成，又於其上作奠枕樓，使民以歲時登臨之。」旅次，即旅舍也。《易·旅》：「六二，旅即次。」《正義》：「寄旅必爲主君所安，故得次舍。」李清宇，應即滁州屬官李揚。滁州琅琊山清風亭有稼軒乾道九年摩崖題字，其滁州知州通判以下，即有名李揚者，可參本書卷五箋注。《蠹齋鉛刀編》卷二五《送李清宇序》：「延安李君清宇，予始識之於滁，與之語歡甚，視其所去取與所趨避，鮮有不與予同者。蓋其疾猶予也。是以出宦十年，而窮愈甚。予嘗以是問之，則曰：『吾何憂焉？』此汲長孺之戇而朱游之直也。」按：乾道八年，稼軒聘友人周孚爲滁州教授，故與李清宇交遊。《蠹齋鉛刀編》中多與李清宇唱和者，如卷一三《送李清宇因寄滁陽舊遊》詩，有「君行還過永陽郡，忽憶老夫嘗賦詩。庶子泉頭納涼處，醉翁亭上送秋時。」而章甫《自鳴集》卷三、五亦有《戲簡李清宇》、《送李清宇》二詩。

②「征埃」三句，成陣，黄庭堅《過家》詩：「乾葉落成陣，燈花何故喜。」陳師道《和富中容朝散值雨感懷》詩亦有「風撩雨腳俄成陣，雪閣雲頭欲結花」句。詳「成陣」詞義，蓋指陣列隊列也。幻出，猶言變幻而出。

③簷牙，《唐文粹》卷一載杜牧《阿房宫賦》：「五步一樓，十步一閣。廊腰縵迴，簷牙高啄。」

④「今年」二句，按：隆興二年宋金和議，相約南宋不在淮北屯駐大軍。《宋史全文》卷二四下：「乾道三年秋七月癸丑，諫議陳良祐奏：『……今遣二三萬人過江，敵人探知，却恐便成衅隙。』上曰：『若臨淮則不可，在内地亦何害？』」同書卷二五上載乾道六年四月，陳俊卿爲相，奏於揚州、和州各屯三萬萬弩手，使大兵屯要害必争之地，待敵至而决戰。孝宗以爲然，然竟爲衆論所持，不及其成。可知稼軒所謂「今年太平萬里，罷長淮千騎臨秋」云云，豈止乾道八年如此，蓋自乾道改元以後，宋廷即不敢在淮南屯駐大軍，惟恐挑成釁端。稼軒此二句，固明知有此等情事，乃欲以此暗諷當局者，亦適見稼軒於乾道間時時關注抗金事業也。

⑤東南佳氣，西北神州，《後漢書》卷一下《光武帝紀論》：「後望氣者蘇伯阿爲王莽使，至南陽，遥望見舂陵郭，唶曰：『氣佳哉，鬱鬱葱葱然！』」張方平《縣齋懷京都》詩：「東南古縣介江臯，西北神州倚斗杓。」

⑥「千古」三句，懷嵩謂李德裕懷嵩樓。《南畿志》卷五九《滁州》：「懷嵩樓，在州治後，即贊皇樓也。唐元和中，李德裕刺滁州建，取懷歸嵩洛之意。」（光緒）《滁州志》卷三之七：「懷嵩樓，在州治後統軍池上。唐刺史李德裕建，後改名懷嵩，一名北樓。」《李衛公别集》卷七《懷嵩樓記》：「懷嵩，思解組也。元和庚子歲，予獲在内庭，同僚九人，丞弼者五，數十年間零落將盡。……余憂傷所侵，疲薾多病。常驚北叟之福，豈忘東山之歸？此地舊隱曲軒，傍施僻塊。竹樹陰合，簷檻晝昏。喧雀所依，涼飈罕至。余盡去危堞，敞爲虚樓。剪榛木而始見前山，除密篠而近對

嘉樹。延清輝於月觀，留愛景於寒榮。晨憩宵遊，皆有殊致；周視原野，永懷嵩峰。肇此佳名，且符夙尚。盡庾公不淺之意，寫仲宣極望之心。貽於後賢，斯乃無愧。丙辰歲丙辰月，銀青光禄大夫守滁州刺史李德裕記。」吴頭楚尾，《方輿勝覽》卷一九《江西路·隆興府》：「《職方乘》記豫章之地，爲吴頭楚尾。」潘自牧《記纂淵海》卷一一《興國軍》：「分野界於吴頭楚尾之間，《禹貢》揚州之域。」後人亦稱江東淮北一帶爲吴頭楚尾，蓋亦吴楚分野之地也。如汪藻《浮溪集》卷二二《上常州錢舍人啓》有「吴頭楚尾，客途獲終歲之安」語，葉適《送劉德修時在京口》詩有「吴頭楚尾何時極？拈就前詩併展開」語，滁州在常州、京口北，故亦可稱吴頭楚尾。

⑦「看取」二句，弓刀陌上，黄庭堅《寄上叔父夷仲三首》詩：「弓刀陌上望行色，兒女燈前語夜深。」《昌黎集》卷二一《送鄭權尚書序》：「府帥必戎服，左握刀，右屬弓矢。」車馬如流，《後漢書》卷一〇上《馬皇后傳》：「見外家問起居者，車如流水，馬如游龍。倉頭衣緑褠，領袖正白。顧視御者不及遠矣。」

⑧「從今」二句，賞心樂事，見本卷《滿江紅·中秋》詞（美景良辰闋）箋注。剩，多也。

⑨「華胥」二句，《列子·黄帝》：「三月不親政事，晝寢而夢遊於華胥氏之國。華胥氏之國，在弇州之西，台州之北，不知斯齊國幾千萬里，蓋非舟車足力之所及，神遊而已。其國無帥長，自然而已；其民無嗜欲，自然而已。……黄帝既寤，怡然自得。」稼軒之所謂舊遊，當指其少年時兩次遊歷汴京也。稼軒《九議》之五載：「某頃遊北方，見其治大臣之獄，往往以礬爲書，觀之如

素楮然，置之水中則可讀。交通内外，類必用此。」此中「治大臣之獄」所指，乃紹興十一年，亦即金天德二年四月金主完顔亮屠殺其汴京行臺左丞相兼左副元帥撒離喝之事，時稼軒年僅十一歲，蓋隨其祖父辛贊居官於行臺尚書省。稼軒詞中，亦有「嘲紅木犀，余兒時嘗入京師禁中凝碧池，因書當時所見」之《聲聲慢》詞記其時事，爲同一時之作。其後，又於紹興三十一年前隨辛贊任開封府尹，再次居汴京。其所以發此感慨，當以稼軒南渡之後，知滁州乃首次出爲次邊之州守也。北宋淪喪後，南宋官吏士人百姓懷念故國舊京繁華，常以夢遊華胥相比擬。孟元老著《東京夢華録》，於序中自言「古人有夢遊華胥之國，其樂無涯者。僕今追念，回首悵然，豈非華胥之夢覺哉」諸語，蓋與稼軒之所感慨無以相異也。

木蘭花慢

滁州送范倅〔一〕①

老來情味減，對别酒，怯流年〔二〕②。况屈指中秋〔三〕，十分好月，不照人圓。無情水都不管，共西風只管送歸船〔四〕。秋晚蓴鱸江上，夜深兒女燈前③。　征衫便好去朝天。玉殿正思賢④。想夜半承明〔五〕，留教視草，却遣籌邊⑤。長安故人問我，道愁腸殢酒只依然〔六〕⑥。目斷秋霄落雁，醉來時響空絃〔七〕⑦。

【校】

〔一〕調，廣信書院本原闕「慢」字，據各本補。題，《中興絶妙詞選》卷三作「送滁州范倅」。

〔二〕「怯」，《中興絶妙詞選》作「惜」。

〔三〕「況」，《中興絶妙詞選》作「更」。

〔四〕「管」，四卷本甲集、《中興絶妙詞選》作「等」。

〔五〕「承明」，《中興絶妙詞選》作「恩綸」。

〔六〕「愁腸殢酒」，四卷本作「尋常泥酒」。

〔七〕「響」，四卷本作「嚮」。

【箋注】

①題，〔光緒〕《滁州志》既載范昂於乾道六年任滁州通判。燕世良於乾道八年繼任通判，而右詞有「屈指中秋」、「征衫便好去朝天」等句，則明爲乾道八年中秋前送别范昂任滿歸鄉時所作。

②「老來」三句，老來情味減，韋驤《瘦驢嶺》詩：「自是老來情味減，欲圖靡鹽可安居。」怯流年，蘇軾《江城子·冬景》詞：「相逢不覺又初寒，對尊前，惜流年。」

③「秋晚」二句，蓴鱸江上，《世説新語·識鑒》：「張季鷹辟齊王東曹掾，在洛，見秋風起，因思吴

中菰菜羹、鱸魚膾，曰：『人生貴得適意爾，何能羈宦數千里，以要名爵？』遂命駕便歸。俄而齊王敗，時人皆謂其見機。」《晉書》卷九二《張翰傳》作「乃思吴中菰菜、蓴羹、鱸魚膾」。夜深兒女燈前，見前《聲聲慢·滁州旅次登奠枕樓作和李清宇韻》詞（征埃成陣闋）箋注。

④「征衫」二句，朝天，王建《寄賀田侍中東平功成》詩：「唐史上頭功第一，春風雙節好朝天。」正思賢，《五百家播芳大全文粹》卷八七《上傅守生辰詩》載孫復佚句：「九重明主正思賢。」

⑤「想夜」三句，承明，謂漢承明廬。《漢書》卷六四上《嚴助傳》：「賜書曰：制詔會稽太守，君厭承明之廬，勞侍從之事。」張晏注：「承明廬在石渠閣外，直宿所止曰廬。」《文選》卷一載班固《西都賦》：「又有承明金馬，著作之庭。大雅宏達，於兹爲羣。元元本本，殫見洽聞。啓發篇章，校理秘文。」視草，《漢書》卷四四《劉安傳》：「常召司馬相如等視草乃遣。」顔師古注：「草謂爲文之藳草。」《舊唐書》卷四三《職官志》二《翰林院》條：「玄宗即位，張説、陸堅、張九齡、徐安貞、張洎等召入禁中，謂之翰林待詔。王者尊極，一日萬幾，四方進奏，中外表疏批答或詔從中出，宸翰所揮，亦資其檢討，謂之視草。」籌邊，《白孔六帖》卷一〇：「籌邊樓，李德裕建籌邊樓，召習邊事者與之商訂，凡虜之情僞盡知之。」《古今合璧事類備要》後集卷八《籌邊》：「李德裕建籌邊樓，以身扞難，功流社稷。」

⑥愁腸殢酒，韓偓《有憶》詩：「愁腸殢酒人千里，淚眼倚樓天四垂。」一本「殢」作「泥」，二者義同。

⑦「目斷」二句，《戰國策·楚策》四：「更嬴與魏王處京臺之下，仰見飛鳥。更嬴謂魏王曰：『臣

爲王引弓虛發而下鳥。』魏王曰：『然則射可至此乎？』更羸曰：『可。』有間，雁從東方來，更羸以虛發而下之。魏王曰：『然則射可至此乎？』更羸曰：『此孽也。』王曰：『先生何以知之？』對曰：『其飛徐而鳴悲，飛徐者，故瘡痛也。鳴悲者，久失羣也。故瘡未息而驚心未去也，聞絃音引而高飛，故瘡隕也。』」蘇軾《次韻王雄州送侍其涇州》詩：「聞道名城得真將，故應驚羽落空絃。」

西江月

爲范南伯壽〔一〕①

秀骨青松不老，新詞玉珮相磨②。靈槎準擬泛銀河，剩摘天星幾箇？南伯去歲七月生子〔二〕③。

　奠枕樓頭風月〔三〕，駐春亭上笙歌④。留君一醉意如何？金印明年斗大⑤。

【校】

〔一〕題，廣信書院本作「壽范南伯知縣」，此從四卷本丁集。按：稼軒乾道末淳熙初識范南伯，其時范未爲知縣，廣信本題殆後來所追加。《中興絶妙詞選》卷三闕。

〔二〕小注，四卷本闕。此從廣信書院本。

〔三〕「頭」，四卷本、《中興絶妙詞選》作「東」。

【箋注】

①題，劉宰《漫塘集》卷三四《故公安范大夫及夫人張氏行述》：「公諱如山，字南伯，邢臺人。……父諱邦彦，皇任左宣教郎添差通判鎮江府。……歲辛巳，率豪傑開蔡城以迎王師，因盡室而南。公幼力學，亦再舉於鄉。敵之法，文臣任子以武，而公以通判蔭入任。本朝視本秩換授，故公隳右選，非志也。……及通判試令湖之長興，公以旁無兼侍，就注添差監湖州都酒務。中間或仕或不仕，惟親是依。通判没，太夫人年高須養，復注監真州都酒務。南軒先生張公帥荆南，志在經理中原，以公北土故家，知其豪傑，熟其形勢，辟差辰州瀘溪令，改攝江陵之公安，實欲引以自近。公治官猶家，拊民若子，人思之至今。……女弟歸稼軒先生辛公棄疾。辛與公皆中州之豪，相得甚。辛詞有『萬里功名莫放休』之句，蓋以屬公。公賦詩自見，亦曰：『伊人固可笑，歷落復崎嶔。略無資身策，而有憂世心。窮途每爲慟，抱膝空長吟。』其志尚可想。床頭常置淵明詩一編，閒誦至『傾壺無餘瀝，窺竈不見煙』，輒拊卷曰：『是中自有樂地，惟此翁知之。』所居不蔽風雨，或笑其陋，曰：『天壤甚寬，公顧欲以七尺之軀自局於尋丈間耶？』既病，戒其子：『我死，必以深衣斂。』蓋終始一以儒者自處。……公歲晚居貧而好客，客至輒飭家人趣治具，無則典衣繼之，須盡乃白。……公以慶元二年五月七日卒，得年六十有七，官終

忠訓郎。」據此，范如山何時與稼軒相識，仍不可考。然右詞既有「奠枕樓頭」二句，疑乾道八九兩年稼軒知滁州時，其自鎮江來訪，乃爲二人相識之始。淳熙元年稼軒爲江東帥參，又再次訪晤，遂有右詞之作。而南伯生日何時，則一無所知。

②「秀骨」二句，秀骨，李白《贈張相鎬二首》詩：「秀骨象山嶽，英謀合鬼神。」珮相磨，韓愈《石鼓歌》：「大開明堂受朝賀，諸侯劍珮鳴相磨。」

③「靈槎」二句及小注，準擬，打算。泛銀河，《博物志》卷一〇：「天河與海通，近世有人居海濱者，年年八月有浮槎去來，不失期。人有奇志，立飛閣於槎上，多齎糧乘槎而去。十餘日中，猶觀星月日辰，自後芒芒忽忽，亦不覺晝夜。」天星，《古今事文類聚》前集卷四四《天星孕秀》：「蕭何昴星精，張良感弧星生，樊噲感狼星生，李白之生母夢長庚星。」剩摘，多摘也。又按：此小注謂南伯乾道九年七月生一子，而《故公安范大夫及夫人張氏行述》謂范炎爲南伯長子，范炎之生在淳熙十年之後，其並非小注所記之子明甚，則此子必早夭者可知。

④駐春亭，《景定建康志》卷二四：「鎮青堂在府廨之東北，其上爲鍾山樓。其後爲青溪道院。木犀亭曰小山，菊亭曰晚香，牡丹亭曰錦堆，芍藥亭曰駐春，皆在堂之左，疊石成山。」

⑤「金印」句，《世説新語·尤悔》：「王大將軍起事，丞相兄弟詣闕謝。周侯深憂，諸王始入，甚有憂色。丞相呼周侯曰：『百口委卿。』周直過不應，既入，苦相存救。既釋，周大説，飲酒。及出，諸王故在門，周曰：『今年殺諸賊奴，當取金印如斗大，繫肘後。』」按：周侯即周顗，而丞

相即王導。周顗救王導而反言之，王導不知，反怨周顗，以致因此被殺，事又見《晉書》卷六九《周顗傳》。

水調歌頭①

落日古城角，把酒勸君留。長安路遠，何事風雪敝貂裘②？散盡黄金身世，不管秦樓人怨，歸計狎沙鷗③。明夜扁舟去，和月載離愁〔一〕。　功名事，身未老，幾時休？詩書萬卷，致身須到古伊周④。莫學班超投筆，縱得封侯萬里，憔悴老邊州⑤。何處依劉客，寂寞賦登樓⑥！

【校】

〔一〕「月」，《花草粹編》卷一八引此詞作「風」。四卷本此詞闕。

【箋注】

①題，右詞無題，所送者似爲赴邊州欲立功名之士子。吴則虞謂「當是送人入長安之作，長安已陷

爲敵國矣」。彼既已陷金，何能輕入其境？此詞下片已明言莫學班超「憔悴老邊州」，則所送者身爲入邊州幕府之士子身份已極明顯。鄧注《稼軒詞編年箋注》於此詞編年中謂「據『依劉客』語，疑是作於任江東安撫司參議官時。蓋此後稼軒所任多爲方面大吏，似不得再以此自稱矣」。所言是，故從之。

②「長安」二句，長安路遠，《晉書》卷六《明帝紀》：「幼而聰哲，爲元帝所寵異。年數歲，嘗坐置膝前，屬長安使來，因問帝曰：『汝謂日與長安孰遠？』……明日宴羣僚，又問之，對曰：『日近。』元帝失色曰：『何乃異間者之言乎？』對曰：『舉目則見日，不見長安。』」敝貂裘，《戰國策·秦策》一：「蘇秦始將連横説秦惠王。……説秦王書十上，而説不行，黑貂之裘敝，黄金百斤盡，資用乏絶，去秦而歸。」杜甫《暮秋將歸秦留別湖南幕府親友》詩：「北歸衝雨雪，誰憫敝貂裘？」

③「散盡」三句，散盡黄金，李白《魏郡别蘇少府因北遊》詩：「洛陽蘇季子，劍戟森詞鋒。六印雖未佩，軒車若飛龍。黄金數百鎰，白璧有幾雙？散盡空掉臂，高歌賦還邛。」蘇軾《王齊萬秀才寓居武昌縣劉郎洑正與伍洲相對伍子胥奔吴所從渡江也》詩：「傾家取樂不論命，散盡黄金如轉燭。」秦樓人，本指弄玉，然弄玉無怨。李白《憶秦娥》詞：「簫聲咽，秦娥夢斷秦樓月。」始有怨秦樓語。狎沙鷗，《列子·黄帝》：「海上之人有好漚鳥者，每旦之海上，從漚鳥游。漚鳥之至者百住而不止。其父曰：『吾聞漚鳥皆從汝游，汝取來吾玩之。』明日之海上，漚鳥舞而不下

也。」漚與鷗音同。彭汝礪《溪畔》詩：「懶逐山林羣野鹿，欲歸江漢狎沙鷗。」

④「詩書」二句，詩書萬卷，杜甫《奉贈韋左丞丈二十二韻》詩：「讀書破萬卷，下筆如有神。……致君堯舜上，再使風俗淳。」致君，《九家集注杜詩》卷一謂「使是君爲堯舜之君」。古伊周，商之伊尹與周之周公旦，乃商周之開國輔政者。

⑤「莫學」三句，《東觀漢紀》卷一六《班超傳》：「班超字仲升，扶風安陵人。……家貧，恒爲官傭寫書以供養。久勞苦，嘗輟業投筆，歎曰：『大丈夫無他志略，猶當效傅介子、張騫，立功異域，以取封侯，安能久事筆研間乎？』超行詣相者，曰：『祭酒布衣諸生爾，而當封侯萬里之外。』超問其狀，相者曰：『生燕頷虎頭，飛而食肉，此萬里侯相也。』永平中，竇固擊匈奴，超爲假司馬，將兵別擊伊吾。戰於蒲類海，多斬首虜。固又遣與從事郭恂俱使西域。……建初八年，稱超爲將兵長史，假鼓吹黃麾。……超定西域五十餘國，乃以漢中郡南鄭之西鄉户千封超爲定遠侯。超自以久在絶域，年老思土，上疏曰：『臣常恐年衰，奄忽僵仆，不敢望到酒泉郡，但願生入玉門關。』……超在西域三十一歲，還洛陽，拜射聲校尉。」按：據《後漢書》卷七七《班超傳》，班超歸漢後即卒，年七十一。

⑥「何處」二句，《文選》卷一一載王粲《登樓賦》。李善注：「盛弘之《荆州記》曰：富陽縣城樓，王仲宣登之而作賦。」劉良注：「王粲，山陽高平人。少而聰慧，有大才，仕爲侍中。時董卓作亂，仲宣避難荆州依劉表，遂登江陵城樓，因懷歸而有此作，述其進退危懼之情也。」

菩薩蠻

金陵賞心亭爲葉丞相賦〔一〕①

青山欲共高人語②，聯翩萬馬來無數。煙雨却低回，望來終不來。　人言頭上髮，總向愁中白。拍手笑沙鷗，一身都是愁③。

【校】

〔一〕題，「金陵」，四卷本闕。此據廣信書院本。當淳熙元年正月稼軒辟江東安撫司參議官時，葉衡爲知建康府兼行宫留守，丞相之稱，殆編集時所追改。

【箋注】

①題，賞心亭已見。葉丞相，《宋史》卷三八四《葉衡傳》：「葉衡字夢錫，婺州金華人。紹興十八年進士第，調福州寧德簿，攝尉，以獲鹽寇改秩知臨安府於潛縣……治爲諸邑最，郡以政績聞。即召對，上曰：『聞卿作縣有法。』遣還任，擢知常州。……除太府少卿。……丁母憂，起復知廬州，未行除樞密都承旨，奏馬政之弊。……有言江淮兵籍僞濫，詔衡按視，賜以袍帶鞍馬弓

矢，且命衡措置民兵，咸稱得治兵之要。訖事赴闕，上御便殿閱武士，召衡預觀，賜酒灑宸翰賜之。知荆南、成都、建康府，除户部尚書，除簽書樞密院事，拜參知政事。……拜右丞相兼樞密使。」《景定建康志》卷一四《建康表》：「淳熙元年正月二十六日，敷文閣學士左朝散大夫葉衡知府事、提舉學事兼管内勸農營田使。……二月召赴行在。」而稼軒赴江東任，據周孚《送辛幼安》詩「祇今參佐須孫楚，何日公卿屬范雲？節物關心那可别，斷紅疏緑正春分」句（《蠹齋鉛刀編》卷一〇），稼軒到任在是年春分前後。另據《宋會要輯稿·運曆》一之二九，淳熙元年夏至爲五月二十二日，上推得知，是年春分爲二月十一日。不知稼軒到任日，葉衡是否已經離任赴召。惟本詞下片有「煙雨」云云，疑此次稼軒到建康時未曾得與葉衡相見話别，故獨登賞心亭而寄愁懷也。

②「青山」句，蘇軾《越州張中舍壽樂堂》詩：「青山偃蹇如高人，常時不肯入官府。高人自與山有素，不待招邀滿庭户。」李洪《贈思溪覺悟寺淨因師》詩：「蒲葵喜接高人語，茗盌能消旅客愁。」

③「人言」四句，白居易《白鷺》詩：「人生四十未全衰，我爲愁多白髮垂。何故水邊雙白鷺，無愁頭上亦垂絲？」

一剪梅

游蔣山呈葉丞相〔一〕①

獨立蒼茫醉不歸②。日暮天寒，歸去來兮。探梅踏雪幾何時③？今我來思，楊柳依依④。白石岡頭曲岸西〔二〕。一片閒愁，芳草萋萋⑤。多情山鳥不須啼。桃李無言，下自成蹊⑥。

【校】

〔一〕題，四卷本乙集闕，此從廣信書院本。然當淳熙元年葉衡自建康府赴召時，尚未爲丞相，題中所稱，殆編集時所追改。

〔二〕「岡」，四卷本乙集作「江」。

【箋注】

①題，蔣山即鍾山。《景定建康志》卷一七：「鍾山一名蔣山，在城東北一十五里，周迴六十里，高一百五十八丈。東連青龍山，西接青溪，南有鍾浦，下入秦淮，北接雉亭山。漢末有秣陵尉蔣子文逐盜，死事於此，吴大帝爲立廟，封曰蔣侯。大帝祖諱鍾，因改曰蔣山。按：《丹陽記》：『京師南北並連山嶺，而蔣山岧嶢嶷異，其形象龍，實作揚都之鎮。』諸葛亮云：『鍾山龍盤。』蓋謂此也。」另據前詞箋注，稼軒到建康任既在淳熙元年二月春分前後，其時葉衡已被召，二人未得晤面。而此詞乃獨遊蔣山時所賦，詞中有「楊柳」、「芳草」云云，時令蓋已至春深矣。

②「獨立」句，杜甫《樂遊園歌》：「此身飲罷無歸處，獨立蒼茫自詠詩。」

③「探梅」句，蘇軾《次韻楊公濟奉議梅花十首》詩：「穠李争春猶辦此，更教踏雪看梅花。」按：乾道間，葉衡與稼軒同官於建康府，二人意氣相得，友誼頗篤。此句蓋回憶與葉衡於嚴冬踏雪尋梅情節。

④「今我」二句，《詩·小雅·采薇》：「昔我往矣，楊柳依依；今我來思，雨雪霏霏。」

⑤「白石」三句，白石岡，《景定建康志》所載，有白土岡、石子岡、白石山，未見白石岡。然王安石詩屢見白石岡，如《中書即事》詩：「何時白石岡頭路，度水穿雲取次行？」《出金陵》詩：「白石岡頭草木深，春風相與散衣襟。」李壁《王荆公詩注》卷四八注云：「白土岡在城東，……江寧縣城南一十五里有石子岡，……溧水縣北二十里有白石山。三處名皆不同，不知此所指何地。又，《世説》：『孫興公爲庾公參軍，共游白石山。』疑即白石岡也。」按：白石岡即李壁所注白石山，此説應是。《景定建康志》卷一七：「白石山在溧水縣北二十里，高一十丈，周迴十一里。」按：白石岡必稼軒與葉衡同遊之地。據《景定建康志》卷二六《總領所題名》，葉衡於乾道二年十一月任淮西江東總領，乾道六年正月十六日除權尚書户部侍郎。稼軒乾道四年至六年任建康府通判，故回憶前此送别葉衡赴召至白石岡頭情景，而遂有「踏雪探梅幾何時」之句，正與葉衡前次被召時季相符。一片閒愁，柳永《尾犯》詞：「夜雨滴空階，孤館夢回，情緒蕭索。一片閒愁，想丹青難貌。」一片，猶言許多也。芳草萋萋，胡宿《津亭》詩：「層城渺渺人傷别，芳

草萋萋客倦遊。」

⑥「桃李」二句，《史記》卷一〇九《李將軍列傳贊》：「《傳》曰：『其身正，不令而行；其身不正，雖令不從。』其李將軍之謂也。余睹李將軍，悛悛如鄙人，口不能道辭，及死之日，天下知與不知，皆爲盡哀。彼其忠實心誠信於士大夫也。諺曰：『桃李不言，下自成蹊。』此言雖小，可以論大也。」

菩薩蠻①

江摇病眼昏如霧〔一〕，送愁直到津頭路②。歸念樂天詩：「人生足別離③。」雲屏深夜語，夢到君知否？玉筯莫偷垂④，斷腸天不知。

【校】

〔一〕「摇」，《六十名家詞》本作「山」，此從廣信書院本。四卷本此詞闕。

【箋注】

①題，廣信書院本《稼軒長短句》右詞置於同調「書江西造口壁」詞之前，知作於淳熙三年之前。據

詞中「江摇」二句，亦重歸建康府時送人所作。

②「江摇」二句，病眼昏如霧，彭汝礪《送君時東歸夜宿城外並橋上》詩：「病眼昏昏常似霧，不堪頻淚欲分襟。」津頭路，黄庭堅《寄頓二主簿時在縣界首部夫鑿石塘河》詩：「已令訪問津頭路，行約青簾共一尊。」

③「歸念」句，唐韋縠《才調集》卷八載于武陵《勸酒》詩，有「花發多風雨，人生足別離」句，《全唐詩》卷五九五所載同此，而同書卷六〇〇此詩署作者爲武瓘。所書作者雖有不同，然均無署白居易者，知稼軒蓋誤以爲樂天詩。

④玉筯，《白孔六帖》卷七：「玉筯，王昭君之淚如玉筯。」李白《代贈遠》詩：「啼流玉筯盡，坐恨金閨切。」《閨情》詩：「玉筯夜垂流，雙雙落朱顔。」

新荷葉　和趙德莊韻①

人已歸來，杜鵑欲勸誰歸②？緑樹如雲，等閒付與鶯飛〔二〕③。兔葵燕麥，問劉郎幾度沾衣④！翠屏幽夢，覺來水繞山圍⑤。有酒重攜，小園隨意芳菲。往日繁華，而今物是人非⑥。春風半面，記當年初識崔徽⑦。南雲雁少，錦書無箇因依⑧。

【校】

〔一〕「付」，四卷本甲集作「借」。

【箋注】

①題，趙德莊原詞作於退歸饒州時。本卷《水調歌頭·壽趙漕介庵》詞（千里渥洼種闋）已載其爲江東轉運判官之前事跡。再查韓元吉《南澗甲乙稿》卷二一《直寶文閣趙公墓志銘》：「吾友趙德莊，將葬於饒州餘干縣某山之原。……德莊諱彦端，德莊其字也。……始德莊父子甚貧，客四方，祖妣與其昆弟及妻子喪皆藁葬未厝。德莊曰：『吾得去畢此幸矣。』既諸公留之不可，除直顯謨閣爲江南東路計度轉運副使，即冒大雪走餘干，畢喪而後還。……移福建路計度轉運副使，過闕，……留爲左司郎中。假户部尚書館伴大金賀正使。前是宗室無出疆爲伴使者，自德莊始。遷太常少卿，復丐外，除直寶文閣知建寧府。……改提點浙東路刑獄，坐衢州賑歷稽期，削兩秩。德莊恬弗辯，以小疾得主管台州崇道觀。餘干號佳山水，所居最勝，日與賓客觴詠自怡，好事者以爲有曠達之風。……官至朝奉大夫，享五十有五歲，卒以淳熙二年七月四日。」右詞當作於淳熙元年趙氏家居時。《宋會要輯稿·選舉》三四之二四：「乾道六年六月六日，詔太常少卿趙彦端直寶文閣知建寧府。」（原閣字誤作殿）其任浙東提刑，《寶慶會稽續志》卷二《提刑》：「趙彦端，乾道九年九月以左朝奉大夫直寶文閣到任，淳熙元年三月宫觀。」可知趙德莊

歸後一年有餘即因病棄世。趙德莊原詞無題，雖有「曾幾何時，故山疑夢還非」與「可人懷抱，晚期蓮社相依」語，知爲退閒期間所作，然亦無紀年可考。據稼軒和章「人已歸來」、「有酒重攜，小園隨意芳菲。往日繁華，而今物是人非」數語，則知爲稼軒淳熙元年春夏間再歸建康官時所作，而趙德莊原唱亦必作於其歸閒之初。

②「人已」二句，吴曾《能改齋漫録》卷四《子規》：「鮑彪《少陵詩譜論》引陳正敏曰：『飛鳥之族，所在名呼不同，有所謂脱了布穀，東坡云：北人呼爲布穀。誤矣，此鳥晝夜鳴，土人云：不能自營巢，寄巢生子，細詳其聲，乃是云不如歸去。此正所謂子規也。今人往往認杜鵑爲子規。杜鵑一名杜宇，子美亦言其寄巢生子，此蓋禽鳥性有相類者。』」餘可參本卷《滿江紅》詞（點火櫻桃閿）箋注。

③「緑樹」二句，緑樹如雲，釋道潛《送錢持王主簿西歸》詩：「回塘官柳行，千樹如雲屯。」鶯飛，《文選》卷四三丘遲《與陳伯之書》：「暮春三月，江南草長。雜花生樹，羣鶯亂飛。見故國之旗鼓，感生平於疇日，撫絃登陴，豈不愴悢？」等閒，此作總是解。

④「兔葵」二句，唐孟棨《本事詩》：「劉尚書自屯田員外左遷朗州司馬，凡十年始徵還。方春，作贈看花諸君子詩曰：『紫陌紅塵拂面來，無人不道看花回。玄都觀裏桃千樹，盡是劉郎去後栽。』其詩一出，傳於都下。有素嫉其名者，白於執政，又誣其有怨憤。他日見時宰，與坐，慰問甚厚。既辭，即曰：『近者新詩未免爲累，奈何？』不數日出爲連州刺史。其自叙云：『貞元

二十一年春，余爲屯田員外。時此觀未有花。是歲，出牧連州，至荆南，又貶朗州司馬。居十年，詔至京師，人人皆言：有道士手植仙桃滿觀，盛如紅霞，遂有前篇，以記一時之事。旋又出牧，於今十四年，始爲主客郎中。重遊玄都，蕩然無復一樹，唯兔葵燕麥，動摇春風耳。因再題二十八字，以俟後再遊。時太和二年三月也。』詩曰：『百畝庭中半是苔，桃花浄盡菜花開。種桃道士今何在？前度劉郎今獨來。』」按：劉郎謂劉禹錫。稼軒於乾道四年通判建康府，淳熙元年再歸建康，猶爲帥司參議，故詞中不免有「人已歸來」及「劉郎幾度沾衣」諸語，寄寓鬱鬱之氣耳。

⑤「覺來」句，蘇軾《又送鄭户曹》詩：「水繞彭祖樓，山圍戲馬臺。」《永遇樂・彭城夜宿燕子樓夢盼盼因作此》詞：「夜茫茫，重尋無覓處，覺來小園行遍。」黄庭堅《次韻石七三七首》詩：「欲行水繞山圍，但聞鵾化鵬飛。」覺來謂睡醒。

⑥物是人非，《文選》卷四二曹丕《與朝歌令吴質書》：「天氣和暖，衆果具繁，時駕而遊。北遵河曲，從者鳴笳以啓路，文學託乘於後車。節同時異，物是人非，我勞如何？」

⑦「春風」二句，半面，《南史》卷一二《元徐妃傳》：「元帝徐妃諱昭佩，東海郯人也。……妃無容質，不見禮，帝三二年一入房，妃以帝眇一目，每知帝將至，必爲半面妝以俟，帝見則大怒而出。」石延年《小桃》詩：「母家昇上瑶池品，先得春風半面妝。」初識崔徽，元稹《崔徽歌》題下注：「崔徽，河中府娼也。裴敬中以興元幕使蒲州，與徽相從累月。敬中使還，崔以不得從爲恨，因

而成疾。有丘夏善寫人形，徽托寫真寄敬中曰：『崔徽一旦不及畫中人，且爲郎死。』發狂卒。第八句缺。」詩云：「崔徽本不是娼家，教歌按舞娼家長。使君知有不自由，坐在頭時立在掌。有客有客名丘夏，善寫儀容得恣把。爲徽持此謝敬中，以死報郎爲□□。」按：詞中崔徽，疑寓指趙德莊家妓某人。

⑧「南雲」二句，明顧起元《說略》卷一四：「指雲思親乃陸機事，今人但知始於狄仁傑也。士衡治洛，而親在華亭，故其思親賦有云『指南雲而寄歎，望歸風而效誠』是也。後梁公仕并州法曹，親在河陽，登太行山，反顧白雲孤飛，曰：『吾親舍其下。』又江總詩『心逐南雲去』、杜甫詩『江東日暮雲』、又《憶弟》『看雲白日眠』，是東雲、南雲、看雲，亦可施之兄弟朋友也。」無箇，無此。因依，憑依。按：此思趙德莊語也。

又

再和前韻〔一〕

春色如愁，行雲帶雨纔歸①。春意長閒，游絲盡日低飛。閒愁幾許？更晚風特地吹衣②。小窗人靜，棋聲似解重圍。光景難攜，任他鶗鴂芳菲③。細數從前〔二〕，不應詩酒皆非。知音絃斷，笑淵明空撫餘徽④。停杯對影，待邀明月相依⑤。

【校】

〔一〕題，四卷本甲集作「再和」，此從廣信書院本。

〔二〕「從前」，《六十名家詞》本作「前愆」。四卷本同廣信書院本。

【箋注】

①行雲帶雨，賀鑄《芳心苦》詞：「返照迎潮，行雲帶雨，依依似與騷人語。」

②「更晚」句，特地，故意也。

③「光景」二句，難攜，晁以道《復次韻寄子我四首》詩：「夜寒青女難攜手，海闊麻姑肯寄書？」鶗鴂芳菲，《離騷》：「恐鵜鴂之先鳴兮，使夫百草爲之不芳。」王逸《楚辭章句》卷一：「鵜鴂一名鷤鴂，常以春分日鳴也。言我恐鵜鴂以先春分鳴，使百草華英摧落，芬芳不得成也。以諭讒言先至，使忠直之士蒙罪過也。」《漢書》卷八七上《揚雄傳》載揚雄《反離騷》：「徒恐鷤搗之將鳴兮，顧先百草爲不芳。」顔師古注：「鷤鴂鳥一名買鵤，一名子規，一名杜鵑，常以立夏鳴，鳴則衆芳皆歇。」

④「知音」二句，《晉書》卷九四《陶潛傳》：「性不解音，而畜素琴一張，絃徽不具。每朋酒之會，則撫而和之，曰：『但識琴中趣，何勞絃上聲？』」岳飛《小重山》詞：「知音少，絃斷有誰聽？」

⑤「停杯」二句，李白《月下獨酌四首》詩：「舉杯邀明月，對影成三人。」

【附録】

趙彦端德莊原詞

新荷葉

欲暑還凉，如春有意重歸。春若歸來，任他鶯老花飛。輕雷澹雨，似晚風欺得單衣。簷聲驚醉，起來新緑成圍。　回首分攜，光風冉冉菲菲。曾幾何時，故山疑夢還非。鳴琴再撫，將清恨都入金徽。永懷橋下，繫船溪柳依依。（《介庵詞》）

又

雨細梅黄，去年雙燕還歸。多少繁紅，盡隨蝶舞蜂飛。陰濃緑暗，正麥秋猶衣羅衣。香凝沉水，雅宜簾幕重圍。　繡扇仍攜，花枝塵染芳菲。遥想當時，故交往往人非。天涯再見，悦情話景仰清徽。可人懷抱，晚期蓮社相依。（同上）

水龍吟

登建康賞心亭〔一〕①

楚天千里清秋，水隨天去秋無際②。遥岑遠目〔二〕，獻愁供恨，玉簪螺髻③。落日樓頭，斷鴻聲裏④，江南遊子。把吴鈎看了⑤，欄干拍遍，無人會，登臨意⑥。

休説鱸魚堪鱠，儘西風季鷹歸未〔三〕⑦？求田問舍，怕應羞見，劉郎才氣⑧。可惜流年，憂愁風雨，樹猶如此⑨！倩何人唤取，紅巾翠袖〔四〕⑩，揾英雄淚？

【校】

〔一〕題，《中興絶妙詞選》卷三作「賞心亭」。《六十名家詞》本作「旅次登樓作」。

〔二〕「目」，四卷本甲集作「日」。此從廣信書院本。

〔三〕「歸」，《中興絶妙詞選》作「來」。

〔四〕「紅巾」，四卷本作「盈盈」。

【箋注】

①題，賞心亭已見。稼軒平生兩度官建康。鄧廣銘《稼軒詞編年箋注》謂「右詞充滿牢騷憤激之氣，且有『樹猶如此』語，疑非首次官建康時所作。蓋當南歸之初，自身之前途功業如何，尚難測度；嗣後乃仍復沉滯下僚，滿腹經綸，迄無所用，迨重至建康，登高眺遠，胸中積鬱乃不能不以一吐爲快矣」。其所論斷，言有至理，當從之。

②「楚天」二句，千里清秋，柳永《曲玉管》詞：「立望關河蕭索，千里清秋。」秋無際，寇準《喜吉上人至》詩：「楚水秋無際，巴猿夜有聲。」

③「遥岑」三句，遥岑遠目，韓愈孟郊《城南聯句》詩：「遥岑出寸碧，遠目增雙明。」供恨，《太平廣記》卷四九一《非煙傳》載趙象贈非煙詩：「薄於蟬翼難供恨，密似蠅頭未寫心。」玉簪螺髻，韓愈《送桂州嚴大夫》詩：「江作青羅帶，山如碧玉簪。」皮日休《縹緲峰》詩：「似將青螺髻，撒在明月中。」

④「落日」二句，落日樓頭，杜甫《越王樓歌》：「樓下長江百丈清，山頭落日半輪明。」斷鴻聲裏，柳永《玉蝴蝶》詞：「斷鴻聲裏，立盡斜陽。」

⑤把吴鈎看了，《吴越春秋》卷二《闔閭内傳》：「闔閭既寶莫耶，復命於國中作金鈎，令曰：『能爲善鈎者，賞之百金。』吴作鈎者甚衆，而有人貪王之重賞也，殺其二子，以血釁金，遂成二鈎，獻於闔閭，詣宮門而求賞。王曰：『爲鈎者衆，而子獨求賞，何以異於衆夫子之鈎乎？』作鈎者

曰：『吾之作鉤也，貪而殺二子，釁成二鉤。』王乃舉衆鉤以示之：『何者是也？』王鉤甚多，形體相類，不知其所在。於是鉤師向鉤而呼二子之名：『吴鴻、扈稽，我在於此，王不知汝之神也！』聲未絶於口，兩鉤俱飛，著父之胸。吴王大驚曰：『嗟乎，寡人誠負於子。』乃賞之百金，遂服而不離身。」沈括《夢溪筆談》卷一九：「唐人詩多有言吴鉤者。吴鉤，刀名也，刀彎，今南蠻用之，謂之葛黨刀。」杜甫《後出塞》詩：「少年别有贈，含笑看吴鉤。」李賀《南園十三首》詩：「男兒何不帶吴鉤，收取關山五十州？」

⑥「欄干」三句，王闢之《澠水燕談録》卷五：「劉孟節概，青州壽光人。少師种放，篤古好學，酷嗜山水，而天姿絶俗，與世相齟齬，故久不得仕。……富韓公之鎮青也，知先生久欲其間，爲築室泉上，爲詩並序以餞之曰：『先生已歸隱，山東人物空。』且言先生有志於名，不幸無位，不克施於時。著書以見志，謂先生雖隱，其道與日月雷霆相震耀。其後范文正公、文潞公皆優禮之，欲薦之朝廷，先生懇祈，亦不敢强，以成其高。先生少時，多寓居龍興僧舍之西軒，往往憑欄静立，懷想世事，吁唏獨語，以手拍欄干，嘗有詩曰：『讀書誤我四十年，幾回醉把欄干拍。』」釋文瑩《湘山野録》卷上：「金陵賞心亭，丁晉公出鎮日重建也。秦淮絶致，清在軒檻。取家篋所寶袁安卧雪圖，張於亭之屏，乃唐周昉絶筆。凡經十四守，雖極愛而不敢輒覬。偶一帥遂竊去，以市畫蘆雁掩之。後君玉王公琪復守是郡，登亭留詩曰：『千里秦淮在玉壺，江山清麗壯吴都。昔人已化遼天鶴，舊畫難尋卧雪圖。冉冉流年去京國，蕭蕭華髮老江湖。殘蟬不會登臨意，又噪

西風入座隅。』此詩與江山相表裏，爲貿畫者之蕭斧也。」韓偓《倚醉》詩：「分明窗下聞裁剪，敲遍闌干喚不應。」

⑦「休説」二句，張季鷹思吴中鱸魚鱠，本卷《木蘭花慢·滁州送范倅》詞有箋注可參。儘，任也。

⑧「求田」三句，《三國志·魏志》卷七《陳登傳》：「陳登者，字元龍，在廣陵有威名，又犄角吕布有功，加伏波將軍，年三十九卒。後許汜與劉備並在荆州牧劉表坐，表與備共論天下人。汜曰：『陳元龍湖海之士，豪氣不除。』備謂表曰：『許君論是非？』表曰：『欲言非，此君爲善士，不宜虚言，欲言是，元龍名重天下。』備問汜：『君言豪，寧有事邪？』汜曰：『昔遭亂過下邳，見元龍，元龍無客主之意，久不相與語。自上大牀卧，使客卧下牀。』備曰：『君有國士之名，今天下大亂，帝主失所。望君憂國忘家，有救世之意，而君求田問舍，言無可采，是元龍所諱也，何緣當與君語？如小人，欲卧百尺樓上，卧君於地，何但上下牀之間邪？』」六朝及唐人多稱劉姓帝主爲劉郎。如逆旅嫗稱宋武帝爲劉郎，見《宋書》卷二七《符瑞傳》，李賀《金銅仙人辭漢歌》稱漢武帝爲「茂陵劉郎秋風客」，皆是。

⑨「可惜」三句，憂愁風雨，蘇軾《滿庭芳》詞：「思量，能幾許？憂愁風雨，一半相妨。」樹猶如此，《世説新語·言語》：「桓公北征，經金城，見前爲琅邪時種柳，皆已十圍，慨然曰：『木猶如此，人何以堪！』攀枝執條，泫然流淚。」《藝文類聚》卷八八：「庾信《枯樹賦》曰：『……況復風雲不感，羈旅無歸。既傷摇落，彌嗟變衰。』《淮南》云：『木葉落，長年悲。』斯之謂矣。乃爲

歌曰：『建章三月火，黄河千里槎。若非金谷滿園樹，即是河陽一縣花。』桓大司馬聞而歎曰：『昔年移柳，依依漢南；今看摇落，悽愴江潭。樹猶如此，人何以堪！』」

⑩紅巾翠袖，李白《擣衣篇》：「摘盡庭蘭不見君，紅巾拭淚坐氤氳。」杜甫《佳人》詩：「天寒翠袖薄，日暮倚修竹。」

八聲甘州

壽建康帥胡長文給事。時方閱折紅梅之舞，且有錫帶之寵〔一〕①

把江山好處付公來，金陵帝王州②。想今年燕子，依然認得，王謝風流③。只用平時尊俎，彈壓萬貔貅④。依舊鈞天夢⑤，玉殿東頭。　看取黄金横帶，是明年準擬，丞相封侯。有紅梅新唱，香陣卷温柔⑥。且畫堂通宵一醉〔二〕，待從今更數八千秋⑦。公知否？邦人香火，夜半纔收。

【校】

〔一〕題，「壽建康帥胡長文給事」，四卷本作「爲建康胡長文留守壽」。此從廣信書院本。

〔二〕「畫」，四卷本作「華」。

【箋注】

①題，胡長文給事，《吴郡志》卷二七：「胡元質字長文，長洲人。……少穎悟，年未冠遊太學，紹興十八年進士高第。……壽皇即政，以薦者入爲太學正，歷秘書省正字、校書郎、禮部兼兵部，遷右司，侍經帷，直史筆，參掌内外制，給事黄門，知貢舉。帝眷特厚，爲書王褒《聖主得賢臣頌》及親製論以賜。……出守當塗、建業、成都，皆有政績。舊得程公闢光禄南園故居之址，既歸，杜門却掃，園林池館，日以成趣。扁表其堂曰招隱，優游自遂，奉祠逾六七年，以正奉大夫敷文閣學士吴郡侯致其仕而卒，年六十三。……每自謂於人無怨惡，其心休休然。好善樂施，家貲多推予諸弟，未始較，人皆義之。」《紹興十八年同年小録》：「胡元質，一甲第十人，字長文，小名慶孫，小字華年。年二十二，十月初三日生。」《景定建康志》卷一四《建康表》：「淳熙元年五月十一日，朝議大夫充龍圖閣待制胡元質知府事，六月四日召赴行在奏事，七月除敷文閣直學士回府，十二月十一日召赴行在。」據此，知稼軒爲江東帥司參議官，正值胡元質爲帥。右詞應即作於淳熙元年十月胡元質生辰。題中折紅梅之舞，見詞中箋注。錫帶，建康府爲江上重鎮，當乾道淳熙初孝宗備戰之際，不時有人主張移蹕建康，故江東帥多由有名望之臣擔任，且時賜金帶，以示褒獎。如乾道五年十一月，御札奬諭史正志職務振舉，遣中使賜金帶。亦見《景定建康志》卷一四。胡元質賜帶事則失載。

②「把江」二句，江山好處，黄庭堅《宋楙宗知命寄夔州五十詩三首》詩：「方今臺閣稱多士，且傍

江山好處吟。」金陵帝王州，謝朓《入朝曲》：「江南佳麗地，金陵帝王州。」諸葛亮謂金陵帝王之宅，見本卷《念奴嬌·登建康賞心亭呈史留守致道》詞（我來弔古闋）箋注。來，語助詞。

③「想今」三句，劉禹錫《烏衣巷》詩：「朱雀橋邊野草花，烏衣巷口夕陽斜。舊時王謝堂前燕，飛入尋常百姓家。」《景定建康志》卷一六：「烏衣巷在秦淮南。晉南渡王謝諸名族居此，時謂其子弟爲烏衣諸郎。今城南長干寺北有小巷曰烏衣，去朱雀橋不遠。」蘇軾《王晉叔所藏畫跋尾五首·徐熙杏花》詩：「江左風流王謝家，盡攜書畫到天涯。」

④「只用」二句，徐陵《徐孝穆集箋注》卷六《陳公九錫文》：「論兵於廟堂之上，决勝於尊俎之間。」尊俎謂酒席也。文彦博《次韻答平涼龍圖王諫議素》詩：「凛然威望讋西戎，十萬貔貅節制中。」

⑤鈞天夢，《史記》卷四三《趙世家》：「趙簡子疾，五日不知人。大夫皆懼，醫扁鵲視之。……居二日半，簡子寤，語大夫曰：『我之帝所甚樂，與百神游於鈞天，廣樂九奏萬舞，不類三代之樂，其聲動人心。』」

⑥「有紅」二句，《吴郡志》卷一四：「紅梅閣在小市橋，天聖中殿中丞吴感所居。吴有姬曰紅梅，因以名閣。又作《折紅梅》詞，傳於一時。蔣堂亦有《吴殿丞新葺兩圃》詩，有『深鎖煙光在樓閣，旋移春色入門牆』之句。吴死，閣爲林少卿家所得。」《中吴紀聞》卷一《紅梅閣》條：「吴感字應之，以文章知名，天聖二年省試爲第一，又中天聖九年書判拔萃科，仕至殿中丞。居小市橋，有

侍姬曰紅梅，因以名其閣。嘗作《折紅梅》詞曰：『……大家留取倚闌干，問有花堪折，勸君須折。』其詞傳播人口，春日郡宴，必使倡人歌之。」按：此用吴中典故。《稼軒詞編年箋注》謂此舞「一如唐明皇之所謂風流陣，故云香陣卷温柔也」。此歌舞用女子，當無可疑，然所謂「香陣」云云，蓋謂舞隊也。

⑦更數八千秋，《莊子·逍遥遊》：「上古有大椿者，以八千歲爲春，八千歲爲秋。」

洞仙歌

壽葉丞相〔一〕①

江頭父老，説新來朝野，都道今年太平也。見朱顔緑鬢，玉帶金魚，相公是，舊日中朝司馬②。遥知宣勸處〔二〕，東閤華燈，别賜仙韶接元夜③。問天上幾多春？只似人間，但長見精神如畫④。好都取山河獻君王⑤。看父子貂蟬，玉京迎駕⑥。

【校】

〔一〕題，四卷本甲集作「爲葉丞相作」。此從廣信書院本。

〔二〕「處」，《中興絶妙詞選》卷三作「後」。

【箋注】

①題，《紹興十八年同年小録》：「第五甲第百十八人，葉衡字夢錫，小名俊哥，小字邦彦，年二十七，正月十九日生。……本貫婺州金華縣大雲鄉安期里。」按：據《宋史》卷二一三《宰輔表》四，葉衡於淳熙元年四月除端明殿學士簽書樞密院事，六月除參知政事，十一月自兼知樞密院事、參知政事除右丞相。右詞壽葉衡，而有「江頭」云云，知稼軒時尚在建康府。淳熙元年正月稼軒尚未抵江東參議任，二年正月，葉衡已除丞相，而稼軒尚稽留建康府，則右詞必淳熙二年正月在建康遥祝其五十四歲生辰時所賦也。

②「見朱」四句，朱顔緑鬢，玉帶金魚，康與之《喜遷鶯・丞相生日》詞：「師表，方眷遇，魚水君臣，須信從來少。玉帶金魚，朱顔緑鬢，占斷世間榮耀。」中朝司馬，《宋史》卷三三六《司馬光傳》：「凡居洛陽十五年，天下以爲真宰相，田夫野老，皆號爲司馬相公。婦人孺子，亦知其爲君實也。帝崩，赴闕臨，衛士望見，皆以手加額曰：『此司馬相公也。』所至民遮道聚觀，馬至不得行，曰：『公無歸洛，留相天子活百姓。』」《宋史全文》卷一二下：「元豐八年三月甲午朔，初，司馬光不敢赴闕，會神宗崩聞，孫固、韓維皆集闕下。時程顥在洛，亦勸光行，乃從之。衛士見光，皆以手加額曰：『此司馬相公也。』民争擁光馬，呼曰：『公毋歸洛，留相天子活百姓。』所在數千人聚觀之，光懼，遂徑歸洛。」

③「遥知」三句，宣勸，《宋史》卷一一三《禮志》一六：「大觀三年，議禮局上集英殿春秋大宴

儀。……皇帝三舉酒，四舉酒，皆如上儀。若宣示盞，即隨所向，閤門官以下揖稱宣示盞，躬贊就坐。若宣勸，即立席後，躬飲訖，贊再拜。」范成大《寓直玉堂拜賜御酒》詩：「慚愧君恩來甲夜，殿頭宣勸紫金杯。」《玉海》卷七五《淳熙後苑觀射》條：「淳熙二年二月庚辰，宣引輔臣使相至後苑觀步軍司弓弩手射。……宴羣臣於凌虚閣下，丞相葉衡等席於左，少保士輵等席於右。酒三行，衡率羣臣以次上壽，再拜退，詔宣勸在列，已而舞劍者進，其技精絶。上曰：『此軍中之樂。』衡乞獨班再奉萬年之觴，上喜，飲釂，命以琉璃鍾酌丞相，徧及羣臣，仍各第其量以賜。上曰：『茲有典故。』衡奏：『是乃祖宗賞花釣魚故事。』越二日，選德殿奏謝，上曰：『猶恨不得與卿歘曲。』」以上可見當時葉衡深得孝宗信賴，君臣相得。稼軒所賦，蓋皆寫實也。東閤者，謂丞相府第也。《漢書》卷五八《公孫弘傳》：「弘自見爲舉首，起徒步，數年至宰相封侯，於是起客館，開東閤以延賢人。」仙韶，《舊唐書》卷一七《文宗紀》下：「開成三年四月己酉，改法曲爲仙韶曲，仍以伶官所處爲仙韶院。……十月甲午，慶成節，命中人以酒酺仙韶樂賜羣臣宴於曲江亭。」此三句謂元夜東閤當賜御酒仙韶也。

④「問天」三句，王安石《御柳》詩：「人間今日春多少？祇看東方北斗杓。」一本作「欲知四海春多少，先向天邊問斗杓」。

⑤「好都」句，杜甫《散愁二首》詩：「司徒下燕趙，收取舊山河。」王維《奉和聖製十五夜燃燈繼以酺宴應制》詩：「願將天地壽，同以獻君王。」

⑥「看父」二句，貂蟬，《爾雅翼》卷一一：「秦漢以來武冠也。侍中、中常侍則加金璫貂蟬之飾，謂之趙惠文冠。」父子貂蟬事不詳。玉京，《北魏書》卷一一四《釋老傳》：「道家之原，出於老子。其自言也，先天地生，以資萬類。上處玉京，爲神王之宗；下在紫微，爲飛仙之主。」《洞玄靈寶玉京山步虛經》：「玄都玉京山，在三清之上，無上大羅天中，上有玉京金闕七寶玄臺紫微上宮，太上無極虛皇天尊之治也。」《永樂大典》卷七七〇二京字韻引李白詩句：「天上白玉京，十二樓五城。」注：「齊賢《五星經》：『天上白玉京，黃金闕。』」按，白詩題爲《經亂離後天恩流夜郎憶舊遊書懷贈江夏韋太守良宰》。玉京迎駕事亦不詳。

酒泉子〔一〕①

流水無情，潮到空城頭盡白，離歌一曲怨殘陽②。斷人腸。　東風官柳舞雕牆③。三十六宮花濺淚，春聲何處説興亡④？燕雙雙。

【校】

〔一〕題，《六十名家詞》本作「無題」，此從廣信書院本。

【箋注】

①題，右詞無題目本事可考，以其有「潮到空城」、「三十六宫」、「説興亡」諸語，知必作於金陵，姑定爲稼軒再官建康府時所作。

②「流水」三句，流水無情，李白《送殷淑三首》詩：「流水無情去，征帆逐吹開。」白居易《過元家履信宅》詩：「落花不語空辭樹，流水無情自入池。」潮到空城，劉禹錫《金陵五題·石頭城》詩：「山圍故國周遭在，潮打空城寂寞回。」離歌一曲，李適《餞許州宋司馬赴任》詩：「離歌一曲罷，愁向勿悽悽。」

③東風官柳，孔武仲《送望聖監南嶽廟》詩：「老境不堪論契闊，東風官柳亂堤橋。」

④「三十」二句，唐張鷟《朝野僉載》卷六：「駱賓王文，好以數對，如『秦地重關一百二，漢家離宫三十六』，時人號爲算博士。」杜甫《春望》詩：「感時花濺淚，恨别鳥驚心。」周邦彦《西河·詠金陵》詞：「燕子不知何世，入尋常巷陌人家，相對如説興亡，斜陽裏。」

念奴嬌〔一〕　西湖和人韻①

晚風吹雨，戰新荷聲亂，明珠蒼璧②。誰把香奩收寶鏡？雲錦周遭紅碧〔二〕③。飛鳥翻空，游魚吹浪，慣趁笙歌席〔三〕④。坐中豪氣，看君一飲千石〔四〕⑤。遥想處士風流，鶴隨人去，已作飛仙伯〔五〕⑥。茆舍竹籬今在否〔六〕⑦？松竹已非疇昔。欲説當年，望湖樓下，水與雲寬窄⑧。醉中休問，斷腸桃葉消息⑨。

【校】

〔一〕調，《中興絶妙詞選》卷三、《咸淳臨安志》卷三三引此詞作「酹江月」。此從廣信書院本。

〔二〕「周遭紅碧」，四卷本甲集作「紅涵湖碧」。此從廣信書院本。

〔三〕「趁」，《中興絶妙詞選》、《咸淳臨安志》、《永樂大典》卷二二六五湖字韻作「聽」。

〔四〕「君」，四卷本、《永樂大典》作「公」。

〔五〕「已作」句，「已」，四卷本作「老」。「伯」，《中興絶妙詞選》、《咸淳臨安志》、《六十名家詞》本、王詔校刊本作「客」。

〔六〕「竹」，《中興絶妙詞選》、《咸淳臨安志》、《六十名家詞》本作「疏」。

【箋注】

①題，淳熙二年夏，稼軒在倉部郎中任上賦此詞。其年秋，即出爲江西提刑。據右詞所寫時序，當在是年夏季。據詞中「欲説當年」諸語，不但言蘇軾，疑亦其自道也。知其爲賦此詞，乃在再次

居官行在期間。《稼軒詞編年箋注》定於乾道六年或七年稼軒首次官行在時所作，當誤。其所和何人之韻已無可考。

②「晚風」三句，戰，疑戰抖義。言急雨打荷葉，其響如敲擊明珠玉璧。顧敻《玉樓春》詞：「話別情多聲欲戰，玉筯痕留紅粉面。」亦以戰抖象聲，可爲佐證。蒼璧，章如愚《羣書考索》卷四四釋「蒼璧禮天」，謂「以冬至祭天皇大帝在北極者於地上之圜丘。蒼璧者，天之色，圓璧圜丘皆象天體，以禮神者，必象其類也」。

③「誰把」二句，香奩收寶鏡，擬寫日暮西沉情景。雲錦，狀寫殘照下之荷花。韓愈《奉酬盧給事雲夫四兄曲江荷花行見寄並呈上錢七兄閣老張十八助教》詩：「問言何處芙蓉多？撑舟昆明渡雲錦。」《五百家注昌黎文集》卷七：「漢武帝元符三年穿昆明池，在長安西南，周回四十里。」雲錦言芙蓉之盛，如雲與錦也。李璟《遊後湖賞蓮花》詩：「滿目荷花千萬頃，紅碧相雜敷清流。」

④「慣趁」句，言魚鳥欲入席次。慣趁，趁謂赴笙歌宴席也。

⑤一飲千石，《述異志》卷上：「吳王夫差築姑蘇之臺，三年乃成，周旋詰屈，横亘五里。崇飾土木，殫耗人力。宫妓數千人，上别立春宵宫，爲長夜之飲，造千石酒鍾。夫差作天池，池中造青龍舟，舟中盛陳妓樂，日與西施爲水嬉。吳王於宫中作海靈館、館娃閣，銅溝玉檻，宫之楹檻，皆珠玉飾之。」蘇轍《欒城集》卷一七《黄樓賦》：「可以起舞，相命一飲千石。遺棄憂患，超然自得。」

⑥「遥想」三句，處士謂林逋，字君復，錢塘人。結廬西湖孤山，自號西湖處士。沈括《夢溪筆談》卷一〇：「林逋隱居杭州孤山，常畜兩鶴，縱之則飛入雲霄，盤旋久之，復入籠中。逋常泛小艇遊西湖諸寺，有客至逋所居，則一童子出，應門延客坐，爲開籠縱鶴，良久逋必櫂小船而歸，蓋常以鶴飛爲驗也。」飛仙伯，《海内十洲記》：「蓬丘，蓬萊山是也，對東海之東北岸，周迴五千里。外別有圓海繞山，……蓋太上真人所居，唯飛仙有能到其處耳。」胡應麟《少室山房筆叢》正集卷二七：「三清九宫並有僚屬。……又有仙伯、仙丞、仙監、仙郎等。」

⑦「茆舍」句，《咸淳臨安志》卷二三《孤山》：「和靖林處士廬，有巢居閣，今基並在西太一宫。處士墓，……咸淳四年，大風拔木，祠幾毁，官爲重建。是年太傅平章魏國賈公領客來遊，視蓁莽中有石隱起，命搜取視之，則熙寧七年福唐陳襄等九人竹閣題名也。」《武林舊事》卷五：「孤山舊有柏臺、竹閣、四照閣、巢居閣、林處士廬，今皆不存。」

⑧「欲説」三句，望湖樓，《咸淳臨安志》卷三二：「望湖樓在錢塘門外一里，一名看經樓，乾德五年錢忠懿王建。」《西湖遊覽志》卷八：「望湖樓在昭慶寺前，錢王所作，一名先得樓。潘閬詩：『望湖樓上立，竟日懶思還。聽水分他界，看雲過別山。孤舟依岸静，獨鳥向人閒。回首重門閉，蛙聲夕照間。』」蘇軾《六月二十七日望湖樓醉書五首》詩：「黑雲翻墨未遮山，白雨跳珠亂入船。捲地風來忽吹散，望湖樓下水如天。」按：錢塘門在臨安城西，爲紹興十八年重建之城西四門之一，其地在今杭州湖濱路與慶春路口，面西湖，新建亦有望湖樓。可參徐吉軍著《南宋

都城臨安》。自孤山林和靖舊居，至斷橋，南行即此樓也。水與雲，程俱《春日與會要同舍會對飲西園》詩：「漾舟入天境，不辨水與雲。」

⑨「斷腸」句，桃葉，《樂府詩集》卷四五《桃葉歌三首》題下注引《古今樂録》：「《桃葉歌》者，晉王子敬之所作也。桃葉，子敬妾名，緣於篤愛，所以歌之。《隋書・五行志》曰：『陳時江南盛歌王獻之《桃葉詞》云：桃葉復桃葉，渡江不用檝。但渡無所苦，我自迎接汝。』」餘參本卷《念奴嬌・謝王廣文雙姬》詞箋注。

摸魚兒

觀潮上葉丞相①

望飛來半空鷗鷺，須臾動地鼙鼓②。截江組練驅山去，鏖戰未收貔虎③。朝又暮，悄慣得吴兒不怕蛟龍怒〔一〕④。風波平步，看紅旆驚飛，跳魚直上，蹙踏浪花舞⑤。憑誰問，萬里長鯨吞吐，人間兒戲千弩⑥。滔天力倦知何事？白馬素車東去。堪恨處，人道是屬鏤怨憤終千古〔二〕⑦。功名自誤⑧。謾教得陶朱，五湖西子，一舸弄煙雨⑨。

【校】

〔一〕「悄」，四卷本甲集作「誚」，此從廣信書院本。

〔二〕「人道」句，「屬鏤怨」，四卷本作「子胥冤」。「終」，《六十名家詞》本作「足」。

【箋注】

①題，《宋兵部侍郎賜紫金魚袋稼軒公歷仕始末》：「知滁州，江東帥參軍，倉部員外郎、倉部郎中，後爲江西提點刑獄。」然稼軒何時自江東參議被召，史書無載。以有關詞作考索，當在淳熙二年春夏之間。右詞乃稼軒爲錢江觀潮而作，當在是年七月初除提點江西刑獄去行在所之前。《宋會要輯稿・職官》七二之一三：「淳熙二年六月十一日，新江西路提刑方師尹别與差遣，坐老耄畏怯，聞江西茶賊竊發，畏避遷延，不敢之官故也。」《宋史》卷三四《孝宗紀》二：「淳熙二年六月辛酉，以倉部郎中辛棄疾爲江西提刑，節制諸軍，討捕茶寇。」辛酉爲六月十二日。稼軒與臨安友人札子亦云：「棄疾自秋初去國。」錢江大潮，以七八月最爲可觀。疑右詞爲稼軒受命江西憲使之後，臨别觀潮所作。

②「望飛」二句，飛來鷗鷺，《文選》卷三四枚乘《七發》：「客曰：將以八月之望，與諸侯遠方交遊，兄弟並往，觀濤乎廣陵之曲江。……江水逆流，海水上潮。……衍溢漂疾，波涌而濤起。其始起也洪淋淋焉，若白鷺之下翔。」鄒浩《寄上方安老》詩：「偶此詩成更吟詠，飛來鷗鷺亦欣然。」動地鼙鼓，白居易《長恨歌》：「漁陽鼙鼓動地來，驚破霓裳羽衣曲。」

③「截江」二句，組練，《左傳・襄公三年》：「春，楚子重伐吴。……使鄧廖帥組甲三百、被練三千

以侵吴。」注：「組甲被練，皆戰備也。組甲，漆甲成組文，被練，練袍。」驅山，范仲淹《和運使舍人觀潮次韻》詩：「破浪功難敵，驅山力可並。」蘇軾《催試官考較戲作》詩：「八月十八潮，壯觀天下無。鯤鵬水擊三千里，組練長驅十萬夫。」貔虎，《列子·黄帝》：「黄帝與炎帝戰於阪泉之野，帥熊羆狼豹貙虎爲前驅，鵰鶡鷹鳶爲旗幟，此以力使禽獸者也。」范仲淹前題詩：「勢雄驅島嶼，聲怒戰貔貅。」

④「悄慣」句，悄慣得，《稼軒詞編年箋注》謂「直縱容得之意」，余謂其意即悄然經久，習以爲常。悄有全然之義。此當爲習練既久之稱謂，恐非「縱容」之義。《續資治通鑑長編》卷四四七載：「見今作過揚晟臺等手下兵丁，雖止五六千人，然種族蟠踞溪峒，衆極不少。晟臺桀黠，屢經背叛，慣得姦便。加以山溪重複，道路嶮絶，漢兵雖有精甲利械，勢無所施。」卷四六五亦有「加以邊將慣得厚賞，樂於生事邀功」語，悄慣得，即養成習慣也。吴兒謂弄潮兒。蘇軾《八月十五日看潮五絶》詩：「吴兒生長狎濤淵，冒利輕生不自憐。」蛟龍怒，杜甫《乾元中寓居同谷縣作七首》詩：「長淮浪高蛟龍怒，十年不見來何遲？」

⑤「看紅」三句，吴自牧《夢粱録》卷四《觀潮》：「杭人有一等無賴不惜性命之徒，以大綵旗或小清涼傘、紅緑小傘兒，各繫繡色緞子滿竿，伺潮出海門，百十爲羣，執旗泅水上，以迓子胥。弄潮之戲，或有手腳執五小旗，浮潮頭而戲弄。」

⑥「憑誰」三句，憑，向也。憑誰問句乃質疑也。長鯨吞吐，羅願《爾雅翼》卷二九《鰌》：「《水經》

曰：　海中鰌長數千里，穴居海底。入穴則海溢爲潮，出穴則潮退，出入有節，故潮水有期。」梁元帝《金樓子》卷五：　「鯨鯢一名海鰌，穴居海底。鯨入穴則水溢爲潮來，鯨出穴則水入爲潮退。鯨鯢既出入有節，故潮水有期。」《文選》卷五左思《吴都賦》：　「於是乎長鯨吞航，修鯢吐浪。」兒戲千弩，《宋史》卷九七《河渠志》七：　「淛江通大海，日受兩潮。梁開平中，錢武肅王始築捍海塘，在候潮門外。潮水晝夜衝激，版築不就，因命彊弩數百以射潮頭，又致禱胥山祠。既而潮避錢塘，東擊西陵，遂造竹器積巨石，植以大木。堤岸既固，民居乃奠。」蘇軾《八月十五日看潮五絶》詩：　「安得夫差水犀手，三千强弩射潮低。」

⑦「滔天」四句，白馬素車，枚乘《七發》：　「其少進也，浩浩溰溰，如素車白馬帷蓋之張。」《太平廣記》卷二九一《伍子胥》條：　「伍子胥累諫，吴王賜屬鏤劍而死。臨終戒其子曰：　『懸吾首於南門，以觀越兵來。以鮧魚皮裹吾尸，投於江中，吾當朝暮乘潮以觀吴之敗。』自是，自海門山潮頭洶高數百尺，越錢塘漁浦方漸低小。朝暮再來，其聲震怒，雷奔電走百餘里。時有見子胥乘素車白馬，在潮頭之中，因立廟以祠焉。」屬鏤怨憤，《史記》卷三一《吴太伯世家》：　「十一年復北伐齊，越王勾踐率其衆以朝吴，厚獻遺之，吴王喜，唯子胥懼曰：　『是棄吴也。』……吴王不聽，使子胥於齊。子胥屬其子於齊鮑氏，還報吴王，吴王聞之大怒，賜子胥屬鏤之劍以死。將死，曰：　『樹吾墓上以梓，令可爲器；抉吾眼置之吴東門，以觀越之滅吴也。』」《集解》：　「屬鏤，劍名。」賜使自刎。」又：　「王愠曰：　『孤不使大夫得有見。』乃盛以鴟夷，投之江也。」《正義》：

「吴俗傳云：子胥亡後，越從松江北開渠至横山東北，築城伐吴。子胥乃與越軍夢，令從東南入破吴，越王即移向三江口岸，立壇殺白馬祭子胥，杯動酒盡，越乃開渠，子胥作濤，盪羅城東開入滅吴。」

⑧功名自誤，李白《經亂離後天恩流夜郎憶舊遊書懷贈江夏韋太守良宰》詩：「空名適自誤，迫脅上樓船。」王安石《寄吴沖卿》詩：「虚名終自誤，謬恩何見蹙。」按：此言非功名誤人，乃遇人不淑而自誤也。

⑨「謾教」三句，謾教得，空教得，謂伍子胥之沉江，未能救吴，徒使范蠡警醒也。陶朱，《史記》卷四一《越王勾踐世家》：「勾踐以霸，而范蠡稱上將軍，還反國。范蠡以爲大名之下，難以久居，且勾踐爲人可與同患，難與處安，爲書辭勾踐。……乃裝其輕寶珠玉，自與其私徒屬乘舟浮海以行，終不反。……范蠡浮海出齊，變姓名，自謂鴟夷子皮。……行以去，止於陶，以爲此天下之中，交易有無之路通，爲生可以致富矣，於是自謂陶朱公。」五湖西子，世傳范蠡獻西施於吴王，吴滅，蠡取西施，同舟泛五湖而去。此見杜牧《杜秋娘》詩：「西子下姑蘇，一舸逐鴟夷。」蘇軾《次韻代留别》詩：「他年一舸鴟夷去，應記儂家舊姓西。」

滿江紅

贛州席上呈太守陳季陵侍郎〔一〕①

落日蒼茫②，風纔定片帆無力。還記得眉來眼去，水光山色③。倦客不知身遠近〔二〕，佳人已卜歸消息。便歸來只是賦行雲，襄王客④。些箇事⑤，如何得？知有恨，休重憶。但楚天特地，暮雲凝碧⑥。過眼不如人意事，十常八九今頭白⑦。笑江州司馬太多情，青衫濕⑧。

【校】

〔一〕題，四卷本甲集作「贛州席上呈陳季陵太守」，此從廣信書院本。

〔二〕「遠近」，四卷本作「近遠」。

【箋注】

①題，贛州，《輿地紀勝》卷三二《江南西路》：「贛州，南康郡昭信軍節度。……隋平陳，罷南康郡，爲虔州。唐平江左，再置虔州。……中興以來，以爲管内安撫使，尋罷，復爲江南西路兵馬鈐轄兼督南安軍南雄州甲兵司，隸江南西道。自虔卒造變，議臣請改虔州爲贛州，取章貢二水合流之義。」太守陳季陵，〔嘉慶〕《寧國府志》卷二七：「陳天麟字季陵。幼穎悟，口誦數千言。紹興戊辰進士，調廣德簿。……召對稱旨，除太平州教授。未幾，以國子正召，累官集英殿修撰，由饒州改知襄陽。修治樓堞，募忠義軍，浚古習河，察覺城中奸細誅之。朝旨嘉奬，改知贛

州。時茶商寇贛吉間，預爲守備，民恃以安。江西憲臣辛棄疾討賊，天麟給餉補軍，棄疾所俘獲送贛獄者，治其魁，餘黨並從末減。事平，棄疾奏：『今成功，實天麟方略也。』治郡不用威刑，訟亦清簡。未幾罷，尋復集英殿修撰卒。」《宋會要輯稿·職官》七二之一二：「淳熙二年三月二十九日，知贛州陳天麟除敷文閣待制、知平江府韓彦古除敷文閣待制並寢罷成命，以天麟贛州之政未有過人，彦古奪服爲郡，亦難冒處，故寢是命。」同書《職官》七二之一六：「淳熙三年十月八日，前知贛州陳天麟罷宫觀，以臣僚言天麟政以賄成，罪以貸免，寄居宣州，交通關節，靡所不有，故有是命。」按：題中稱陳天麟爲侍郎，查其於乾道二年二月十三日，以吏部侍郎請祠，遂以集英殿修撰知饒州，見《宋會要輯稿·選舉》三四之一三，故有此稱。又按：贛州爲江西提刑司所在。陳天麟之罷知贛州，當在淳熙三年春夏間，稼軒右詞，疑即其罷任席間所作。

②「落日」句，羅隱《湖南春日懷古》詩：「空闊遠帆遮落日，蒼茫密樹礙歸雲。」朱松《贈范直夫》詩：「鄉關落日蒼茫外，尊酒寒花寂歷中。」

③「還記」二句，眉來眼去，王觀《卜算子》詞：「水是眼波横，山是眉峰聚。欲問行人去那邊，眉眼盈盈處。」水光山色，陶伯宗《如歸亭》詩：「今日吴江亭上望，水光山色却如歸。」吴坰《五總志》：「山谷云：『新婦磯頭眉黛愁，女兒浦口眼波秋。驚魚錯認月沉鈎。青箬笠前無限事，緑莎衣底一時休。西風吹雨轉船頭。』東坡視之，謂所親曰：『黄九以山光水色代却玉肌花貌，自以爲得漁父家風，然才出新婦磯，又入女兒浦，此漁父無乃太瀾浪乎？』」

④「便歸」二句，《文選》卷一九宋玉《高唐賦》：「昔者楚襄王與宋玉遊於雲夢之臺，望高唐之觀，其上獨有雲氣，崪兮直上，忽兮改容。須臾之間，變化無窮。王問玉曰：『此何氣也？』玉對曰：『所謂朝雲者也。』王曰：『何謂朝雲？』玉曰：『昔者先王嘗遊高唐，怠而晝寢，夢見一婦人，曰妾巫山之女也，爲高唐之客，聞君遊高唐，願薦枕席。王因幸之。去而辭曰：妾在巫山之陽，高丘之岨。旦爲朝雲，莫爲行雨。朝朝莫莫，陽臺之下。旦朝視之如言，故爲立廟，號曰朝雲。』」注：「朝雲行雨，神女之美也。」

⑤些箇，猶言此等，乃宋人尋常口語。《朱子語類》多有此詞，如卷四一《顔淵》篇上：「或問非禮勿視聽言動，曰：『目不視邪色，耳不聽淫聲，如此類工夫却易，視遠惟明才不遠，便是不明。聽德惟聰才非德，便是不聰。如此類工夫却難。視聽言動，但有些箇不循道理處，便是非禮。』」

⑥「但楚」二句，特地，此處作依然解。暮雲凝碧，柳永《兩同心》詞：「鴛鴦阻夕雨朝飛，錦書斷暮雲凝碧。」

⑦「過眼」二句，《晉書》卷三四《羊祜傳》：「會秦涼屢敗，祜復表曰：『吴平，則胡自定，但當速濟大功耳。』而議者多不同。祜歎曰：『天下不如意，恒十居七八，故有當斷不斷，天與不取，豈非更事者恨於後時哉？』」

⑧「笑江」二句，白居易《琵琶引》：「元和十年，予左遷九江郡司馬，明年秋，送客湓浦口，聞舟中夜彈琵琶者。聽其音，錚錚然有京都聲，問其人，本長安倡女，……是夕始覺有遷謫意，因爲長

句歌以贈之。凡六百一十二言，命曰琵琶行。」結句有云：「座中泣下誰最多？江州司馬青衫濕。」劉攽《中山詩話》：「江州琵琶亭，前臨江左，枕湓浦，地尤勝絶。……又有葉氏女（名桂女，字月流），詩曰：『樂天當日最多情，淚滴青衫酒重傾。明月滿船無處問，不聞商女琵琶聲。』」

菩薩蠻　書江西造口壁①

鬱孤臺下清江水②，中間多少行人淚③？西北望長安〔一〕，可憐無數山④。　青山遮不住，畢竟東流去〔二〕⑤。江晚正愁余，山深聞鷓鴣⑥。

【校】

〔一〕「西北望」，四卷本作「東北是」，《六十名家詞》本作「西北是」，此從廣信書院本、《中興絶妙詞選》卷三。

〔二〕「東」，廣信書院本、四卷本作「江」，此從《中興絶妙詞選》、《六十名家詞》本。王詔校刊本、四印齋本亦俱作「東」。

【箋注】

①題，造口，又稱皂口。〔光緒〕《吉安府志》卷三《萬安縣》：「皂口江在縣南六十里，源出贛縣三龍，經上造、下造入贛江。」按：皂口江發源於贛州，經今萬安南夏造鎮於皂口入贛江。皂口今位於贛州北一百二十餘里，萬安縣東南六十里處。又，稼軒右詞題爲「書江西造口壁」，查《吉安府志》卷二《萬安縣》，皂口有山曰金船嶺，稼軒此詞或即題寫於山間。右詞歇拍有「聞鷓鴣」語，鷓鴣鳴叫大都在春末，此詞當作於淳熙三年。

②「鬱孤」句，《輿地紀勝》卷三二《江南西路・贛州》：「鬱孤臺，在郡治，隆阜鬱然，孤起平地數丈。冠冕一郡之形勝，而襟帶千里之山川。登其上者，若跨鼇背而升方壺。唐李勉爲虔州刺史，登臨北望，慨然曰：『余雖不及子牟，而心在魏闕也。』改鬱孤爲望闕。」《讀史方輿紀要》卷八八《江西・贛州府》：「賀蘭山，府治西北隅，其右隆阜特起，爲文筆峰綿亘而東，《白家嶺志》云：『山即鬱孤臺。昔人因高築臺爲登眺處，以鬱然孤起而名，後夷爲平地。明朝正德十一年培之使高，爲郡形勝。』」按：稼軒所云「鬱孤臺下清江水」，《稼軒詞編年箋注》謂「江西袁州與贛江合流處，舊亦稱清江。此處當指贛江言」。然查所謂清江，據《讀史方輿紀要》卷八七《江西・清江縣》所載：「清江在府城（臨江府）南，即贛袁二江之合流也。」知地理意義上之清江，專指贛江會合袁江之一段而言，清江非贛江之謂也。稼軒行部至皂口賦此詞時，清江尚遥在北方。而贛江乃章、貢二水於贛州合流之後至入鄱陽湖全段之稱。故此清江水雖指贛水，却用以

形容江水之清徹，應非以中游之清江代指贛水也。

③「中間」句，《讀史方輿紀要》卷八八《江西·贛州府》：「贛水在府城北，其上源爲章貢二水。……北流三百里，至吉安府萬安縣，其間有九灘，……俱屬贛縣。又經九灘，乃至萬安，所謂十八灘也。江在縣境者，一百八十里，灘之怪石如精鐵，突兀廉厲，錯峙波面。……蓋郡恃贛石爲險云。」行人淚，當指贛水雖甚清徹，然急流險灘，行人到此而淚下。本卷另有《西河·送錢仲耕自江西漕移守婺州》詞，首四句即爲「西江水，道是西江人淚。無情却解送行人，月明千里」，可知「行人淚」云云，乃江西贛州人之歌謡，蓋極盡贛水行旅之艱辛也。

④「西北」二句，望長安，用李勉北望典故，見前引《輿地紀勝》。李白《秋浦歌十七首》：「正西望長安，下見江水流。」《經亂後將避地剡中留贈崔宣城》詩：「四海望長安，嚬眉寡西笑。」杜甫《小寒食舟中》詩：「雲白山青萬餘里，愁看直北是長安。」劉邠《九日》詩：「可憐西北望，白日遠長安。」「可憐」句，贛水上游多山，山遮北望眼，故有可惜無數山之語。孟浩然《下贛石》詩：「贛石三百里，沿洄千嶂間。」

⑤「青山」二句，遮不住，宋人口語，即攔不住。楊萬里常用，如其《送清江王守赴召》詩：「又聞一節唤歸去，父老攔街遮不住。」《送趙吉州判院器之移路提刑》詩：「使星一照天西去，白鷺青原遮不住。」東流去，謂長江。贛水北經鄱陽湖入長江。杜甫《成都府》詩：「大江東流去，游子去日長。」

⑥「江晚」二句，正愁余，《楚辭·九歌·湘夫人》：「帝子降兮北渚，目眇眇兮愁余。」蘇軾《和邵同年戲贈賈收秀才三首》詩：「莫向洞庭歌楚曲，煙波渺渺正愁予。」聞鷓鴣，朱翌《猗覺寮雜記》卷上：「退之《杏花》云：『鷓鴣鉤輈猿叫歇。』《本草》『鷓鴣鳴云：鉤輈格磔』。……以今所聞之聲，不與四字合，若云『行不得也哥哥』，不知《本草》何故爲此聲。鷓鴣非啼於木上，止啼於草茅中。……段成式則云：『鳴云但南不北。』」按：《鶴林玉露》謂稼軒「聞鷓鴣之句，謂恢復之事行不得也」。《稼軒詞編年箋注》於附録中言：「羅大經謂『聞鷓鴣之句謂恢復之事行不得也』，殊爲差謬。稼軒一生奮發有爲，其恢復素志、勝利信心，由壯及老，不曾稍改，何得在南歸未久即生恢復之事行不得之念哉！」

【附録】

羅大經景綸記事

辛幼安詞

其題江西造口詞云：「鬱孤臺下清江水，中間多少行人淚。西北是長安，可憐無數山。青山遮不住，畢竟東流去。江晚正愁予，山深聞鷓鴣。」蓋南渡之初，金人追隆祐太后御舟至造口，不及而還。幼安自此起興，「聞鷓鴣」之句，謂恢復之事行不得也。（《鶴林玉露》甲編卷一）

按：南宋後期廬陵人羅大經所著《鶴林玉露》，釋稼軒造口詞之後專釋云：「蓋南渡之初，虜人追隆祐太后御舟至造口，不及而還。幼安因此起興。」《稼軒詞編年箋注》引此於附録，然後有大段文字辨駁金人未嘗追隆祐太后御舟至造口。按：《三朝北盟會編》卷一三五《隆祐太后進幸虔州》條載建炎三年十一月二十三日：「隆祐皇太后離吉州至生米市，有人見金人已到市中者，乃解維夜行，質明至太和縣，又進至萬安縣。兵衛不滿百人，滕康、劉珏、楊維忠皆竄山谷中，唯有中官何漸、使臣王公濟、快行張明而已。金人追至太和縣，太后乃自萬安縣至皂口，捨舟而陸，遂幸虔州。」《宋史》卷二四三《后妃傳》亦同此記載。而《鶴林玉露》甲編卷三《幸不幸》條又載：「吉水縣江濱有石材廟。隆祐太后避虜，御舟泊廟下。一夕，夢神告曰：『速行，虜至矣。』太后驚寤，即令發舟指章貢。虜果躡其後，追至造口，不及而還。事定，特封廟神剛應侯。」舊本《贛州府志》以及吉州之《南安縣志》所附此事，雖均有金人「追至造口，不及而還」之記載，然而其所依據皆爲《鶴林玉露》，更無其他地方資據。因知金人追至太和縣而止，史書皆未云追至皂口。皂口地名見於史籍，亦僅此而已，羅大經以稼軒題詞於皂口，附會隆祐太后被追事，遂有此說，不足爲定論，鄧先生所駁均是也。

辛棄疾集編年箋注卷七

按：本卷爲詞作，共五十八首。起淳熙三年丙申（一一七六），迄淳熙八年辛丑（一一八一），爲仕宦東南之作。

長短句

水調歌頭

和王正之右司吴江觀雪見寄①

造物故豪縱〔一〕，千里玉鸞飛②。等閒更把，萬斛瓊粉蓋玻瓈〔二〕。好卷垂虹千丈，只放冰壺一色，雲海路應迷③。老子舊遊處，回首夢耶非④？謫仙人，鷗鳥伴，兩忘機⑤。掀髯把酒一笑，詩在片帆西。寄語煙波舊侣：聞道蓴鱸正美，休裂芰荷衣〔三〕⑥。上界足官府，汗漫與君期⑦。

【校】

〔一〕「物」，《六十名家詞》本、四印齋本俱作「化」。此從廣信書院本。

〔二〕「玻瓈」，四卷本甲集作「頗黎」。

〔三〕「裂」，四卷本作「製」。

【箋注】

①題，王正之右司，《寶慶四明志》卷八《王説傳》附：「正己字正之，勳長子也。……以叔祖珩任爲豐城主簿，連帥張澄俾對易理曹。時相姻黨王鈇家豫章，家舍亡瑞香花，與一富民有他憾，因誣之，帥諷理曹文致其罪，正己直之，忤帥意，稱疾尋醫以歸。孝宗聞之，既踐阼，詔以不畏彊禦節概可嘉，自泰州海陵縣召對，改合入官。淳熙初訪求廉吏，參政葉衡舉正己辭賻事以聞，召對。……凡四典郡，六爲部使者，終太府卿秘閣修撰致仕，年七十八卒。」按：王正己舊名慎言，字正之，名以避孝宗諱改，又改字伯仁父，以舊字行，明州鄞縣人。樓鑰《攻媿集》卷九九有《朝議大夫秘閣修撰致仕王公墓志銘》，詳記其平生事跡，尤推許其不畏强禦之節概。其有關王正之除右司郎中前後事歷，《墓志銘》載：「授婺州司法參軍。詔舉縣令，會稽郡王史公浩爲司封郎，以公姓名進，知泰州海陵縣。張忠獻公浚募萬弩手，官吏畏怖，奔走恐後。公獨以邑民方

脱兵火之酷，募既難從，聚亦無用，陳利害以獻。旁觀爲之股栗，公亦諷告以俟。忠獻以書遜謝，慰勉安職，人始服公有守，而歎忠獻之樂善也。隆興改元正月，對垂拱殿，上意嚮納，改宣教郎幹辦行在諸軍糧料院。乾道二年，詔薦監司郡守，丞相魏公杞在瑣闥，薦對祥曦殿，權司農寺主簿，知江陰軍。在任得旨：沿江郡籍民爲兵，防江守城，爲大軍聲援。公抗疏列上徒擾良民無益備禦者七條，且言舊嘗爲山水寨，騷動兩淮，競進圖册，謂得勝兵數十萬，完顏亮深入，乃無一人爲用，敵退起焚官寺，聲言欲燒棄山水寨案牘，以絶後害，此最深切著明者。公以此罷，而他郡亦徒擾如公言。起知饒州，改嚴州，復改饒州，以事忤憲司，劾罷，主管台州崇道觀。以葉丞相之薦，除尚書吏部員外郎，權右司郎官，遂爲真。葉公去國，公亦遭論，再奉祠。」稼軒右詞爲和王正之吴江觀雪之作。吴江即松江。《吴郡志》卷一八：「松江在郡南四十五里，《禹貢》三江之一也。……松江南與太湖接，吴江縣在江濆，垂虹跨其上，天下絶景也。」淳熙二年之前，王正之未嘗仕宦於吴地。而其仕宦以來，惟乾道四年底五年初罷知江陰軍南歸鄞縣時得經吴江，此後知饒州與起爲右司郎官，皆無須過吴。查王正已於乾道四年以右通直郎知江陰軍，見（道光）《江陰縣志》卷一一。其因反對沿江籍民爲兵而罷任，當在是年底或明年初。查《朱文公文集》卷九六《少師觀文殿大學士致仕魏國公贈太師謚正獻陳公（俊卿）行狀》，其時有關籍民兵一事爲：「以乾道四年十月制授尚書右僕射同中書門下平章事兼樞密使。……以兩淮備禦未設，民無固志，萬一寇至，倉卒渡兵，恐不及事，奏於揚州、和州各屯三萬人，預爲定計，仍籍民家三丁者取其一，以爲義兵，授之弓弩，教以戰陣。……使民兵各守其城，相爲犄角，以壯聲勢。……因循憚改作之人，皆以擾民爲詞。天下之事欲成其大，安能無小擾？但守臣得人，公心體國，不憚勞苦，善加拊循，則教習有方，自不至大擾矣。上意亦以爲然，詔即行之。然竟爲衆論所持，公尋亦去位，不能及其成也。」所謂爲「衆論所持」者，王正己當爲其中之一，而其罷江陰軍守臣，則必在是年底或明年初，故能於歸鄉之際，南遊吴江而觀雪也。又，王正己罷右司郎官，在淳熙二年閏九月，見《宋會要輯稿·職官》七二之二。而右詞下片，語及王正己罷官後情景，知其罷歸之後，以舊詞寄似，而稼軒從而和之，其時當在淳熙三年初也。

②「造物」二句，造物故豪縱，蘇軾《同正輔表兄游白水山》詩：「偉哉造物真豪縱，攫土摶沙爲此弄。」玉鸞飛，《後漢書》卷一一〇《邊讓傳》載其所作《章華賦》，有「若緑繁之垂幹，忽飄飖以輕逝兮，似鸞飛於天漢」句。然以「玉鸞」擬大雪飛舞，乃自右詞始。

③「好卷」三句，垂虹，《吴郡圖經續記》卷中：「吴江利往橋，慶曆八年縣尉王廷堅所建也。東西千餘尺，用木萬計，縈以修欄，甃以浄甓，前臨具區，横截松陵，湖光海氣，蕩漾一色，乃三吴之絶景也。橋成，而舟楫免於風波，徒行者晨暮往歸，皆爲坦道矣。橋有亭曰垂虹。杜子美嘗有詩云：『長橋跨空古未有，大亭壓浪勢亦豪。』」《吴郡志》卷一七：「利往橋即吴江長橋也。慶曆八年，縣尉王廷堅所建，有亭曰垂虹，而世併以名橋。《續圖經》云：『東西千餘尺，前臨太湖洞庭三山，横跨松江，爲海内絶景。』」冰壺，鮑照《代白頭吟》：「直如朱絲繩，清如玉壺冰。」歐

陽修《喜雪示徐生》詩：「貯潔瑩冰壺，量深埋玉尺。」雲海路應迷，韓愈《雜詩》：「蒼蒼雲海路，晚歲將無獲。」陳與義《留別心老》詩：「他時訪生死，林深路應迷。」

④「老子」二句，此言吴江爲稼軒之舊遊。查稼軒於紹興三十二年閏二月擒張安國獻俘行在，然後除簽判江陰軍，因家於是。其赴簽判任，最早當在是年夏。而其任滿，當在隆興二年秋冬至歲杪之間。其後，稼軒改除廣德軍通判。其赴任之前，當有遊歷吴江之事。右詞回首舊遊疑爲夢境，蓋即憶舊遊也。不僅此詞，後來稼軒歸寓上饒之後，曾作詞《六幺令》，有「江上吴儂問我，一一煩君説」諸語，又有憶吴江賞木樨之《清平樂》詞，足以證實其皆早年南歸之初事。

⑤「謫仙」三句，謫仙人，《新唐書》卷二〇二《李白傳》：「至長安，往見賀知章。知章見其文，歎曰：『子謫仙人也。』」鷗鳥伴，李綱《送秦楚材還永嘉》詩：「顧我留爲鷗鳥伴，羡君歸赴鵷鴿期。」兩忘機，羅隱《覽晉史》詩：「惆悵中途無限事，與君千載兩忘機。」蘇軾《和子由四首·送春》詩：「芍藥櫻桃俱掃地，鬢絲禪榻兩忘機。」此兩忘機謂海上之人與鷗鳥。可參本書卷六《水調歌頭》（落日古城角闋）詞箋注。

⑥「寄語」三句，煙波舊侶，謂與稼軒舊遊吴江之友人，不知是否包括王正己在内。蓴鱸正美，參本書卷六《木蘭花慢·滁州送范倅》詞（老來情味減闋）箋注。裂芰荷衣，《離騷》：「進不入以離尤兮，退將復修吾初服。製芰荷以爲衣兮，集芙蓉以爲裳。」《文選》卷四三孔稚珪《北山移文》：「焚芰製而裂荷衣，抗塵容而走俗狀。」吕炎濟注：「芰製荷衣，隱者之服。言皆焚裂之，舉騁塵

俗之容狀。」

⑦「上界」二句，上界足官府，韓愈《奉酬盧給事雲夫四兄曲江荷花行見寄並呈上錢七兄閣老張十八助教》詩：「上界真人足官府，豈如散仙鞭笞鸞鳳終日相追陪？」《五百家注昌黎文集》卷七：「上界真人謂仙人也，仙人猶有官府之事，不如雲夫爲地上散仙，終日嬉遊也。」蘇軾《盧山五詠·盧敖洞》詩：「上界足官府，飛昇亦何益？」汗漫期，《淮南子·道應訓》：「盧敖游乎北海，經乎太陰，入乎玄闕，至於蒙穀之上，見一士焉，深目而玄鬢，淚注而鳶肩，豐上而殺下。……盧敖與之語，……若士者齤然而笑曰：『……吾與汗漫期於九垓之外，吾不可以久駐。』若士舉臂而竦身，遂入雲中。盧敖仰而視之，弗見乃止。」高誘注：「汗漫，不可知之也。」

又

和馬叔度遊月波樓①

客子久不到，好景爲君留。西樓著意吟賞，何必問更籌②？喚起一天明月，照我滿懷冰雪，浩蕩百川流③。鯨飲未吞海，劍氣已橫秋④。野光浮，天宇迥，物華幽。中州遺恨，不知今夜幾人愁⑤？誰念英雄老矣，不道功名蕞爾⑥，決策尚悠悠⑦。此事費分説，來日且扶頭⑧。

【箋注】

①題，馬叔度，喻良能《香山集》卷九有《賢良馬叔度和周内翰送予倅越詩見貽次韻奉酬》、《叔度賢良再用游字韻見貽復次韻謝之》、《次韻馬叔度再用前韻見寄》三首七言律詩。賢良，謂嘗應舉賢良方正能直言極諫科。北宋嘗設此制科，南渡後，紹興元年春正月，詔復賢良方正能直言極諫科，見《建炎以來朝野雜記》甲集卷一三《制科》及同卷《乾道制科本末恩數》、《制六科題淳熙再試科制本末》條。馬叔度何時應制科，《宋會要輯稿・選舉》一一之三二載：「淳熙三年九月二十五日，吏部侍郎趙粹中，舉亳州布衣馬萬頃堪應賢良方正能直言極諫科。詔粹中繳進詞業。四年三月八日，吏部尚書韓元吉等言，舊制，賢良詞業繳進，送兩省侍從參考，分爲三等，文理優長爲上等，次優爲中等，平凡爲下等，考試訖繳奏，次優以上召赴閣職，臣等衆參考，得李塾、姜凱、鄭建德、馬萬頃詞業爲優爲次優。詔並令中書召試。……八月十九日，詔以二十五日引試應賢良方正能言極諫科李塾、姜凱、鄭建德、馬萬頃，命中書舍人錢良臣爲制舉考試官，……武學諭王藺爲對讀官。」《文獻通考》卷三三《選舉考》六《賢良方正》亦載：「先是，翰林學士汪應辰，以眉山布衣李垕應詔，上覽其文稱奬，命依格召試，會有沮之者，不果試。是歲，宰相虞允文爲上言之，始依元祐獨試故事，命翰林學士王曮、起居舍人李彦穎考試參詳，垕六論凡五通，上喜曰：『繼自今其必有應詔者矣。』十一月，上親策於集英殿，有司考入第四等，復御殿引見，賜制科出身，授節度推官，其策依正奏名第一甲例謄寫爲册進御。……淳熙四年，李垕之

弟塾復舉賢良方正，而近習又恐制科之攻己，共搖沮焉。會台州趙汝愚舉姜凱，信守唐仲友舉鄭建德，吏部侍郎趙粹中舉馬萬頃應詔。上問輔臣：『召試賢良，故事有黜落者否？』對曰：『昨李垕止獨試，若數人須分優劣。』既而監察御史潘緯言制科不過三事，一繳進詞業，二試六論，三對制策，而進卷率皆宿著，廷策豈無素備？惟六論一場謂之過閣，人以爲難。若罷注疏而復以四通爲合格，則與應進士舉一場、試經義五篇者何異？乃詔增爲五通。其年始命官糊名謄録如故事。所試六論後二日，試院言文卷多不知題目所出，及引用上下文不盡，有僅及二通者。上命賜束帛罷之。舉者周必大等皆放罪。」據此，知馬叔度應即亳州人馬萬頃。而此次應舉賢良方正能直言極諫科之四人包括馬萬頃後來皆罷之，故《文獻通考》下又謂「自李垕之後制科無合格者」，馬萬頃雖未合格，然喻良能仍以賢良稱之。馬萬頃經此黜落後，諸書册皆不載其名，蓋自此竟以布衣終其身矣。周必大《益國文忠公集》卷一一四《舉李塾賢良不應格待罪札子》末有自注：「九月三日，奉御筆放罪。」喻良能《和周必大同馬叔度送予倅越》詩，當即作於本年秋，在馬氏罷舉之後。其詩有云：「一鳴一息幾千秋，風翼端宜汗漫游。筆底珠璣誰得似？胸中雲夢復何求。談餘正始人加勝，詩比黄初語更遒。西笑定應參儤直，東游聊復伴遨頭。」月波樓，嘉興有此樓，《至元嘉禾志》卷九：「月波樓在郡治西北二里城上，下瞰金魚池。」淮安亦有月波樓，〔雍正〕《江南通志》卷二二：「月波樓在府治舊通判廳。」史浩於鄞縣亦創月波樓，見〔雍正〕《浙江通志》卷二三〇。稼軒右詞送其遊月波樓，據詞首二句，或在湖北黄岡。

〔光緒〕《黄州府志》卷四：「月波樓，在府治西城上，與竹樓相通。」王禹偁《小畜集》卷一七《黄州新建小竹樓記》：「黄岡之地多竹，大者如椽，……子城西北隅，雉堞圮毁，榛莽荒穢，因作小樓二間，與月波樓通。遠吞山光，平挹江瀨，幽闃遼敻，不可具狀。」同書卷六《月波樓詠懷》詩，小序：「月波之名，不知得於誰氏，圖綴故老皆無聞焉，因作古詩一章，凡六百八十字，陷於樓壁，庶使兹樓之名與詩不泯也。」詩長，有句「兹樓最軒豁，曠望西北陬。武昌地如掌，天末入雙眸。平遠無林木，一望同離婁。山形如八字，會合勢相勾」云云。稼軒右詞，當作於馬氏應舉失利之後，西遊黄岡之時。以稼軒淳熙四年知江陵府兼湖北安撫，故編次於此。

②「何必」句，蔡襄《清暑堂會同年》詩：「莫問更籌須劇醉，四翁同籍亦難俱。」范純仁《八月十六日張伯常見訪賞月四首》詩：「我亦官閒少拘檢，留連寧復問更籌！」更籌用以報時，《新唐書》卷四六《百官志》有「晝題時刻，夜題更籌」語。

③「照我」二句，滿懷冰雪，張孝祥《念奴嬌·過洞庭》詞：「應念嶺海經年，孤光自照，肝膽皆冰雪。」百川流，孟郊《投贈張端公》詩：「君子量不極，胸吞百川流。」

④「鯨飲」二句，鯨飲吞海，含曦《酬盧仝見訪不遇題壁》詩：「鯨吞海水盡，露出珊瑚枝。」蘇軾《答海上翁》詩：「海水豈容鯨飲盡，然犀何處覓瓊枝？」劍氣横秋，賀鑄《易官後呈交舊》詩：「當年筆漫投，説劍氣横秋。」

⑤「中州」二句，明田汝成《西湖遊覽志餘》卷二五《委巷叢談》：「吴歌惟蘇州爲佳。杭人近有作

者，往往得詩人之體。如云：『月子灣灣照幾州？幾人歡樂幾人愁？幾人高樓行好酒？幾人飄蓬在外頭？』此賦體也。」《警世通言》卷一二《范鰍兒雙鏡團圓》入話：「吴歌云：『月子彎彎照幾州？幾家歡樂幾家愁？幾家夫婦同羅帳，幾家飄散在他州？』此歌出自南宋建炎間，述民間離亂之苦。只爲宣和失政，奸佞專權，延至靖康，金虜淩城，擄了徽欽二帝北去。康王泥馬渡江，棄了汴京，偏安一隅，改元建炎。其時東京一路百姓，懼怕韃虜，都跟隨車駕南渡。又被虜騎追趕，兵火之際，東逃西躲，不知拆散了幾多骨肉。」

⑥蕞爾，《左傳·昭公七年》：「抑諺曰：蕞爾國，而三世執其政柄，其用物也弘矣。」注：「蕞，小貌。」

⑦「決策」句，此決策，蓋指孝宗之規恢遠略。然自乾道六年始遣泛使使金以來，其即屢因受挫，壯志漸次消沉。淳熙以後，孝宗以王淮爲宰相，益務内治，不復以恢復爲意。樓鑰《攻媿集》卷八七《少師觀文殿大學士魯國公致仕贈太師王公行狀》載：「淳熙三年，申議使湯邦彦使回，上怒金人無禮，公奏天下爲度，惟當講自治之策。」四年六月，遂除王淮爲參知政事，時宰位久虚，即行相事。《行狀》復載：「孝宗皇帝以不世出之資，直欲鞭笞四夷，以遂大有爲之志。一時進用，多趨事赴功之人。淳熙以來，益務内治，選任儒雅厚重經遠好謀之士，而公爲之稱首。」此句所言，適當其時，感念時局，不免有「悠悠」之歎也。

⑧扶頭，酒也。白居易《早飲湖州酒寄崔使君》詩：「一榼扶頭酒，泓澄瀉玉壺。」

霜天曉角

赤壁①

雪堂遷客，不得文章力②。賦寫曹劉興廢，千古事，泯陳迹③。　望中磯岸赤，直下江濤白④。半夜一聲長嘯，悲天地，爲予窄⑤。

【箋注】

①題，此所詠之赤壁，爲東坡賦寫前後《赤壁賦》之黄州赤壁，當作於稼軒淳熙四年帥湖北任上。范成大《吴船録》卷下：「黄岡岸下，素號不可泊舟，行旅患之。余舟亦移泊一灣渚中。蓋江爲赤壁一磯所撄，流轉甚駛，水紋有暈，散亂開合全如三峽，郡議欲開澳以歸宿客舟，未決。」

②「雪堂」二句，雪堂遷客，《東坡全集》卷首《東坡先生年譜》：「元豐五年壬戌，先生年四十七。在黄州，寓居臨皋亭，就東坡築雪堂，自號東坡居士。以東坡圖考之，自黄州門南至雪堂四百三十步，《雪堂記》云：『蘇子得廢圃於東坡之脇，號其正曰雪堂，以大雪中爲之，因繪雪於四壁之間，無容隙。』其名蓋起於此。先生自書東坡雪堂四字以榜之。」按蘇軾以元豐二年七月貶黄州。不得文章力，《年譜》引《上文潞公書》，載其因文章致禍有云：「某始就逮赴獄，有一子稍長，徒

步相隨，其餘守舍皆婦女幼稚。至宿州，御史符下，就家取書，州郡望風，遣吏發卒，圍船搜取。長幼幾怖死。既去，婦女恚駡曰：『是好著書，書成，何所得？而怖我如此。』悉取焚之。」劉禹錫《郡齋書懷寄江南白尹兼簡分司崔賓客》詩：「一生不得文章力，百口空爲飽煖家。」

③「賦寫」三句，《東坡全集》卷三三《赤壁賦》：「西望夏口，東望武昌，山川相繆，鬱乎蒼蒼，此非孟德之困於周郎者乎？方其破荆州，下江陵，順流而東也，舳艫千里，旌旗蔽空，釃酒臨江，横槊賦詩，固一世之雄也，而今安在哉？」

④「望中」二句，赤壁磯景象，《渭南文集》卷四六《入蜀記》可參：「循小徑，繚州宅之後至竹樓，規模甚陋，不知當王元之時，亦止此邪？樓下稍東即赤壁磯，亦茆岡爾。略無草木，故韓子蒼待制詩云：『豈有危巢與棲鶻？亦無陳迹但飛鷗。』此磯《圖經》及傳者皆以爲周公瑾敗曹操之地，然江上多此名，不可考質。」

⑤「半夜」三句，一聲長嘯，《東坡全集》卷三三《後赤壁賦》：「劃然長嘯，草木震動，山鳴谷應，風起水涌。予亦悄然而悲，肅然而恐，凜乎其不可留也。」悲天地，爲予窄，杜甫《送李校書二十六韻》詩：「每愁悔吝作，如覺天地窄。」

烏夜啼

戲贈籍中人①

江頭三月清明，柳風輕。巴峽誰知還是洛陽城②！　春寂寂，嬌滴滴，笑盈盈。一段烏絲闌上記多情③。

【箋注】

①題，右詞及以下二詞，皆仕途言及花月草露之詞。宋代官妓類多能歌善舞，參與宴飲，逢場作戲，故詞人筆下亦時詠入歌詞。三詞本無作年可考，以右詞有及巴峽語，故連類次於稼軒帥湖北所作之後。

②「巴峽」句，蘇軾《臨江仙》詞有小序：「龍丘子自洛之蜀，載二侍女，戎裝駿馬。至溪山佳處輒留，見者以爲異人。後十年，築室黄岡之北，號静安居士，作此記之。」詞上片有云：「細馬遠馱雙侍女，青巾玉帶紅靴。溪山好處便爲家，誰知巴峽路，却見洛城花！」右詞爲稼軒在湖北安撫使任上，行部至峽州（今湖北宜昌）時，見江上景物頗似洛陽，故有此句。蓋稼軒少年在北方曾到洛陽，其第二子辛秬乳名爲嵩，應即生於其地。嵩山在洛陽東南登封之北，故可知也。

③「一段」句，袁文《甕牖閒評》卷六：「黄素細密，上下烏絲織成欄，其間用朱墨界行，此正所謂烏絲欄也。」方以智《通雅》卷三二：「烏絲箋之畫欄者也。自六朝即用欄墨，後或以花爲欄。《霍小玉傳》：『越州姬烏絲欄，素段三尺，授李生，生授筆成章。』李肇曰：『宋亳間有織成界道絹素，謂之烏絲欄、朱絲欄。』許渾有烏絲欄手書詩，見《海岳書史》。《廣川跋》云：『翟湛嘗以烏絲欄求魯直書蘇子瞻《淵明》詩。』」一段，猶言一幅。

眼兒媚　妓

煙花叢裏不宜他，絶似好人家①。淡妝嬌面，輕注朱唇，一朵梅花。　相逢比着年時節，顧意又争些②。來朝去也，莫因别箇，忘了人咱。

【箋注】

①「煙花」二句，煙花原喻紅顏易逝。南唐後主周后逝，後主哀傷，賦詩曰：「失却煙花主，東君自不知。清香更何用？猶發去年枝。」見馬令《南唐書》卷六《昭惠后傳》。前蜀後主所作豔體詩亦曰《煙花集》。宋代始以煙花喻妓院，柳永《鶴沖天》詞有「煙花巷陌，依約丹青屏障」語。故下

句好人家謂良家也。王明清《揮麈後録》卷七：「錢忱伯誠妻瀛國夫人唐氏，正肅公介之孫，既歸錢氏，隨其姑長公主入謝欽聖向后於禁中。時紹聖初也。先有戚里婦數人在焉，俱從后步過受釐殿。同行者皆仰視，讀釐爲離。夫人笑，於旁曰：『受禧也，蓋取宣室受釐之義耳。』后喜，回顧主曰：『好人家男女終是别。』蓋后亦以自謂也。」

②「顧意」句，顧意，顧惜之意。争些，差些。

如夢令　贈歌者

韻勝仙風縹緲，的皪嬌波宜笑①。串玉一聲歌②，占斷多情風調。清妙，清妙，留住飛雲多少③？

【箋注】

①「的皪」句，《史記》卷一一七《司馬相如列傳》引《上林賦》：「皓齒粲爛，宜笑的皪。」《索隱》：「郭璞曰：鮮明貌也。」

②「串玉」句，白居易《寄明州于駙馬使君三絶句》詩：「何郎小妓歌喉好，嚴老呼爲一串珠。」自

注：「嚴尚書與于駙馬詩云：『莫損歌喉一串珠。』」

③「留住」句，《列子·湯問》：「秦青弗止，餞於郊衢，撫節悲歌，聲振林木，響遏行雲。」留住飛雲，即響遏行雲。

水調歌頭

淳熙丁酉，自江陵移帥隆興。到官之三月被召，司馬監、趙卿、王漕餞別，司馬賦《水調歌頭》，席間次韻。時王公明樞密薨，坐客終夕爲興門户之歎，故前章及之〔一〕①

我飲不須勸，正怕酒尊空②。別離亦復何恨？此別恨匆匆。頭上貂蟬貴客，花外麒麟高冢〔二〕，人世竟誰雄③？一笑出門去〔三〕，千里落花風④。孫劉輩，能使我，不爲公⑤。余髮種種如是，此事付渠儂⑥。但得平生湖海，除了醉吟風月，此外百無功⑦。毫髮皆帝力，更乞鑑湖東⑧。

【校】

〔一〕題，「三」，四卷本乙集作「二」。

〔二〕「花」，廣信書院本原作此字，以墨筆改爲「苑」。四印齋本作「苑」。四卷本、王詔校刊本、《六十名家詞》本同廣信書院本。

〔三〕「一笑出門」，王詔校刊本、《六十名家詞》本、四印齋本作「出門一笑」。四卷本同廣信書院本。

【箋注】

①題，丁酉爲淳熙四年，是年秋冬間，稼軒以論江陵統制官率逢原縱部曲毆百姓，坐徙豫章。周必大《益國文忠公集》卷六二《龍圖閣學士宣奉大夫贈特進程公大昌神道碑》：「四年八月兼給事中，江陵統制官率逢原縱部曲毆百姓，守帥辛棄疾謂曲在軍人，坐徙豫章。」此右題之「淳熙丁酉，自江陵移帥隆興」之事也。稼軒移帥隆興府，時已至是年年底。《益國文忠公集》卷一〇八《賜新除端明殿學士知江陵府姚憲乞除一在外宫觀不允詔》，小注謂在是年十二月二日。知江陵之代者於十二月初尚未到任。稼軒在江西安撫使任三月被召，當在淳熙五年三月。右《水調歌頭》詞，乃賦別筵席上所作。其中涉及司馬監、趙卿、王漕三人。司馬監即司馬倬，本卷後有《鷓鴣天·離豫章別司馬漢章大監》詞，洪邁《夷堅丁志》卷一六《浙西提舉》條載「司馬漢章倬，紹興二十七年自浙西提舉常平罷」語，《容齋四筆》卷一五《歲陽歲名》條亦載：「司馬倬跋温公《潛虚》，……以歲名施於月日，尤爲不然，漢章不自爲事，殆是僚寀强解事者所作也。」乃司馬朴之子，朴傳附於《宋史》卷二九八《司馬池傳》之後。傳言：「欽宗思朴之言，以爲兵部侍郎。二

帝將北遷，又貽書請存立趙氏，金人憚之，挾以北去，且悉取其孥。開封儀曹趙鼎爲匿其長子倬於蜀，故得免。」其仕宦集中於紹興、隆興、乾道初。如《建炎以來繫年要録》各卷、《宋史全文》及《宋會要輯稿》所載，知其曾知房州、德安府、襄陽府，早年曾僑寓會稽，干撓郡政，爲臣僚所論，見《要録》卷一七五。乾道元年十月，以户部員外郎、江西、京西、湖北總領言事，見《宋會要輯稿·職官》四一之五二。然其乾道中及淳熙後事歷史書絶無可考，蓋其時已掛冠退居於家。稼軒於詞中稱其爲監、大監，惟其何時曾任軍器監或將作監，史亦無考。其晚年退歸寓居之地，則應爲隆興府。本卷《滿庭芳·和洪丞相景伯韻》詞（傾國無媒闋）所附洪适原唱，有題稱「景盧有南昌之行，用韻惜别，兼簡司馬漢章」一闋，末句爲：「珠簾暮捲，山雨拂崇碑。」下有小注：「漢章作山雨樓，景盧爲之記。」景盧即洪适之弟洪邁。而趙善括亦有《醉蓬萊·壽司馬大監生日》詞，詞中有云：「正百花堂下，山雨樓前。……名遂功成，自然長久。」善括嘗通判隆興府，與稼軒多有唱和。洪适原詞作於淳熙八年，在稼軒作此詞之後三年，此亦可證司馬必晚年寓居於隆興府者。題中趙卿，亦爲僑寓隆興府之官員，當即趙子英。然趙子英字無考，據《宋會要輯稿·崇儒》、《選舉》諸門記載，乾道間曾知西外宗正事，除福建路計度轉運副使。此書《選舉》三四之二八載：「乾道八年十月十四日，詔宗正少卿趙子英除秘閣修撰、主管隆興府玉隆萬壽觀，任便居住。」其所居地，或在隆興府。在此之前，任卿少之趙姓者，則有趙沂、趙彦操、趙彦端等，皆非寓豫章者，可知也。王漕，則應爲其時見任官、江西路轉運副使王希吕。《宋史》卷三八八《王希吕傳》：「王希吕字仲行，宿州人。渡江後，自北歸南，既仕，寓居嘉興府。乾道五年登進士科，孝宗獎用西北之士，六年，召試授秘書省正字，除右正言。……出知廬州。淳熙二年，除吏部員外郎，尋除起居郎兼中書舍人。……加直寶文閣江西轉運副使。五年，召爲起居郎，除中書舍人、給事中。」增訂本《陳亮集》卷二七《與吕伯恭正字祖謙書》：「辛幼安、王仲衡俱召還。」仲衡與仲行皆希吕之字。據知王希吕與稼軒同官於隆興府，又於本年先後召歸。司馬倬原詞已佚。又，題中稱「王公明樞密薨，坐客終夕爲興門户之歎」，王公明名炎，《宋史》無傳，蓋亦寓居於隆興府。《朱子語類》卷一三三《盜賊》：「乘時喜功名、輕薄巧言之士則欲復讎。彼端人正士，豈故欲忘此讎？蓋度其時之不可，而不足以激士心也。如王公明炎、虞斌父之徒，百方勸用兵，孝宗盡被他説動。」據知公明爲王炎之字，而斌父乃虞允文字。《建炎以來繫年要録》卷一六三謂「炎，陽安人，競弟也。」《宋宰輔編年録》卷一七：「乾道九年正月己丑，王炎罷樞密使，觀文殿學士提舉臨安府洞霄宫。炎自乾道四年二月除簽書樞密院事，五年二月除參知政事，七年七月拜樞密使，依前四川宣撫使。是年正月罷，執政凡五月。淳熙元年十二月，以觀文殿學士太中大夫知潭州。二年五月，臣僚論蔣芾、王炎、張説欺君之罪，並詔落職居住。炎落觀文殿學士，袁州居住。三年七月，上宣諭龔茂良等曰：『有一事，累日欲與卿言。昨湯邦彦論蔣芾、王炎、張説三人者，朕思之，王炎似無大過，非二人之比。』茂良等奏：『仰見聖明洞照。邦彦所論王炎事，多非其實，人皆能言之。宜蒙聖恩寛貸。』上曰：『未欲便與差遣，且令自便。』三年十二月，中大夫新知荆南府王炎復資政殿大學士，以赦恩檢舉也。後以通議大夫致仕，贈銀青光禄大夫。」此所及湯邦彦即虞允文之黨，時任左司諫。王炎寄居豫章，《益國文忠公集》卷五有《寄題王公明樞使豫章佚老堂》詩，自注爲淳熙元年甲午作，據此可知。故當稼軒被召時，乃聞其薨逝消息。又，王炎與宰相虞允文不和，乾道五年秋以宣撫使入蜀後（王炎入蜀，見《建炎以來朝野雜記》乙集卷一七《紹興至淳熙四川宣撫司錢帛數》條），又與四川安撫制置使晁公武不和，見諸載籍，此即右詞題所謂「門户之歎」，實即當時黨與派别之爭。王炎罷蜀政，即由虞允文排擠而致。《宋史》卷三四《孝宗紀》二：「乾道六年三月乙丑，以晁公武、王炎不協，罷四川制置司歸宣撫司。」《益國文忠公集》卷一四《王炎除樞密使御筆跋》：「乾道七年七月二十六日，國忌假，薄莫，快行忽宣鎖。既至院，御藥甘澤齎御札來，除王炎爲樞密使，依舊宣撫。又出方寸紙載如將帥足財用及招軍買馬等事，傳旨云：『晚不及召對，令諭褒用炎之意。』澤退，吏匆匆擬熟狀進入。徐念向來未有中大夫爲樞密使者，别具奏，乞轉大中，奉御批依，不然，遂失故事矣。初，炎與宰相虞允文不相能，屢乞罷歸。允文薦權吏部侍郎王之奇爲大議，除待制，充四川制置使。允文欲進雜學士，上擬太超躐，此月十三日，乃先除之奇侍郎，上猶難之。嘗令學士院取侍從入蜀例，俱無以對。暨宣炎制，宰相以下皆莫測云。」皆可見。

②「正怕」句，蘇軾《月夜與客飲酒杏花下》詩：「洞簫聲斷月明中，惟憂月落酒杯空。」

③「頭上」三句，貂蟬，《宋史》卷一五二《輿服志》四：「朝服一曰進賢冠，二曰貂蟬冠，三曰獬豸

冠，皆朱衣朱裳。……貂蟬冠一名籠巾，織藤漆之，形正方如平巾幘，飾以銀，前有銀花，上綴玳瑁蟬，左右爲三小蟬，銜玉鼻，左插貂尾。三公親王侍祠大朝會，則加於進賢冠而服之。」麒麟高冢，杜甫《曲江二首》詩：「江上小堂巢翡翠，苑邊高冢卧麒麟。」竟誰雄，蘇轍《望嵩樓（在汝州）》詩：「連山鄣吾北，二室分西東。東山幾何高？不爲太室容。……試問山中人，二室竟誰雄？雄雌久已定，分别徐亦空。」按：前二句皆指王炎之卒。王炎之競争者虞允文已卒於淳熙元年二月，至是，王炎亦卒，恩怨消泯，故稼軒作此感慨。

④「一笑」二句，一笑出門去，李白《南陵别兒童入京》詩：「仰天大笑出門去，我輩豈是蓬蒿人？」黄庭堅《王充道送水仙花五十枝欣然會心爲之作詠》詩：「坐對真成被花惱，出門一笑大江横。」落花風，唐彦謙《詠馬二首》詩：「騎過玉樓金轡響，一聲嘶斷落花風。」李之儀《菩薩蠻》詞：「一陣落花風，雲山千萬重。」

⑤「孫劉」三句，《三國志·魏志》卷二五《辛毗傳》：「時中書監劉放、令孫資見信於主，制斷時政，大臣莫不交好，而毗不與往來。毗子敞諫曰：『今劉、孫用事，衆皆影附，大人宜小降意，和光同塵，不然必有謗言。』毗正色曰：『主上雖未稱聰明，不爲闇劣。吾之立身，自有本末，就與劉、孫不平，不過令吾不作三公而已，何危害之有焉？有大丈夫欲爲公而毁其高節者邪？』」孫、劉輩，所指應即淳熙間用事弄權之近習佞幸曾覿、王抃等人，稼軒遭其毒手，始於淳熙四年冬以率逢原事件徙隆興府。

⑥「余髮」二句，余髮種種如是，《左傳·昭公三年》：「齊侯田於莒，盧蒲嫳見，泣且請曰：『余髮如此種種，余奚能爲？』」注：「嫳，慶封之黨，襄二十八年放之於境。種種，短也，自言衰老，不能復爲害。」渠儂，元高德基《平江記事》：「嘉定州去平江一百六十里，鄉音與吴城尤異，其並海去處，號三儂之地。蓋以鄉人自稱曰吾儂、我儂，稱他人曰渠儂、你儂。」

⑦「但得」三句，平生湖海，王安石《寄曾子固二首》詩：「平生湖海士，心迹非無素。」黄庭堅《奉答固道》詩：「平生湖海漁竿手，强學來操製錦刀。」醉吟風月，蘇頌《又和次中答莘老見招》詩：「老見交朋尤眷戀，醉吟風月好躊躇。」范純仁《和孔宗翰郎中見寄》詩：「惠政謳謡騰楚甸，醉吟風月滿江天。」百無功，蘇軾《秀州報本禪院鄉僧文長老方丈》詩：「師已忘言真有道，我除搜句百無功。」

⑧「毫髮」二句，毫髮皆帝力，《漢書》卷三二《張耳陳餘傳》：「四年夏，立耳爲趙王。五年秋耳薨，謚曰景，王子敖嗣立爲王，尚高祖長女魯元公主爲王后。七年高祖從平城過趙，趙王旦暮自上食，體甚卑，有子壻禮。高祖箕踞駡詈，甚慢之。趙相貫高、趙午年六十餘，故耳客也，怒曰：『吾王孱王也。』説敖曰：『天下豪桀並起，能者先立。今王事皇帝甚恭，皇帝遇王無禮，請爲王殺之。』敖齧其指出血曰：『君何言之誤！且先王亡國，賴皇帝得復國，德流子孫，秋毫皆帝力也，願君無復出口。』」乞鑑湖，《新唐書》卷一九六《隱逸·賀知章傳》：「天寶初病，夢遊帝居，數日寤，乃請爲道士，還鄉里。詔許之，以宅爲千秋觀，而居又求周宫湖數頃爲放生池，有詔賜

鏡湖剡川一曲。」蘇軾《次韻子由使契丹至涿州見寄四首》詩：「那知老病渾無用，欲問君王乞鏡湖。」〔雍正〕《浙江通志》卷一五《紹興府》：「鏡湖，在城南三里，一名鑑湖。」

鷓鴣天

離豫章，别司馬漢章大監

聚散匆匆不偶然，二年歷遍楚山川〔一〕①。但將痛飲酬風月，莫放離歌入管絃②。縈緑帶，點青錢，東湖春水碧連天③。明朝放我東歸去，後夜相思月滿船④。

【校】

〔一〕「二年」句，「二」，《六十名家詞》本作「三」。「歷遍」，四卷本丙集作「遍歷」，俱從廣信書院本。

【箋注】

①「聚散」二句，聚散匆匆，歐陽修《浪淘沙》詞：「聚散苦匆匆，此恨無窮。」楚山川，《南史》卷一五《徐君蒨傳》：「爲梁湘東王鎮西諮議參軍，頗好聲色，……盡日酣歌，每遇歡謔，則飲至斗。有時載伎肆意游行，荆楚山川，靡不畢踐。」張孝祥《夜讀五公楚東酬唱輒書其後呈龜齡》詩：「同

是清都紫府仙，帝教彈壓楚山川。」按：稼軒自淳熙三年起，以江西提刑調京西運判，四年差知江陵府兼湖北安撫，其年底遷知隆興府兼江西安撫，至五年三月被召，二年之間所到之處皆楚地，故有「歷遍楚山川」語。

②「莫放」句，白居易《寄明州于駙馬使君三絶句》詩：「吴越聲邪無法用，莫教偷入管絃中。」歐陽修《別滁》詩：「我亦且如常日醉，莫教絃管作離聲。」莫放，猶不教也。

③「縈緑」三句，縈緑帶，楊系《小苑春望宫池柳色》詩：「拂地青絲嫩，縈風緑帶輕。」點青錢，杜甫《絶句漫興九首》詩：「糝徑楊花鋪白氈，點溪荷葉疊青錢。」東湖，《輿地紀勝》卷二六《江南西路・隆興府》：「東湖，在郡東南，周廣五里。後漢永平中太守張躬築塘，謂之南塘。……雷次宗《豫章記》云：『水清至潔，而衆鱗肥美。』又《續職方乘》云：『豫章之南湖，猶錢塘之西湖也。』」春水碧於天，韋莊《菩薩蠻》詞：「春水碧於天，畫船聽雨眠。」

④「後夜」句，陳師道《過杭留別曹無逸朝奉》詩：「後夜相思隔煙水，夢魂空寄過江船。」白居易《贈江客》詩：「愁君獨向沙頭宿，水繞蘆花月滿船。」

念奴嬌

書東流村壁〔一〕①

野棠花落〔二〕，又匆匆過了，清明時節②。剗地東風欺客夢，一夜雲屏寒怯〔三〕③。曲岸持觴，垂楊繫馬〔四〕④，此地曾輕別〔五〕。樓空人去，舊遊飛燕能説⑤。聞道綺陌東頭，行人曾見〔六〕，簾底纖纖月⑥。舊恨春江流不斷〔七〕，新恨雲山千疊⑦。料得明朝，尊前重見，鏡裏花難折⑧。也應驚問，近來多少華髮⑨？

【校】

〔一〕調，《中興絶妙詞選》卷三作「酹江月」，題，作「春恨」。此從廣信書院本。

〔二〕「棠」，王詔校刊本、《六十名家詞》本、四印齋本作「塘」。

〔三〕「一夜」句，「夜」，四卷本甲集、《中興絶妙詞選》、《六十名家詞》本、四印齋本作「枕」。「雲」，《中興絶妙詞選》作「銀」。

〔四〕「繫」，《中興絶妙詞選》作「立」。

〔五〕「輕」，《中興絶妙詞選》作「經」。

〔六〕「曾」，四卷本作「長」。

〔七〕「斷」，《中興絶妙詞選》作「盡」。

【箋注】

①題，東流，《輿地紀勝》卷二二《江南東路·池州》：「東流縣，在州西一百八十里，本江州彭澤縣地，唐會昌中置東流場，南唐保大中去場置縣，隸江州。國朝太平興國中隸池州。」鄧廣銘增訂本《稼軒詞編年箋注》解此詞，引趙蕃《重九前一日東流道中》詩、韓淲《歸舟過東流丘簿清足軒》詩，其後有云：「據諸詩語意，知東流爲其時江行泊駐之所，且富遊觀之勝，故趙、韓二氏均覽物興感而有所賦詠。其必爲池州之東流縣，當無可疑。玩此詞各語，亦江行途中所作，則東流村壁者，乃指東流縣境内之某村，非村以東流名也。梁啓超於《韻文與情感》中解釋此詞，謂東流爲『徽、欽二帝北行所經之地』，蓋誤。」所考甚確，蓋稼軒此詞涉及兒女情感，或有所經歷之本事在内，然無可踪跡。雖有警句綺語，非影射北宋亡國之恨，蓋甚明也（宋人稱金人遷徽、欽二帝爲「北狩」，無人以「東流」稱之）。求之過深，反致曲解。而核之時季，當在此次被召行程途中，故並將大致相同之詞作亦彙録於後。

②「野棠」三句，野棠花落，高似孫《剡録》卷九《海棠》：「《草木記》曰：『木之奇者，會稽之海棠。』沈立《海棠記》曰：『德裕言，花中帶海者，從海外來。』……海棠以蜀本爲第一。今山間所有，多野棠。」沈約《早發定山》詩：「野棠開未落，山英發欲然。」李嘉祐《自蘇臺泛舟至望亭驛因寄從弟紓》詩：「野棠自發空流水，江燕實歸不見人。」吴處厚《青箱雜記》卷五：「公（晏殊）之佳句，宋莒公皆題於齋壁，若『無可奈何花落去，似曾相識燕歸來』、……『已定復摇春水色，似

紅如白野棠花』之類。莒公常謂此數聯，使後之詩人無復措詞也。」過了清明時節，《東坡全集》卷一〇一《志林·夢寐》條：「昨夜夢參寥師攜一軸詩見過，覺而記其《飲茶》詩兩句云：『寒食清明都過了，石泉槐火一時新。』」

③「剗地」二句，剗地，依舊也。欺客夢，李白《江上寄巴東故人》詩：「東風吹客夢，西落此中時。」雲屏，《後漢書》卷六三《鄭弘傳》：「元和元年，代鄧彪爲太尉。時舉將第五倫爲司空，班次在下，每正朔朝見，弘曲躬而自卑。帝問知其故，遂聽置雲母屏風，分隔其間。」注：「以雲母飾屏風也。」寒怯，怯寒也。

④「曲岸」二句，《夢粱録》卷二三月：「三月三日，上巳之辰，曲水流觴故事起於晉時。唐朝錫宴曲江，傾都禊飲踏青，亦是此意。」蘇軾《漁家傲·感舊》詞：「薄倖只貪遊冶去，何處？垂楊繫馬恣輕狂。」

⑤「樓空」二句，白居易《燕子樓三首》詩前有長序：「徐州故尚書張，有愛妓曰盼盼，善歌舞，雅多風態。予爲校書郎，時遊徐泗間，張尚書宴予，酒酣出盼盼以佐歡，歡甚，予因贈詩云：『醉嬌勝不得，風嫋牡丹花。』盡歡而去。邇後絶不相聞，迨兹僅一紀矣。昨日司勳員外郎張仲素繢之訪予，因吟新詩，有《燕子樓》三首，詞甚婉麗。詰其由，爲盼盼作也。繢之從事武寧軍累年，頗知盼盼始末云。尚書既没，歸葬東洛，而彭城有張氏舊第，第中有小樓名燕子，盼盼念舊愛而不嫁，居是樓十餘年，幽獨塊然，於今尚在。」蘇軾《永遇樂·夜宿燕子樓夢盼盼因作此詞》：「燕

子樓空，佳人何在？空鎖樓中燕。」

⑥「聞道」三句，綺陌，韓愈《同宿聯句》：「鵷行參綺陌，雞唱聞清禁。」《五百家注昌黎文集》卷八：「綺陌言阡陌相錯，如綺繡然。」按：此言城市道路也。纖纖月，以初月喻美人。鮑照《玩月城西門廨中》詩：「始見西南月，纖纖如玉鈎。」增訂本《稼軒詞編年箋注》此二句考釋云：「蘇軾《江城子》詞：『門外行人，立馬看弓彎。』龍沐勳《東坡樂府箋》云：『弓彎，謂美人足也。稼軒詞聞道綺陌東頭，行人曾見，簾底纖纖月，疑從坡詞脱化。』按：蘇詞『弓彎』應指新月，不指美人足。辛詞『簾底』句當係指簾裏美人。」所考釋應從。然周密《浩然齋雅談》卷下亦載：「辛幼安嘗有句云：『聞道綺陌東頭，行人會見，簾底纖纖月。』則以月喻足，無乃太媟乎？」此蓋龍氏所本也。按：稼軒纖纖月，謂簾下佳人，周密以爲喻足，則大誤。

⑦「舊恨」二句，春江流不斷，李煜《虞美人》詞：「問君能有幾多愁？恰似一江春水向東流。」雲山千疊，杜甫《舟泛洞庭》詩：「雲山千萬疊，底處上仙槎？」

⑧「料得」三句，料得明朝，歐陽修《漁家傲》詞：「料得明年，秋色在香可愛，其如鏡裏花顔改。」鏡裏花，《維摩詰所説經》卷下：「有以夢幻影、鏡中像、水中月、熱時焰，如是等喻而作佛事，諸所施爲，無非佛事。」黄庭堅《沁園春》詞：「鏡裏拈花，水中捉月，覷著無由得近伊。」花難折，謂所心儀者已不能親近。

⑨「近來」句，蘇軾《念奴嬌・赤壁懷古》詞：「多情應笑我，早生華髮。」

霜天曉角 旅興〔一〕①

吳頭楚尾，一棹人千里②。休説舊愁新恨，長亭樹，今如此③！　宦游吾倦矣，玉人留我醉④。明日落花寒食〔二〕，得且住，爲佳耳⑤。

【校】

〔一〕題，廣信書院本原無，此據四卷本甲集、王詔校刊本、《六十名家詞》本、四印齋本補。《中興絶妙詞選》卷三作「惜别」。

〔二〕「落」，四卷本作「萬」。

【箋注】

①題，右詞雖名爲旅興，然考詞意，殆稼軒淳熙五年離豫章赴召時所作。

②「吳頭」二句，吳頭楚尾，本書卷六《聲聲慢·滁州旅次登樓作和李清宇韻》詞（征埃成陣闋）有箋注，可參。人千里，蘇軾《蝶戀花·過漣水贈趙晦之》詞：「傾蓋相逢拚一醉，雙鳧飛去人千

里。」

③「長亭」二句，樹猶如此，見本書卷六《水龍吟·登建康賞心亭》詞（楚天千里清秋闊）箋注。

④「宦游」二句，《史記》卷一一七《司馬相如傳》：「會梁孝王卒，相如歸而家貧，無以自業，素與臨邛令王吉相善。吉曰：『長卿久宦遊不遂，而來過我。』於是相如往舍都亭。……卓王孫有女文君，……文君夜亡奔相如。……昆弟諸公更謂王孫曰：『有一男兩女，所不足者非財也。今文君已失身於司馬長卿，長卿故倦游，雖貧，其人材足依也。且又令客獨，奈何相辱如此？』」

⑤「明日」三句，張侃《張氏拙齋集》卷五《跋揀詞》：「辛待制《霜天曉角》詞云：『吴頭楚尾，……』用顔魯公《寒食帖》：『天氣殊未佳，汝定成行否？寒食只數日間，得且住，爲佳耳。』」按：此帖今存《顔魯公集》卷一一，稱《寒食帖》，楊慎《詞品》卷一謂爲晉人帖：「『天氣殊未佳，汝定成行否？寒食近，且住爲佳爾。』此晉無名氏帖中語也。辛稼軒融化作《霜天曉角》詞云：『吴頭楚尾，……』晉人語本入妙，而詞又融化之如此，可謂珠璧相照矣。」

鷓鴣天

和張子志提舉①

别恨妝成白髮新〔一〕，空教兒女笑陳人②。醉尋夜雨旗亭酒，夢斷東風輦路塵③。騎騄駬，簫青雲〔二〕，看公冠佩玉階春④。忠言句句唐虞際，便是人間要路津⑤。

【校】

〔一〕「恨」，王詔校刊本、《六十名家詞》本、四印齋本俱作「後」。此從廣信書院本。

〔二〕「簫」，《六十名家詞》本作「荷」。

【箋注】

①題，張子志提舉，名歷皆未詳。據右詞「夢斷」句，知爲稼軒居朝時所和。然遍考載籍，稼軒於乾道七年任司農寺簿、淳熙元、二年任倉部郎中及淳熙五年爲大理少卿三次立朝期間，南宋各路張姓提舉常平官，惟有淳熙六年湖南提舉張仲梓。然據《攻媿集》卷一〇四《知復州張公墓志銘》，仲梓字才卿，與此不合。此外惟淳熙三年任淮西提舉之張士元。《宋會要輯稿·職官》六二之二〇：「淳熙三年三月二十七日，詔直秘閣淮南運判兼淮西提舉張士元除直秘閣，以士元教集淮西民兵整肅故也。」因疑右詞即張士元於淳熙五年歸朝時所作。然士元字籍皆難詳考。僅周必大《益國文忠公集》卷六五《淮西帥高夔神道碑》載：「淳熙元年二月，……會幕官章騆訴本路漕張士元奪其愛妾，下君究實，當路右士元，君直之，坐易施州。」其他事歷則無考矣。

②「别恨」二句，别恨，當作休恨解。别作不要解，口語也。妝成，謂女子化妝完成。陳人，舊人。蘇軾《述古以詩見責屢不赴會復次前韻》詩：「肯對紅裙辭白酒，但愁新進笑陳人。」

③「醉尋」二句，旗亭酒，《史記》卷一一《三代世表》：「與方士考功會旗亭下。」《正義》：「《西京賦》曰：『旗亭五里。』薛綜曰：『旗亭，市樓也。立旗於上，故取名焉。』」輦路塵，徐鉉《和旻道人見寄》詩：「引領梁園雪，揚鞭輦路塵。」

④「騎騄」三句，騄駬，《史記》卷五《秦本紀》：「造父以善御幸於周繆王，得驥、温驪、驊騮、騄耳之駟。」《集解》：「《紀年》云：『北唐之君來見，以一驪馬，是生緑耳。』八駿皆因其毛色以爲名號。」籋青雲，彭蟾《賀鄧璠使君正拜袁州》詩：「新添畫戟門增峻，舊躡青雲路轉平。」李咸用《與劉三禮陳孝廉言志》詩：「皆期早躡青雲路，誰肯長爲白社人？」籋同躡。玉階春，鄭谷《早入諫院二首》詩：「玉階春冷未催班，暫拂塵衣就笏眠。」

⑤「忠言」二句，唐虞際，杜甫《同元使君春陵行》：「致君唐虞際，純樸憶大庭。」要路津，《古詩十九首》：「何不策高足，先據要路津？」杜甫《奉贈韋左丞丈二十二韻》詩：「自謂頗挺出，立登要路津。致君堯舜上，再使風俗淳。」

又

尊俎風流有幾人？當年未遇已心親①。金陵種柳歡娱地，庾嶺逢梅寂寞濱②。尊似海，筆如神，故人南北一般春。玉人好把新妝樣，淡畫眉兒淺注唇③。

【箋注】

①「尊俎」二句，尊俎風流，秦觀《滿庭芳·詠茶》詞：「碎身粉骨，功合上淩煙。尊俎風流戰勝，降春睡開拓愁邊。」已心親，杜甫《寄李十二白二十韻》詩：「乞歸優詔許，遇我宿心親。」韓愈《昌黎集》卷一五《答楊子書》：「故不待相見，相信已熟。既相見，不要約，已相親。」白居易《贈别崔五》詩：「朝送南去客，暮迎北來賓。孰云當大路，少遇心所親。」

②「金陵」二句，金陵種柳，《南史》卷三一《張緒傳》：「劉悛之爲益州，獻蜀柳數株，枝條甚長，狀若絲縷。時舊宫芳林苑始成，武帝以植於太昌靈和殿前，常賞玩咨嗟。」《景定建康志》卷二一：「齊靈和殿，在臺城内。考證：齊武帝時益州刺史劉悛獻蜀柳，帝命植於靈和殿下，三年柳成，枝條柔弱，狀如絲縷。」庾嶺逢梅，《明一統志》卷五八《南安府》：「大庾嶺在府城西南二十五

里，磅礴高聳，南接南雄。初，嶺路峻阻，唐張九齡開鑿新路，兩壁峭立，中塗坦夷。其上多梅，又名梅嶺。嶺表有關曰梅關，置官兵守之。或傳梅福嘗隱於此嶺。上有寺，有婦人題云：『妾幼侍父任英州司寇，既代還，以大庾有梅嶺之名而反無梅，遂植三十本於道。因題詩云：英江今日掌刑回，上得梅山不見梅。輟俸買將三十本，清香留與雪中開。』」寂寞濱，《昌黎集》卷一六《答崔立之書》：「猶將耕於寬閒之野，釣於寂寞之濱。」王安石《送李秘校南歸》詩：「江湖勝事從今數，肯但悲歌寂寞濱？」

③「玉人」二句，蘇軾《成伯席上贈所出妓川人楊姐》詩：「坐來真箇好相宜，深注脣兒淺畫眉。」好把，要把。按：此既謂新妝樣，則南北宋之不同，在於塗脣之深淺耳。

又

代人賦〔一〕

撲面征塵去路遥，香篝漸覺水沉銷〔二〕①。山無重數周遭碧，花不知名分外嬌②。　人歷歷，馬蕭蕭③，旌旗又過小紅橋。愁邊剩有相思句，摇斷吟鞭碧玉梢④。

【校】

〔一〕題，廣信書院本原闕，此據四卷本甲集補。《中興絶妙詞選》卷三作「東陽道中」。

〔二〕「銷」，《中興絶妙詞選》作「消」。

【箋注】

①「香篝」句，右詞代某一郡守赴任所作，寫行旅情景，故此香篝當指帳中薰籠而言，篝火將熄，香氣亦漸銷散。水沉，疑指水沉香也。

②「山無」二句，王之望《雜詩四首》：「經山無重數，過郡不知幾。」陸游《好事近・次宇文卷目韻》詞：「夢裏鏡湖煙雨，看山無重數。」蘇軾《惠州近城數小山類蜀道春與進士許毅野步會意處飲之且醉作詩以記……》詩：「花曾識面香仍好，鳥不知名聲自呼。」按：稼軒詞仿此。李曾伯《轎中午困啜茶偶成》詩：「山無重數幾何路？花不知名俱可人。」亦仿稼軒詞。

③「人歷」二句，人歷歷，白居易《遊悟真寺詩一百三十韻》詩：「却顧來時路，縈紆映朱欄。歷歷上山人，一一遥可觀。」馬蕭蕭，《詩・小雅・車攻》：「蕭蕭馬鳴，悠悠旆旌。」

④「愁邊」二句，愁邊，杜甫《又雪》詩：「愁邊有江水，焉得北之朝？」剩有，尚有也。吟鞭碧玉梢，牟融《春遊》詩：「笑拂吟鞭邀好興，醉欹烏帽逞雄談。」曹唐《小遊仙詩九十八首》：「白龍蹀躞難迴跋，争下紅綃碧玉鞭。」

又

送人[一]

唱徹《陽關》淚未乾，功名餘事且加餐①。浮天水送無窮樹，帶雨雲埋一半山②。今古恨，幾千般，只應離合是悲歡[二]③。江頭未是風波惡，別有人間行路難④。

【校】

[一]題，廣信書院本原闕，此據四卷本甲集補。

[二]「應」，王詔校刊本、《六十名家詞》本、四印齋本作「今」。

【箋注】

①「唱徹」二句，唱徹《陽關》，《樂府詩集》卷八〇：「《渭城》一曰《陽關》，王維之所作也。本送人使安西詩，後遂被於歌。劉禹錫《與歌者》詩云：『舊人唯有何戡在，更與慇懃唱渭城。』白居易《對酒詩》云：『相逢且莫推辭醉，聽唱陽關第四聲。』陽關第四聲，即『勸君更盡一杯酒，西出陽關無故人』也。《渭城》、《陽關》之名，蓋因辭云。王維詩云：『渭城朝雨浥輕塵，客舍青青柳色

新。勸君更盡一杯酒，西出陽關無故人。』」李商隱《贈歌妓二首》詩：「紅綻櫻桃含白雪，斷腸聲裏唱陽關。」且加餐，王維《酌酒與裴迪》詩：「世事浮雲何足問，不如高卧且加餐。」

②「浮天」二句，許渾《酬郭少府先奉使巡澇見寄兼呈裴明府》詩：「江村夜漲浮天水，澤國秋生動地風。」楊徽之《嘉陽川》詩：「浮花水入瞿塘峽，帶雨雲歸越雋州。」

③「只應」句，蘇軾《水調歌頭・丙辰中秋歡飲達旦大醉作此篇兼懷子由》詞：「人有悲歡離合，月有陰晴圓缺，此事古難全。」

④「江頭」二句，風波惡，《咸淳臨安志》卷九三：「潘閬居錢唐，今太學前有潘閬巷（俗呼爲潘郎）。閬工唐風，歸自富春，有『漁浦風波惡，錢塘燈火微』之句，識者稱之。」別有人間行路難，僧齊己《行路難》：「下浸與高盤，不爲行路難。是非真險惡，翻覆作峰巒。」駱賓王《從軍中行路難二首》：「行路難，岐路幾千端。無復歸雲憑短翰，空餘望日想長安。」白居易《太行路》詩：「左納言，右納史。朝承恩，暮賜死。行路難，不在水，不在山，只在人情反覆間。」按：「別有」句謂有另類行路難也。杜甫《將赴成都草堂途中有作先寄嚴鄭公五首》詩：「三年奔走空皮骨，信有人間行路難。」

又

和陳提幹①

剪燭西窗夜未闌②，酒豪詩興兩聯緜。香噴瑞獸金三尺，人插雲梳玉一灣③。傾笑語，捷飛泉，觥籌到手莫留連④。明朝再作東陽約，肯把鸞膠續斷絃⑤？

【箋注】

①題，陳提幹名字籍里皆無考。提幹即提舉諸路茶鹽司幹官之簡稱。右詞及《謁金門》一詞均爲和陳提幹之作，當皆同時賦於赴行在之江行途中。右詞有「明朝再作東陽約」句，而下一詞有「山共水，美滿一千餘里」語，則稼軒右詞所和之陳某，必爲治所在池州之江東路提舉常平茶鹽司幹官無疑。《輿地紀勝》卷二二《江南東路·池州》：「提舉司，《池陽志》不載置提舉司始末，第云：『提舉常平茶鹽衙在望京門東舊崇福觀。』别無所考。象之謹按：《中興小曆》：『紹興十五年王鈇言常平一司錢穀斂散宜專使領之，乞復置諸路提舉官，詔以爲提舉常平茶鹽事。』恐置司在此時。」稼軒於淳熙五年三月自知隆興府任上被召，江行赴行在。前所編已有《念奴嬌·書東流村壁》詞，東流縣在池州西南一百八十里，右詞當作於其後抵池州時。

②「剪燭」句，李商隱《夜雨寄北》詩：「何當共翦西窗燭，却話巴山夜雨時。」

③「香噴」二句，羅隱《寄前宣州竇常侍》詩：「噴香瑞獸金三尺，舞雪佳人玉一圍。」

④「觥籌」句，黄庭堅《西江月·老夫既戒酒不飲遇宴集獨醒其傍坐客欲得小詞援筆爲賦》詞：「杯行到手莫留殘，不道月斜人散。」

⑤「明朝」二句，東陽，《景定建康志》卷一六：「東陽鎮在句容縣西北六十里，《郡國志云》：『楚漢之際，改秣陵爲東陽郡。』因爲名，有館驛。」按：句容縣在建康府東九十里，而東陽鎮在府東北大江上，故其鎮有館驛。稼軒自池州江行，東陽爲必經之地。鸞膠，《海内十洲記》：「鳳麟洲在西海之中央，地方一千五百里。……亦多仙家，煮鳳喙及麟角，合煎作膏，名之爲續絃膠。或名連金泥，此膠能續弓弩已斷之絃，刀劍斷折之金。更以膠連續之，使力士掣之，他處乃斷，所續之際終無斷也。」

謁金門

和陳提幹

山共水，美滿一千餘里。不避曉行並早起，此情都爲你。　不怕與人尤殢①，只怕被人調戲。因甚無箇阿鵲地？没工夫説裏②！

【箋注】

①尤殢，尤雲殢雨之省稱，即男女歡合。

②「因甚」二句，阿鵲，象聲，嘖嘖聲。裏同哩，語氣詞。云何以無嘖嘖，未嘗被你説起故也。

水調歌頭　鞏采若壽①

泰嶽倚空碧，汶水卷雲寒[一]②。萃兹山水奇秀，列宿下人寰。八世家傳素業，一舉手攀丹桂，依約笑談間③。賓幕佐儲副，和氣滿長安④。　分虎符，來近甸，自金鑾⑤。政平訟簡無事，酒社與詩壇。會看沙隄歸去，應使神京再復，款曲問家山⑥。玉佩揖空闊，碧霧翳蒼鸞。

【校】

[一]「水」，原作「文」，徑改。

【箋注】

①題，鞏采若名湘。楊萬里《誠齋集》卷一八有《石灣雨作得鞏帥采若書約觀燈》詩，時萬里平沈師之亂，班師獻俘廣州，而其時知廣州者即鞏湘也。明鄭柏《金華賢達録》卷八：「鞏庭芝字德秀，東平須城人。建炎寓居武義，遂爲縣人。以文學馳聲，人稱爲山堂先生。登紹興進士第，累官太平州録事參軍。隆興中贈太中大夫。子湘登進士，歷官直龍圖閣知廣州。孫豐、嶸、峻俱登進士。」查（萬曆）《金華府志》卷一八，鞏湘爲紹興十二年壬戌陳誠之榜進士。而鞏豐爲庭芝之孫，鞏法之子，乃鞏湘之侄，非其子也，見《水心集》卷二二《鞏仲至墓志銘》。鞏湘生辰無考。據右詞「賓幕佐儲副」語，知稼軒爲作壽詞時，鞏湘正在明州長史任上，即應淳熙五年春夏間，稼軒召爲大理少卿，就近壽其生辰也。

②「泰嶽」二句，泰嶽即泰山。倚空碧，錢起《賦得青城山歌送楊杜二郎中赴蜀軍》詩：「青城嶔岑倚空碧，遠壓峨嵋吞劍壁。」汶水，《明一統志》卷二三《兖州府》：「汶水源發泰安州，西南流至本府，經寧陽、平陰、汶上縣界，又西至東平州界，注濟河故道，東北流經東阿縣界，又東北至濟南府界入海。」按：南宋時，汶水至東平府須城南入梁山泊，經清河入海。

③「八世」三句，謂鞏家學業傳家，父子連登進士第。按：鞏庭芝登紹興八年進士，鞏湘登次舉十二年進士。舊以登第爲攀桂，周紫芝《千秋歲·葉審言生日》詞：「手攀天上桂，書奏蓬萊殿。」依約，隱約也。

④「賓幕」二句，佐儲副，《乾道四明圖經》卷一二《太守題名》：「皇子魏王，永興成德軍節度使、雍州牧、開府儀同三司兼沿海制置使。淳熙元年十二月十七日到，七年二月初七日薨背。」《嘉泰吴興志》卷一四《郡守題名》：「鞏湘，朝奉大夫，淳熙三年四月到，轉朝散大夫，四年十二月除明州長史。曾逮，朝請郎集英殿修撰，淳熙五年五月到。」《宋會要輯稿·職官》四八之三：「淳熙四年六月十二日，詔明州長史鞏湘除直敷文閣。以皇子魏王愷言，湘贊佐有補，故也。」按：《宋會要輯稿》紀年當有舛誤，鞏湘既然以淳熙四年十二月除明州長史，是年六月尚在知湖州任上，焉能在此時便得到魏王愷之嘉獎而除職？或者《宋會要輯稿》所標之四年應爲五年之誤。據《宋史》卷二四六《宗室魏王愷傳》，魏惠憲王愷爲孝宗嫡長子太子惇同母弟，惇薨，愷以次當立，孝宗以恭王惇英武類己，竟立之（恭王即後來即位之光宗），加愷兩鎮節度使，判寧國府，另以長史、司馬專司錢穀訟牒。淳熙改元，徙判明州，亦如是。是鞏湘佐治明州時，魏王愷雖未有儲副之名，其地位實與儲副無異，故稼軒直以儲副稱之。和氣滿長安，柳宗元《酬韶州裴曹長使君寄道州吕八大使因以見示二十韻一首》詩：「德風流海外，和氣滿人寰。」

⑤「分虎」三句，虎符，《史記》卷一〇《孝文本紀》：「九月初，與郡國守相爲銅虎符、竹使符。」《集解》：「銅虎符第一至第五，國家當發兵，遣使者至郡合符，符合，乃聽受之。竹使符，皆以竹箭五枚，長五寸，鐫刻篆書第一至第五。」《索隱》：「《漢舊儀》：銅虎符發兵，長六寸；竹使符，出入徵發。」近甸，謂吴興。湖州與臨安府爲鄰郡。金鑾，見本卷《水調歌頭·壽趙漕介庵》詞

（千里渥注種閿）箋注。

⑥「會看」三句，沙隄，《唐國史補》卷下：「凡拜相禮，絶班行，府縣載沙填路，自私第至子城東街，名曰沙堤。」問家山，方干《寄嘉興許明府》詩：「勤苦字人酬帝力，從容對客問家山。」款曲，委曲也。

臨江仙

爲岳母壽①

住世都知菩薩行〔一〕②，仙家風骨精神。壽如山岳福如雲。金花湯沐誥，竹馬綺羅羣〔二〕③。　更願昇平添喜事，大家禱祝殷勤。明年此地慶佳辰。一杯千歲酒，重拜太夫人。

【校】

〔一〕「知」，四卷本乙集作「無」，此從廣信書院本。

〔二〕「羣」，王詔校刊本、《六十名家詞》本、四印齋本作「裙」。

【箋注】

①題，稼軒岳母，即其再娶之夫人范氏之母趙氏夫人。劉宰《漫塘集》卷三四《故公安范大夫及夫人張氏行述》：「夫人張氏，家鉅鹿，少以同郡結姻，稟資孝敬。姑趙夫人，皇叔士經女，貴重。夫人事之惟謹，甚暑不敢挾扇。有以姑命至，必拱立而聽。」張氏乃范南伯夫人，故趙氏爲稼軒岳母。據右詞「明年此地」句，知爲親至祝壽者。范南伯家於鎮江，稼軒仕宦期間，當無緣離次前往祝壽。而淳熙五年秋間，稼軒自大理少卿除湖北轉運副使，得乘舟經鎮江入長江，上行而至湖北鄂州治所。因知此詞必途次京口時所作。次首《水調歌頭》詞解題已考其所經行之地，而詞後所附録之楊炎正原詞，即登京口多景樓之作，亦可證實其必曾在京口有所逗留也。

②菩薩行，「行」依詞律當作仄聲字。此應爲去聲，讀如杏。《康熙字典》申集下《行部》：「行，……《賡韻》：『下孟切，胻，去聲。』《玉篇》：『行迹也。』」

③「金花」二句，金花湯沐誥，宋敏求《春明退朝録》卷中：「凡官告之制，……宗室婦，常使金花羅紙七張，法錦褾袋。宗室女，素羅紙七張，法錦褾袋。國夫人，銷金團窠五色羅紙七張，暈錦褾袋。郡夫人，常使金花羅紙七張，法錦褾袋。」《後漢書》卷一〇上《鄧皇后紀》：「永初元年，爵號太夫人爲新野君，萬户，供湯沐邑。」注：「湯沐者，取其賦税以供湯沐之具也。」蘇軾《送程建用》詩：「會看金花詔，湯沐奉朝請。」竹馬，《後漢書》卷六一《郭伋傳》：「有童兒數百，各騎竹馬於道次迎拜。」

水調歌頭

舟次揚州，和楊濟翁、周顯先韻〔一〕①

落日塞塵起，胡騎獵清秋〔二〕②。漢家組練十萬，列艦聳層樓〔三〕③。誰道投鞭飛渡？憶昔鳴髇血污〔四〕④，風雨佛貍愁⑤。季子正年少，匹馬黑貂裘⑥。　今老矣，搔白首，過揚州。倦游欲去江上，手種橘千頭⑦。二客東南名勝，萬卷詩書事業，嘗試與君謀⑧。莫射南山虎，直覓富民侯⑨。

【校】

〔一〕題，四卷本甲集作「舟次揚州和人韻」，此從廣信書院本。又，諸本「揚」作「楊」，徑改。

〔二〕「騎」，《六十名家詞》本作「馬」。

〔三〕「層」，四卷本作「高」。

〔四〕「髇」，《六十名家詞》本作「鏑」。

【箋注】

①題，淳熙五年，稼軒自大理少卿出爲湖北轉運副使。以稼軒此行途次推之，當自運河北上，自鎮江、揚州入長江。故舟次揚州賦詞。楊濟翁，稼軒友人，何時相識不詳，所著《西樵語業》所存與稼軒唱和之詞頗多。《宋詩紀事》卷五七載：「楊炎正字濟翁，廬陵人。」其下注云：「炎正工詞，有《西樵語業》一卷，毛氏汲古閣刊本誤作楊炎號止濟翁，予見抄本作楊炎正濟翁，是炎正其名，濟翁其字也。今考《武林舊事》有楊炎正詩，《全芳備祖》有楊濟翁詞，即是一人，毛氏之誤可見矣。」按：楊炎正爲建炎三年怒斥金帥兀朮而死節之建康府通判楊邦乂子郁文之子，楊萬里之族弟。予注楊萬里《誠齋集》，於其家鄉吉安吉水得其《忠節楊氏總譜》，於《楊莊延規公克弼幼子亨支系圖》中查其事歷爲：「郁文，邦乂公子，行二，字文昌。以父蔭任迪功郎、江西安撫司準備差遣。生一子，炎正，行小大，字濟翁。年五十二，以《書》經與從弟夢信同登慶元丙辰進士，授大理司直，承議郎兼瓊管安撫使。終朝請大夫。有文集四十卷，名《無編集》。又撰《西樵語業》一卷。」此傳爲他書不載，楊炎正一生事歷，可據此補足。周顯先，名籍無考，疑其與楊炎正同爲稼軒入幕之賓，或亦廬陵周必大之族人。按：稼軒以本年暮春自江西安撫使被召入朝，其在朝數月即出使兩湖，而其將漕湖北之時日，史册無載。稼軒諸詞亦皆不著時季。惟其《和周顯先韻》詩之第二首有「更惜秋風一帆足，南樓更在遠山西」語，知其將至鄂州必已入秋矣，稼軒右詞及以下江行所賦，其時序均可因此而定。

②「落日」二句，紹興三十一年秋，金海陵帝完顔亮以舉國之力南侵，欲一舉滅宋。兵敗，自斃於揚州。而稼軒亦當年參與抗擊金兵南侵軍事行動之一人。故舟行過揚州，回憶往事，遂作此詞。右詞上片所寫，均與此年秋宋金之戰及其所經歷之戰事有關。蘇頌《和富谷館書事》詩：「迢迢歸馭指榆津，日日西風起塞塵。」徐陵《關山月二首》：「羌兵燒上郡，胡騎獵雲中。將軍擁節起，戰士夜鳴弓。」

③「漢家」二句，組練，見上卷《摸魚兒·觀潮上葉丞相》詞（望飛來半空鷗鷺闋）箋注。「列艦」句，南宋采石磯戰勝，水軍立功。《建炎以來繫年要録》卷一九四：「紹興三十一年十一月丙子，中書舍人督視江淮軍馬府參謀軍事虞允文督舟師拒金主亮於東采石，却之。……允文即與俊等謀，整步騎陳於江岸，而以海鰍及戰船截兵駐中流擊之。……金主亮自執小紅旗麾舟，自楊林口尾尾相銜而出，……官軍以海鰍船衝敵舟，舟分爲二，官軍呼曰：『王師勝矣。』遂併擊金人。……丁丑旦，虞允文、盛新引舟師直楊林河口，……敵望見舟師，遽却。其上岸者，悉陷泥中斃，官軍復於上流以火焚其餘舟。允文再具捷奏。」所注引王明清《揮麈三録》，亦有「金主築臺江岸，……自執紅旗麾諸軍渡江，行至中流，爲采石戰艦迎敵」語。按：采石之役，宋人實以海鰍船獲勝，海鰍即車船，乃紹興初湖湘民兵楊么之遺製。而所謂「列艦聳層樓」者，乃指所謂蒙衝戰艦，采石之役宋人兩艘戰艦始終未出戰，見以上同書所載。

④「誰道」二句，投鞭飛渡，《晉書》卷一一四《苻堅載記》下：「堅曰：『吾聞武王伐紂，逆歲犯星，

天道幽遠，未可知也。……吴孫晧因三代之業，龍驤一呼，君臣面縛。雖有長江，其能固乎？以吾之衆旅，投鞭於江，足斷其流。』」同書卷三四《杜預傳》：「又遣牙門管定、周旨、伍巢等率奇兵八百泛舟夜渡。……吴都督孫歆震恐，與伍延書曰：『北來諸軍，乃飛渡江也。』」鳴髇血污，《史記》卷一一〇《匈奴列傳》：「匈奴單于曰頭曼。……有所愛閼氏，生少子，而單于欲廢冒頓，而立少子。乃使冒頓質於月氏，冒頓既質於月氏，而頭曼急擊月氏，月氏欲殺冒頓，冒頓盗其善馬騎之亡歸，頭曼以爲壯，令將萬騎。冒頓乃作爲鳴鏑，習勒其騎射，令曰：『鳴鏑所射，而不悉射者，斬之。』行獵鳥獸，有不射鳴鏑所射者，輒斬之。……從其父單于頭曼獵，以鳴鏑射頭曼，其左右亦皆隨鳴鏑而射，殺單于頭曼。」髇，讀如肖，《重修玉篇》卷七：「髇，呼交切。髇，箭。」《類篇》卷一一：「髇、髐，虚交切，鳴鏑也。或作髐。」蘇軾《人日獵城南會者十人以身輕一鳥過槍急萬人呼爲韻軾得鳥字》詩：「忽發兩鳴髇，相趁飛鼯小。」

⑤「風雨」句，佛貍，即北魏太武帝小字。《宋書》卷九五《索虜傳》：「子燾字佛貍代立。……二十七年，燾自率步騎十萬寇汝南。……燾自彭城南出，十二月，於盱眙渡淮，破胡崇之等軍，留尚書韓元興數千人守盱眙，自率大衆南向。中書郎魯秀出廣陵，高梁王阿斗埿出山陽，永昌王於壽陽出横江，凡所經過，莫不殘害。燾至瓜步，壞民屋宇，及伐蒹葦於滁口，造箄筏，聲欲渡江。……二十八年正月朔，燾會於山上，並及土人，會竟，掠民户，燒邑屋而去。」其南侵情景與完顔亮相似，惟完顔亮於紹興三十一年十一月甲午，被殺於揚州瓜洲之龜山寺，見《繫年要録》

卷一九四。

⑥「季子」二句，季子，蘇秦字，見《史記》卷六九《蘇秦列傳》之《索隱》。《戰國策・趙策》一：「李兑送蘇秦明月之珠，和氏之璧，黑貂之裘，黄金百鎰，蘇秦得以爲用，西入於秦。」高適《别孫訢（時俱客宋中）》詩：「離人去復留，白馬黑貂裘。」按：稼軒紹興三十一年於家鄉歷城起義兵，與耿京聚衆二十五萬人，以圖恢復。斬寇取城，報功行在。金主亮南侵敗亡，稼軒亦擒叛賊張安國南歸。時年僅二十三歲，故以意氣風發之蘇季子自比也。

⑦「倦游」二句，倦游，見本卷《霜天曉角・旅興》詞（吴頭楚尾闋）箋注。種橘，《説郛》卷五八上習鑿齒《襄陽耆舊傳》：「吴李衡字叔平，襄陽人，習竺以女英習配之。漢末爲丹陽太守，衡每欲治家事，英習不聽。後密遣客十人，往武陵龍陽泛洲上作宅，種橘千株。臨死敕兒曰：『汝母每怒吾治家事，故窮如是，然吾州里有千頭木奴，不責汝食，歲上匹絹，亦當足用爾。』衡既亡，後二十餘日，兒以白，英習曰：『此當是種柑也。汝家失十客來七八年，必汝父遣爲宅。汝父恒稱太史公言，江陵千樹橘，當封君家云。士患無德義，不患不富，若貴而能貧，方好爾，用此何爲？』」按：此稼軒後來營建帶湖新居之初衷也。

⑧「二客」三句，東南名勝，《資治通鑑》卷一一二《晉紀》：「豈可云無佳勝？直是不能信之耳。」胡三省注：「江東人士，其名位通顯於時者，率謂之佳勝名勝。」嘗試，言曾經也。

⑨「莫射」二句，射南山虎，《史記》卷一〇九《李將軍列傳》：「廣家與故潁陰侯孫屏野居藍田南山

中，射獵。……天子乃召拜廣爲右北平太守。……廣出獵，見草中石，以爲虎而射之，中石没鏃，視之石也。……廣所居郡，聞有虎，嘗自射之。及居右北平射虎，虎騰傷廣，廣亦竟射殺之。」莫射，應射。謂應效李廣爲民除害也。富民侯，《漢書》卷九六《西域傳》下：「上既悔遠征伐，……由是不復出軍，而封丞相車千秋爲富民侯，以明休息，思富養民也。」直覓，有就做之意。

【附録】

楊濟翁炎正原詞

水調歌頭　登多景樓

寒眼亂空闊，客意不勝秋。强呼斗酒，發興特上最高樓。舒卷江山圖畫，應答龍魚悲嘯，不暇顧詩愁。風露巧欺客，分冷入衣裘。　忽醒然，成感慨，望神州。可憐報國無路，空白一分頭。都把平生意氣，只做如今頷頷，歲晚若爲謀？　此意仗江月，分付與沙鷗。（《西樵語業》）

滿江紅

江行，簡楊濟翁、周顯先〔一〕

過眼溪山，怪都似舊時曾識〔二〕。還記得夢中行遍〔三〕，江南江北①。佳處徑須攜杖去，能消幾緉平生屐②？笑塵勞三十九年非〔四〕，長爲客③。　吴楚地，東南坼〔五〕。英雄事，曹劉敵④。被西風吹盡，了無塵跡〔六〕。樓觀纔成人已去〔七〕，旌旗未卷頭先白⑤。歎人間哀樂轉相尋〔八〕⑥，今猶昔。

【校】

〔一〕題，四卷本甲集作「江行和楊濟翁韻」，此從廣信書院本。《中興絶妙詞選》卷三作「感興」。

〔二〕「似」，《六十名家詞》本作「是」。

〔三〕「還記」句，四卷本作「是夢裏尋常行遍」。

〔四〕「勞」，四卷本作「埃」。

〔五〕「坼」，廣信書院本、四卷本作「拆」，此從《六十名家詞》本。

〔六〕「塵」，四卷本、《中興絶妙詞選》作「陳」。

〔七〕「纔」，王詔校刊本、《六十名家詞》本、四印齋本作「甫」。

〔八〕「間」，王詔校刊本、《六十名家詞》本、四印齋本作「生」。

【箋注】

①「過眼」四句，舊時曾識，李清照《聲聲慢》詞：「雁過也，正傷心，却是舊時相識。」夢中行遍，江

南江北，岑參《春夢》詩：「枕上片時春夢中，行盡江南數千里。」鄭文寶《江表志》卷一：「讓皇居太州永寧宫，常賦詩曰：『江南江北舊家鄉，三十年來夢一場。吴苑宫園今冷落，廣陵臺榭亦荒涼。』」《江南野史》卷一謂此即李煜作也。黄庭堅《念奴嬌・八月十八日同諸生步自永安城樓》詞：「老子平生，江南江北，最愛臨風笛。」

②「佳處」二句，攜杖去，蘇軾《出峽》詩：「新灘阻風雪，村落去攜杖。」幾緉屐，《世説新語・雅量》：「祖士少好財，阮遥集好屐，並恒自經營，同是一累，而未判其得失。人有詣祖，見料視財物，客至屏當未盡，餘兩小簏著背後，傾身障之，意未能平。或有詣阮，見自吹火蠟屐，因歎曰：『未知一生當著幾緉屐。』神色閒暢，於是勝負始分。」按：祖士少名約，阮遥集名孚。消，同銷，謂銷磨也。

③「笑塵」二句，塵勞，《佛説無量壽經》卷上：「散諸塵勞，壞諸欲塹。」義疏謂：「五欲境界，比能塵坌。勞亂衆生，名曰塵勞。」三十九年非，《淮南子・原道訓》：「凡人中壽七十歲，然而趨舍指湊，日以月悔也，以至於死。故蘧伯玉年五十而知四十九年非，何者？先者難爲知，而後者易爲攻也。」王安石《省中》詩：「身世自知還自笑，悠悠三十九年非。」按：稼軒是年恰爲三十九歲，故有此語。長爲客，謂一生多半銷磨於客遊中。

④「吴楚」四句，吴楚地，東南坼，杜甫《登岳陽樓》詩：「吴楚東南坼，乾坤日夜浮。」英雄事，曹劉敵，《三國志・蜀志》卷二《先主劉備傳》：「先主未出時，獻帝舅車騎將軍董承辭，受帝衣帶中

密詔，當誅曹公，先主未發。是時曹公從容謂先主曰：『今天下英雄，惟使君與操耳，本初之徒，不足數也。』先主方食，失匕箸。」按：曹操自謂天下惟劉可與己爲敵，不知與曹、劉爲敵者，乃孫權也。

⑤「樓觀」二句，樓觀纔成人已去，蘇軾《送鄭户曹》詩：「樓成君已去，人事固多乖。」頭先白，王令《歲暮言懷呈諸友》詩：「功名未立頭先白，貧病相仍氣尚粗。」范仲淹《依韻和并州鄭宣徽見寄二首》詩：「仁君未報頭先白，故老相看眼倍青。」

⑥哀樂轉相尋，李昭玘《樂静集》卷八《祭晁次膺文》：「哀樂相尋，曾不踰月。感忽之間，星流電滅。」

南鄉子①

隔户語春鶯②，纔掛簾兒斂袂行。漸見淩波羅韈步③，盈盈，隨笑隨顰百媚生。　着意聽新聲，盡是司空自教成④。今夜酒腸難道窄〔一〕⑤，多情，莫放紗籠蠟炬明〔二〕。

【校】

〔一〕「難」，四卷本乙集作「還」。此從廣信書院本。

〔二〕「紗籠」，四卷本作「籠紗」。

【箋注】

①題，右詞爲廣信書院本置於次首「舟行記夢」詞之前，乃仕宦期間調笑歌伎之作，作年難考，故仍其序，編次於此。

②「隔户」句，語春鶯，北宋駙馬都尉王詵有歌者囀春鶯，蓋以聲音宛轉而得名，此則謂隔户聞歌者其聲也。

③「漸見」句，《曹子建集》卷三《洛神賦》：「體迅飛鳧，飄忽若神。淩波微步，羅襪生塵。」

④「盡是」句，范攄《雲溪友議》卷中《中山悔》條：「昔赴吴臺，揚州大司馬杜公鴻漸爲余開宴，沉醉歸驛亭。稍醒，見二女子在旁，驚非我有也。乃曰：『郎中席上與司空詩，特令二樂伎侍寢。』且醉中之作，都不記憶。明旦，修狀啓陳謝，杜公亦優容之，何施面目也？余以郎署州牧，輕忤三司，豈不過哉？詩曰：『高髻雲鬟宫様妝，春風一曲杜韋娘。司空見慣尋常事，斷盡蘇州刺史腸。』」

⑤「今夜」句，酒腸，見本書卷二《佚詩一聯》箋注。難道，疑作難言解。

又　舟行記夢〔一〕

欹枕艣聲邊，貪聽咿啞聒醉眠①。夢裏笙歌花底去〔二〕，依然，翠袖盈盈在眼前。　別後兩眉尖。欲説還休夢已闌。只記埋冤前夜月〔三〕②，相看，不管人愁獨自圓。

【校】

〔一〕題，「行」，四卷本甲集作「中」，此從廣信書院本。

〔二〕「夢裏」，四卷本作「變作」。

〔三〕「只記」句，「記埋冤」，《歷代詩餘》卷三三作「怪無情」。

【箋注】

①「欹枕」二句，欹枕艣聲邊，蘇軾《祝英臺近·惜別》詞：「酒病無聊，欹枕聽鳴櫓。」咿啞聒醉眠，陳摶《歸隱》詩：「愁聞劍戟扶危主，悶聽笙歌聒醉人。」咿啞，櫓聲。韓偓《南浦》詩：「應是石城艇子來，兩槳咿啞過花塢。」

②埋冤，即埋怨。

南歌子

萬萬千千恨，前前後後山。傍人道我轎兒寬，不道被他遮得望伊難。今夜江頭樹，船兒繫那邊，知他熱後甚時眠，萬萬不成眠後有誰扇①？

【箋注】

①「知他」二句，熱後、眠後之後，均爲語助詞，同了。又，此萬萬，當作萬一解，與首句之萬萬千千作億萬解不同。

西江月

江行采石岸，戲作漁父詞〔一〕①

千丈懸崖削翠，一川落日鎔金②。白鷗來往本無心，選甚風波一任③？別浦魚肥堪鱠，前村酒美重斟。千年往事已沉沉，閒管興亡則甚④！

【校】

〔一〕題，四卷本甲集作「漁父詞」，此從廣信書院本。

【箋注】

①題，采石，《輿地紀勝》卷一八《江南東路・太平州》：「采石山，在當塗縣北二十餘里，牛渚北一里。《江源記》云：『商旅於此取石，因名采石山，北臨江有磯曰采石，曰牛渚。』……《元和郡縣志》：『采石戍在當塗縣西三十五里，西接烏江，北連建業城，在牛渚山上，與和州横江渡相對，隋師伐陳，賀若弼從此渡。』……《中興小曆》：『紹興三十一年逆亮入寇，欲由采石渡江。』」右詞爲稼軒淳熙五年秋江行過采石磯所作。

②「一川」句，廖世美《好事近・夕景》詞：「落日水鎔金，天淡暮煙凝碧。」李清照《永遇樂・元宵》詞：「落日鎔金，暮雲合璧。」賀鑄《九日懷京都舊遊》詩：「一川落日隨潮下，萬里西風送雁來。」川爲平地，一川，一片或滿地也。

③「選甚」句，趙善璙《自警編》卷二：「唐質肅公爲御史，因張堯佐以侄女有寵於仁宗，驟除宣徽、節度、景靈、郡牧使。唐公力争不已，上怒，貶公英州别駕。公之南遷，挈家渡淮，至中流，大風波濤泛濫，舟人恐不免飼魚鼈，公兀坐舟中，吟詩云：『聖宋非狂楚，清淮異汨羅。平生仗忠

信，今日任風波。』夕濟南岸，衆亦欣然。」質肅即唐介。「選甚」，反詰詞，猶言管什麽。選，有選擇義。此謂不管或任憑風波肆虐也。一任，任憑也。

④「閒管」句，蘇軾《臨安三絶·將軍樹》詩：「不會世間閒草木，與人何事管興亡？」則甚，做什麽。

破陣子

爲范南伯壽。時南伯爲張南軒辟宰盧溪，南伯遲遲未行，因作此詞勉之〔一〕①

擲地劉郎玉斗，掛帆西子扁舟②。千古風流今在此，萬里功名莫放休。君王三百州③。　燕雀豈知鴻鵠？貂蟬元出兜鍪④。却笑盧溪如斗大，肯把牛刀試手不⑤？壽君雙玉甌。

【校】

〔一〕題，「辟」，《六十名家詞》本作「拜」。「盧」，四卷本丁集作「瀘」。「作」，四卷本作「賦」，俱從廣信書院本。

【箋注】

①題，范南伯見本卷《西江月・爲范南伯壽》詞（秀骨青松不老闋）箋注。 張南軒即張栻，字敬夫，又字欽夫，丞相張浚長子，寓居潭州。 南宋理學家，南軒其自號也。《宋史》卷四二九《道學》三《張栻傳》： 「以蔭補官，辟宣撫司都督府書寫機宜文字，除直秘閣。 時孝宗新即位，……栻時以少年，内贊密謀，外參庶務，其所綜畫，幕府諸人皆自以爲不及也。……除左司員外郎。……明年出栻知袁州。……家居累年，孝宗念之，詔除舊職知静江府，經略安撫廣南西路。……尋除秘閣修撰、荆湖北路轉運副使，改知江陵府，安撫本路。」據《南軒集》卷三《静江歸舟中讀書》詩中「吾歸及新涼，所歷慰心目」語，知其自静江府受命湖北運副，途中改知江陵府，時在淳熙五年初秋。 其辟范南伯爲盧溪令，必在其受命之後。 右詞題又有「南伯遲遲未行」語，則必已至本年冬季矣。《輿地紀勝》卷七五《荆湖北路・辰州》： 「盧溪縣，在州西一百三十里。……按：唐武德四年平蕭詵，則三年置縣，尚在蕭詵有國之時也。《舊唐志》亦云在武德三年分沅陵縣置。」盧溪今爲湖南省湘西土家族苗族自治州所屬縣。

②「擲地」二句，擲地劉郎玉斗，《史記》卷七《項羽本紀》： 「沛公旦日，從百餘騎來見項王，至鴻門。……項王即日因留沛公與飲。 項王項伯東嚮坐，亞父南嚮坐。 亞父者，范增也。……范增數目項王，舉所佩玉玦以示之者三，項王默然不應。……須臾，沛公起如厠。……於是遂去。乃令張良留謝。……張良入謝曰： 『沛公不勝桮杓，不能辭，謹使臣良奉白璧一雙，再拜獻大

王足下。玉斗一雙，再拜奉大將軍足下。』……項王則受璧，置之坐上。亞父受玉斗，置之地，拔劍撞而破之，曰：『唉，豎子不足與謀。奪項王天下者，必沛公也，吾屬今爲之虜矣。』」西子扁舟，《吳越春秋》卷九《勾踐陰謀外傳》：「越王使相工索國中，得苧蘿山鬻薪之女曰西施、鄭旦，獻於吳王。」注引《十道志》：「勾踐索美女以獻吳王，得之諸暨苧蘿山，賣薪女也，西施山下有浣紗石。」《嘉泰會稽志》卷一一：「西施石，在若耶溪，一名西子浣紗石。……宋之問云：『越女顏如花，越王聞浣紗。國微不自寵，獻作吳宮娃。一行霸勾踐，再笑傾夫差。一朝還舊都，豔妝驚若耶。』杜牧詩云：『西子下姑蘇，一舸逐鴟夷。』……《吳越春秋》云：『吳亡，西子被殺。』如宋之問詩中所述，則西子平吳後還會稽也，説不同，俱存之。」按：此處則以擲劉邦玉斗於地之范增、平吳後將西子以遊五湖之范蠡二事切范南伯之姓氏，且敦促其接受南軒之薦舉，不當逍遥於江湖。

③君王三百州，北宋自開國以來，至宣和之際，全境有京四，府三十，州二百五十四，監六十三，合計爲府州監三百五十一，見《宋史》卷八五《地理志》一。此所謂三百州，則不僅包括南宋之領土，蓋以宋全盛時疆土而言，語蓋激勵范氏應以天下事爲己任，不以遠地做官爲難事也。

④「燕雀」二句，燕雀豈知鴻鵠，《史記》卷四八《陳涉世家》：「陳涉少時嘗與人傭耕，輟耕之壟上，悵恨久之，曰：『苟富貴，無相忘。』傭者笑而應曰：『若爲傭耕，何富貴也？』陳涉太息曰：『嗟乎，燕雀安知鴻鵠之志哉？』」貂蟬元出兜鍪，《南齊書》卷二九《周盤龍傳》：「領東平太守。

盤龍表年老才弱，不可鎮邊，求解職，見許。還爲散騎常侍、光禄大夫。世祖戲之曰：『卿著貂蟬，何如兜鍪？』盤龍曰：『此貂蟬從兜鍪中出耳。』」按：貂蟬、兜鍪，謂文武官。據劉宰所作《故公安范大夫及夫人張氏行述》，謂南伯南歸後任武官，有云：「公幼力學，亦再舉於鄉。敵之法，文臣任子以武，而公以通判蔭入任，本朝視本秩换授，故公墮右選，非志也。」故有貂蟬元出兜鍪之慰藉語。

⑤「却笑」二句，如斗大，《南史》卷七七《吕文顯傳》：「宗慤爲豫州，吴喜公爲典籤。慤刑政所施，喜公每多違執。慤大怒曰：『宗慤年將六十，爲國竭命，政得一州如斗大，不能復與典籤共臨。』喜公稽顙流血乃止。」牛刀試手，《論語·陽貨》：「子之武城，聞絃歌之聲，夫子莞爾而笑曰：『割雞焉用牛刀！』」

摸魚兒

淳熙己亥，自湖北漕移湖南，同官王正之置酒小山亭，爲賦〔一〕①

更能消幾番風雨？匆匆春又歸去②。惜春長怕花開早〔二〕，何况落紅無數！春且住，見說道天涯芳草無歸路〔三〕③。怨春不語，算只有殷勤，畫簷蛛網④，盡日惹飛絮。長門事，準擬佳期又誤⑤。蛾眉曾有人妒⑥。千金縱買相如賦〔四〕，脉脉此情誰訴⑦？君莫舞。

君不見玉環飛燕皆塵土⑧！閒愁最苦。休去倚危欄〔五〕，斜陽正在，煙柳斷腸處⑨。

【校】

〔一〕題，《中興絶妙詞選》卷三作「暮春」。《草堂詩餘》卷四作「春晚」。此從廣信書院本。

〔二〕「怕」，四卷本甲集作「恨」。

〔三〕「無」，四卷本、《草堂詩餘》作「迷」。

〔四〕「縱」，《六十名家詞》本作「曾」。

〔五〕「欄」，四卷本作「樓」。

【箋注】

①題，己亥爲淳熙六年。是年春晚，稼軒自湖北轉運副使移湖南，時湖北轉運判官王正己置酒送別，遂賦此詞。王正己，本卷《水調歌頭·和王正之右司吴江觀雪見寄》詞已有箋注，惟未及淳熙三年以後事歷，今再考如下。《攻媿集》卷九九《朝議大夫秘閣修撰致仕王公墓志銘》：「除嚴州，改婺州，内引奏事，尤加褒納，至漏下數刻。治婺數月，改荆湖北路轉運判官，移知湖州，未半年罷。」《嘉泰吴興志》卷一四《郡守題名》：「王正己，朝散郎，淳熙六年十二月到任。」小山

亭，在鄂州。《輿地紀勝》卷六六《荊湖北路·鄂州》：「荊湖北路轉運司，……紹興二年復置，始治鄂州，有副使、判官東西二衙，在州之清遠門内，即舊江夏縣及縣丞廳也。」又：「小山，在東漕衙之乖崖堂，有池曰清淺。」按：乖崖堂、小山亭皆應在轉運副使衙即東衙内。

②「更能」二句，向子諲《滿江紅·奉酬曾端伯使君兼簡趙若虛監郡》詞：「雁陣横空，江楓戰幾番風雨。」消，謂消受，即經得起之意。此二句言風雨摧春，春已不堪其更多摧殘，匆匆歸去。

③「見説」句，見説，聞聽。道，語助。釋靈一《留别忠州故人》詩：「芳草迷歸路，春流滴淚痕。」蘇軾《點絳唇》詞：「歸不去，鳳樓何處？芳草迷歸路。」又，《蝶戀花·春景》詞：「枝上柳綿吹又少，天涯何處無芳草？」

④「畫簷」句，蘇軾《虚飄飄三首》詩：「虚飄飄，畫簷蛛結網，銀漢鵲成橋。」

⑤「長門」二句，《文選》卷一六司馬相如《長門賦序》：「孝武皇帝陳皇后，時得幸，頗妒，别在長門宫，愁悶悲思。聞蜀郡成都司馬相如天下工爲文，奉黄金百斤，爲相如文君取酒，因於解悲愁之辭。而相如爲文以悟主上，陳皇后復得親幸。」《漢書》卷九七上《外戚傳》：「孝武陳皇后，長公主嫖女也。……初，武帝得立爲太子，長主有力，取主女爲妃。及帝即位，立爲皇后，擅寵驕貴十餘年，而無子。聞衛子夫得幸，幾死者數焉。上愈怒，后又挾婦人媚道，頗覺。元光五年，上遂窮治之，……使有司賜皇后策……其上璽綬，罷退居長門宫，……後數年，廢后乃薨。」按：史無因司馬相如爲賦重召事，故言準擬佳期又誤。

⑥「蛾眉」句，《離騷》：「衆女嫉予之蛾眉兮，謡諑謂予之善淫。」

⑦「千金」二句，千金買賦，蘇軾《眉子石硯歌贈胡誾》詩：「書生性命何足論？坐費千金買消渴。」脈脈此情誰訴，柳永《鵲橋仙》詞：「傷心脈脈誰訴？但黯然凝佇。」

⑧「君莫」二句，莫，或作應、能解，或作休解，言君雖能舞，或言君休狂舞均可。玉環飛燕皆塵土，玉環，《楊太真外傳》卷上：「楊貴妃小字玉環，弘農華陰人也。後徙居蒲州永樂之獨頭村。……二十八年十月，玄宗幸温泉宫，……册太真宫女道士楊氏爲貴妃，半后服用。」《新唐書》卷七六《后妃傳》：「玄宗元獻皇后楊氏，華州華陰人。……幼養叔父家。始爲壽王妃，開元二十四年，武惠妃薨後，廷無當帝意者，或言妃姿質天挺，宜充掖廷。遂召内禁中，異之，即爲自出妃意者，丐籍女官，號太真，更爲壽王聘韋昭訓女。而太真得幸，善歌舞，邃曉音律，且智算警穎，迎意輒悟，帝大悦，遂專房宴，宫中號娘子，體與皇后等，天寶初進册貴妃。……禄山反，以誅國忠爲名，且指言妃及諸姨罪。帝欲以皇太子撫軍，因禪位。……及西幸至馬嵬，陳玄禮等以天下計誅國忠，已死，軍不解，帝遣力士問故，曰：『禍本尚在。』帝不得已，與妃訣，引而去，縊路祠下，裹屍以紫茵，瘗道側，年三十八。」飛燕，《漢書》卷九七下《外戚傳》：「孝成趙皇后，本長安宫人。初生時，父母不舉，三日不死，乃收養之。及壯，屬陽阿主家，學歌舞，號曰飛燕。……成帝嘗微行出過陽阿主，作樂。上見飛燕而説之，召入宫，大幸。有女弟復召入，俱爲倢伃。……乃立倢伃爲皇后。……皇后既立，後寵少衰，而弟絶幸，爲昭儀居昭陽舍。……姊

弟顓寵十餘年，卒皆無子。……成帝崩，……哀帝爲太子，亦頗得趙太后力，遂不竟其事。……哀帝崩，王莽白太后，詔有司曰：『前皇太后與昭儀俱侍帷幄，姊弟專寵錮寢，執賊亂之謀，殘滅繼嗣以危宗廟。誖天犯祖，無爲天下母之義。』貶皇太后爲孝成皇后，徙居北宮，後月餘，……廢皇后爲庶人，就其園，是日自殺，凡立十六年而誅。」蘇軾《孫莘老求墨妙亭詩》：「短長肥瘠各有態，玉環飛燕誰敢憎？」皆塵土，《趙飛燕外傳》之《伶玄自叙》：「伶玄字子于，潞水人，學無不通。……哀帝時，子于老休，買妾樊通德。通德，嫕之弟子不周之子也。有才色，知書，慕司馬遷《史記》，頗能言趙飛燕姊弟故事。子于閑居，命言，厭厭不倦。子于語通德曰：『斯人俱灰滅矣，當時疲精力、馳騖嗜欲蠱惑之事，寧知終歸荒田野草乎？』」

⑨「休去」三句，危欄，斜陽，蘇舜欽《春日晚晴》詩：「誰見危欄外，斜陽盡眼平。」煙柳斷腸，韋莊《江外思鄉》詩：「更被夕陽江岸上，斷腸煙柳一絲絲。」

【附録】

趙無咎善括和詞

摸魚兒　和辛幼安韻

喜連宵四郊春雨，紛紛一陣紅去。東君不愛閒桃李，春色尚餘分數。雲影住，任繡勒香輪且阻尋芳路。農家相語，漸南畝浮青，西江漲緑，芳沼點萍絮。　西成事，端的今年不誤。從他蝶恨蜂妒。

鶯啼也怨春多雨，不解與春分訴。新燕舞，猶記得雕梁舊日空巢土。天涯勞苦，望故國江山，東風吹淚，渺渺在何處？（《應齋雜著》卷六）

羅大經記事一則

辛幼安詞

辛幼安晚春詞云：……詞意殊怨。「斜陽煙柳」之句，其與「未須愁日暮，天際乍輕陰」者異矣。使在漢唐時，寧不賈種豆種桃之禍哉？愚聞壽皇見此詞頗不悦，然終不加罪，可謂盛德也已。（《鶴林玉露》甲編卷一。「未須」二句，乃唐李涉《春晚遊鶴林寺寄使君諸公》詩句）

水調歌頭

淳熙己亥，自湖北漕移湖南，周總領、王漕、趙守置酒南樓，席上留別〔一〕①

折盡武昌柳，掛席上瀟湘②。二年魚鳥江上③，笑我往來忙。富貴何時休問，離别中年堪恨④，憔悴鬢成霜。絲竹陶寫耳，急羽且飛觴⑤。　序蘭亭，歌赤壁，繡衣香⑥。使君千騎鼓吹，風采漢侯王⑦。莫把離歌頻唱〔二〕，可惜南樓佳處，風月已淒涼⑧。「在家貧亦好」，此語試平章⑨。

【校】

〔一〕題,「淳熙己亥」、「周」、「漕」,四卷本甲集闕,此據廣信書院本。

〔二〕「離歌」,四卷本作「驪駒」。

【箋注】

①題,右詞亦淳熙六年春晚在鄂州所作。題中周總領,即周嗣武。《八閩通志》卷六四《建寧府》:「周嗣武字功甫,浦城人。因之孫,祖蔭補官,知臨川縣,賑饑有方,催科不急,赴闕,奏利民三事,擢主管官告院。除太府丞,提舉江西常平事。江西民輸役錢,官司規其羡,變省陌爲足陌,嗣武奏復舊,改湖北提刑,以平蠻傜功進直敷文閣。召對,除度支郎官,命使蜀,籍考財計。奏乞停成都潼川兩路科買一年,以寬民力。又奏蠲興元茶息錢引二十萬。入對,除太府少卿湖廣總領。召爲户部侍郎,尋卒。」《宋史全文》卷二六上:「淳熙四年,是年……差度支郎周嗣武點磨四川總所。」同書卷二六下:「淳熙五年閏六月丁酉,湖廣總領周嗣武奏蜀爲今日根本之地。」《名賢氏族言行類稿》卷三一:「周嗣武,武仲之從孫,椿年之子也。用祖因蔭補官,……使蜀,稽考財計,還入對,上勞之曰:『往來萬里,宣力甚多。』除太府少卿,總餉湖廣,居職最久,陞太府卿,召除户侍卒。」王漕,即王正己,上闋《摸魚兒》詞箋注已見。趙守,即趙善括。《宋會要輯稿·職官》七二之二五:「淳熙六年九月二十七日,知鄂州趙善括放罷。以總領周嗣

武、漕臣陳延年言趙善括增起税務，課額至十倍，多添民間賃地錢，令拍户沽買私酒，白納利錢，侵都統司課額故也。」楊萬里《誠齋集》卷八四《應齋雜著序》：「淳熙季年，海内英傑森布。……孝宗皇帝一日御垂拱殿，顧見廷臣，天顔怡愉。因問左右宗子在廷者爲誰，凡若干人，皆謹對曰：『無之。』帝蹇然喟曰：『……今吾聖子神孫，枝葉扶疏，俊乂無寡，獨無一武誕寘左右，是謂靈囿無麟太液無鵠也，可乎？』……而應齋居士趙无咎，是時方高卧南州，狎東湖之鷗，弄西山之雲，遠追徐孺，近訪山谷。賦詩把酒，與一世相忘，訖不求諸公之舉，而諸公亦無求无咎者，君子至今恨之。……予自乾道辛卯在朝列，時无咎爲蘇州别駕，已聞其名。後十八年，予再補外，過豫章，始識之。至其家，見門巷蕭然，槐柳蔚然，知爲幽人高士之廬也。而其人老矣。无咎……諱善括，嘗知鄂州，終官朝請大夫。撥煩决疑，所至名跡焯焯云。」南樓，在鄂州郡治正南黄鵠山頂。見本書卷一《和周顯先韻》詩箋注。

②「折盡」二句，折盡武昌柳，《晉書》卷六六《陶侃傳》：「嘗課諸營種柳，都尉夏施盜官柳植之於己門。侃後見，駐車問曰：『此是武昌西門前柳，何因盜來此種？』施惶怖謝罪。」古人折柳送行。李賀《致酒行》：「主父西遊困不歸，家人折斷門前柳。」掛席上瀟湘，杜甫《將適吴楚留别章使君留後兼幕府諸公》詩：「隨雲拜東皇，掛席上南斗。」葉夢得《送光上人還湖南光丞相吴元忠之母弟舊名惇字元常以進士入官已而棄家祝髮云》詩：「十載復相見，掛帆上瀟湘。」

③「二年」句，蘇軾《常潤道中有懷錢塘寄述古五首》詩：「二年魚鳥渾相識，三月鶯花付與公。」

《留別雩泉》詩：「二年飲泉水，魚鳥亦相親。」

④「富貴」二句，富貴何時，《漢書》卷六六《楊惲傳》：「惲宰相子，少顯朝廷，一朝以晻昧語言見廢，内懷不服。報會宗書曰：『……人生行樂耳，須富貴何時？』」離別中年堪恨，《世説新語·言語》：「謝太傅語王右軍曰：『中年傷於哀樂，與親友別，輒作數日惡。』王曰：『年在桑榆，自然至此，正賴絲竹陶寫，恒恐兒輩覺，損欣樂之趣。』」

⑤「急羽」句，方干《陪王大夫泛湖》詩：「密炬燒殘銀漢昃，羽觴飛急玉山傾。」

⑥「序蘭」三句，序蘭亭，王羲之作《蘭亭序》。歌赤壁，蘇軾有《赤壁賦》，《前赤壁賦》有「此非孟德之困於周郎者乎」語。用此以切周瑜、王羲之二姓。周嗣武是否擅文能書，無記載可考。而王正之則詩文俱佳。《攻媿集》卷九九《朝議大夫秘閣修撰致仕王公墓志銘》載：「詩文似其爲人。少嗜山谷詩，造詣已深，爲紫微王公洋所擊賞。晚又以杜少陵、蘇長公爲標準，石湖參政范公見公近詩，嘖曰：『不惟把降幡，殆將焚筆硯矣。』」則前二句必切周、王也。繡衣香，岑參《送許員外江外置常平倉》詩：「詔置海陵倉，朝推畫省郎。還家錦服貴，出使繡衣香。」按：漢武帝時置繡衣直指官，衣繡衣持斧，分部討奸治獄。宋代總領、提刑、轉運皆諸路之使，有廉察彈治之權。則此「繡衣香」謂周、王二使。

⑦「使君」二句，使君謂趙善括。千騎鼓吹，即郡守儀仗。「千騎」詞源，已見本書卷六《滿江紅·再用前韻》詞（照影溪梅闋）箋注。吴則虞《辛棄疾詞選集》謂「千騎非制，蓋官騎之誤文」，想當然

耳。《後漢書》卷三六《百官志》一載順帝之大將軍賜官騎三十人及鼓吹。《三國志·吴志》卷四《士燮傳》：「燮兄弟並爲列郡，雄長一州，偏在萬里，威尊無上。出入鳴鐘磬，備具威儀。笳簫鼓吹，車騎滿道。」趙善括以宋宗室守武昌大郡，如在漢代，即諸侯王耳。

⑧「莫把」三句，離歌，四卷本作「驪駒」，《漢書》卷八八《儒林·王式傳》：「歌《驪駒》。」注：「逸《詩》篇名也，見《大戴禮》。客欲去歌之。……其辭云：『驪駒在門，僕夫具存。驪駒在路，僕夫整駕也。』」知《驪駒》亦離歌也。南樓佳處，《晉書》卷七三《庾亮傳》：「亮在武昌，諸佐吏殷浩之徒，乘秋夜往共登南樓。俄而不覺亮至，諸人將起避之，亮徐曰：『諸君少住，老子於此處，興復不淺。』」南樓佳處，指此。

⑨「在家」二句，在家貧亦好，戎昱《長安秋夕》詩：「遠客歸去來，在家貧亦好。」《直齋書録解題》卷一六：「《戎昱集》五卷，唐虔州刺史扶風戎昱撰。其侄孫爲序，言弱冠謁杜甫於渚宫，一見禮遇。集中有《哭甫》詩。世所傳『在家貧亦好』之句，昱詩也。」平章，評論也。

阮郎歸

耒陽道中爲張處父推官賦〔一〕①

山前燈火欲黄昏〔二〕②。山頭來去雲。鷓鴣聲裏數家村。瀟湘逢故人③。　揮羽扇，整綸巾，少年鞍馬塵④。如今憔悴賦招魂，儒冠多誤身⑤。

【校】

〔一〕題，四卷本甲集作「耒陽道中」，此據廣信書院本。

〔二〕「燈火」，四卷本作「風雨」。

【箋注】

①題，《輿地紀勝》卷五五《荆湖南路·衡州》：「耒陽縣，中，在州東南一百三十五里。《元和郡縣志》云：本秦耒縣，因耒水爲名。」張處父名不詳。宋代州府及軍中均有推官，疑張氏爲衡州推官。右詞應爲淳熙六年稼軒在湖南轉運副使任上，前往軍前應對湖南帥臣王佐鎮壓郴州陳峒起義行部至耒陽所作。查《宋會要輯稿·職官》六二之一九，淳熙二年九月稼軒平茶商軍，江西運副錢佃即以軍前提督運糧有勞而進職。亦可推知稼軒此行亦必與王佐平陳峒之軍事有關。考其時季，或在是年夏秋。

②「山前」句，趙鼎臣有詩題爲：「是日晚次晉祠，日已暮矣，有客呼門甚急，問之，則陽曲尉高履伯祥也。不鄙謂余置酒叙别，感其志意，以詩贈之。」詩云：「匹馬青衫忽叩門，山前燈火已黄昏。」

③「鵰鵠」二句，數家村，蘇頌《過土河》詩：「白草悠悠千嶂路，青煙裊裊數家村。」瀟湘逢故人，梁

柳惲《江南曲》：「洞庭有歸客，瀟湘逢故人。」

④「揮羽」三句，羽扇，綸巾，蘇軾《念奴嬌·赤壁懷古》詞：「遥想公瑾當年，小喬初嫁了，雄姿英發。羽扇綸巾，談笑間，强虜灰飛煙滅。」鞍馬塵，秦觀《春日寓直有懷參寥》詩：「文書几上鬚鬢變，鞍馬塵中歲月銷。」按：此三句言及少年鞍馬，疑張處父之爲故人，乃同自北方起義南歸者。

⑤「如今」二句，賦《招魂》，《楚辭》有宋玉哀屈原所作《招魂》章。儒冠多誤身，杜甫《奉贈韋左丞丈二十二韻》詩：「紈袴不餓死，儒冠多誤身。」按：稼軒此次移湖南，心境不佳。蓋自淳熙六年春，即聞知湖南陳峒之變，湖南帥王佐征調地方軍予以剿滅。稼軒對湖南連續爆發農民起義事件深感憂慮。稍後其所奏進《淳熙己亥論盜賊札子》即言：「民者，國之根本，而貪濁之吏迫使爲盜。今年剿除，明年掃蕩。譬之木焉，日刻月削，不損則折。臣不勝憂國之心。」（見本書卷四）其反對地方官吏不減輕農民負擔，專事鎮壓之立場十分明晰。故此賦詞與張處父，深爲此次赴軍前，重招少年鞍馬之魂，而行使鎮壓之職責歉疚。

滿江紅　賀王帥宣子平湖南寇〔一〕①

笳鼓歸來②，舉鞭問何如諸葛？人道是匆匆五月，渡瀘深入③。白羽風生貔虎譟〔二〕，青溪路斷鼪鼯泣〔三〕④。早紅塵一騎落平岡，捷書急⑤。　三萬卷，龍頭客〔四〕。渾未得，文章力⑥。把詩書馬上⑦，笑驅鋒鏑。金印明年如斗大，貂蟬却自兜鍪出⑧。待刻公勳業到雲霄〔五〕，浯溪石⑨。

【校】

〔一〕題，「帥」，四卷本甲集、《中興絶妙詞選》卷三闕，此據廣信書院本。

〔二〕「白羽」句，廣信書院本「羽」原作「虎」，據四卷本改。「風生」，王詔校刊本、《六十名家詞》本、四印齋本作「生風」。「譟」，《中興絶妙詞選》作「嘯」。

〔三〕「鼪」，四卷本、《中興絶妙詞選》作「猩」。

〔四〕「頭」，四卷本作「韶」。

〔五〕「到雲霄」，《中興絶妙詞選》「到」作「等」，四卷本作「到□雲」。

【箋注】

①題，淳熙六年，湖南郴州宜章縣民陳峒起義，爲湖南安撫使王佐調軍鎮壓，事平，稼軒作此詞賀之。有關王佐及陳峒起義，陸游《渭南文集》卷三四《尚書王公墓志銘》記載詳盡。其記載如

下：「公諱佐，字宣子，會稽山陰人。……補太學生，二十有一，以南省高選，奉廷對爲第一。……高宗皇帝喜動玉色，授承事郎簽書平江軍節度判官廳公事，未赴，召爲秘書省校書郎。……以直寶文閣知宣州，徙知建康府、行宮留守。……徙知平江、隆興二府，未赴，會知上元縣李允升坐賄，前事未作，已丐尋醫去，而讒者謂公縱有罪，坐削官居建昌軍。……起爲福建路轉運判官，徙知潭州，連進秘閣修撰、集英殿修撰。」其平陳峒起義事爲：「淳熙六年正月，郴州宜章縣民陳峒竊發，俄破道州之江華，桂陽軍之藍山、臨武，連州之陽山縣。旬日有衆數千，郴、道、連、永、桂陽軍皆警。公奏乞荆鄂精兵三千，未報，公度不可待，而見將校無可用者，流人馮湛適在州。……遂檄湛帶元管權湖南路兵馬鈐轄，統制軍馬，即日令湛自選潭州厢禁軍及忠義寨凡八百人，即教場誓師遣行。……湛以四月二十三日移屯何卑山。……五月朔日詰旦，分五路進兵。賊初詐降，實欲繕治寨栅，阻險以抗官軍。公得其情，督兵甚峻。及馳入隘口，賊果立寨栅未及成，聞官軍至，狼狽出戰。既敗，又退失所憑，乃皆潰走。……湛遂誅陳峒，函首來獻。」

②笳鼓歸來：《南史》卷五五《曹景宗傳》：「天監五年，魏中山王英攻鍾離，圍徐州刺史昌義之。武帝詔景宗督衆軍援義之。……景宗振旅凱入，帝於華光殿宴飲連句，令左僕射沈約賦韻。景宗不得韻，意色不平，啓求賦詩。帝曰：『卿伎能甚多，人才英拔，何必止在一詩？』景宗已醉，求作不已。詔令約賦韻。時韻已盡，唯餘競病二字，景宗便操筆，斯須而成。其辭曰：『去時

兒女悲，歸來笳鼓競。借問行路人，何如霍去病？』帝歎不已。」

③「舉鞭」三句，舉鞭問，《晉書》卷四三《山簡傳》：「簡每出遊嬉，多之池上。置酒輒醉，名之曰高陽池。時有童兒歌曰：『山公出何許？往至高陽池。日夕倒載歸，酩酊無所知。時時能騎馬，倒著白接䍦。舉鞭向葛彊，何如并州兒？』彊家在并州，簡愛將也。」五月渡瀘，《三國志·蜀志》卷五《諸葛亮傳》：「五年，率諸軍北駐漢中。臨發，上疏曰：『……先帝知臣謹慎，故臨崩寄臣以大事也。受命以來，夙夜憂勤，恐託付不效，以傷先帝之明。故五月渡瀘，深入不毛。』」

④「白羽」二句，白羽風生，蘇軾《與歐育等六人飲酒》詩：「忽驚春色二分空，且看樽前半丈紅。苦戰知君便白羽，此去江淮東復東。記取六人相會處，引杯看劍坐生風。」《東坡詩集注》卷一七注白羽云：「縯：『諸葛亮綸巾羽扇，指揮三軍。』次公：『白羽言於苦戰之下，則子路云赤羽若日，白羽若月。蓋言箭羽也，故不憚苦戰，則便之，非謂白羽扇也。』」《施注蘇詩》卷二三亦云：「《家語》子路曰：『赤羽若日，白羽若月。按赤白羽，指箭羽也。』」按：《文選》卷八引司馬相如《上林賦》：「有彎蕃弱，滿白羽。」注：「蕃弱，夏后氏良弓之名。引弓盡箭鏑爲滿，以白羽爲箭，故言白羽也。」青溪路斷，《尚書王公墓志銘》載：「又私念湛有善戰名，賊必遁入廣南，思得勁兵遏其衝。而廣南非所部，未有以爲計。會受命節制討賊軍馬，而前一日又奉詔會合諸路兵，乃合二命爲一，稱節制會合諸路兵馬，檄廣南摧鋒軍兵官黃進、張喜分屯要害。賊知湛至，而廣南守備已嚴，乃驅載所掠輜重，由間道歸宜章。」青溪，未知所指，當是廣南摧鋒軍截斷陳峒

南入廣東之溪水。《輿地紀勝》卷五七《荆湖南路·郴州》載「清溪水，在郴縣，源出靈壽水」，不知即此否。貔虎謂宋軍，鼪鼯謂陳峒，陳峒起義軍多湖南少數民族人，《宋史》卷四九三《蠻夷傳》一《西南溪峒諸蠻》上：「狌鼯之性，便於跳梁。或以讎隙相尋，或以饑饉所逼，長嘯而起。」狌、猩，同鼪。《莊子·徐無鬼》：「夫逃虛空者，藜藋柱乎鼪鼬之徑，踉位其空，聞人足音跫然而喜矣。」鼪鼯，鼬鼠。

⑤「早紅」二句，杜牧《過華清宫絶句三首》詩：「一騎紅塵妃子笑，無人知是荔枝來。」《尚書王公墓志銘》：「湛遂誅陳峒，函首來獻。已而李晞以下，誅獲無遺。宥其脅從，發倉粟，振貸安輯之，案功行賞，悉如初令。且上其事於朝，振旅而還。」

⑥「三萬」四句，三萬卷，《南史》卷五一《宗室》一《蕭勵傳》：「聚書至三萬卷，披翫不倦。」龍頭客，謂王佐爲紹興十八年進士第一人。華歆爲龍頭，見《三國志·魏志》卷一三《華歆傳》注引《魏略》：「歆與北海邴原、管寧俱遊學，三人相善。時人號三人爲一龍，歆爲龍頭，原爲龍腹，寧爲龍尾。」渾未得，文章力，劉禹錫《郡齋書懷寄江南白尹兼簡分司崔賓客》詩：「一生不得文章力，百口空爲飽煖家。」按：王佐雖係進士第一人，却對其狀元身份頗爲忌諱。《建炎以來繫年要録》卷一五七紹興十八年四月庚寅賜王佐等進士及第出身條載，是年殿試，原第一人董德元、第二人陳孺皆因有官，遂取王佐爲狀元。《要録》於此條下有注語云：「按紹興二十三年十一月，鄭仲熊劾王佐章疏稱『佐曩緣大樹，本非廷魁。以上三人皆係有官，遂致僥冒。』按此舉第四

人乃莫伋，當求他書參考。」據此，蓋《要録》亦不知王佐原爲第幾人，殆因其策論美化秦檜和議，遂自第四人之外躐擢第一，然猶爲秦黨鄭仲熊論劾罷官，故深忌他人語及其曾爲掄魁事。

⑦把詩書馬上，《史記》卷九七《陸賈列傳》：「陸生時時前説稱詩書，高帝罵之曰：『乃公居馬上而得之，安事詩書！』陸生曰：『居馬上得之，寧可以馬上治之乎？』」

⑧「金印」二句，金印如斗大，見本書卷六《西江月·爲范南伯壽》詞（秀骨青松不老閟）箋注。韋應物《送孫徵赴雲中》詩：「匈奴破盡看君歸，金印酬功如斗大。」（按：此詩作者，一作韓翃。）貂蟬出兜鍪，見本卷《破陣子·爲范南伯壽》詞（擲地劉郎玉斗閟）箋注。按：據《齊東野語》卷七《王宣子討賊》條，稼軒作此詞賀王佐，佐見下半闋，疑爲諷己，意頗銜之。於後來尹京時與執政書云：「佐本書生，歷官處自有本末，未嘗得罪清議。……終身之累，孰大於此。」（參本詞附録）周密此條記事，謂王佐誤解稼軒此詞用意。然細考此詞，當確有諷刺之意在焉。蓋稼軒與王佐之間，在如何認識及對待陳峒起義問題上確有齟齬。王佐久任湖南帥臣，爲政苛暴，致此大變，本應對陳峒起義負主要責任。而義軍方起，王佐即一意以屠殺爲事。當湖南與廣東對陳峒已形成合圍之勢後，湖南轉運司即主張適時恢復生産。《尚書王公墓志銘》載：「賊知湛至，而廣南守備已嚴，乃驅載所掠輜重由間道歸宜章。轉運司聞之，即移諸州，以爲賊已窮蹙，自守巢穴，毋以備禦妨農。公得報曰：『是不獨害捕寇，且必惑朝廷。』乃檄轉運司及諸州，以爲賊未嘗敗，何謂窮蹙？其巢穴旁接三路七郡，林菁深阻，出入莫測，何謂自守？復奏言遣馮湛之

後事方有緒，若遽弛備，賊必更猖獗。愚民且有附和而起者，非細事也。因堅乞前所請荆鄂軍，從之。」稼軒與王佐之間，蓋釁隙已成。《尚書王公墓志銘》又載王佐晚年語：「一日，嘗語某曰：『里中或謂僕以誅殺衆，故多難，不知僕爲人除害也。湖湘鄉者盜相踵，今遂掃迹者二十年，綿地數州，深山窮谷之氓，得以滋息，而僕以一身當禍譴，萬萬無悔。』」王佐掠湖湘之安定爲己功，此亦稼軒所不能同意者。故稼軒於王佐移帥後，即上《論湖南盜賊札子》，備述湖南民衆屢遭官吏貪求，去而爲盜情景，殆有所針對而發也。

⑨「待刻」二句，《輿地紀勝》卷五六《荆湖南路·永州》：「浯溪，在祁陽縣南五里。唐上元中，元結居此，所以著《中興頌》刻之崖石，顔真卿書之。」元結《次山集》卷六《大唐中興頌》：「湘江東西，中直浯溪。石崖天齊，可磨可鐫。刊此頌焉，何千萬年！」

【附録】

周密公謹記事一則

王宣子討賊

王佐宣子帥長沙日，茶賊陳豐嘯聚數千人，出没旁郡。朝廷命宣子討之。時馮太尉湛謫居在焉，宣子乃權宜用之。諜知賊巢所在，乘日晡放飯少休時，遣亡命卒三十人，持短兵以前，湛自率百人繼其後，徑入山寨。豐方抱孫獨坐，其徒皆無在者。卒覩官軍，錯愕不知所爲，亟鳴金嘯集，已無及矣。

於是成擒，餘黨亦多就捕。宣子乃以湛功聞於朝，於是湛以勞復元官，宣子增秩。辛幼安以詞賀之，有云：「三萬卷，龍頭客。渾未得，文章力。把詩書馬上，笑驅鋒鏑。金印明年如斗大，貂蟬元自兜鍪出。」宣子得之，疑爲諷己，意頗銜之。殊不知陳後山亦嘗用此語送蘇尚書知定州云：「枉讀平生三萬卷，貂蟬當復作兜鍪。」幼安正用此。然宣子尹京之時，嘗有書與執政云：「佐本書生，歷官出處有本末，未嘗得罪於清議，今乃蒙置諸士大夫所不可爲之地，而與數君子接踵而進。除目一傳，天下士人視佐爲何等類？終身之累，孰大於此？」是亦宣子之本心耳。（《齊東野語》卷七）

又①

漢水東流，都洗盡髭胡膏血②。人盡説君家飛將③，舊時英烈。破敵金城雷過耳，談兵玉帳冰生頰④。想王郎結髮賦從戎⑤，傳遺業。　腰間劍，聊彈鋏⑥。尊中酒，堪爲別。況故人新擁，漢壇旌節⑦。馬革裹屍當自誓，蛾眉伐性休重説⑧。但從今記取楚樓風，裴臺月〔一〕⑨。

【校】

〔一〕「但從」二句，王詔校刊本、《六十名家詞》本作「楚臺風，庾樓月」。此從廣信書院本。上海古籍出版社二〇〇七年版定本《稼軒詞編年箋注》徑改「裴臺」爲「庾臺」，且新增鄧廣銘先生生前所補訂之校語約二百字，詳述徑改爲「庾臺」之原因，其説皆非是。可參本詞箋注。

【箋注】

①題，右詞無題，本事無考。然據詞意，係稼軒自湖南送友人出使湖北或赴襄陽爲軍帥者。其人父祖輩當於漢水流域與女真人久經鏖戰且多獲戰功，被稱爲飛將、英烈。稼軒於下片有「故人新擁，漢壇旌節」語，更勉勵其誓死報國，休念舊怨。以此考察稼軒居官潭州時人物，則有淳熙六七年知襄陽府之郭杲，與此頗相似。按：據《宋會要輯稿·兵》六之二一，郭杲於淳熙五年八月以鎮江武鋒軍都統制兼知揚州言事。而楊冠卿《客亭類稿》卷七《鳳山紀行爲中隱作》有「淳熙戊戌，予自維揚入覲，叨除羽衛」語，知其淳熙五年入行在三衙任職。未久即出知襄陽府。《宋史全文》卷二六下載淳熙六年秋七月癸亥進呈荆鄂副都统郭杲言事。《宋史》卷九七《河渠志》七載淳熙八年襄陽府守臣郭杲言事。卷一七六《食貨志》上四則載淳熙十年鄂州江陵府駐札副都統制郭杲言襄陽屯田事。可知郭杲出爲荆鄂副都统兼知襄陽府在淳熙六年。疑其赴任途中行經潭州，稼軒因作此詞送行。

②「漢水」二句，漢水東流，錢起《秋夜送趙冽歸襄陽》詩：「欲知別後思今夕，漢水東流是寸心。」陳羽《襄陽過孟浩然舊居》詩：「襄陽城郭春風起，漢水東流去不還。」髭胡膏血，盧襄佚題詩：

「多病吴中一腐儒，新來鉛水照髭鬍。」張元幹《石州慢・己酉秋吴興舟中》詞：「欲挽天河，一洗中原膏血。」

③飛將，《史記》卷一〇九《李將軍列傳》：「廣居右北平，匈奴聞之，號曰漢之飛將軍，避之數歲，不敢入右北平。」按：史稱飛將者，如後漢之吕布、北周之韓果、唐初之單雄信，皆有此稱，然惟李廣名最著，故唐宋人所稱漢之飛將皆指李廣也。王昌齡《出塞》詩：「但使龍城飛將在，不教胡馬度陰山。」又按：郭杲祖郭浩，《宋史》卷三六七有傳，曾徙知利州，金人以步騎十餘萬破和尚原，進窺川口，浩抵殺金平，與吴玠大破之。徙知金州。金州爲京西路，在漢水上游。

④「破敵」二句，金城，玉帳，《北齊書》卷四五《顔之推傳》：「曾撰《觀我生賦》，文致清遠。其詞曰：……『驚北風之復起，慘南歌之不暢。守金城之湯池，轉絳宫之玉帳。』」《説郛》卷二八上張淏《雲谷雜記・玉帳》：「杜子美《送嚴公入朝》云：『空留玉帳術，愁殺錦城人。』又《送盧十四侍御》云：『但促銅壺箭，休添玉帳旗。』王洙於玉帳術句注云：『兵書也。後來增釋者不過曰：《唐藝文志》有《玉帳經》一卷而已。……按顔之推《觀我生賦》云：守金城之湯池，轉絳宫之玉帳。又袁卓《遁甲專征賦》曰：或倚直使之遊宫，或居貴神之玉帳。蓋玉帳乃兵家厭勝之方位，謂主將於其方置軍帳，則堅不可犯，猶玉帳然。』」（按：此條今四卷本《雲谷雜記》失載。）雷過耳，洪朋《夜雨》詩：「疾雷過耳不及掩，澍雨翻盆何自來？」冰生頰，蘇軾《浣溪沙・有贈》詞：「上殿雲霄生羽翼，論兵齒頰帶風霜。」

⑤「想王」句，李益《赴邠寧留别》詩：「身承漢飛將，束髮即言兵。」李廣自言結髮與匈奴大小七十餘戰，見《李將軍列傳》。《海録碎事》卷一九《從軍詩》：「王仲宣有《從軍》詩五首，時漢相曹操征張魯，粲作詩以美其事。」

⑥「腰間」二句，《戰國策・齊策》四：「齊人有馮諼者，貧乏不能自存，使人屬孟嘗君，願寄食門下。孟嘗君曰：『客何好？』曰：『客無好也。』曰：『客何能？』曰：『客無能也。』孟嘗君笑而受之曰：『諾。』左右以君賤之也，食以草具。居有頃，倚柱彈其劍，歌曰：『長鋏歸來乎！食無魚。』」

⑦漢壇旌節，《漢書》卷一《高帝紀》：「於是漢王齋戒，設壇場，拜信爲大將軍。」信謂韓信。

⑧「馬革」二句，馬革裹屍，《後漢書》卷五四《馬援傳》：「方今匈奴、烏桓尚擾北邊，欲自請擊之。男兒要當死於邊野，以馬革裹屍還葬耳，何能卧牀上，在兒女子手中邪？」蛾眉伐性，《吕氏春秋・本生》：「靡曼皓齒，鄭衛之音，務以自樂，命之曰伐性之斧。」《文選》卷三四枚乘《七發》：「皓齒娥眉，命曰伐性之斧。甘脆肥膿，命曰腐腸之藥。」《宋史》卷二四七《趙彦逾傳》有「郭杲嘗被誣」語。

⑨「但從」二句，楚樓、裴臺皆在潭州，故稼軒此詞作於湖南潭州無疑。鄧廣銘先生於增訂本、定本《稼軒詞編年箋注》中注楚樓、裴臺，有注語七百餘字，考二者皆在江陵，所考皆誤。其考楚樓，引項安世《平庵悔稿》卷一〇《宋帥移厨就市樓併飯胡黎州》詩，謂詩有「小隊行厨下楚樓」句，遂

作考語：「在宋孝宗光宗寧宗三朝，亦即項安世在世之年，湖北帥無宋姓者，故可斷言此詩題中『宋』字爲『辛』之誤。」以爲稼軒在江陵宴客之證，此言非是。查《平庵悔稿》卷三有《宋帥招李大著陳提刑同飯》詩，自注：「宋帥，台州人。」卷四有《九日喜陳一之提刑至龍山》詩，詩中自注：「宋帥新開府。」同卷又有《和宋帥出示所送李大著》詩，可知宋帥絶非辛帥之誤，更非稼軒。查《嘉定赤城志》卷三三：「宋之瑞，天台人，字伯嘉。歷宗正、秘書丞、吏部司封郎官、都大提點坑冶、吏部郎官、樞密院檢詳文字、大理少卿、提舉福建常平，陞提點刑獄。秘書少監、中書舍人。知寧國府，華文徽猷閣待制知江陵府。龍圖閣待制、寶謨閣直學士。」知項安世詩中之宋帥實爲宋之瑞（宋之瑞爲秘書少監在慶元元年，見《南宋館閣續録》卷七，其知江陵當在嘉泰間），與淳熙初知江陵府之辛稼軒毫無關係。項安世詩中之楚樓蓋以市井酒樓泛言楚地之樓，非直名爲楚樓也。江陵有雄楚樓，李曾伯《可齋雜稿》卷二六有《和吴居父江陵雄楚樓韻》詩，亦非潭州之楚樓。查《方輿勝覽》卷二三《湖南路·潭州》：「楚樓，在郡城上。」真德秀《西山文集》卷九《潭州奏復税酒狀》：「乾道二年，劉珙討平郴寇，增置新兵，又乞屯軍郴桂，一時調度百出，亦不敢輕變税法。但增置糯米場，添創南、北、楚三樓，量從官賣，稍分醖户之利而已。」知楚樓即在潭州。增訂本《稼軒詞編年箋注》又謂：「唐裴胄曾任荆南節度使，持身簡儉，常賦之外無横斂，有政聲。新舊《唐書》本傳均載其事。因疑裴臺即指裴胄在江陵所建臺榭。」又推斷裴臺或即荆臺之誤，皆非是。定本删去此段注釋，而於校語中言：「近承湖北沙市修志館中友人告知，明末清初人孔伯靡（渠本明宗室，入清，因避禍，改姓名爲孔自來，字伯靡）編撰之《江陵志餘》載，江陵城東五里故堤内有庾信臺，注云：『今庾信樓基也，或即其宅。』今按：此條似較爲可信，故即據以徑改裴臺爲庾臺，冀以息數百年之紛紜。」此二説亦均誤。〔嘉慶〕《長沙縣志》卷三○：「楚秀亭，《通志》：『在縣西北，唐乾符間裴休鎮長沙時建，一名裴公臺。』」范成大《石湖詩集》卷一五《泊長沙楚秀亭》詩：「雨從湘西來，波動南楚門。不知春漲高，但怪江水渾。舟行風打頭，陸行泥没鞍。且登裴公臺，半日心眼寬。」而寓居潭州之張栻《和吴伯承》詩：「一葦湘可航，風濤逮春深。裴臺咫尺地，勇往復雨淫。」（見《南軒集》卷一）又有《二月十日野步城南晚與吴伯承諸友飲裴臺分韻得江字》詩（同書卷四），吴伯承名銓，寓居潭州人也。趙蕃《和折子明丈閑居雜興十首》詩：「遐思挹湘水，高興擬裴臺。」（折子明亦寓居潭州）均直書爲裴臺。似此，皆可證知楚樓、裴臺之存在於長沙，與江陵的無關聯，應據之以正本清源，還廣信書院本之舊，亦可以平息鄧先生人爲所生之糾紛也。

賀新郎①

柳暗淩波路〔一〕。送春歸猛風暴雨，一番新緑②。千里瀟湘葡萄漲③，人解扁舟欲去。又檣燕留人相語④。艇子飛來生塵步，唾花寒唱我新番句⑤。波似箭，催鳴艣。黄陵祠下山無數⑥。聽湘娥泠泠曲罷⑦，爲誰情苦？行到東吴春已暮，正江闊潮平穩渡⑧。望金雀觚稜翔舞⑨。前度劉郎今重到，問玄都千樹花存否⑩？愁爲倩，么絃訴⑪。

【校】

〔一〕「淩」，四卷本乙集作「清」，此從廣信書院本。

【箋注】

①題，右詞無題，詳詞意，當是在長沙送人歸行在之作，則應在淳熙七年春。吴則虞以爲淳熙六年春間作，又謂移漕前似曾赴行在所，若果如是，則爲自送之作矣。然據本卷《摸魚兒》（更能消幾番風雨闋），題中明言自湖北漕移湖南，則此説不能成立，仍應以七年春作爲是也。

②「柳暗」三句，淩波，見本卷《南鄉子》詞（隔户語春鶯闋）箋注。一番新緑，宋庠《新歲雪霽到西湖作三首》詩：「芳草不須緣短夢，一番新緑滿塘生。」

③「千里」句，李白《襄陽歌》：「遥看漢水鴨頭緑，恰似葡萄初醱醅。」蘇軾《武昌西山》詩：「春江緑漲蒲萄醅，武昌官柳知誰栽？」葉夢得《賀新郎》詞：「江南夢斷横江渚。浪黏天葡萄漲緑，半空煙雨。」

④「又檣」句，杜甫《發潭州》詩：「岸花飛送客，檣燕語留人。」

⑤「艇子」二句，艇子，《舊唐書》卷二九《音樂志》：「石城有女子名莫愁，善歌謡。《石城樂和》中復有莫愁聲，故歌云：『莫愁在何處？莫愁石城西。艇子打兩槳，催送莫愁來。』」生塵步，向子諲《七娘子》詞：「而今不見生塵步，但長江無語東流去。」餘見本卷《南鄉子》詞（隔户語春鶯）箋注。唾花，《趙飛燕外傳》：「后與其娣好坐，后誤唾娣好袖。娣好曰：『姊唾染人紺碧，正似石上花。假令尚方爲之，未必能若此衣之華。』以爲石華廣袖。」新番同新翻。

⑥黄陵祠，《水經注》卷三八《湘水》：「北徑黄陵亭西，右合黄陵水口。其水上承大湖，湖水西流，徑二妃廟南，世謂之黄陵廟也。言大舜之陟方也，二妃從征，溺於湘江，神遊洞庭之淵，出入瀟湘之浦，……故民爲立祠於水側焉。」《方輿勝覽》卷二三《湖南路・潭州》：「黄陵廟在湘陰北八十里。韓愈作廟碑云：『湘旁有廟曰黄陵，自前古立，以祠堯之二女，舜二妃者。』庭有古碑，乃晉太康九年，其額曰：『虞帝二妃之碑。』」徐積《送李昂長官》詩：「日斜葉落黄陵祠，月明風起清湘竹。」

⑦「聽湘」句，《後漢書》卷一一〇下《邊讓傳》，載讓作《章華賦》，有「於是招宓妃，命湘娥，齊倡列，鄭女羅，揚激楚之清宫兮，展新聲而長歌。」湘娥，堯之二女娥皇、女英，湘水之神也。

⑧「正江」句，王灣《次北固山下》詩：「客路青山外，行舟緑水前。潮平兩岸闊，風正一帆懸。」

⑨「望金」句，《文選》卷一班固《西都賦》：「周廬千列，徼道綺錯。輦路經營，修除飛閣。自未央

而連桂宮，北彌明光而亘長樂。淩隥道而超西墉，掍建章而連外屬。設璧門之鳳闕，上觚稜而棲金爵。」按：建章宮闕上有銅鳳皇，金爵即銅鳳也。六臣注：「鳳闕，闕名也。南有璧門，觚稜，闕角也。角上棲金爵，金爵，鳳也。」翔舞，《史記》卷二《夏本紀》：「羣后相讓，鳥獸翔舞。」蘇軾《春貼子詞·皇太妃閤五首》：「雪殘烏鵲喜，翔舞下觚稜。」

⑩「前度」二句，見本書卷六《新荷葉·和趙德莊韻》詞（人已歸來闋）箋注。

⑪么絃訴，劉禹錫《賓客文集》卷一九《澈上人文集紀》：「世之言詩僧，多出江左。靈一導其源，護國襲之；清江揚其波，法振沿之。如么絃孤韻，瞥入人耳，非大樂之音。」蘇軾《減字木蘭花·贈小鬟琵琶》詞：「琵琶絕藝，年記都來十一二。撥弄么絃，未解將心指下傳。」么絃應即琵琶絃。清淩廷堪《燕樂考原》卷五：「燕樂七羽一均，即琵琶之第四絃也。分爲七調，此絃最細，得宮絃之半，名爲七羽，實太簇之清聲，故其調名多與七宮相應。……楚人以小爲么，羽絃最小，故聲之繁急者則謂之么絃，側調也。」宋祁《見寄》詩：「瘢逢美玉終能治，曲訴么絃久未平。」

滿江紅①

敲碎離愁，紗窗外風摇翠竹②。人去後吹簫聲斷，倚樓人獨③。滿眼不堪三月暮，舉頭已覺千山緑④。但試把一紙寄來書〔一〕，從頭讀。　相思字，空盈幅。相思意，何時足？滴羅襟點點淚珠盈掬⑤。芳草不迷行路客，垂楊只礙離人目。最苦是立盡月黄昏，欄干曲。

【校】

〔一〕「把」，四卷本乙集作「將」，此從廣信書院本。

【箋注】

①題，右詞無題，據詞中「吹簫」句，知爲寄内作。廣信書院本置右詞於帥湖南所作賀王宣子詞及送人赴湖北詞之後，因據其編排次於此。然不知因何事别離而相思之苦若此。稼軒夫人范氏能文，於此詞可以見之。

②風摇翠竹，秦觀《滿庭芳》詞：「西窗下，風摇翠竹，疑是故人來。」

③「人去」二句，吹簫聲斷，此用蕭史弄玉故事，見本書卷六《水調歌頭·壽趙漕介庵》詞（千里渥洼種闋）箋注。倚樓，《唐摭言》卷七《知己》：「杜紫微覽趙渭南卷《早秋》詩云：『殘星幾點雁横塞，長笛一聲人倚樓。』吟味不已，因目嘏爲趙倚樓。」按：趙嘏詩題《長安晚秋》。

④千山緑，歐陽修《春日西湖寄謝法曹歌》：「雪消門外千山緑，花發江邊二月晴。」蘇轍《黄州陪子瞻遊武昌西山》詩：「山行得一飽，看盡千山緑。」

⑤淚珠盈掬，梅堯臣《得陳天常屯田斑邛竹二枝》詩：「及其悲慟時，豈不霑盈掬？」郭祥正《怨别二首》詩：「空將盈掬淚，和粉灑羅衣。」

霜天曉角①

暮山層碧，掠岸西風急。一葉軟紅深處，應不是〔一〕，利名客②。　玉人還佇立③，緑窗生怨泣。萬里衡陽歸恨，先倩雁，寄消息④。

【校】

〔一〕「應」，《六十名家詞》本闕此字，此從廣信書院本。文淵閣《四庫全書》本《稼軒詞》作「莫」，未知所本。然「莫」之本意，蓋即「應」也。

【箋注】

①題，右詞亦無題，據「衡陽歸恨」句，疑作於湖南。

②「一葉」三句，軟紅，蘇軾《次韻蔣穎叔錢穆父從駕景靈宫二首》詩：「半白不羞垂領髮，軟紅猶戀屬車塵。」小注：「前輩戲語，有西湖風月，不如東華軟紅香土。」釋惠洪《冷齋夜話》卷三《詩説煙波縹緲處》：「予自并州還故里，館延福寺。寺前有小溪，風物類斜川，予兒童時戲劇處也。嘗春深獨行溪上，作小詩曰：『小溪倚春漲，攘我釣月灣。……整約背落中，一葉軟紅間。』」利名客，柳永《歸朝歡》詞：「往來人，隻輪隻槳，盡是利名客。」李吕《題破石鋪》詩：「僕僕利名客，不知行路難。」

③「玉人」句，《詩·邶風·燕燕》：「之子於歸，遠於將之。瞻望弗及，佇立以泣。」

④「萬里」三句，衡陽，《輿地紀勝》卷五五《荆湖南路·衡州》：「衡州，上，衡陽郡軍事。……隸荆湖南路，治衡陽。」倩雁寄消息，同書：「回雁峰，在州城南。或曰：雁不過衡陽。或曰：峰勢如雁之回。徐靈期《南嶽記》曰：『南嶽周回八百里，回雁爲首，嶽麓爲足。』」高適《送李少府貶峽中王少府貶長沙》詩：「巫峽啼猿數行淚，衡陽歸雁幾封書？」杜甫《歸雁二首》詩：「萬里衡陽雁，今年又北歸。」白居易《蘇州李中丞以元日郡齋感懷詩寄微之及予輒依來篇七言八韻走筆奉答兼呈微之》詩：「憑鶯傳語報李六，倩雁將書與元九。」黄滔《寄南海黄尚書》詩：「西望清光寄消息，萬重煙水一封書。」

減字木蘭花 長沙道中，壁上有婦人題字，若有恨者，用其意爲賦〔一〕①

盈盈淚眼，往日青樓天樣遠②。秋月春花③，輸與尋常姊妹家。　水村山驛。日暮行雲無氣力。錦字偷裁，立盡西風雁不來。

【校】

〔一〕題，四卷本甲集作「記壁間題」。

【箋注】

①題，右詞隱括長沙道中某驛壁婦人題字之意而作，據知往日爲青樓女，流落市廛，有所屬意，企望而未得音信者。

②天樣遠，汪應辰《送陳德潤赴惠州》詩：「聞説惠州天樣遠，幾時音問落人間？」

③「秋月」句，李煜《虞美人》詞：「春花秋月何時了，往事知多少？」

水調歌頭

和趙景明知縣韻①

官事未易了，且向酒邊來②。君如無我，問君懷抱向誰開③？但放平生丘壑，莫管傍人嘲罵，深蟄要驚雷④。白髮還自笑〔一〕，何地置衰頹！五車書，千石飲，百篇才⑤。新詞未到，瓊瑰先夢滿吾懷⑥。已過西風重九，且要黄花入手，詩興未關梅⑦。君要花滿縣，桃李趁時栽⑧。

【校】

〔一〕「笑」，《六十名家詞》本作「嘯」。此從廣信書院本。

【箋注】

①題，趙景明知縣，名奇暐，淳熙六年知江陵縣。項安世嘗自會稽送其赴任。《平庵悔稿》卷一《送趙令奇暐赴江陵》詩：「平生所聞趙景明，太阿出匣百壬死。不令赤手縛可汗，亦合麻鞋見天子。霜風獵獵鬢毛斑，萬里水縣菰蒲間。妻兒稱屈大夫笑，閉閤正用蘇麻頑。邊頭有兵人要

籍，邊頭有萊人要鬮。名佳實惡君勿信，塞下吏民須蕩佚。檢民如葦身如絃，有時白眼對世賢。正爾忽憶諸梁篇，稍事細謹無流連（葉正則《送行詩》有細謹等語）。」而《水心集》卷六亦有《送趙景明知江陵縣》詩：「吾友趙景明，材絶世不近。疏通無流連，豪俊有細謹。尤精人間事，照見肝膈隱。忽然奮鬚髯，萬事供指準。漢士興伐胡，唐軍業誅鎮。久已受褒封，誰能困嘲擯？四十七年前，時節憂患盡。去作江陵公，風雨結愁慍。昔稱長官貴，今歎服勞窘。夜光儻無因，早晦行自引。田園多遁夫，未必抱奇蘊。勉發千鈞機，一射强寇殞。」其三年任滿則在淳熙八年，項安世是年又賦詩送其東歸。見《平庵悔稿》卷一〇《江陵送趙知縣二首》：「萬壑千巖相送時，靈星小雪上豐頤。南雲北夢重分首，撲漉繁霜滿瘦髭。功業向來真自許，頭顱今日遂如斯。英雄老大無人識，足扣雙舷只自知。（其一）別離底處最堪憐？君上吴船我蜀船。從此相思真萬里，重來何止又三年！司州刺史髭如戟（浙漕丘宗卿），國子先生瘦如椽（太學正葉正則）。二子有情須問訊，爲言重九向西川。（其二）」據此知趙景明名奇暐，浙東會稽人。稼軒於淳熙八年在隆興府，與任滿東歸之趙景明會晤。本卷《沁園春·送趙景明知縣東歸再用前韻》詞中有「佇立瀟湘，黄鵠高飛，望君未來。被東風吹墮，西江對語」，以及「記我行南浦，送君折柳」諸語，據知淳熙六年春稼軒在湖北轉運副使任上，嘗送趙景明知江陵縣。南浦在鄂州江夏縣，詳見《沁園春》詞箋注。而同年稼軒移漕湖南，改帥任，趙氏蓋有詞柬來，則此詞必淳熙七年秋九月，稼軒在湖南安撫任上接趙氏來詞時之和章也。

②「官事」二句，官事未易了，《晉書》卷四七《傅咸傳》：「駿弟濟，素與咸善，與咸書，曰：『江海之流混混，故能成其深廣也。天下大器，非可稍了，而相觀每事欲了。生子癡，了官事，官事未易了也。了事正作癡，復爲快耳。左丞總司天臺，維正八坐，此未易居。以君盡性而處未易，居之任益不易也，想慮破頭，故具有白。』」宋祁有《懷舊隱》詩：「官事未易了，田家胡不歸？」且向酒邊開，張綱《浣溪沙·安人生日》詞：「眼眩豈堪花裏笑，眉攢聊向酒邊開。」

③「問君」句，杜甫《奉侍嚴大夫》詩：「身老時危思會面，一生襟袍向誰開。」《蘇端薛復筵簡薛華醉歌》詩：「千里猶殘舊冰雪，百壺且試開懷抱。」

④「但放」三句，但放，猶言任憑擱置。《朱子語類》卷五九《告子》上：「仁義之心，人所固有。但放而不知求，則天之所以與我者，始有所汨没矣。」此放亦擱置義。平生丘壑，《漢書》卷一〇〇上《叙傳》：「嗣雖修儒學，然貴老嚴之術。桓生欲借其書，嗣報曰：『若夫嚴子者，絶聖棄智，修生保真，清虛澹泊，歸之自然。獨師友造化，而不爲世俗所役者也。漁釣於一壑，則萬物不奸其志；棲遲於一丘，則天下不易其樂。不絓聖人之罔，不齅驕君之餌，蕩然肆志，談者不得而名焉，故可貴也。』」按：《漢書》所謂老嚴，指老莊，嚴子即莊子也。漢明帝名莊，故避諱稱莊子爲嚴子。「莊」「嚴」義近。祖無擇《遊真陽石室》詩：「平生丘壑心，與道共湮鬱。難進而易退，終當守儒術。」莫管傍人嘲罵，蘇軾《定惠院寓居月夜偶出》詩：「但當謝客對妻子，倒冠落佩從嘲罵。」深蟄要驚雷，《莊子·天運》：「蟄蟲始作，吾驚之以雷霆。」

⑤「五車」三句，五車書，《莊子·天下》：「惠施多方，其書五車。」千石飲，見本書卷六《念奴嬌·西湖和人韻》詞（晚風吹雨闋）箋注。百篇才，杜甫《飲中八仙歌》：「李白一斗詩百篇，長安市上酒家眠。」

⑥「瓊瓌」句，《左傳·成公十七年》：「初，聲伯夢涉洹，或與己瓊瓌食之，泣而爲瓊瓌，盈其懷。從而歌之曰：『濟洹之水，贈我以瓊瓌。歸乎歸乎，瓊瓌盈吾懷乎？』」按：瓊玉瓌珠，注謂「淚下化爲珠玉，滿其懷」。蘇軾《送鄭户曹》詩：「遲君爲坐客，新詩出瓊瓌。」

⑦「詩興」句，杜甫《和裴迪登蜀州東亭送客逢早梅相憶見寄》詩：「東閣官梅動詩興，還如何遜在揚州。」

⑧「君要」二句，《白孔六帖》卷七七《河陽花》：「潘岳爲河陽令，樹桃李花，人號曰河陽一縣花。」王禹偁《送河陽任長官》詩：「醉眼且看花滿縣，愁顔莫望果盈車。」

滿江紅①

風捲庭梧，黄葉墜新涼如洗。一笑折秋英同賞，弄香挼蕊②。天遠難窮休久望，樓高欲下還重倚。拚一襟寂寞淚彈秋③，無人會。　今古恨，沉荒壘。悲歡事，隨流水。想登樓青鬢，未堪憔悴。極目煙横山數點，孤舟月淡人千里。對嬋娟從此話離愁，金尊裏④。

【箋注】

①題，右詞無題，廣信書院本次於「敲碎離愁」之同調詞後，因依其次第附置於此，蓋在湖南送别之作也。

②「弄香」句，晁端禮《並蒂芙蓉》詞：「弄香嗅蕊，願君王壽與南山齊比。」

③寂寞淚彈秋，白居易《長恨歌》：「玉容寂寞淚闌干，梨花一枝春帶雨。」《楊家南亭》詩：「此院好彈秋思處，終須一夜抱琴來。」馮延巳《菩薩蠻》詞：「殘日尚彎環，玉筝和淚彈。」

④「對嬋」二句，《文選》卷一八成公綏《嘯賦》：「藉皋蘭之猗靡，蔭修竹之嬋娟。」注：「嬋娟，竹美貌。」朱翌《猗覺寮雜記》卷上：「嬋娟，美貌。」張耒《泊楚州鎖外六首》詩：「流落相逢二十年，羞將白髮對嬋娟。如何見我都依舊，添得尊前一惘然。」

又

暮春①

可恨東君，把春去春來無跡②。便過眼等閑輸了，三分之一③。晝永暖翻紅杏雨，風晴扶起垂楊力〔一〕。更天涯芳草最關情，烘殘日。　湘浦岸，南塘驛④。恨不盡，愁如織〔二〕⑤。算年年辜負〔三〕，對他寒食。便恁歸來能幾許⑥？風流早已非疇昔〔四〕。憑畫欄一綫數飛鴻⑦，沉空碧。

【校】

〔一〕「晴」，《六十名家詞》本作「清」，此從廣信書院本。

〔二〕「織」，四卷本甲集作「積」。

〔三〕「辜」，四卷本作「孤」。

〔四〕「早已」，四卷本作「已自」。

【箋注】

①題，據「湘浦岸，南塘驛」二句，知右詞作於淳熙八年春，時知隆興府兼江西安撫任上。稼軒蓋自淳熙七年底於知潭州兼湖南安撫使任上移帥江西。

②「可恨」二句，東君，洪興祖《楚辭補注》卷二：「東君，《博雅》曰：『朱明耀靈，東君，日也。』」《漢書》卷二五上《郊祀志》「東君」注：「服虔曰：『東君以下皆神名也。』師古曰：『東君，日也。』」春去春來，羅隱《寄南城韋逸人》詩：「羨他南澗高眠客，春去春來任物華。」

③「便過」二句，《景定建康志》卷二三《羅江亭》：「《古今詩話》云：李煜作羅江亭，四面栽紅梅，作豔曲歌之。韓熙載和云：『桃李不須誇爛漫，已輸了春風一半。』時淮南已歸國。」

④南塘驛，南塘在豫章。《永樂大典》卷三三六二湖字韻引《豫章志》：「東湖在郡東南，周廣五里。酈元云：『東湖，十里一百二十六步，北與城齊，回折至南塘。』本通大江，增減與江水同。漢永平中，太守張躬築堤，以通南路，謂之南塘。以瀦水，冬夏不增減。水至清深，魚甚肥美。……唐宣宗時，塘東有三亭，曰孺子，曰碧波，曰涵虛。」

⑤愁如織，李流謙《次韻楊師仁見贈》詩：「天寒翠袖愁如織，應念塵侵季子裘。」張孝祥《滿江紅》詞：「但長洲茂苑草萋萋，愁如織。」

⑥「算年」三句，他，語助。便恁，縱使，即此也。張相《詩詞曲語辭匯釋》卷一釋「便」，謂：「便猶

雖也；縱也，就使也。」引稼軒此詞「便恁」二句，謂「便字與已自字相應。……大抵此種作縱字解或就使解之便字，多用於開合呼應句」。便恁歸來，指再帥江西也。能幾許，稼軒於淳熙四年冬自江陵移帥隆興府，五年春間被召。至此重來，已經二三年矣，故下文有「非疇昔」語也。

⑦數飛鴻，蘇軾《東坡全集》卷三八《大悲閣記》：「吾將使世人左手運斤，而右手執削，目數飛雁而耳節鳴鼓，首肯傍人而足識梯級，雖有智者有所不暇矣。」《古今事文類聚》前集卷三五引此文，飛雁作飛鴻。

又

席間和洪景盧舍人，兼簡司馬漢章大監〔一〕①

天與文章，看萬斛龍文筆力②。聞道是一詩曾換〔二〕，千金顏色③。欲説又休新意思，强啼偷笑真消息。算人人合與共乘鸞，鑾坡客④。　傾國豔，難再得⑤。還可恨，還堪憶。看書尋舊錦，衫裁新碧⑥。鶯蝶一春花裏活⑦，可堪風雨飄紅白？問誰家却有燕歸梁，香泥濕⑧！

【校】

〔一〕題，「舍人」、「大監」，四卷本甲集俱闕，此從廣信書院本。

〔二〕「换」，四卷本作「賜」。

【箋注】

①題，洪景盧舍人，《宋史》卷三七三《洪皓傳》：「子适、遵、邁。……邁字景盧，皓季子也。……紹興十五年始中第，授兩浙轉運司幹辦公事，入爲敕令所删定官。……除樞密檢詳文字。……三十二年春，金主褎遣左監軍高忠建來告登位，且議和，邁爲接伴使，知閤門張掄副之。……三月丁巳，詔侍從臺諫各舉可備使命者一人。初邁之接伴也，既持舊禮，折伏金使，至是慨然請行，於是假翰林學士充賀登位使。……既而金鎖使館，自旦及暮，水漿不通，三日乃得見，金人語極不遜。大都督懷忠議欲質留，左丞相張浩持不可，乃遣還。七月邁回朝，則孝宗已即位矣。殿中侍御史張震以邁使金辱命，論罷之。明年，起知泉州，乾道二年復知吉州。入對，遂除起居舍人。……三年，遷起居郎，拜中書舍人兼侍讀，直學士院，仍參史事。父忠宣，兄适、遵，皆歷此三職，邁又踵之。……六年，除知贛州。……尋知建寧府。……十一年知婺州。」按：《洪邁傳》剪裁失當，書寫無法。其罷贛州，在乾道九年。《南宋館閣録》卷七《少監·乾道以後》載，陳騤以乾道九年十月知贛州。乃代洪邁也。其淳熙以後仕歷，爲起知建寧府，淳熙七年五月罷。《宋會要輯稿·職官》七二之二八：「淳熙七年五月二十一日，知建寧府洪邁放罷，以求瓊花事故也。」右詞作於淳熙八年春，據其長兄洪适《盤洲文集》卷八〇《滿庭芳》詞，題有「景盧有南昌

之行」語，其何事自鄱陽至南昌則不詳，洪邁原唱已闕佚。司馬漢章大監已見。

②「天與」二句，天與文章，陳舜俞《謝楊都官見惠金雞》詩：「珍禽流品可褒題，天與文章五色齊。」萬斛龍文筆力，《史記》卷四三《趙世家》：「十八年，秦武王與孟説舉龍文赤鼎，絶臏而死。」韓愈《病中贈張十八》詩：「龍文百斛鼎，筆力可獨扛。」

③「聞道」二句，一詩曾换千金顔色，張耒《和陳器之謝王澠池牡丹》詩：「十首新詩换牡丹，故邀春色入深山。」《直齋書録解題》卷一五：「《瓊野録》一卷，學士洪邁園池記述題詠，其曰瓊野者，從維揚得瓊花，植之而生，遂以名圃。」《四朝聞見録》甲集《洪景盧》條：「歸鄱陽，與兄丞相适酬唱觴詠於林壑，甚適。偶得史氏瓊花，種之别墅，名曰瓊野，樓曰瓊樓，圃曰瓊圃。史氏欲祈公異姓恩澤，不從，史氏遂訐公以瓊瑶者，天子之所居，非臣子所宜稱。公不爲動，則伏闕進詞，詣臺訴事，因爲言者所列。文人稍欲吟詠題品，而人即毁之。」按：洪邁因覓瓊花罷知建寧府，其事不詳，是否如《四朝聞見録》所載，無可考。疑稼軒此句，即以此爲本事，蓋爲洪邁分疏也。

④「算人」二句，人人，親昵者。歐陽修《蝶戀花》詞：「翠被雙盤金縷鳳，憶得前春，有箇人人共。」乘鸞，蕭史弄玉乘鸞飛去，已見。《太平御覽》卷七〇二：「古詩曰：『綾扇如團月，出自機中素。畫作秦女形，乘鸞入煙露。』」鑾坡，謂洪邁於乾道三年以中書舍人兼直學士院。《文獻通考》卷五四《學士院》：「宋翰林學士掌内制，制誥、赦敕、國書及宫禁所用之文辭。凡后妃親王

公主宰相節度使除拜，則學士草詞，授待詔書訖以進。赦降德音則先進草，大詔命及外國書則具本稟奏，得畫亦如之。凡拜宰相或事重者，宣召面諭旨，則給筆札，書所得旨，稟奏歸院，具辭以進。餘遣内侍授中書省熟狀，亦如之。……故事，學士掌内庭書詔，指揮邊事，曉達機謀，天子機事密命在焉，不當豫外司公事，蓋防纖微間或漏省中語，故學士院常在金鑾殿側，號爲深嚴。」注語謂：「前朝因金鑾坡以爲門名，與翰林院相接，故爲學士者稱金鑾以美之。」《容齋隨筆》卷一六《兄弟直西垣》條：「紹興二十九年，予仲兄始入西省，至隆興二年，伯兄繼之。乾道三年，予又繼之。相距首尾九歲。予作謝表云：『父子相承，四上鑾坡之直；弟兄在望，三陪鳳閣之游。』比之前賢，實爲遭際。」此二句，蓋指洪邁未罷之前，親昵者無不欲與之合乘鸞車而爲之客也。

⑤「傾國」二句，《漢書》卷九七上《外戚傳》：「孝武李夫人本以倡進。初，夫人兄延年性知音，善歌舞，武帝愛之，每爲新聲變曲，聞者莫不感動。延年侍上起舞，歌曰：『北方有佳人，絶世而獨立。一顧傾人城，再顧傾人國。寧不知傾城與傾國，佳人難再得。』」

⑥「看書」二句，猶言尋舊錦書，裁新碧衫。柳永《燕歸梁》詞：「織錦裁篇寫意深，字值千金。」文同《翡翠》詩：「天人裁碧霞，爲爾縫衣裳。」蘇軾《次韻王郎子立風雨有感》詩：「爲君裁春衫，高會開桂籍。」

⑦「鶯蝶」句，李賀《秦宮》詩：「皇天厄運猶曾裂，秦宮一生花底活。」《後漢書》卷六四《梁冀傳》：

「封冀妻孫壽爲襄城君，兼食陽翟租，歲入五千萬，加賜赤紱，比長公主。壽色美，而善爲妖態。作愁眉嗁粧、墮馬髻、折腰步、齲齒笑，以爲媚惑。……冀愛監奴秦宫，官至太倉令，得出入壽所。壽見宫輒屏御者，託以言事，因與私焉。」按：又據此傳，後梁冀敗，與壽皆自殺死，所連公卿、列校、刺史、二千石，死者數十人，故吏賓客免黜者三百餘人，秦宫不知所終。

⑧「問誰」二句，薛道衡《昔昔鹽》詩：「暗牖懸蛛網，空梁落燕泥。」《太平御覽》卷五九一：「煬帝善屬文而不欲人出其右。司隸薛道衡由是得罪，後因事誅之，曰：『更能作空梁落燕泥否？』」按：洪适《滿庭芳·景盧有南昌之行用韻惜别兼簡司馬漢章》詞有小注：「漢章作山雨樓，景盧爲之記。」此二句蓋指司馬漢章新作山雨樓而言。

滿庭芳

和洪丞相景伯韻〔一〕①

傾國無媒，入宫見妒，古來顰損蛾眉②。看公如月，光彩衆星稀③。袖手高山流水，聽羣蛙鼓吹荒池④。文章手，直須補衮，藻火粲宗彝⑤。　癡兒公事了，吴蠶纏繞⑥，自吐餘絲。幸一枝粗穩，三徑新治⑦。且約湖邊風月，功名事欲使誰知？都休問，英雄千古，荒草没殘碑。

【校】

〔一〕題，四卷本丙集作「和洪景伯丞相韻」，此從廣信書院本。

【箋注】

①題，洪丞相景伯，《宋史》卷三七三《洪皓傳》：「子适、遵、邁。……适字景伯，皓長子也。……皓使朔方，适年甫十三，能任家事，以皓出使恩補修職郎，紹興十二年與弟遵同中博學宏詞科。……除敕令所删定官，後三年，弟邁亦中是選，由是三洪文名滿天下。改秘書省正字，甫數月，皓歸忤秦檜，出知饒州，适亦出爲台州通判。……隆興二年二月，召貳太常，兼權直學士院。……乾道元年五月，遷翰林學士，仍兼中書舍人。……六月，除端明殿學士簽書樞密院事，上諭參政錢端禮、虞允文曰：『三省事與洪适商量。』東西府始同班奏事。八月，拜參知政事。……十二月，拜尚書右僕射同中書門下平章事兼樞密使。未幾春霖，适引咎乞退，林安宅抗疏論适，既而臺臣復合奏。三月，除觀文殿學士，提舉江州太平興國宫。尋起知紹興府、浙東安撫使，再奉祠，淳熙十一年薨，年六十八，謚文惠。适以文學聞望，遭時遇主，自兩制一月入政府，又四閱月居相位，又三月罷政。然無大建明以究其學，家居十有六年，兄弟鼎立，子孫森然，以著述吟詠自樂。」據洪适《盤洲文集》卷八〇所載《滿庭芳》詞題，知其原唱爲淳熙八年辛丑春日作。洪邁赴南昌在是年春末，前《滿江紅·席間和洪景盧舍人兼簡司馬漢章大監》詞已有「可

堪風雨飄紅白」語，知稼軒所見洪适原唱及諸和章，皆經洪邁轉示，故稼軒此詞及再和、三和之作，亦必賦於是年暮春。

②「傾國」三句，傾國無媒，韓愈《縣齋有懷》詩：「悠悠指長道，去去策高駕。誰爲傾國媒，自許連城價。」蛾眉見妒，語出《離騷》，可參本卷《摸魚兒·淳熙己亥自湖北漕移湖南同官王正之置酒小山亭爲賦》詞（更能消幾番風雨闋）箋注。入宫見妒，《史記》卷八三《鄒陽列傳》：「故女無美惡，入宫見妒；士無賢不肖，入朝見嫉。」《駱丞集》卷四《代李敬業討武氏檄》：「入門見嫉，蛾眉不肯讓人；掩袂工讒，狐媚偏能惑主。」

③「看公」二句，釋皎然《杼山集》卷九《蘇州支硎山報恩寺法華院故大和尚碑》：「入室數子，皆弘我經。安公如月，遠公如星。」曹操《短歌行》：「月明星稀，烏鵲南飛。」

④「袖手」二句，袖手，《晉書》卷五〇《庾敳傳》：「時越府多儁異，敳在其中，常自袖手。」高山流水，《列子·湯問》：「伯牙善鼓琴，鍾子期善聽。伯牙鼓琴，志在登高山，鍾子期曰：『善哉，峩峩兮若泰山。』志在流水，鍾子期曰：『善哉，洋洋兮若江河。』」羣蛙鼓吹，《南齊書》卷四八《孔稚珪傳》：「不樂世務，居宅盛營山水，憑几獨酌，傍無雜事。門庭之内，草萊不剪，中有蛙鳴。或問之曰：『欲爲陳蕃乎？』稚珪笑曰：『我以此當兩部鼓吹，何必期效仲舉？』」

⑤「直須」二句，補衮，《詩·大雅·烝民》：「衮職有闕，維仲山甫補之。」注：「有衮冕者，君上之服也。仲甫補之，善補過也。」藻火粲宗彝，《尚書·益稷》：「予欲觀古人之象，日月星辰，山龍

華蟲，作會宗彝，藻火粉米，黼黻絺繡，以五采彰施於五色，作服。」注：「會，五采也。以五成此畫焉。宗廟彝樽，亦以山龍華蟲爲飾。」又注：「天子服日月而下，諸侯自龍衮而下至黼黻，士服藻火。」

⑥「癡兒」二句，癡兒公事了，《晉書》卷四七《傅咸傳》：「駿弟濟素與咸善，與咸書曰：『江海之流混混，故能成其深廣也。天下大器，非可稍了，而相觀每事欲了。生子癡，了官事，官事未易了也。了事正作癡，復爲快耳。』」吴蠶纏繞，梅堯臣《送徐無黨歸婺州》詩：「吴蠶吐柔絲，越女織美紈。」黄庭堅《演雅》詩：「桑蠶作繭自纏裹，珠蝥結網工遮邏。」

⑦「幸一」二句，一枝粗穩，《莊子·逍遥遊》：「鷦鷯巢於深林，不過一枝；偃鼠飲河，不過滿腹。」三徑，《陶淵明集》卷五《歸去來兮辭》：「三徑就荒，松菊猶存。」按：趙岐《三輔决録》卷一：「蔣詡字元卿，舍中三徑，惟裘仲、芊仲從之遊。二仲皆推廉逃名之士。」又：「求仲、芊仲，不知何許人，皆治車爲業，挫廉逃名。蔣元卿之去兖州，還杜陵，荆棘塞門，舍中有三徑，不出，惟二人從之遊，時人謂之二仲。」蘇轍《汝南遷居》詩：「客居汝南城，未覺吾廬非。忽聞鵲反巢，坐使鳩鶩飛。三繞擇所安，一枝粗得依。」詞中三徑新治，謂稼軒營建帶湖新居。

【附録】

洪景伯适原詞

滿庭芳　辛丑春日作

華髮蒼頭，年年更變，白雪輕犯雙眉。六旬過四，七十古來稀。問柳尋花興懶，拈笻杖閑繞園池。尊中有，青州從事，無意唤瓊彝。　人生何處樂？樓臺院落，吹竹彈絲。奈壯懷銷鑠，病費醫治。漫道游魚聽瑟，絃緑綺、山水誰知？盤洲怨，盟鷗間闊，瘞鶴立新碑。（《盤洲文集》卷八〇）

又

和洪丞相景伯韻，呈景盧内翰〔一〕

急管哀絃，長歌慢舞，連娟十樣宫眉①。不堪紅紫，風雨曉來稀〔二〕。惟有楊花飛絮，依舊是萍滿方池〔三〕②。酴醾在③，青虯快剪④，插遍古銅彝。　誰將春色去？鸞膠難覓，絃斷朱絲〔四〕⑤。恨牡丹多病，也費醫治。夢裏尋春不見，空腸斷怎得春知〔五〕？休惆悵，一觴一詠，須刻右軍碑⑥。

【校】

〔一〕題，四卷本甲集作「和洪丞相韻呈景盧舍人」，此從廣信書院本。

〔二〕「來」，原作「稀」，據四卷本改。

〔三〕「方」，四卷本、王詔校刊本、《六十名家詞》本、四印齋本俱作「芳」。

〔四〕「朱」，王詔校刊本、《六十名家詞》本、四印齋本俱作「蛛」。

〔五〕「腸斷」，王詔校刊本、《六十名家詞》本、四印齋本俱作「斷腸」。

【箋注】

①「急管」三句，急管哀絃，劉敞《劉永年部署清燕堂》詩：「椎牛釃酒捐長日，急管哀絃舞豔姝。」長歌慢舞，白居易《長恨歌》：「緩歌慢舞凝絲竹，盡日君王看不足。」連娟十樣宮眉，《文選》卷一九宋玉《神女賦》：「眉聯娟以蛾揚兮，朱脣的其若丹。」同書卷八司馬相如《上林賦》：「長眉連娟，微睇緜藐。」《說郛》卷七七下宇文氏《妝臺記》：「五代宮中畫眉，一曰開元御愛眉，二曰小山眉，三曰五岳眉，四曰三峰眉，五曰垂珠眉，六曰月稜眉，又名却月眉，七曰分梢眉，八曰涵煙眉，九曰拂雲眉，又名橫煙眉，十曰倒暈眉。東坡詩：『成都畫手開十眉，橫煙却月爭新奇。』」晏幾道《鷓鴣天》詞：「皇洲又奏圜扉靜，十樣宮眉捧壽觴。」

②「惟有」二句，蘇軾《水龍吟·次韻章質夫楊花》詞：「不恨此花飛盡，恨西園落紅難綴。曉來雨過，遺蹤何在？一池萍碎。」

③酴醾，《嘉定赤城志》卷三六：「酴醾，一名木香，有花大而獨出者，有花小而叢生者。叢生者尤

香。舊傳洛京歲貢酒，其色如之。江西人採以爲枕衣。黄魯直詩，所謂『風流徹骨成春酒，夢寐宜人入枕囊』是也。」

④青虬快剪，《楚辭·九章·涉江》：「駕青虬兮驂白螭。」注謂虬螭皆神獸，宜於駕乘。《淮南子·覽冥訓》注，謂龍無角爲虬。據此二句詞意，似以青虬爲剪刀。白居易有《折劍頭》詩云：「拾得折劍頭，不知折之由。一握青蛇尾，數寸碧峰頭。」清《分類字錦》卷四一引此詩，則作「青虬尾」。杜甫《戲題畫山水圖歌》：「焉得并州快剪刀，剪取吴松半江水。」存此待考。

⑤「誰將」三句，誰將春色去，韓愈《晚春》詩：「誰收春色將歸去，慢緑妖紅半不存。」鸞膠，絃斷，《海内十洲記》：「鳳麟洲在西海之中央。……洲上多鳳麟數萬，各爲羣。又有山川池澤及神藥百種，亦多仙家，煮鳳喙及麟角，合煎作膏，名之爲續絃膠，或名連金泥。此膠能續弓弩已斷之絃，刀劍斷折之金。更以膠連續之，使力士掣之，他處乃斷，所續之際終無斷也。」陶穀《相思好》詞：「琵琶撥盡相思調，知音少。待得鸞膠續斷絃，是何年？」

⑥「一觴」二句，《晉書》卷八〇《王羲之傳》引其所撰《蘭亭序》：「雖無絲竹管絃之盛，一觴一詠，亦足以暢叙幽情。」

【附録】

洪景伯适原詞

滿庭芳　答景盧遺懷

蝴蝶夢魂，芭蕉身世，幾人得到龐眉？十分如意，天賦古今稀。晝日猥叨三接，摩鵬翼曾化鯤池。槐陰下，深慚房魏，那敢作封彝？雁行争接翅，北門炬燭，西掖綸絲。幸歸來半世，園路先治。漁唱樵歌不到，鶯燕語、何畏人知？編花史，修篁千畝，封植具穹碑。（《盤洲文集》卷八〇）

又

遊豫章東湖，再用韻〔一〕①

柳外尋春，花邊得句，怪公喜氣軒眉②。《陽春白雪》，清唱古今稀③。曾是金鑾舊客，記鳳凰獨繞天池④。揮毫罷，天顔有喜，催賜尚方彝。公在詞掖，嘗拜尚方寶彝之賜〔二〕⑤。只今江海上〔三〕，鈞天夢覺⑥，清淚如絲。算除非痛把，酒療花治。明日五湖佳興，扁舟去、一笑誰知⑦？溪堂好，且拚一醉，倚杖讀韓碑。堂記公所製⑧。

【校】

〔一〕題，四卷本甲集闕，此從廣信書院本。《永樂大典》卷二二六六湖字韻引此詞作「遊東湖」。

〔二〕小注，「尚」，四卷本作「上」。「彝」，四卷本、《永樂大典》作「鼎」。

〔三〕「江海上」，廣信書院本「海」原作「遠」，據四卷本及《永樂大典》改。王詔校刊本、《六十名家詞》本、四印齋本俱作「江山遠」。

【箋注】

①題，右詞爲稼軒與洪邁同遊豫章東湖，再次洪适原唱所作。故詞中所涉及皆洪邁舊事與見在事。

②「怪公」句，《文選》卷四三孔稚珪《北山移文》：「爾乃眉軒席次，袂聳筵上，焚芰製而裂荷衣，抗塵容而走俗狀。」六臣注：「軒舉也，舉眉謂喜也。」

③「陽春」二句，《文選》卷四五宋玉《對楚王問》：「客有歌於郢中者，其始曰《下里巴人》，國中屬而和者數千人。其爲《陽阿》《薤露》，國中屬而和者數百人。其爲《陽春》《白雪》，國中屬而和者數十人。引商刻羽，雜以流徵，國中屬而和者不過數人而已。是其曲彌高，其和彌寡。」

④「曾是」二句，金鑾舊客，見前《滿江紅·席間和洪景盧舍人兼簡司馬漢章大監》詞（天與文章闋）箋注。鳳凰獨繞天池，《文獻通考》卷五一《中書省》：「魏晉以來，中書監令掌贊詔命，記會時事，典作文書。以其地在樞近，多承寵任，是以人因其位，謂之鳳凰池焉。荀勖守中書監侍中，參贊朝政。及遷尚書令，勖久在中書，專管機事，失之甚悒。人有賀者，勖怒曰：『奪我鳳凰池，諸公何賀焉？』」

⑤「揮毫」三句及小注，天顏有喜，杜甫《紫宸殿退朝口號》：「晝漏稀聞高閣報，天顏有喜近臣

知。」尚方彝，洪适《滿庭芳・酬趙泉》詞，有「皇華喜，争添泉貨，不鑄尚方彝」句。《漢書》卷一九《百官公卿表》：「尚方御府。」注：「尚方，主作禁器物。御府，主天子衣服也。」洪邁受尚方寶彝之賜，其事無載。

⑥鈞天夢，見本書卷六《八聲甘州・壽建康帥胡長文給事》詞（把江山好處付公來闋）箋注。

⑦「明日」三句，五湖佳興及扁舟，見本卷《破陣子・爲范南伯壽》詞（擲地劉郎玉斗闋）箋注。

⑧「溪堂」三句及小注，（乾隆）《山東通志》卷九：「鄆州溪堂詩碑，在東平州。唐韓愈撰，牛僧孺書。」《昌黎集》卷一四《鄆州溪堂詩序》：「憲宗之十四年，始定東平，三分其地，以華州刺史禮部尚書兼御史大夫扶風馬公爲鄆曹濮節度觀察等使，鎮其地。……鄆爲虜巢且六十年。……天子以公爲尚書右僕射，封扶風縣開國伯以褒嘉之。公亦樂衆之和，知人之悦，而侈上之賜也，於是爲堂於其居之西北隅，號曰溪堂，以饗士大夫，通上下之志。……雖然，斯堂之作，意其有謂而喑無詩歌，是不考引公德而接邦人於道也。乃使來請其詩。」按：此溪堂，當指司馬漢章所作山雨樓及洪邁所作記。

【附録】

洪景伯适原詞

滿庭芳　景盧有南昌之行，用韻惜别，兼簡司馬漢章雨洗花林，春回柳岸，窗間列岫横眉。老來光景，生怕聚談稀。何事扁舟西去，收杖屨、契闊魚池。流觴近，詩筒暫歇，焉用虎文彝？　良辰懷舊事，海棠花下，笑摘垂絲。歎五年一别，萬病難治。幾處繡衣塵跡？歌舞地、烏鵲曾知。君今去，珠簾暮捲，山雨拂崇碑。漢章作山雨樓，景盧爲之記。（《盤洲文集》卷八〇）

趙善括和章

滿庭芳　用洪景盧韻

蝶粉蜂黄，桃紅李白，春風屢展愁眉。曉來雨過，應漸覺紅稀。滿徑柔茵似染，新晴後、皺緑盈池。休辜負，幕天席地，逸飲釂金彝。　東君真好事，絳唇歌雪，玉指鳴絲。念長卿多病，非藥能治。試假瑶琴一弄，清音轉、便許心知。從今去，園林好在，休學峴山碑。（《應齋雜著》卷六）

祝英臺近

晚春〔一〕①

寶釵分，桃葉渡〔二〕②，煙柳暗南浦③。怕上層樓〔三〕，十日九風雨。斷腸片片飛紅〔四〕，都無人管，更誰勸啼鶯聲住〔五〕？　鬢邊覷，試把花卜歸期〔六〕，才簪又重數④。羅帳燈昏，哽咽夢中語〔七〕。是他春帶愁來，春歸何處，却不解帶將愁去〔八〕⑤？

【校】

〔一〕調，四卷本甲集「近」作「令」。題，《中興絶妙詞選》卷三、《草堂詩餘》卷二、《花草粹編》卷一五作「春晚」，此從廣信書院本。

〔二〕「渡」，《中興絶妙詞選》作「度」。

〔三〕「怕」，《草堂詩餘》、《花草粹編》作「陌」。

〔四〕「片片」，《中興絶妙詞選》、《草堂詩餘》、《花草粹編》俱作「點點」。

〔五〕「更誰」句，「更」，《中興絶妙詞選》、《花草粹編》作「倩」。「勸」，《花草粹編》作「喚」。「啼」，四卷本、《中興絶妙詞選》作「流」。

〔六〕「試」，廣信書院本原作「應」，此據四卷本、《中興絶妙詞選》本改。「歸」，四卷本作「心」。

〔七〕「哽」，四卷本、《中興絶妙詞選》本作「嗚」。

〔八〕「却」，《中興絶妙詞選》本作「又」。「帶將愁去」，四卷本作「和愁將去」。

【箋注】

①題，右詞爲閨中怨別懷人之作，上片送人，男送女；下片懷人，女懷男。雖有桃葉渡、南浦等地名，然大致爲虛擬，故寫作時地已無從考知。張端義《貴耳集》卷下：「呂淒即呂正己之妻，淳

熙間姓名亦達天聽。蘇養直家孫女曰蘇溥，其嚴毅不可當。三五十年朝報奏疏，琅琅口誦，不脱一字。舊京畿有二漕，一吕搢，一吕正己。搢家諸姬甚盛，必約正己通宵飲。吕溥一日大怒，踰牆相詈，搢之子一彈碎其冠。事徹孝皇，兩漕即日罷。今止除一漕，自此始。吕溥有女事辛幼安，因以微事觸其怒，竟逐之。今稼軒桃葉渡詞，因此而作。」按：此事真僞難辨，疑出不實傳聞。吕搢即吕頤浩第四子，見《景定建康志》卷四八《吕頤浩傳》。而吕正己始末則不詳。據〔雍正〕《浙江通志》卷一一五，知字穆叔，當爲會稽人。《咸淳臨安志》卷五〇載乾道九年吕搢與吕正己同任兩浙轉運判官。而《宋會要輯稿·職官》七二之一二則載：「淳熙二年二月二十二日，兩浙轉運副使吕搢、吕正己並放罷。以言者論二人僥求進用，勢既相軋，互相攻擊故也。」則同爲副使。《職官》七二之二二又載：「淳熙五年八月二十六日，浙東提刑傅自得、浙西提刑吕正己並放罷。……正己閨門之内，醜聲著聞，每所居官，政由内出。昨守鎮江，致禁囚越獄竄逸，乃歸過於司理以自免，故有是命。」至吕正己之妻蘇氏，《渭南文集》卷三五《夫人孫氏墓志銘》亦載：「夫人孫氏，會稽山陰人。……考綜，宣義郎致仕，母同郡梁氏。……既笄，歸今文林郎寧海軍節度推官蘇君瑑。……推官女兄，實朝議大夫直顯謨閣吕公正己之夫人，性堅正，善持家法。凡家人，必責以法度，不知者以爲過嚴，至夫人能事之，則終身怡怡，未嘗少忤。」又《南澗甲乙稿》卷二〇《故中散大夫致仕蘇公墓志銘》：「男三人，長玭也，今爲承議郎新通判明州。璉早世。瑑某官。女四人，長適朝請大夫直顯謨閣吕正己。」據此，鄧廣銘先生於《稼軒詞編年箋注》此詞編年中謂：「是則《貴耳集》所記吕正己之仕歷及其夫人之嚴毅性行，並不誣罔。然吕氏身爲顯宦，而謂其有女事稼軒，事甚難解。」此言甚是。今既無法證實其説之必無，亦無法證實其説之必有。姑存其説，且附其詞於淳熙八年春。

②「寶釵」二句，寶釵分，唐宋之際，情人言别，有分釵之制。江洵《燈下閑談》：「吕用之在維揚日，佐渤海王擅政害人。……中和四年秋，有商人劉損挈家乘巨船自江夏至揚州，用之凡遇公私往來，悉令損覘行止。劉妻裴氏有國色，用之以陰事取其裴氏，劉下獄，獻金百兩免罪。雖脱非横，然亦憤惋，因成詩三首曰：『寶釵分股合無緣，魚在深淵日在天。得意紫鸞休舞鏡，斷蹤青鳥罷銜箋。……』」王明清《玉照新志》卷四：「紹興己卯，張安國爲右史，明清與仲信兄、左鄯舉善、郭世模從范、李大正正之、李泳子永，多館於安國家。春日，諸友同遊西湖，至普安寺，於窗户間得玉釵半股，青蚨半文，想是遊人歡洽所分授，偶遺之者。各賦詩以紀其事，歸以録示安國，安國云：『我當爲諸公考校之。』明清云：『凄凉寶鈿初分際，愁絶清光欲破時。』安國云：『仲言宜在第一。』」《藝文類聚》卷三二：「梁陸罩詩曰：『自憐斷帶日，偏恨分釵時。』」桃葉渡，《至大金陵新志》卷四下：「桃葉渡在秦淮口。桃葉本王獻之愛妾名，其妹曰桃根。獻之詩曰：『桃葉復桃葉，渡江不用楫。』謂横波急也。遂歌以送之，此渡因名。」餘參本書卷六《念奴嬌·西湖和人韻》詞（晚風吹雨闋）箋注。

③「煙柳」句，《文選》卷一六江淹《别賦》：「春草碧色，春水渌波。送君南浦，傷如之何？」六臣

注：「《楚辭》曰：『子交手兮東行，送美人兮南浦。』……送君送夫也，南浦，送別之處。」按：《楚辭》「送美人兮南浦」，語出《九歌・河伯》。王逸注謂「願河伯送己南至江之涯，歸楚國也」，均未言南浦之具指何地也。王安石《晚歸》詩：「岸迴重重柳，川低渺渺河。不愁南浦暗，歸伴有姮娥。」

④「試把」二句，花卜，鄧注謂「花卜之法未詳，當是以所簪花瓣之單雙，占離人歸信之準的，故云才簪又重卜也」。今按：劉過《賀新郎・春思》詞下片云：「佳人無意拈針綫。繞朱闌六曲徘徊，爲他留戀。試把花心輕輕數，暗卜歸期近遠。奈數了依然重怨。」當以花蕊之數卜歸，非以花瓣也。然亦可見宋時人確有以花卜歸期之法。吴則虞謂：「古無以花卜者，此花爲燈花之省。元郭鈺《送遠曲》：『歸期未定須寄書，誤人莫誤燈花卜。』當是。」此言誤。

⑤「是他」三句，帶將愁去，李邴《洞仙歌・柳花》詞：「又恐伊家忒疏狂，驀地和春，帶將愁去。」不解，謂不能也。陳鵠《耆舊續聞》卷二：「辛幼安詞：『是他春帶愁來，春歸何處，却不解帶將愁去。』人皆以爲佳，不知趙德莊《鵲橋仙》詞云：『春愁元自逐春來，却不肯隨春歸去。』蓋德莊又體。李漢老《楊花》詞：『驀地便和春，帶將歸去。』大抵後之作者，往往難追前人。」劉克莊《後村先生大全集》卷一七三《詩話》前集：「雍陶《送春》詩云：『今日已從愁裏去，明年更莫共愁來。』稼軒詞云：『是他春帶愁來，春歸何處，却不解帶將愁去。』雖用前語而反勝之。」黄昇《詩人玉屑》卷二一引《中興詞話》：「『寶釵分，……』此辛稼軒詞也。風流嫵媚，富於才情，若

不類其爲人矣。」

又①

緑楊堤，青草渡，花片水流去②。百舌聲中，喚起海棠睡③。斷腸幾點愁紅？啼痕猶在，多應怨夜來風雨④。別情苦。　馬蹄踏遍長亭，歸期又成誤。簾捲青樓，回首在何處？畫梁燕子雙雙，能言能語，不解説相思一句。

【箋注】

①題，右詞無題，作年不詳。然其所寫豔情別情，終與前闋相似，故附次於此。

②「花片」句，元稹《古豔詩》二首：「深院無人草樹光，嬌鶯不語趁陰藏。等閑弄水流花片，流出門前賺阮郎。」

③「百舌」二句，百舌，羅願《爾雅翼》卷一四《反舌》：「反舌春始鳴，至五月止，能變其舌，反易其聲，以效百鳥之鳴，故名反舌，又名百舌。《淮南子》曰：『人有多言者，猶百舌之聲。人有少言者，猶不脂之户。謂多言而不得其要，徒爲譊譊耳。』」海棠睡，釋惠洪《冷齋夜話》卷一《詩出本

處》條：「上皇登沉香亭，詔太真妃子。妃子時卯醉未醒，命力士從侍兒扶掖而至。妃子醉顔殘妝，鬢亂釵横，不能再拜。上皇笑曰：『豈是妃子醉？真海棠睡未足耳。』」謂出《楊太真外傳》，然《説郛》卷一一一樂史《楊太真外傳》未載。

④夜來風雨，孟浩然《春曉》詩：「春眠不覺曉，處處聞啼鳥。夜來風雨聲，花落知多少？」

惜分飛

春思〔一〕①

翡翠樓前芳草路，寶馬墜鞭暫駐〔二〕②。最是周郎顧，尊前幾度歌聲誤〔三〕③？　望斷碧雲空日暮，流水桃源何處④？聞道春歸去，更無人管飄紅雨⑤。

【校】

〔一〕題，廣信書院本、四卷本乙集俱闕，此從王詔校刊本、《六十名家詞》本、四印齋本補入。

〔二〕「暫」，四卷本作「曾」，此從廣信書院本。

〔三〕「尊前」，原闕，據四卷本補。

【箋注】

①題，本闋以下詞六首，作年無本事可考。玩其語意，似均在中年遊宦之時，故又多調笑歌妓之作。無能確定編年，姑均彙編於《祝英臺近》二詞之後。

②「翡翠」二句，翡翠樓，江南確有此樓否未詳。據唐人詩作，或泛言之耳。喬知之《梨園亭子侍宴》詩：「年光陌上發，香輦禁中遊。草緑鴛鴦殿，花紅翡翠樓。」李商隱《擬意》詩：「妙選茱萸帳，平居翡翠樓。雲屏不取暖，月扇未障羞。上掌真何有？傾城豈自由？」墜鞭，《太平廣記》卷四八四《李娃傳》：「抵長安，居於布政里。嘗遊東市，還自平康東門，入，將訪友於西南，至鳴珂曲，見一宅，門庭不甚廣而室宇嚴邃，闔一扉，有娃方憑一雙鬟青衣立，妖姿要妙，絶代未有。生忽見之，不覺停驂久之，徘徊不能去。乃詐墜鞭於地，候其從者敕取之。累眄於娃，娃回眸凝睇，情甚相慕，竟不敢措辭而去。」

③「最是」二句，《三國志·吴志》卷九《周瑜傳》：「瑜少精意於音樂，雖三爵之後，其有闕誤，瑜必知之，知之必顧。故時人謡曰：『曲有誤，周郎顧。』」

④「望斷」二句，碧雲日暮，見本卷《念奴嬌·登建康賞心亭呈史留守致道》詞（我來弔古闋）箋注。流水桃源，參本書卷六《滿江紅·再用前韻》詞（照影溪梅闋）箋注。

⑤飄紅雨，李賀《將進酒》：「況是青春日將暮，桃花亂落如紅雨。」歐陽修《桃源憶故人》詞：「鶯愁燕苦春歸去，寂寂花飄紅雨。」

戀繡衾　無題

夜長偏冷添被兒〔一〕。枕頭兒移了又移。我自是笑别人底，却元來當局者迷①。　如今只恨因緣淺，也不曾抵死恨伊〔二〕②。合下手安排了〔三〕，那筵席須有散時③。

【校】

〔一〕「夜長」，王詔校刊本、《六十名家詞》本、四印齋本作「長夜」，此從廣信書院本。

〔二〕「抵」，廣信書院本原作「底」，此從王詔校刊本、《六十名家詞》本、四印齋本改。

〔三〕「下手」，王詔校刊本、《六十名家詞》本、四印齋本作「手下」。

【箋注】

①當局者迷，《舊唐書》卷一〇二《元行沖傳》引其所著《釋疑》：「客曰：『當局稱迷，旁觀見審。累朝銓定，故是周詳，何所爲疑，不爲申列？』」

②抵死，到死，謂始終，總是也。

③「合下」二句，合下手，便應着手去做。《朱子語類》卷一二一《訓門人》：「或問：某欲克己而患未能。曰：此更無商量。人患不知耳，既已知之，便合下手做，更有甚商量？爲人由己，而由人乎哉？」《宋元語言詞典》謂應作「合手下」，又釋爲此時、當下，恐不確。筵席有散時，陳世崇《隨隱漫録》卷三：「四明倪君奭臨終，賦《夜行船》詞云：『年少疏狂今已老，筵席散，雜劇打了，生向空來，死從空去。』」林希逸《莊子口義》卷六：「此以下數句，曲盡人情。有合則有離，所謂世間無不散筵席也。」明陳桷《石山醫案》附録《先考府君古朴先生行狀》：「以生脉湯進，公却之，曰：『壽比吾父已多八年，世無不散筵席，何以藥爲？』」按：陳世崇、林希逸俱南宋理宗以後人，晚於稼軒，故知記載「世無不散筵席」之民間俗語者，最早即此詞也。

糖多令

淑景鬥清明①，和風拂面輕。小杯盤同集郊坰。着箇簪兒不肯上，須索要②，大家行。　行步漸輕盈，行行笑語頻。鳳鞋兒微褪些根③。忽地倚人陪笑道：真箇是，腳兒疼。

【箋注】

①「淑景」句，鬥，此同陡。蘇軾《寒食與器之游南塔寺寂照堂》詩：「城南鐘鼓鬥清新，端爲投荒洗瘴塵。」言陡然也。

②須索，强求也。《新唐書》卷一三九《李泌傳》：「泌請天下供錢歲百萬給宫中，勸不受私獻。凡詔旨須索，即代兩税，則方鎮可以行法，天下紓矣。」《宋史》卷二七七《鄭文寶傳》：「嘗出手札密戒，令邊事與僚屬計議，勿得過有須索，重擾於下。」《老學庵筆記》卷二：「王聖美子韶，元祐末以大蓬送北客至瀛，賜宴罷，有振武都頭卒，不堪一行人須索，忽操白刃入斫聖美。」以上三例，均唐宋人用語，可證也。

③「鳳鞋」句，朱淑真《憶秦娥·正月初六夜月》詞：「彎彎曲，新年新月鈎寒玉。鈎寒玉，鳳鞋兒小，翠眉兒蹙。」劉過《沁園春·美人足》詞：「銷金樣窄，載不起盈盈一段春。嬉遊倦，笑教人款捻，微褪些跟。」《説郛》卷二〇下周遵道《豹隱紀談》：「阮郎中《贈妓》詞云：『東風捻就，腰肢纖細，繫的粉裙兒不起。從來只慣掌中看，忍教在燭花影裏。更闌應是，酒紅微褪，暗蹙損眉兒嬌翠。夜深着輛小鞋兒，靠那箇屏風立地。』」據此，知宋代歌舞妓，慣著窄小尖鞋，以便於舞蹈旋轉。然此種舞鞋不便行走，故此女遂褪出足跟，將鞋後跟踩在脚下，趿拉而行，此「微褪些根」之義也。

南鄉子　贈妓〔一〕

好箇主人家，不問因由便去嗏①。病得那人妝晃子〔二〕②，巴巴③，繫上裙兒穩也哪。　别淚没些些，海誓山盟總是賒④。今日新歡須記取，孩兒，更過十年也似他。

【校】

〔一〕題，四卷本乙集原闕，據《稼軒集抄存》補。

〔二〕「子」，原作「了」，據《稼軒集抄存》改。

【箋注】

①「不問」句，龍潛庵《宋元語言詞典》：「嗏，語氣詞。辛棄疾《南鄉子》詞：『好個主人家，不問因由便去嗏。』《董西廂》卷一：『被你風魔了人也嗏！風魔了人也嗏！』吴弘道《金字經》曲：『海棠秋千架，洛陽官宦家，燕子堂深竹映紗。嗏！路人休問他，夕陽下，故宫鶯落花。』《清平山堂話本·楊温攔路虎傳》：『這漢要共李貴使棒？嗏！你如何贏得他！』」按：書證中嗏

多爲語氣詞，然稼軒此詞嗏當有實義。以上所引四例，後二例真語氣詞，與右詞非一類，董解元《西厢記》則與右詞用法同。殆右所謂「便去嗏」，疑嗏同叉，有遣送、開除之意，與《董西厢》顛狂潦倒之義近，皆落魄之形容也。

②「病得」句，病得，意即害得、弄得。妝晃子，意即扮樣子，像酒招子一樣，懸於竿上者。此句言人很瘦，不禁風。

③巴巴，謂那人站立不穩，有勉强站立之意。

④總是賒，賒謂奢望。

鷓鴣天

一片歸心擬亂雲①，春來諳盡惡黄昏。不堪向晚簷前雨②，又待今宵滴夢魂。爐燼冷，鼎香氛，酒寒誰遣爲重温？何人柳外横雙笛，客耳那堪不忍聞。

【箋注】

①「一片」句，翁承贊《漢上登舟憶閩》詩：「一片歸心隨去櫂，願言指日拜文翁。」程垓《念奴嬌・

秋夜》詞：「排悶人間，寄愁天上，終有歸時節。如今無奈，亂雲依舊千疊。」

②「不堪」句，《五燈會元》卷一四《大洪預禪師法嗣》：「臨江軍慧力悟禪師，上堂：『一切聲是佛聲，簷前雨滴響泠泠。一切色是佛色，覿面相呈諱，不得便恁麼？若爲明碧天，雲外月華清。』」

又

困不成眠奈夜何？情知歸未轉愁多。暗將往事思量遍，誰把多情惱亂他？　些底事，誤人哪，不成真箇不思家①。嬌癡却妒香香睡，喚起醒鬆説夢些②。

【箋注】

①不成，不至於也。《詩詞曲語辭匯釋》解作「難道」，爲反詰詞，余以爲其程度尚輕，故作此解。

②「嬌癡」二句，香香，秦觀《迎春樂》詞：「早是被曉風力暴，更春共斜陽俱老。怎得香香深處，作箇蜂兒抱？」香香，一本作花香。《稼軒詞編年箋注》解香香爲稼軒侍女名，恐非是。或指某種香花香木，昏睡不醒，而已却困不成眠，故欲喚起醒鬆説夢也。醒鬆説夢，周邦彦《望江南》詞：

「惺鬆言語勝聞歌，何況會婆娑！」毛滂《最高樓》詞：「小睡還驚覺，略成輕醉早醒鬆。」醒鬆，清醒也。

賀新郎

賦滕王閣〔一〕①

高閣臨江渚②。訪層城空餘舊跡，黯然懷古。畫棟朱簾當日事〔二〕，不見朝雲暮雨。但遺意西山南浦〔三〕③。天宇修眉浮新緑④，映悠悠潭影長如故〔四〕。空有恨，奈何許？　王郎健筆誇翹楚。到如今落霞孤鶩，競傳佳句⑤。物换星移知幾度？夢想珠歌翠舞⑥。爲徙倚闌干凝竚⑦。目斷平蕪蒼波晚，快江風一瞬澄襟暑。誰共飲？有詩侶。

【校】

〔一〕題，四卷本丁集闕，此從廣信書院本。

〔二〕「朱」，四卷本作「珠」。

〔三〕「意」，《六十名家詞》本作「下」。

〔四〕「長」，《六十名家詞》本作「恨」。

【箋注】

①題，《輿地紀勝》卷二六《江南西路·隆興府》：「滕王閣，在郡城之西，唐高祖之子滕王元嬰所建也。夾以二亭，南曰壓江，北曰挹秀。自唐至今，名士留題甚富。王勃記。」范成大《驂鸞録》：「四日，泛江至隆興府，泊南浦亭。五日，登滕王閣，其故基甚侈，今但於城上作大堂耳。榷酤又借以賣酒，佩玉鳴鸞之罷久矣。其下江面極闊，雲濤浩然。西山相去既遠，遂不能一至。」按：范氏於乾道八年底赴廣西帥任，途經隆興府得登滕王閣，與稼軒淳熙八年帥江西時隔九年耳，其所見必與稼軒所賦者同。據末句，右詞作於淳熙八年夏。

②「高閣」句，此句及詞中多引王勃《滕王閣》詩。其全詩爲：「滕王高閣臨江渚，珮玉鳴鸞罷歌舞。畫棟朝飛南浦雲，朱簾暮捲西山雨。閑雲潭影日悠悠，物換星移幾度秋。閣中帝子今何在，檻外長江空自流。」

③「但遺」句，《輿地紀勝》同卷：「西山，在新建西，大江之外，高二千丈，周三百里，壓豫章數縣之地。《寰宇記》云：『又名南昌山。』」《方輿勝覽》卷一七《江西路·隆興府》：「西山，余安道記：在縣西四十里。巖岫四出，千峰北來，嵐光染空，高二千丈，屬連三百里。」《輿地紀勝》同卷又載：「南浦亭，在廣潤門外，下瞰南浦，往來舟艤於此，在唐固已有之。」

④「天宇」句，韓愈《南山》詩：「天宇浮修眉，濃緑畫新就。」黄庭堅《念奴嬌·八月十八日同諸生步自永安城樓過張寬夫園待月偶有名酒因以金荷酌衆客客有孫彦立善吹笛援筆作樂府長短句

文不加點》詞：「斷虹霽雨，净秋空，山染修眉新緑。」

⑤「王郎」三句，王郎健筆，落霞孤鶩，傳佳句，《新唐書》卷二〇一《文藝》上《王勃傳》：「初，道出鍾陵。九月九日，都督大宴滕王閣，宿命其婿作序以誇客。因出紙筆徧請，客莫敢當。至勃，沆然不辭。都督怒，起更衣，遣吏伺其文輒報，一再報，語益奇。乃矍然曰：『天才也。』請遂成文，極歡罷。」《唐摭言》卷五：「王勃著《滕王閣序》，時年十四。都督閻公不之信，勃雖在座，而閻公意屬子婿孟學士者，爲之已宿構矣。及以紙筆延讓賓客，勃不辭讓。公大怒，拂衣而起，專令人伺其下筆，第一報云：『南昌故郡，洪都新府。』公曰：『亦是老生常談。』又報云：『星分翼軫，地接衡廬。』公聞之沉吟，不言。又云：『落霞與孤鶩齊飛，秋水共長天一色。』公矍然而起曰：『此真天才，當垂不朽矣。』遂亟請宴所，極歡而罷。」翹楚，《詩·周南·漢廣》：「翹翹錯薪，言刈其楚。」箋：「楚雜薪之中，尤翹翹者。」

⑥珠歌翠舞，周邦彦《尉遲杯·離别》詞：「冶葉倡條俱相識，仍慣見珠歌翠舞。」

⑦徙倚闌干，趙師使《水調歌頭·萬載煙雨樓》詞：「雲林城市，層列知有幾重重。更上危亭高處，徙倚闌干虚敞，象緯逼璇穹。」

昭君怨

豫章寄張守定叟〔一〕①

長記瀟湘秋晚，歌舞橘洲人散②。走馬月明中，折芙蓉③。今日西山南浦，畫棟珠簾雲雨④。風景不争多⑤，奈愁何？

【校】

〔一〕題，四卷本甲集「守」字闕，此從廣信書院本。

【箋注】

①題，張守定叟，《宋史》卷三六一《張浚傳》：「子二人，栻、杓，栻自有傳。杓字定叟，以父恩授承奉郎，歷廣西經略司機宜，通判嚴州。方年少，已有能稱。浙西使者薦所部吏，而不及杓，孝宗特令再薦。召對，差知袁州。戢豪彊，弭盗賊。尉獲盗上之州，杓察知其枉，縱去，莫不怪之。未幾，果獲真盗。改知衢州，兄栻喪，無壯子，請祠以營葬事，主管玉局觀。遷湖北提舉常平。奏事，帝大喜，諭輔臣曰：『張浚有子如此。』……進端明殿學士，復知建康府。以疾乞祠卒。

杓天分高爽，吏材敏給，遇事不凝滯，多隨宜變通，所至以治辨稱。南渡以來論尹京者，以杓爲首。」據《朱文公文集》卷八九《右文殿修撰張公神道碑》，張栻卒於淳熙七年二月甲申，碑載：「淳熙七年春二月甲申，秘閣修撰荆湖北路安撫廣漢張公卒於江陵之府舍。其弟衡州使君杓，護其柩以歸葬於潭州衡陽縣楓林鄉龍塘之原。」按：據〔正德〕《袁州府志》卷六，張杓於淳熙四年知袁州，明年仍在任内，彭龜年《止堂集》卷一三有《上袁州張守啓》，題下自注「戊戌夏」，即淳熙五年夏。其任滿改知衡州當在淳熙六年。《宋史》本傳謂其改知衢州，「衢」當爲「衡」之誤。然未及到任，即因其兄張栻之卒而奉祠，故終未到衡州任。此《永樂大典》卷八六四七衡字韻引《衡州府圖經志》之《郡守題名》，載李楁淳熙六年六月到，九月罷，而趙彦恂淳熙七年八月到，八年九月罷，其淳熙六年九月至淳熙七年八月間並未載張杓任衡州守臣之故。稼軒所稱張守，當指其新任衡州守臣而言。稼軒右詞作於淳熙八年，其時張杓當仍奉祠家居於潭州。

②「長記」二句，《方輿勝覽》卷二三《湖南路·潭州》：「橘洲，《類要》：在長沙西南四十里湘江中。四洲曰橘洲，曰直洲，曰誓洲，曰白小洲。江中水泛，惟此不没，上多美橘，故名。」張浚自紹興末年寓居潭州，卒後即葬於衡山。而張栻兄弟亦居於潭州，故張栻卒，張杓請祠以營葬事，即家居於此。當淳熙七年稼軒知潭州兼湖南安撫使時，張杓得從遊於瀟湘橘洲之上。

③「走馬」二句，走馬月明中，王安石《送吴顯道五首》詩：「落拓舊遊應記得，插花走馬月明中。」折芙蓉，徐夤《尚書筵中詠紅手帕》詩：「無事把將纏皓腕，爲君池上折芙蓉。」

④「今日」二句，見前《賀新郎·賦滕王閣》詞（高閣臨江渚關）箋注。

⑤不争多，宋人口語，謂差不多。《朱子語類》卷一二五《老氏》：「問孟子與莊子同時否？曰：莊子後得幾年，然亦不争多。」卷一三四《歷代》：「吴越國勢人物亦不争多，越尚着許多氣力。今敵何止於吴？」風景不争多，謂豫章與潭州風景差不多。此義《詩詞曲語辭匯釋》皆不曾道得。

木蘭花慢

席上送張仲固帥興元〔一〕①

漢中開漢業②，問此地，是耶非？想劍指三秦，君王得意，一戰東歸③。追亡事今不見〔二〕，但山川滿目淚沾衣④。落日胡塵未斷，西風塞馬空肥⑤。一編書是帝王師〔三〕。小試去征西⑥。更草草離筵，匆匆去路，愁滿旌旗。君思我回首處，正江涵秋影雁初飛⑦。安得車輪四角？不堪帶減腰圍⑧。

【校】

〔一〕調，廣信書院本原闕「慢」字，據各本補。題，四卷本甲集「送」作「呈」。《中興絶妙詞選》卷三無「席上」二字。此從廣信書院本。

〔二〕「追」，《六十名家詞》本作「興」。

〔三〕「編」，廣信書院本、《六十名家詞》本作「篇」，此從四卷本、《中興絶妙詞選》本改。

【箋注】

①題，張仲固名堅，綱子，鎮江人。劉宰《京口耆舊傳》卷七：「堅字仲固，郊恩補承務郎，再擢紹興甲戌進士第，監臨安府新城税、楚州鹽場、鎮江榷貨務門。……湯公鵬舉爲御史中丞，薦爲臺簿，父綱亦以耆德召，父子聯舟東上，時以爲榮。引嫌改國子監簿。會綱晉參大政，遂畀祠禄。……連丁大艱，率禮無違，服闋，除將作監丞，改添差通判常州。秩滿，差提舉福建市舶。……進直寶文閣知泉州，兼提舉舶司。……以目眚丐祠，除江南路轉運判官。時方救荒，擇所部廉明吏爲局官，講明於上，俾局官各擇所知，奉行於上，故所行無非實政。又以爲議所以予之，不若寬所以取之，蠲所部租以石計四十三萬二千，錢帛稱之。民持布帛竹木果實入市，並除其税。居一歲，興元擇牧，難其人，遂畀帥節。在興元……民甚德之，而堅以勤瘁得疾，八月除户部郎中四川總領，視事甫旬日卒。」按：堅「除江南路轉運判官」之後，原有小注：「《容齋三筆》云：『余於江西見轉運判官張堅衣緋，張嘗知泉州，紫袍矣。』是書載堅除江南路轉運判官，在知泉州之後，正與《容齋三筆》合，江西蓋屬江南路。」《南宋館閣續録》卷五《進詩》：「淳熙五

年九月，恭和御製《秋日幸秘書省》近體詩，……直寶文閣新江南西路轉運判官張堅，……各一首。……十月内，蒙朝廷降付本省，編類成册，藏於秘閣。」其時進和詩者，除在臨安任職之官員外，還包括新除之諸路官員，據此知張堅當時尚未到江西漕任職。《宋會要輯稿·瑞異》二之二五載：「淳熙八年七月十七日詔，去年諸路州軍有旱傷去處，其監司守臣修舉荒政，民無浮殍，各與除職轉官。既而……江西運副錢佃、知興元府張堅、知隆興府辛棄疾……各轉一官。」鄧廣銘先生據此認爲：「張仲固之帥興元應始於七年，且淳熙七年江西運副錢佃即有『修舉荒政』事，而於八年與張堅等同時被奬轉官，則張、錢之交代江西漕運事當有淳熙六年秋。」據上舉有關張堅諸事推考，其赴江西任，當在淳熙七年。《朱文公文集》卷七九《江西運司養濟院記》：「淳熙五年，判官開封趙公某，復以私錢百四十萬買田東關羅舍。病者又得以食。七年，……是年春，趙公亦以吏部侍郎召。」此中趙公即趙汝愚，自淳熙五年至七年春，任江西轉運判官。江西運判既有人，張堅任此官須待闕。其接趙汝愚運判，應即在淳熙七年春之後。而其卸任，當在淳熙八年秋。蓋淳熙七年諸路旱傷，而八年春致大饑，遂有救荒之事。鄧先生謂張堅乃有與錢佃交代江西漕運事則大誤，江西轉運司除運副、運判各一人，張堅乃運判，安得與副使錢佃交代？知其編年必誤。而《京口耆舊傳》謂張堅居官一歲，改除興元牧，則其帥興元，自當在淳熙八年。《宋會要》所載因淳熙七年修舉荒政而所轉一官之江西官員中，張堅所標舉之知興元府職務，必其新任官，淳熙八年七月其受奬時當尚未赴任。其自隆興府赴興元，應即在淳熙八年秋日。右詞爲稼軒在江西安撫使任上所設送別宴席中之賦詠。興元府,《輿地紀勝》卷一八三《利州路》:「興元府,次府,梁州、漢中郡,山南西道節度,利州路安撫使,利州東西兩路十七郡皆屬焉。……秦伐蜀,取南鄭。秦敗楚師於丹陽,取漢中郡。項羽封漢高帝爲漢王,都於此。……唐末歸於岐,二蜀王氏、孟氏繼有其地,國朝平蜀地,歸版圖,鑄興元尹印,分益梓利夔四路,興元府爲利州路,利路帥治興元,後分利州東西路,而興元爲利東路。」

②「漢中」句,《史記》卷七《項羽本紀》:「分天下,立諸將爲侯王。項王、范增疑沛公之有天下,……故立沛公爲漢王,王巴、蜀、漢中,都南鄭。」南鄭即漢中。漢王蓋因漢中以成就帝業。

③「想劍」三句,《史記》卷八《高祖本紀》:「至南鄭,諸將及士卒多道亡歸,士卒皆歌思東歸。……八月,漢王用韓信之計,從故道還,襲雍王章邯。邯迎擊漢陳倉,雍兵敗,還走。止戰好時,又復敗,走廢丘。漢王遂定雍地,東至咸陽。」同書卷九二《淮陰侯列傳》:「信再拜賀曰:『……今大王誠能反其道,任天下武勇,何所不誅?以天下城邑封功臣,何所不服?以義兵從思東歸之士,何所不散?且三秦王爲秦將,將秦子弟數歲矣,所殺亡不可勝計。……今大王舉而東,三秦可傳檄而定也。』於是漢王大喜,自以爲得信晚,遂聽信計,部署諸將所擊。八月,漢王舉兵東出陳倉,定三秦。」三秦,同書卷七《項羽本紀》:「三分關中,王秦降將以距塞漢王,項王乃立章邯爲雍王,王咸陽以西,都廢丘。長史欣者故爲櫟陽獄掾,嘗有德於項梁,都尉董翳者,本勸章邯降楚,故立司馬欣爲塞王,王咸陽以東至河,都櫟陽。立董翳爲翟王,王上郡,

都高奴。」

④「追亡」二句，追亡，《史記》卷九二《淮陰侯列傳》：「信數與蕭何語，何奇之。至南鄭，諸將行道亡者數十人。信度何等已數言上，上不我用，即亡。何聞信亡，不及以聞，自追之。人有言上曰：『丞相何亡。』上大怒，如失左右手。居一二日，何來謁上，上且怒且喜，罵何曰：『若亡何也？』何曰：『臣不敢亡也，臣追亡者。』上曰：『若所追者誰？』何曰：『韓信也。』上復罵曰：『諸將亡者以十數，公無所追，追信，詐也。』何曰：『諸將易得耳，至如信者，國士無雙。王必欲長王漢中，無所事信，必欲争天下，非信無所與計事者，顧王策安所決耳。』」山川滿目淚沾衣，李嶠《汾陰行》：「山川滿目淚沾衣，富貴榮華能幾時？不見祇今汾水上，惟有年年秋雁飛。」

⑤「西風」句，杜審言《贈蘇味道》詩：「雲静妖星落，秋深塞馬肥。」陸游於淳熙四年作於成都之《關山月》詩亦云：「和戎詔下十五年，將軍不戰空臨邊。朱門沉沉按歌舞，廄馬肥死弓斷絃。」

⑥「一編」二句，一編書是帝王師，《史記》卷五五《留侯世家》：「良嘗閑從容步游下邳圯上，有一老父衣褐，至良所，直墮其履圯下，顧謂良曰：『孺子，下取履。』良愕然，欲毆之，爲其老，彊忍下取履。父曰：『履我。』良業爲取履，因長跪履之，父以足受，笑而去。良殊大驚，隨目之。父去里所復還，曰：『孺子可教矣。』……出一編書，曰：『讀此，則爲王者師矣。』旦日視其書，乃《太公兵法》也。」小試，同書卷六五《孫子列傳》：「闔廬曰：『子之十三篇，吾盡觀之矣，可以

小試勒兵乎？』」

⑦江涵秋影雁初飛，杜牧《九日齊安登高》詩：「江涵秋影雁初飛，與客攜壺上翠微。」

⑧「安得」二句，車輪四角，陸龜蒙《古意》詩：「君心莫淡薄，妾意正棲託。願得雙車輪，一夜生四角。」帶減腰圍，杜甫《傷秋》詩：「嬾慢頭時櫛，艱難帶減圍。」

沁園春

帶湖新居將成〔一〕①

三徑初成，鶴怨猿驚②，稼軒未來③。甚雲山自許，平生意氣；衣冠人笑，抵死塵埃④？意倦須還，身閑貴早〔二〕，豈爲蓴羹鱸鱠哉⑤？秋江上，看驚弦雁避，駭浪船回⑥。東岡更葺茅齋〔三〕，好都把軒窗臨水開⑦。要小舟行釣，先應種柳；疏籬護竹，莫礙觀梅。秋菊堪餐，春蘭可佩⑧，留待先生手自栽⑨。沉吟久，怕君恩未許，此意徘徊。

【校】

〔一〕題，《中興絶妙詞選》卷三、《草堂詩餘》卷四、《花草粹編》卷二四作「退閑」，此從廣信書院本。

〔二〕「貴」，《中興絶妙詞選》、《草堂詩餘》、《花草粹編》作「要」。

〔三〕「岡」，《草堂詩餘》作「崗」。

【箋注】

①題，本書卷三有《新居上梁文》，據其中「稼軒居士，生長西北，仕宦東南。頃列郎星，繼聯卿月。兩分帥閫，三駕使軺」諸語，知《上梁文》作於淳熙六年七月自湖南轉運副使改知潭州兼湖南安撫使之前。其所上梁，即稼軒於上饒帶湖所營建之新居，謂之稼軒者。帶湖，形狀如腰帶，位於上饒城北。《永樂大典》卷八〇九三城字韻引明初《廣信府志》載：「本府舊城，南抵信河，北自古城嶺，過帶湖之南至東門，周回七里五十步，高二丈一尺，闊二丈，下闊三丈。宋皇祐二年爲大水破壞，知州晉陵張公復築城垣九千尺。至南宋，改築於帶湖之北，北廣舊城一里許。庚子年歸附。國朝，復築於帶湖之南，因帶湖以爲北壕。」此爲目前所見最早之《廣信府志》，所載兩宋城池情況皆爲後來續修諸志所不詳，因可考知：南宋時期，稼軒帶湖新居建在信州北城内，故洪邁《稼軒記》有「郡治之北可里許，故有曠土存，三面傅城」語，則帶湖南距郡治一里許，其北端距北城亦一里許。所謂郡治即宋之信州州衙也。而新居之南，圍繞北宋舊城如帶之帶湖，至明之後，改爲廣信府北城壕。元人戴表元所撰《稼軒書院興造記》，亦明言：「岡巒回環，長湖寶帶横其前，重關華表翼其後。」是元代之帶湖仍在北城之南而靈山門在其北之明證，稼軒舊居與帶湖呈倒「丁」字形。蓋元仍南宋舊制，北城尚未改回帶湖南也。明清舊志對此均無所知，因

稼軒舊址後改爲稼軒書院，遂有〔雍正〕《江西通志》卷二二《廣信府》所載「帶湖書院，在府城北靈山門外。宋淳熙間，辛棄疾讀書所」云云。〔乾隆〕《廣信府志》卷七載云：「上饒帶湖書院，在府城北靈山(門)外，宋淳熙間辛棄疾讀書所，因燬，遷鉛山之期思鄉。」記載籠統，後人遂不知帶湖所在何地。今查稼軒所居地有伎山，見本書卷八《洞仙歌・開南溪初成賦》(婆娑欲舞闋)，稼軒爲築集山樓，其地應即在今龍牙亭村一帶，而帶湖在其南，《稼軒記》所謂「前枕澄湖如寶帶」，其位置今尚可仿佛也。韓淲《澗泉集》載帶湖詩多篇，如卷一《同尹一遊茶山齊賢繼來》詩：「同吟方齋人，禪老相送迎。隔城帶湖光，更約暢叙情。」卷六《聞民瞻久歸一詩寄之》詩：「我居溪南望城北，最高園臺竹樹碧。眼前帶湖歌舞空，耳畔茶山陸子宅。」元人戴表元《剡源集》卷一《稼軒書院興造記》謂：「廣信爲江閩二浙往來之交，異時中原賢士大夫南徙多僑居焉。濟南辛侯幼安居址闕地最勝，洪内翰所爲記稼軒者也。」皆證實南宋及元代，帶湖與茶山隔城相望，正在上饒城北。右詞謂帶湖新居將成，殆即作於稼軒上梁之後，應爲淳熙八年秋季所作也。

②「三徑」二句：三徑，見本卷《滿庭芳・和洪丞相景伯韻》詞(傾國無媒闋)詞箋注。蘇軾《次韻周邠》詩：「南遷欲舉力田科，三徑初成樂事多。」鶴怨猿驚，《文選》卷四三孔稚珪《北山移文》：「至於還飈入幕，寫霧出楹。蕙帳空兮夜鶴怨，山人去兮曉猿驚。」

③稼軒，帶湖新居建有稼軒，洪邁《稼軒記》載：「既築室百楹，……乃荒左偏以立圃。……意他

日釋位而歸，必躬耕於是，故憑高作屋下臨之，是爲稼軒。」據知稼軒築於伎山之篆岡之上，下臨帶湖。因其爲帶湖新居之主要建築，故遂以稼軒居士自號。

④「甚雲」四句，甚，何以。抵死，至死，極言久困不返也。此二句蓋言平生雖以意氣雲山自許，而他人却笑衣冠久困於塵埃不改，故二句之前又以何以反詰之。《鶴林玉露》甲編卷五：「蘇養直，……紹興間與徐師川同召，師川赴，養直辭。師川造朝，便道過養直，留飲甚歡。二公平日對奕，徐高於蘇。是日養直拈一子，笑視師川曰：『今日須還老夫下此一著。』師川有愧色。游誠之《跋養直墨跡》云：『後湖胸中本無軒冕，是以風神筆墨，皆自蕭散，非慕名隱居者比也。士生斯世，苟無利及人，區區奔走，老死塵埃，不如學蘇養直。』」

⑤「豈爲」句，蓴羹鱸鱠，見本書卷六《木蘭花慢·滁州送范倅》詞（老來情味減闋）箋注。

⑥「看驚」二句，驚弦雁避，《戰國策·楚策》四：「更羸與魏王處京臺之下，仰見飛鳥。更羸謂魏王曰：『臣爲王引弓虛發而下鳥。』……有間，雁從東方來，更羸以虛發而下之。魏王曰：『然則射可至此乎？』更羸曰：『此孽也。』王曰：『先生何以知之？』對曰：『其飛徐而鳴悲。飛徐者故瘡痛也，鳴悲者，久失羣也，故瘡未息而驚心未去也，聞絃音引而高飛，故瘡隕也。』」《庾開府集》卷一〇《周大將軍襄城公鄭偉墓志銘》：「麋興麗箭，雁落驚絃。」駭浪船回，《三國志·魏志》卷二二《徐宣傳》：「從至廣陵，六軍乘舟，風浪暴起，帝船回倒。」按：稼軒於淳熙宦遊晚期，已屢感仕途艱危，淳熙六年所上《論盜賊札子》已言及：「臣生平剛拙自信，年來不爲衆

人所容，顧恐言未脱口而禍不旋踵。」至此，又在詞中明言其危機感。

⑦「東岡」二句，東岡，應即篆岡。伎山之東，今上饒北門龍牙亭路之東有高岡甚平坦，或即當年稼軒遺址，下臨帶湖，今已湮塞。茅齋謂稼軒。洪邁《稼軒記》：「築室百楹，度財占地什四，乃荒左偏以立圃，稻田泱泱，居然衍十弓。意他日釋位來歸，必躬耕於是，故憑高作屋下臨之，是爲稼軒。……東岡西阜，北墅南麓。」好，應也，即也。軒窗臨水開，陸游《老學庵筆記》卷六：「會稽鏡湖之東，地名東關，有天花寺。吕文靖嘗題詩云：『賀家湖上天花寺，一一軒窗向水開。不用閉門防俗客，愛閑能有幾人來？』」按：吕夷簡此詩僅見於此。蘇軾《送賈訥倅眉二首》詩：「父老得書知我在，小軒臨水爲誰開？」《再和楊公濟梅花十絶》詩：「白髮思家萬里回，小軒臨水爲花開。」

⑧「秋菊」二句，《離騷》：「扈江離與辟芷兮，紉秋蘭以爲佩。……朝飲木蘭之墜露兮，夕餐秋菊之落英。」

⑨手自栽，白居易《題別遺愛草堂兼呈李十使君》詩：「砌水親開決，池荷手自栽。」王安石《書湖陰先生壁二首》詩：「茅簷長掃靜無苔，花木成畦手自栽。」蘇軾《沈諫議召遊湖不赴明日得雙蓮於北山下作一絶持獻沈既見和又別作一首因用其韻》詩：「湖上棠陰手自栽，問公更得幾回來？」

【附録】

趙善括無咎和詞

沁園春　和辛帥

虎嘯風生，龍躍雲飛，時不再來。試憑高望遠，長淮清淺；傷今懷古，故國氛埃。壯志求申，匈奴未滅，早以家爲何謂哉？多應是，待著鞭事了，税駕方回。稼軒聊爾名齋，笑學請樊遲心未開。似南陽高卧，莘郊自樂；皤磎韜略，傅野鹽梅。植杖亭前，集山樓下，五桂三槐次第栽。功名遂，向急流勇退，肯恁徘徊？（《應齋雜著》卷六）

又

問舍東湖，招隱西山，惠然肯來。有閟香蘭桂，無窮幽趣，隔溪車馬，何處輕埃？微利虚名，朝榮暮辱，笑爾焉能浼我哉！閑欹枕，被幽禽唤覺，午夢驚回。無言獨坐南齋，好唤取芳尊相對開。待醒時重醉，疏簾透月；醉時還醒，畫角吹梅。無用千金，休懸六印，荆棘誰能滿地栽？人間世，任遊鯤獨運，斥鷃低徊。（同上）

又

送趙景明知縣東歸，再用前韻〔一〕①

佇立瀟湘，黄鵠高飛，望君未來〔二〕②。被東風吹墮〔三〕，西江對語③；急呼斗酒，旋拂征埃〔四〕。却怪英姿，有如君者，猶欠封侯萬里哉④！空贏得，道江南佳句，只有方回⑤。錦帆畫舫行齋，悵雪浪粘天江影開⑥。記我行南浦，送君折柳；君逢驛使，爲我攀梅⑦。落帽山前，呼鷹臺下，人道花須滿縣栽⑧。都休問，看雲霄高處，鵬翼徘徊⑨。

【校】

〔一〕題，四卷本甲集「景明知縣」作「江陵」，此從廣信書院本。

〔二〕「未」，四卷本作「不」。

〔三〕「被」、「墮」，廣信書院本、《六十名家詞》本原作「快」、「斷」，此從四卷本改。

〔四〕「征」，廣信書院本原作「塵」，此從四卷本改。

【箋注】

①題，趙景明知縣已見前《水調歌頭·和趙景明知縣韻》詞（官事未易了闋）箋注。趙景明江陵知縣任滿在淳熙八年秋，右詞爲景明東歸過豫章相會時所作。前韻指帶湖新居將成詞。

②「佇立」三句，趙景明於淳熙六年初赴江陵知縣任，淳熙七年秋，稼軒在湖南安撫任上，與趙氏有

詞作相往來，其時之和章已見於前《水調歌頭・和趙景明知縣韻》詞。此三句，蓋寫當時亟盼相會之情景。黄鵠高飛，《楚辭・惜誓》：「黄鵠之一舉兮，知山川之紆曲；再舉兮，睹天地之圜方。」蘇轍《次韻劉貢父和韓康公憶其弟持國二首》詩：「赤松作伴誰當見，黄鵠高飛未易招。」望君未來，《楚辭・九歌・湘君》：「望夫君兮未來，吹參差兮誰思？」

③「被東」二句，言淳熙七年接奉景明所寄《水調歌頭》詞，遂有唱和之作，即隔西江而對語也。西江謂贛江，見本卷《西河・送錢仲耕自江西漕移守婺州》詞（西江水闊）箋注。《魏書》卷八〇《賀拔岳傳》：「岳以輕騎數十，與菩薩隔水交言。岳稱揚國威，菩薩自言彊盛，往復數返。菩薩乃自驕，令省事傳語，岳怒曰：『我與菩薩言，卿是何人，與我對語？』」

④「有如」二句，有如君者，《新唐書》卷一七五《竇羣傳》：「羣往見叔文，曰：『事有不可知者。』叔文曰：『奈何？』曰：『去年李實伐恩恃權，震赫中外。君此時逡巡路傍，江南一吏耳。人君又處實之勢，豈不思路傍復有如君者乎？』」封侯萬里，見本書卷六《水調歌頭》詞（落日古城角闋）箋注。

⑤「道江」二句，黄庭堅《寄賀方回》詩：「少游醉卧古藤下，誰與愁眉唱一杯？解道江南斷腸句，只今惟有賀方回。」《吴郡志》卷五〇：「賀鑄字方回，本越人，後徙居吴之醋坊橋，作《吴趨曲》，甚能道吴中古今景物。方回有小築在盤門外十里横塘，嘗扁舟往來，作《青玉案》詞，黄太史所謂『解道江南斷腸句，如今只有賀方回』，即此詞也。」解道，能言也。

⑥「悵雪」句，王安石《舟還江南阻風有懷伯兄》詩：「白浪黏天無限斷，玄雲垂野少晴明。」彭汝礪《離贛上》詩：「大聲振地潛魚躍，白浪黏天高岸摧。」

⑦「記我」四句，我行南浦，此追憶淳熙六年春在湖北鄂州送趙景明赴江陵縣令任時情景，時稼軒任湖北轉運副使。南浦在鄂州。《太平寰宇記》卷一一二《鄂州・江夏縣》：「南浦在縣三里。《離騷》云：『送美人兮南浦。』其源出京首山，西入江。春冬涸歇，秋夏泛漲，商旅往來皆於浦停泊，以其在郭之南，故曰南浦。」君逢驛使，此追憶淳熙七年趙景明屢有書札詞章相問候事。《太平御覽》卷一九引《荆州記》：「陸凱與范曄爲友，在江南寄梅花一枝詣長安與曄，並贈詩云：『折梅逢驛使，寄與隴頭人。江南無所有，聊贈一枝春。』」

⑧「落帽」三句，落帽山，《陶淵明集》卷五《晉故西征大將軍長史孟府君傳》：「君諱嘉，字萬年，江夏鄂人也。……爲安西將軍庾翼府功曹，再爲江州别駕、巴丘令、征西大將軍譙國桓温參軍。君色和而正，温甚重之。九月九日，温游龍山，參佐畢集，四弟二甥咸在坐。時佐吏並著戎服，有風吹君帽墮落，温目左右及賓客勿言，以觀其舉止。君初不自覺，良久如厠，温命取以還之。」《讀史方輿紀要》卷七八《湖廣・江陵縣》：「龍山在城西北十五里，桓温九日登山，孟嘉落帽處也。」呼鷹臺，《東坡詩集注》卷七《人日獵城南會者十人以身輕一鳥過槍急萬人呼爲韻軾分得鳥字》詩注引《襄陽耆舊傳》：「劉表任荆州刺史，築臺名呼鷹，仍作《野鷹來曲》。」又引養淳《襄沔記》：「劉表呼鷹臺在縣東七里，高三丈，周七十丈。」《輿地紀勝》卷八二《京西南路・襄陽

府》：「《寰宇記》：『在鄧城東南一里。』坡詩：『莫上呼鷹臺，平生笑劉表。』表有《野鷹來曲》。又李豸詩云：『呼鷹復何用，卧龍獨不顧。』」按：稼軒引龍山落帽故事，甚切景明知江陵典故，而引襄陽呼鷹臺典故，則不知何謂。疑景明嘗爲縣於襄陽，然此事於史已無可考知。

⑨花須滿縣栽，已見前《水調歌頭·和趙景明知縣韻》詞（官事未易了闋）箋注。

鵬翼，已見本書卷六《滿江紅·建康史帥致道席上賦》詞（鵬翼垂空闋）箋注。

【附録】

丘崈宗卿和詞

沁園春　景明告行，頗動懷歸之念。得帥卿詞，因次其韻。前闋奉送，後闋以自見云

雨趣輕寒，風作秋聲，燕歸雁來。動天涯羈思，登山臨水；驚心節物，極目煙埃。客裏逢君，纔同一笑，何遽言歸如此哉？别離久，算不應興盡，却棹船回。　主人下榻高齋，更點檢笙歌頻宴開。便留連不到，迎春見柳；也須小駐，度臘觀梅。花上盈盈，閨中脈脈，應念胡麻正好栽。從教去，正危闌望斷，小倚徘徊。（《文定公詞》）

又

匏繫彌年，江北江南，羨君去來。笑山横南浦，朝來致爽；文書堆案，胸次塵埃。放曠如君，拘縻如我，試問人生誰樂哉？真難學，是得留且住，欲去須回。　何時竹屋茅齋，去相傍爲鄰三徑開。撰

小窗臨水，危亭當巘；隨宜有竹，著處須梅。坐讀黄庭，手援紫藟，一寸丹田時自栽。當餘暇，更與君來往，林下徘徊。（同上）

蝶戀花

和趙景明知縣韻〔一〕①

老去怕尋年少伴。畫棟珠簾，風月無人管。公子看花朱碧亂②，新詞攪斷相思怨。　涼夜愁腸千百轉。一雁西風，錦字何時遣③？畢竟啼鳥才思短，喚回曉夢天涯遠。

【校】

〔一〕題，四卷本乙集作「和江陵趙宰」，此從廣信書院本。

【箋注】

①題，據詞中畫棟珠簾句，知右詞亦作於淳熙八年。此趙景明别後再和其韻時所賦。

②「公子」句，《能改齋漫録》卷六《看朱成碧》條：「李太白前有《尊酒行》云：『催絃拂柱與君飲，看朱成碧顔始紅。』按梁王僧孺《夜愁示諸賓》詩云：『誰知心眼亂，看朱忽成碧。』又云：『看

朱成碧思紛紛，憔悴支離爲憶君。不信比來長下淚，開箱看取石榴裙。』武則天詩也。見郭茂倩《樂府》。」明周嬰《巵林》卷五《朱碧》：「《餘冬序録》曰：『古詩看朱忽成碧，言醉眼昏花也。』」

③「一雁」二句，《詩話總龜》卷六：「張迥少年苦吟，未有所得，夢五色雲自天而下，取一團吞之，遂精雅道。有《寄遠》詩曰：『錦字憑誰達，閑庭草又枯。夜長燈影滅，天無雁聲孤。』」

菩薩蠻①

稼軒日向兒童說：帶湖買得新風月〔一〕。頭白早歸來，種花花已開②。　功名渾是錯③，更莫思量着。見説小樓東，好山千萬重④。

【校】

〔一〕「新」，《中興絶妙詞選》卷三作「閑」，此從四卷本甲集，廣信書院本無此首。

【箋注】

①題，右詞亦當作於淳熙八年帶湖新居落成之際。

②「頭白」二句，頭白早歸來，杜甫《不見》詩：「匡山讀書處，頭白好歸來。」蘇軾《送表弟程六知楚州》詩：「功成頭白早歸來，共藉梨花作寒食。」種花，《山堂肆考》卷一九七《太守閑栽》條：「宋文與可詩：『可笑陵陽太守家，閑無一事只栽花。已開漸落並纔發，長作庭中五色霞。』」按：文同詩題作《可笑口號七章》。

③「功名」句，陳慥《無愁可解》詞：「何曾道歡遊勝如名利？道即渾是錯，不道如何即是。」

④「見説」二句，小樓，應即洪邁《稼軒記》所載「集山有樓，婆娑有堂」之集山樓。然稼軒詩詞中始終未見其名，而僅有雪樓一名而已，疑雪樓即集山樓，亦即伎山樓也。按：今臨其地東望，並無「好山千萬重」，此必稼軒未嘗親至其地，而僅據傳聞而言。淳熙九年稼軒歸帶湖以後所作詞，亦再無千萬重語也。

西　河

送錢仲耕自江西漕移守婺州〔一〕①

西江水，道是西江人淚〔二〕②。無情却解送行人，月明千里③。從今日日倚高樓，傷心煙樹如薺④。

會君難，别君易。草草不如人意。十年著破繡衣茸，種成桃李⑤。問君可是厭承明？東方鼓吹千騎⑥。

對梅花更消一醉。看明年調鼎風味〔三〕⑦。老病自憐憔悴。過吾廬定有幽人，相問歲晚，淵明歸來未？

【校】

〔一〕題，四卷本甲集「移守」作「赴」。此從廣信書院本。

〔二〕「江」，四卷本作「風」。

〔三〕「看」，四卷本作「有」。

【箋注】

①題，錢仲耕，名佃。《重修琴川志》卷八：「錢佃字仲耕，弱冠入太學，登紹興十五年進士第。嚴州分水尉、池真二州教授。改秩，除諸王宮教授，選大宗正丞，通判太平州。太子尹臨安，擇寀，佃獨以外庸在選中。擢吏部郎中，對便殿言三事，上稱善。累遷左右司檢正兼催吏兵工三侍郎，出爲江西轉運副使。時盜賴文正起武陵，朝廷調兵討之，佃餽餉不乏。繼使福建，再使江西，奏蠲諸郡之逋。婺州饑，闕守，上曰：『錢某可。』郡薦饑，禱雨，鬢髮爲白。勸分移粟，所活口七十餘萬，政甲一路。朱文公時爲倉使，與陳亮書云：『婺人得錢守，比之他郡，事體殊不同。』又記江西漕司養濟院，謂其嘗奏免贛吉麻租二千四百五十九斛，兩州人尤歌舞之。今知婺

州，救饑之政亦爲諸郡最。所以稱譽者蓋若此。……卒年六十二，終於中奉大夫秘閣修撰。有《易解》十卷、《詞科類要》二十卷、文集二十卷，誠齋楊萬里志其墓。」按：　今《誠齋集》中無志墓之文。錢佃守婺州，《宋會要輯稿·食貨》五八之一五載淳熙八年十二月十二日，新知婺州錢佃言事（按：　原文中於淳熙八年四五月記事之後，夾雜九年記事，故此條亦被置於淳熙九年記事中，應誤。）而增訂本《陳亮集》卷二八《壬寅夏答朱元晦秘書書》載婺州救荒事亦有「婺州亦復大疫，……錢守雖有愛民之心，而把事稍遲。……春來錢守奏乞」云云，壬寅即淳熙九年，可證其九年初必已到婺州任上。蓋稼軒於淳熙八年年底即被劾罷江西安撫，歸寓上饒，故其送錢佃守婺必在是年入冬之後，罷免之前也。右詞有「對梅花」語，因知右詞作於此年之十二月初。時丘密爲江西轉運判官，因得與稼軒同時賦詞送其守郡也。

②「西江」二句，《輿地紀勝》卷三二《江南西路·贛州》：「贛水，《章貢志》：　蓋章貢二水之會。……象之謹按：　蔣之奇《鬱孤臺》詩曰：『貢水在東章在西，鬱孤臺與白雲齊。』則可以見今日二水之東西矣。」按：　贛江由東江貢水、西江章水合流而成，此處西江，當指贛州以下之贛江而言。西江人淚，此或當時民間所流傳語。《輿地紀勝》同卷又載余靖《贛石》詩：「萬堆頑碧聳嶕嶢，壅遏江流氣勢驕。鐵馬陣横秋戰苦，水犀軍亂夜聲囂。呂梁謾記莊篇嶮，灩澦休誇蜀道遥。怒激波聲猶可避，中傷榮路不相饒。」可見贛水行舟之風險。餘參本書卷六《菩薩蠻·書江西造口壁》詞（鬱孤臺下清江水閲）箋注。

③「無情」二句，却解送行人，却解，却能也。謂江水無情，却能送人。月明千里，《藝文類聚》卷一謝莊《月賦》：「美人邁兮音塵闕，隔千里兮共明月。」

④「傷心」句，《顔氏家訓》卷上：「《羅浮山記》云：『望平地，樹如薺。』故戴暠詩云：『長安樹如薺。』又鄴下有一人《詠樹》詩云：『遥望長安薺。』」孟浩然《秋登萬山寄張五》詩：「天邊樹若薺，江畔洲如月。」

⑤「十年」二句，錢佃自淳熙初出爲江西運副，《宋會要輯稿·職官》六二之一九，載淳熙二年九月，江西運副錢佃與憲臣稼軒並除秘閣修撰事。至淳熙八年底，以江西運副改知婺州，七八年間所任均爲諸路使節，故有「著破繡衣」語。繡衣已見。種成桃李，謂拔擢後進，有恩於地方多矣。韓嬰《韓詩外傳》卷七：「夫春樹桃李，夏得陰其下，秋得食其實。」《資治通鑑》卷二〇七：「仁傑對曰：『前薦柬之，尚未用也。』太后曰：『已遷矣。』對曰：『臣所薦者，可爲宰相，非司馬也。』乃遷秋官侍郎，久之，卒用爲相。仁傑又嘗薦夏官侍郎姚元崇、監察御史曲阿桓彦範、太州刺史敬暉等數十人，率爲名臣。或謂仁傑曰：『天下桃李，悉在公門矣。』」《能改齋漫録》卷六《桑榆桃李》條：「前輩稱李絢《和杜祁公》詩：『收得桑榆歸物外，種成桃李滿人間。』……《談藪》：王泠然《上裴耀卿書》曰：『拾遺補闕，寧有種乎？僕不佞，亦相公一株桃李也。』」

⑥「問君」二句，可是，豈是也。厭承明，見本書卷六《木蘭花慢·滁州送范倅》詞（老來情味減闋）箋注。東方鼓吹千騎，謂錢佃東移婺州守。千騎鼓吹，見本卷《水調歌頭·淳熙己亥自湖北漕

移湖南周總領王漕趙守置酒南樓席上留別》詞（折盡武昌柳闋）箋注。

⑦「對梅」二句，《尚書・説命》下：「若作和羹，爾惟鹽梅。」按：商高宗夢，得説，使百工求諸野，得諸傅巖，爰立作相，置諸左右，作《説命》三篇。鹽鹹梅醋，羹須鹹醋以和之。

【附録】

丘崈宗卿和詞

西河　餞錢漕仲耕移知婺州奏事，用幼安韻

清似水，不了眼中供淚。今宵忍聽唱陽關。暮雲千里。可堪客裏送行人，家山空老春薺。道別去，如許易。離合定非人意。幾年回首望龍門，近纔御李。也知追詔有時來，匆匆今見歸騎。整弓刀，徒御喜。舉離觴飲釂無味。端的慰人憔悴。想天心注倚，方深應是，日日傳宣公來未。（《文定公詞》）

六幺令

用陸氏事，送玉山令陸德隆侍親東歸吴中（一）①

酒羣花隊，攀得短轅折②。誰憐故山歸夢，千里蓴羹滑③。便整松江一櫂，點檢能言鴨〔二〕④。故人歡接。醉懷霜橘〔三〕，墮地金圓醒時覺⑤。長喜劉郎馬上，肯聽詩書説⑥。誰對叔子風流？直把曹劉壓⑦。更看君侯事業，不負平生學⑧。離觴愁怯〔四〕。送君歸後，細寫《茶經》煮香雪⑨。

【校】

〔一〕題，四卷本甲集無「侍親」以下語。此從廣信書院本。

〔二〕「點檢」，《六十名家詞》本作「檢點」。四卷本同廣信書院本。

〔三〕「霜」，四卷本作「雙」。

〔四〕「觴」，《六十名家詞》本作「腸」。四卷本同廣信書院本。

【箋注】

①題，玉山令陸德隆，見於〔同治〕《玉山縣志》卷六上之宋代玉山令甚簡略，有陸冀言，在紹熙五年司馬迈之前，未有在任年月。然汪應辰《文定集》卷九《昭烈廟記》載：「玉山東嶽之行祠，舊創於普寧寺之西。……淳熙乙未春，南安張珉等十三人復辦供器來獻，以備歲時供奉之需。自是水旱盜疫無禱不應。邦人咸輸財戮力立祠於行嶽之東……以答神庥，不但茲邑而已。邑令陸

翼年，遂更名賜福。」不作翼言，而作翼年。查《永樂大典》卷二三六八蘇字韻引《蘇州府志》之《選舉志》，載陸翼年爲乾道二年進士。此則與右詞東歸吴中之語合，知《縣志》所載必誤。陸德隆應即名翼年，蓋取義於年劭德隆也。然乙未爲淳熙二年。稼軒右詞，《稼軒詞編年箋注》編爲寓居上饒帶湖之初所作，即淳熙九年，陸氏任縣令，不可能自淳熙初至此七八年方離任，此與淳熙二年任玉山令之陸翼年不合者一。若謂其有同産兄弟名翼言者繼其兄爲同縣令，事之奇特無出於此，然史無記載，此不合者二也。查曾丰《緣督集》卷八有《别陸德隆黄叔萬》詩，小序曰：「歲在辛丑，始識陸德隆、黄叔萬於江西帥辛大卿坐上，握手論交而去。戊申又會於中都，德隆得倅夔，叔萬得辛公安，言别次韻贈之。」詩有「辛丑隨浮梗，鍾陵得盍簪。潛蕃門若市，斂板客如林。氣宇黄陂闊，詞源陸海深。二豪談正劇，一坐口俱瘖。……荆江隨地卷，蜀道與天侵。通守諸侯土，專彈百里琴。長才優撫字，暇日少登臨。隱士隆中卧，羈臣澤畔吟」等語。黄叔萬名人傑，南城人，乾道二年進士，即淳熙二年任萍鄉主簿者，見彭龜年《止堂集》卷一二《論解彦祥敗茶寇之功書》（詳見本書所附《年譜》）。辛丑即淳熙八年。疑黄人傑與陸德隆均於其主簿及縣令任滿後，受聘於稼軒湖南、江西帥幕，黄人傑《滿江紅》自壽詞（老子生朝閿）有「謾一官如水過稱呼，諸侯客」語（《詩淵》第四五四八頁）。而陸翼年於玉山令任滿後亦入稼軒幕下，故仍以玉山令稱之。《東萊集》書後《附録》三載門下士黄人傑之《挽詩》四首，其第四首有句云：「萍跡來京闕，逾涯辱意隆。……豈謂十旬别，俄成千歲終。」自注：「夏四月十九日别先生，至秋七月二十九日先生没，恰一百日。」吕祖謙卒於本年七月二十九日。而曾丰作别詩時，或在本年春，即黄人傑告别赴京闕之時。其自隆興府赴行在，途經婺州，訪其師吕祖謙。而陸德隆之别稼軒東歸吴中，或當在本年十二月稼軒被劾罷江西帥之前。據本闋結句「煮香雪」及次闋再用前韻詞可知。《稼軒詞編年箋注》此詞編年謂《六幺令》二首，均爲淳熙九年作，且引曾丰《别陸德隆黄叔萬》詩句，謂「陸氏於此後即去爲玉山令。陳亮於淳熙十年致書稼軒，有『去年東陽一宗子來自玉山，具説辱見問甚詳，且言欲幸臨教之』等語，知稼軒該年有玉山之行，當是其時適值陸氏之去，因賦此詞以送之也」，其謂陸德隆淳熙八年後方爲玉山令，所言恐非是。而次闋乃陸氏别後有和詞見貽，稼軒再用其韻，則已至淳熙九年初春也。

②「酒羣」二句，酒羣，言酒友。前人無此語，此始創也。花隊，《宋史》卷一四二《樂志》一七：「隊舞之制，其名各十，小兒隊凡七十二人。……八曰菩薩獻香花隊，衣生色窄砌衣，戴寶冠，執香花盤。」短轅折，《宋書》卷九二《陸徽傳》：「陸徽字休猷，吴郡吴人也。……元嘉十四年爲始興太守，明年仍除使持節交廣二州諸軍事，綏遠將軍，平越中郎將，廣州刺史。清名亞王鎮之，爲士民所愛詠。上表薦士曰：『臣聞陵雪褒潁，貞柯必振；尊風賞流，清原斯挹。是以衣囊揮譽於西京，折轅延高於東帝。』」按：此詞全用書册陸姓史事，疑此句用陸徽語。短轅車，王導所駕。蘇軾《蔡景繁官舍小閣》詩有「戲嘲王叟短轅車」語。

③「誰憐」二句，故山歸夢，錢起《長安落第作》詩：「故山歸夢遠，新歲客愁多。」李商隱《歸墅》

詩：「故山歸夢喜，先入讀書堂。」千里蓴羹，《世説新語・言語》：「陸機詣王武子，武子前置數斛羊酪，指以示陸曰：『卿江東何以敵此？』陸云：『有千里蓴羹，但未下鹽豉耳。』」

④「便整」二句，陸龜蒙《甫里文集》卷二〇《附録》引《楊文公談苑》：「相傳龜蒙多智數，狡獪。居笠澤，有内養自長安使杭州，舟出舍下，小童奴以小舟驅羣鴨出，内養彈其一緑頭雄鴨，折頸。龜蒙遽從舍出，大呼云：『此緑鴨有異，善人言，適將獻狀本州，貢天子，今持此死鴨以詣官自言耳。』内養少長宫禁，不知外事，信然，甚驚駭，厚以金帛遺之，龜蒙乃止。因徐問龜蒙曰：『此鴨何言？』龜蒙曰：『常自呼其名。』巧捷多類此。」松江即吴江，見《元豐九域志》卷五《平江府》。

⑤「醉懷」二句，懷霜橘，《後漢書》卷六一《陸康傳》：「子績，仕吴爲鬱林太守，博學善政，見稱當時。幼年曾謁袁術，懷橘墮地者也。」《三國志・吴志》卷一二《陸績傳》：「陸績字公紀，吴人也。父康，漢末爲廬江太守。績年六歲，於九江見袁術，術出橘，績懷三枚去。拜辭墮地，術謂曰：『陸郎作賓客而懷橘乎？』績跪答曰：『欲歸遺母。』術大奇之。」金圓，金丸也，謂金橘。

⑥「長喜」二句，此用陸賈説稱詩書事，見本卷《滿江紅・賀王帥宣子平湖南寇》詞（笳鼓歸來闋）箋注。劉郎，漢高帝也。

⑦「誰對」二句，謂對羊叔子之流風餘韻，惟有陸抗可以相抗衡，更不消説壓倒曹劉。叔子風流事，多見於《晉書》卷三四《羊祜傳》：「羊祜字叔子，泰山南城人也。……爲都督荆州諸軍事，假節

散騎常侍、衛將軍如故。祜率營兵出鎮南夏，開設庠序，綏懷遠近，甚得江漢之心，與吴人開布大信，降者欲去，皆聽之。……祜在軍，常輕裘緩帶，身不被甲。鈴閤之下，侍衛者不過十數人。……吴西陵督步闡舉城來降，吴將陸抗攻之甚急，詔祜迎闡，祜率兵五萬出江陵。……每與吴人交兵，尅日方戰，不爲掩襲之計。將帥有欲進譎詐之策者，輒飲以醇酒，使不得言。……每會衆江沔，游獵常止晉地，若禽獸先爲吴人所傷，而爲晉兵所得者，皆封還之。於是吴人翕然悦服，稱爲羊公，不之名也。祜與陸抗相對，使命交通，抗稱祜之德量，雖樂毅、諸葛孔明不能過也。抗嘗病，祜饋之藥，抗服之無疑心，人多諫抗，抗曰：『羊祜豈酖人者？』時談以爲華元、子反復見於今日。抗每告其戍曰：『彼專爲德，我專爲暴，是不戰而自服也。各保分界而已，無求細利。』孫皓聞二境交和，以詰抗，抗曰：『一邑一鄉，不可以無信義，况大國乎？臣不如此，正是彰其德，於祜無傷也。』」曹、劉，謂魏與蜀也。

⑧「不負」句，《舊唐書》卷一三九《陸贄傳》：「贄以受人主殊遇，不敢愛身。事有不可，極言無隱。朋友規之，以爲太峻，贄曰：『吾上不負天子，下不負吾所學，不恤其他。』」

⑨寫《茶經》，《唐才子傳》卷八《陸羽傳》：「陸羽字鴻漸，不知所生。初，竟陵禪師智積得嬰兒於水濱，育爲弟子，及長，耻從削髮，以《易》自筮，得蹇之漸，曰：『鴻漸於陸，其羽可用爲儀。』以爲姓名。……羽嗜茶，著《茶經》三卷，言茶之原之法之具，時號茶仙，天下益知飲茶矣。」